台山市文化广电旅游体育局　策划

台山排球故事

（第二册）

岑向权　陈东辉　著

·广州·

版权所有　翻印必究

图书在版编目（CIP）数据

台山排球故事（第二册）/岑向权，陈东辉著. —广州：中山大学出版社，2019.10

ISBN 978-7-306-06716-6

Ⅰ. ①台…　Ⅱ. ①岑…②陈…　Ⅲ. ①长篇小说—中国—当代　Ⅳ. ①I247.5

中国版本图书馆 CIP 数据核字（2019）第 215046 号

出 版 人：	王天琪
策划编辑：	钟永源　黄少伟
责任编辑：	钟永源
封面设计：	刘　犇
责任校对：	杨文泉
责任技编：	黄少伟　何雅涛
出版发行：	中山大学出版社
电　　话：	编辑部 020-84111996，84113349，84111997，84110779
	发行部 020-84111998，84111981，84111160
地　　址：	广州市新港西路 135 号
邮　　编：	510275　　传　真：020-84036565
网　　址：	http://www.zsup.com.cn　E-mail: zdcbs@mail.sysu.edu.cn
印 刷 者：	广州一龙印刷有限公司
规　　格：	880mm×1230mm　1/32　12.25 印张　341 千字
版次印次：	2019 年 10 月第 1 版　2019 年 10 月第 1 次印刷
定　　价：	38.00 元

如发现本书因印装质量影响阅读，请与出版社发行部联系调换

历届（21届）"振兴杯"排球赛赞助商朱正贤先生（中）接受本书作者岑向权（左）、陈东辉（右）采访后合照。

中国排球之乡——江门台山

郎平

2019.6.14

（注：中国女排总教练郎平在江门亲笔题写中国排球之乡
——江门·台山）

序

曾纪系

台山,在我的印象里,一是"排球之乡",二是"华侨之乡"。而这两者的结合,使台山的排球运动,从无到有,从弱到强,薪火相传,长盛不衰。

排球传入台山,大约在1914年。这项充满魅力的体育运动,是旅美的台山华侨把它从太平洋的东岸带到太平洋的西岸,带回自己的家乡,在乡村逐渐推广并流行开来。台山可谓是中国排球运动的试验地、先行者,他们通过不断创新、求变,形成了自己的风格,并取得不俗的成绩。1927年至1934年,台山排球队代表中国参加了第八届、第九届、第十届远东运动会,不仅为中国赢得第一项排球国际比赛冠军,更首次实现了"三连冠"。排球运动,不仅在台山扎下了根,还吸收当地的养分,发扬光大,成为群众喜闻乐见的一项全民运动。这些内容在《台山排球故事》(第一册)里面有非常精彩的描述。

而即将出版的《台山排球故事》(第二册),是一部讲述中华人民共和国成立至今台山开展排球运动的情况以及取得的辉煌成绩。台山排球运动员创造性地发明了"快速、灵活、多变"的战术,屡次击败全国多支劲旅,以县

级排球队的身份,挺进全国甲级球队前列。20世纪50年代因《人民日报》记者撰文冠以"中国排球之乡"以及周恩来总理于1972年4月在广州二沙岛视察广东省体工队时说"全国排球半台山"而名满华夏。

的确,多年来台山为国家排坛输送许许多多的优秀人才。据资料记载,代表国家派往外国的台山籍教练有8人;台山籍的国际、国家级裁判员有20人;台山籍的国际级、国家级、一级教练员有30人;台山籍选入国家排球队有24人。另外,还有一大批的体育工作者默默无闻地为台山的排球运动发展添砖加瓦,贡献自己的毕生心血。

在台山排球运动的发展过程中,台山华侨的身影一直在伴随,其重要性不言而喻。从当初的引入,到传授,到参与,到组织,到资金支持,华侨的贡献助推着排球运动在台山城乡大地生生不息。书中写到了一位代表性人物,旅港乡亲朱正贤先生,他40年来持续关注和支持家乡排球事业的发展,出钱出力,连续赞助了21届"振兴杯"排球赛事;邀请中国女排前来献技,与台山男排进行对抗赛,延续了"男陪女练"的精彩;嘱咐儿子接过他的棒,一如既往地支持台山排球事业,为当地的排球运动发展做出不可磨灭的贡献。

台山排球之所以能长盛不衰,正如作者在书中写道,主要有三个方面:

第一是有广泛的群众基础。台山人似乎天生骨子里就有排球的因子在里面,热衷打球、观球、评球,到了无球不欢的地步。这好比排球里面的一传,没有牢固的基础,就无法组织更深更高层次的推进。

第二是政府重视、体育主管部门积极实施。无论是从纲领性的政策制定,还是从学龄青少年的排球传承,以及人才的培养和输送,均有一套完善的管理制度。这就好比排球里面的二传,是组织串联的重要环节,起到主导性的作用。

第三是海内外乡亲对家乡排球的关注和支持。有众多的热心人士出谋献策、出钱出力,助推了排球运动在台山城乡大地的生生不息、持续辉煌。这就好比最后的主攻手,在一传和二传的紧密配合下,通过发挥自己的优势,达成最后的攻击,争取最佳的成绩。

这部历史纪实小说,两位作者从大处着眼、小处着手,通过采访、查阅和整理大量的史料,通过章回小说的形式,将一些重要的历史事件,以新的视角,再现了台山排球波澜壮阔的发展历程,读来趣味横生,令人爱不释手。特别是两位作者多次深入到台山排球运动学校,与当年的排坛老将和现役球员进行面对面的交流,掌握了大量的第一手资料和排球比赛专用术语,并娴熟地运用到创作上去。其中,对各个阶段的重要比赛进行了全景式的概述和聚焦式的精彩细致、神形兼备的描述,充分展现了台山排球队伍在比赛中与对手斗智斗勇的场景,令读者如身临其境,感同身受。

最后,还是引用作者的内文作为本序结束之语:

"美国麻省理工学院一位教授曾经做过研究,目前在

北美有100多支排球队,但打9人排球的都是来自中国台山。该教授认为,排球在1895年发明于美国,经在美国的华侨带到中国,然后在台山传播出去,并进一步发扬光大。1928年,台山人改变游戏规则,将排球比赛上场人数改为9人(此前曾有16人和12人的赛制)。不料,9人排球赛制又从中国台山回流美国。

  圆圆的排球,它的活动轨迹,从起点开始,又回到了原点。而在这个过程当中,它承载了许许多多的故事,经历了无数的风风雨雨,使之回味无穷……

(注:作者系广东省篮球排球运动管理中心主任)

目　录

第一章　庆祝解放，侨乡贺新岁…………………… 1

第二章　排坛改制，巧对新问题…………………… 33

第三章　响应征召，分赴省内外…………………… 67

第四章　大局为重，体坛练精兵…………………… 97

第五章　总理鼓励，排坛创辉煌…………………… 126

第六章　再接再厉，省城双称雄…………………… 163

第七章　雏鹰展翅，球技惊英伦…………………… 196

第八章　桑梓情深，创办"振兴杯"………………… 240

第九章　国手莅临，侨乡掀高潮…………………… 274

第十章　因缘际会，中古对抗赛…………………… 306

第十一章　万众瞩目，女排"打男排"……………… 330

第十二章　薪火相传，扬帆再起航………………… 353

后　记………………………………………………… 379

第一章　庆祝解放，侨乡贺新岁

引子

1949年5月，在中国共产党领导下，台山县人民政府在深井宣告成立。

随着中国人民解放军南下向南粤大地挺进的步伐越来越近，侨乡台山迎来一个改天换日的崭新时代。

进入20世纪五六十年代，台山排球享誉全国。台山排球运动员针对自身个子不够北方运动员高的弱点，创造性地发明了"快速、灵活多变"的技战术，以"矮仔打高佬"的战法，屡次击败全国多支甲级球队，挺进全国甲级球队。台山排球队的出色表现，不但得到了国家体委领导以及众多爱好排球运动的中央首长的高度称赞，还被周恩来总理称誉为"全国排球半台山"。

改革开放后，台山排球运动在海内外台山人的共同努力下，再次迸发出骄人的魅力，进入更加辉煌的发展时期，培养了大批优秀排球运动员，为中国排球运动的顺利发展作出了杰出的贡献。

这段光辉的历史背后有什么故事呢？

就让我们翻开史册，从当年一支朝着台山县城进发的滨海纵队说起——

台山排球故事

一

　　1949年10月中旬的一天早上,三台大地晨曦初现,蔚蓝的天空中飘荡着朵朵白云。

　　公路上,一支数百人的部队全副武装,在一面迎风招展的五星红旗的引领下,朝着斗山方向疾驰。他们头戴红色五星军帽,身穿的衣服虽然颜色深浅不一,但每个军人精神抖擞、步伐矫健、目光坚定。

　　"谢政委,我们从深井出发,进攻台城的国民党残敌,为什么要兜一个大弯绕道斗山这么远呢?"一个肩扛轻机枪的壮实战士好奇地问走在他前面领队的那位高个子。

　　"因为经过斗山,可以直通南海啊。如果不把这条路堵住,敌人就会从海上逃走,达不到全歼敌人的目的了。"谢政委嘴里解释着,脚下的步伐一点也没有放松。

　　"解放军汇合台山北部的游击队已经从北面的公益打过来了,我们再从东、南两面夹击,敌人就无处可逃。这叫关起门来打狗。"与谢政委并排的、身材跟谢政委不相上下的人接着说。

　　"陈队长,那敌人会不会从其他地方逃走呢?"

　　"他逃不了,我们已经发动广大群众,把附近的海边都守住了,他们插翅难逃!"被称为陈队长的充满自信地回答。

　　"等胜利了,我们就能痛痛快快地打几番场排球啰。"

　　"你这个家伙,又手痒啦?早几天那场比赛你们队输了,还不服啊?"

　　"哈哈,有比赛就没有输。我一定要找机会战胜你们。"

　　"你就是大只广,只会用死力,上次你扣球把球都打爆了,害得我们好多天都没球玩。"后面的战士开着玩笑。

　　"那个球本来就是残旧的,怎么就怪我了呢?"

第一章　庆祝解放，侨乡贺新岁

"我们打又打不爆？"

说到打排球，队伍里的战士七嘴八舌地嚷了起来。

"好了，说到打排球，你们都有说不完的话。大家都别争论了，都加快前进步伐，到斗山有人接应我们。到时大家休息一下，还要马上赶路。"谢政委笑着打断了大家的议论。

公路两旁的稻田里，金黄色的稻穗随着和煦的秋风起舞，阵阵稻香迎风飘荡，侨乡大地洋溢着丰收的喜悦。

斗山乡浮石一所村办的学校里，步入中年的赵泰富正带领二三十个学生在进行着排球基本功训练。这位就是当年叱咤台山的"排坛四小金刚"之一。此时他的公开的身份是浮石村村长兼学校校长，但他真实的身份却是共产党浮石乡游击队的队长。自从日本侵略者投降后，赵泰富因为在村里德高望重、辈分高，积极发动村里的乡绅和华侨减租减息，救困助贫，得到了村里乡亲的拥护支持，被推举为村长。为抗击土匪和流寇，保护村民的生命财产安全，他还组织村民自卫队加强训练，并组织青壮年成立浮石乡排球队，将村里的排球活动搞得有声有色，成为当地著名的排球强队。他又利用村里的学堂开办义务教育，让浮石十个坊的孩子都有机会接受文化和体育教育。

"好，今天大家的训练都很认真，基本功训练到此结束。大家休息一下，准备回课堂上课。下午下课后大家再到这里来进行组队训练。"赵泰富曾经在台山县立中学当过几年体育老师，对排球的训练很有一套。

就在这个时候，一位年轻人从学校门外急匆匆地跑进来，见到赵泰富，喊了一声："赵校长，你的急信。"说完，从贴身的口袋里掏出一封信递给他。

赵泰富抬起衣袖擦了擦额头上的汗珠，打开信一看，原来是中共浮石党支部的紧急指示，要求他立即召集游击队员，准备迎接滨

海纵队,并引领部队,与台山北部的游击队一起,配合南下的解放军,从南、北两边夹击消灭盘踞在台城的国民党驻防部队,解放台山县城。

赵泰富看后大喜,连忙去召集游击队员布置工作。

"爸爸,什么事?我可以跟你去吗?"学生排球队里一个十多岁的高个子男孩跑到赵泰富跟前。

"辉仔,爸爸要去办件大好事,但现在不能带你去。你带领同学们回课堂上课,要注意安全,不要到处玩。"赵泰富说完,迅速转身跑进村里,召集全体队员开会,传达上级的指示,要求大家积极做好迎接大部队的准备工作。队员们听到这个消息,不禁欢呼起来。我们胜利啦!好日子到来啦!

兵贵神速。早就盼望着这一天的游击队员们迅速带上武器、干粮,背上水壶,在村头的大榕树下集中。村里的群众闻讯纷纷挑着装满开水的木桶,兴奋地加入慰问部队的行列。赵泰富跟大家说了需要注意的事项后,迅速带领游击队前往命令指定的地方隐蔽,等候大部队的到来。

不一会,赵泰富看到一支浩浩荡荡的队伍,在一面迎风招展的红色军旗引领下,朝自己隐蔽的地方疾驰而来,他连忙高举红旗,率先登上路基,迎着部队大喊:"解放军同志们,我们是浮石乡游击队,请到这边来。"

队伍里领头的人见到红旗,马上加速跑过来,朝赵泰富招手:"老赵,你们辛苦了,感谢你们。同志们,休息一下马上出发。"

"老陈。啊,还有谢政委!你们好。真想不到是你们带着队伍过来!现在还打排球吗?什么时候跟你们再战上几个回合?"赵泰富是多年前在端芬举行的排球赛上认识这位三合乡的老陈。两位分别多年的球友在胜利前夕相遇,心情格外兴奋。

老陈一口气喝完赵泰富递过来的开水。"老赵,军情紧迫,今后有时间再聊打排球的事。有没有近路穿插到台城?"

第一章　庆祝解放，侨乡贺新岁

"有，翻越两座小山，可以近好几公里路。"

"很好。老赵，麻烦你们带路。司号员，马上吹号，出发！"

赵泰富随即点了几位年轻力壮的队员，带头引领着部队，抄近路翻过山冈，直插到台冲公路向台城迅速进发。

不等解放军踏入台城的地界，留守在县城里面的国民党守城部队早已闻风而逃。解放军兵不血刃，雄赳赳、气昂昂地踏着整齐的步伐地进入台城。城内的居民看到这支秋毫无犯的部队，纷纷涌到马路两旁，夹道欢迎。

1949年11月24日，成立台山军事管制委员会。接着，台山县委会在溯源学校挂牌办公。在部队老陈的推荐下，赵泰富被组织安排入县政府工作。

面对新的工作，赵泰富的心情格外兴奋。这天，赵泰富参加了县委县政府召开的筹备庆祝解放的民主协商扩大会议。县委书记宣读了会议的有关议程后，征询大家还有没有什么好的建议。

赵泰富细想了一会，见大家都没有什么意见，便主动举起右手，说："书记，我想提个建议，不知行不行？"

"老赵，今天的会议是民主协商会议，你有什么好建议，可以提出来让大家讨论一下，大家畅所欲言嘛。"

"是。我刚才听了书记介绍会议议程，觉得都很好。我建议再加上一项内容，在庆祝胜利大会的主要内容完成后，举行一场排球比赛。大家都知道，我们台山人最喜欢排球，不但喜欢打，也喜欢看。如果在庆祝大会结束后，再来场排球比赛，来观赛的群众一定多。这样一来可以吸引更多的群众参加庆祝胜利大会，我们就可以向更多的群众宣传我们的政策，争取群众支持我们的工作；二来可以营造一个和平稳定的社会环境，打消那些对共产党领导下的人民政府还持怀疑态度的群众的顾虑，有助于群众支持共产党的领导，也有助于鼓励大家热情高涨地参加社会主义建设。"

赵泰富的话音刚落，已经担任县委副书记、武装部部长的老陈

便带头鼓起掌来。紧接着,会场上响起了热烈的掌声。

"听到这么热烈的掌声,就知道大家都赞同你的提议了。老陈,我看到是你带头鼓掌的,你先说说吧。"

"我们台山人都知道,台山排球有辉煌的历史,台山人对排球的热爱,几乎是到了痴迷的程度。就拿我们部队来说,凡是台山籍的队员,都把排球比赛当成日常训练的项目,达到了无排球比赛不欢的地步。所以,我很赞成在庆祝解放的大会结束后,再举行排球比赛这个提议。"老陈简明扼要地表达了自己的观点。

"老陈说得不错,以自己的亲身经历阐述了自己的意见。我也谈谈自己的意见吧。赵泰富同志的提议很好,理由充分,分析也很有道理。我们面对的是一个百废待兴的局面,一定要做好群众的思想工作,要跟国民党反动派争夺民心,民心稳定了,才能进行社会主义生产和社会主义建设。泰富同志,我知道你是一位排球高手,又曾经在台中担任过体育老师,相信你有一定的组织能力。这次排球比赛就由你负责策划,你尽快做一份详细的方案,提交县委讨论。大家还有没有什么其他意见?"书记说完,见大家没有再提出其他意见,便宣布散会。

赵泰富接受任务后,开始马不停蹄地做相关工作。很快,他收到了各方的反馈信息,大家的反响热烈。经过向老陈汇报后,老陈提出这次比赛主要以民间的球队为主,部队的球队就不要参加这次球赛了。赵泰富连夜撰写组织比赛的方案。

很快,他呈报的比赛方案在县委县政府会议上通过了。

1949年12月5日,阳光明媚。中共台山县委、台山县人民政府在台城塔山体育场召开庆祝解放大会。会场上红旗飘扬,歌声嘹亮。全县各乡各村的3万多名群众代表,有的高举红旗,有的手持小红旗,如潮水般向塔山公园涌来,大家的脸上洋溢着喜庆的欢笑,场面热烈。

赵泰富特意通知了浮石的游击队员,带上村里的乡亲到台城来

第一章　庆祝解放，侨乡贺新岁

参加庆祝解放的活动。赵泰富的儿子辉仔知道后，约上几个好朋友，悄悄地尾随着村里的大人，步行数十里来到了庆祝会场。赵泰富很快发现了这班不请自来的小家伙，连忙请工作人员将他们安排在排球赛场旁边，好让他们近距离观看球赛，顺便照顾他们，以免他们走散。

庆祝大会顺利举行了，人民群众对中华人民共和国有了更加深刻的认识。会后的"解放杯"排球比赛，又将参会群众的庆祝解放的活动推上高潮。

原来，赵泰富邀请了台城仁社队、金银联队、西线队和上成队参加比赛。这几支被群众称为"四强"的球队参加争夺"解放杯"比赛，吸引了近千名观众观看。球场四周和附近的山坡上都站满了来自四面八方的观众，四支球队一场比一场精彩激烈的比赛，赢得了观众们一阵高过一阵的掌声、喝彩声。

观众中最兴奋的要数辉仔和他的小伙伴们了。辉仔名叫赵达辉，有两位姐姐，在家里排行最小。赵泰富见儿子自小活泼好动，便用心栽培儿子学打排球。孩童时赵达辉对排球已经非常喜爱，时常抱着父亲的排球当玩具玩。此时他只有 11 岁，但身高已有 1.66 米，比同龄人高出一个头。而浮石乡的排球队，时常举行各种各样的比赛，是当地的常胜球队。特别是村里的排球队得胜归来庆祝胜利的热闹场面，令赵达辉羡慕不已，发誓今后一定要当名出色的排球主攻手。自小受这种氛围的影响，赵达辉七八岁时已经学会了传、扣、拦和发球等技术。到了十岁左右，赵达辉已经成为学堂排球队的主力，这支小球队，时常在与邻村的孩子比赛中，将对手打得毫无还手之力。日子长了，好多球队见确实无法跟他们对抗，都不愿意跟他们的球队比赛。除非他们球队 3 个主力中只能 2 人轮流上场，而且赵达辉上场时，只能自己一个人，其他 2 人不能同时上场。赵达辉也毫不示弱，经常以一敌众。就算这样，赵达辉也是赢多输少，令对手不得不服，心甘情愿地请他吃零食，小辉成为当地

的孩子头……

争夺激烈的"解放杯"排球赛圆满结束了。赵达辉看完所有比赛,赞叹不已,特别是场上观众对那些技术出色的球员那种令人振奋的欢呼声,令他羡慕不已。在这里,他看到了乡村里所看不到的精彩场面,从中也令他认识到自己的不足之处。他与小伙伴们约定,今后一定要更加刻苦训练,提高技术,争取机会参加这样的比赛,为家乡争光。

庆祝解放活动结束后,赵泰富出色的组织表现得到了县委书记的表扬。县委书记还要求赵泰富今后多了解和关心球队球员的工作和生活情况,多组织举办群众喜闻乐见的排球比赛,丰富群众的文娱体育活动。有机会还要邀请在外地工作的台山籍乡亲回来,为台山培养更多年轻的球员,壮大台山排球队伍,增强人民群众的体质,更好地参加社会主义建设。

这时的赵泰富即将踏入知天命之年,但经历过艰苦磨砺的他,在接受了浮石共产党组织领导后,他对共产党的远大理想有了更加深刻的认识。现在参加社会主义新中国的建设,这是一项多么光荣的工作啊。自己只是做了一点本分的工作,便得到上级领导的肯定,赵泰富的工作劲头更足了。

不久,赵泰富得知自己的学生朱瑞生有意向回到台山家乡工作。在跟教育部门沟通后,赵泰富亲自写了一封信寄给朱瑞生,邀请他回台山县立中学担任体育组长。

朱瑞生接到聘请信十分感动,随即向学校辞职,于1950年年初回到台山县立中学担任体育组长。

这天早上,朱瑞生给学生们上完训练课,正准备回教务室。迎面走来一个人向他打招呼:"朱老师,请你到我办公室来,县政府的干部找你。"

朱瑞生抬头一看,原来是学校办公室叶主任。见他匆匆而来,不知何事,心里有点忐忑地问:"叶主任,知道什么事情吗?"

第一章 庆祝解放，侨乡贺新岁

"我也不知道，你随我到办公室来。"

"行，走吧。"

两人走进学校办公室，里面坐着两个人，见到朱瑞生进来，其中一人对朱瑞生说："朱老师，因工作需要，又要调你走了。"

朱瑞生闻言一头雾水。自己刚回到台中没几天，又要调到哪里去呢？那人接着解释说："朱老师，是这样的，为了加强台山师范学校体育教学工作，更好地培养体育师资力量。经县委会研究决定，将你调入台山师范担任体育组长。"

"调我到台山师范？"朱瑞生有点愕然地问。

"是啊，你有丰富的教学经验，而台山师范是全县教师的摇篮，经过县政府研究，决定要加强全县教师队伍的建设，因此，需要你到台山师范任教。希望你能服从组织的安排。"

"我一定服从组织的安排。什么时候报到？"朱瑞生经过学校组织的政治学习，十分清楚组织的安排必须要服从这个原则，毫不迟疑地答应了。

第二天上午，朱瑞生带上简单的行李，来到距离台山县立中学不到3公里的台山师范报到。朱瑞生在县立中学读书时，经常与球队到台山师范打排球，对这里很熟悉。他找到学校办公室，伸出手准备敲门。办公室的门却这时打开了。

顿时，朱瑞生感到眼前一亮，只见一位年轻漂亮的女孩子站在面前，长发飘飘，清秀的脸蛋上一对明亮的大眼睛正仰望着自己，眼神里有点惊愕，却笑容可掬，给人和蔼可亲的感觉。那女孩子乍见一位身材高出自己一个头、五官俊朗的陌生男子站在自己面前，吓了一跳似的。连忙点头致歉："对不起。"

朱瑞生闻言，回过神来，点了下头，歉意地说："对不起，是我唐突了。请问校长办公室在哪？"

"你找校长啊？这里是学校办公室，黄主任在里面。"

"好的，谢谢你。"朱瑞生对眼前这位热情礼貌的女学生产生

9

了很好的印象。

"不客气,再见。"女学生说完,点点头转身正要离开,一位托着一叠作业本的高个子男孩跟她打招呼:"谭淑芬,你在这里啊,我刚才在路上遇到你们邝老师,她正到处找你,听说她让你准备你们班参加学校文艺晚会的节目。"

"哦,朱正贤,谢谢你。你又帮老师带同学的作业本到办公室吗?全都交齐了吧?"

"是的,这一叠是我们班的数学作业本,另一叠是你们班的,同学们都交齐了。"这位被小女孩称为朱正贤的男孩子,比小女孩低两个年级。他天资聪慧,学习勤奋,各科成绩都相当好,是学校里出名的才子,经常被老师称赞。他出生于三合乡,小学毕业后,他参加全县的中考,因为成绩优秀而获得学校的奖学金,进入台山师范就读。他的数学成绩特别出众,是班里的数学科代表。

"好的,知道了,谢谢你,先忙吧,我去找邝老师。"

朱瑞生听了他们两人的对话,知道了这位漂亮小女孩名叫谭淑芬,这位瘦瘦高高的男孩叫朱正贤。

"你是朱老师吧?我姓黄,是办公室主任。欢迎你。"办公室里一位男子微笑着迎向朱瑞生,一边伸出手,一边自我介绍。

"你好。我是朱瑞生,是来学校报到的。"

"你的情况我们林校长已经交代过了,林校长外出办事,很快就回来。他让我先接待你,你先坐一会,喝口茶吧。"

"好的。麻烦黄主任啦。"

"别客气。以后我们就是一家人啦,你有什么困难,尽管找我,能力范围内的,我一定给你办好。"

"谢谢主任,你太客气了,以后还需要你多多关照。"面对热情的黄主任,朱瑞生心存感激。

就在这时,门外传来男子的声音:"黄主任,听说朱老师到学校来了,你见到他没有?"随着声音,一位50岁左右的男子走进办公室。

"林校长,朱老师到了。朱老师,这位是林校长。"黄主任介绍着说。

"你好,你好,朱老师,欢迎你到我们学校来。"林校长拉住朱瑞生的手,热情地说。

"林校长,感谢学校的信任,今后我一定尽力做好工作。"朱瑞生谦逊地说。

"朱老师,请到二楼我的办公室详细谈谈。"林校长的语气中充满着求贤若渴的急切。

几个人走上二楼的校长办公室,林校长请朱瑞生坐到沙发上,自己也在旁边坐了下来。黄主任去泡茶。

"朱老师,以后大家就是一家人了,我就开门见山,敞开心扉说话了。"林校长微笑着说。

"林校长,请讲无妨,瑞生洗耳恭听。"

"是这样的,现在国家提倡男女平等,许多运动项目都有女子参加了。我们台山体育运动的强项是排球,过去虽然也有女子参加排球活动,但都是以娱乐游戏的方式进行,参与的人数不多,各学校至今还没有一支正式的女子排球队。而我们师范学校,是本县教师的摇篮,负责培养各科的教师人才。县教委要求我们迅速组织成立女子排球队,为今后全面推广女子排球运动夯实基础。这就是调你到我们学校来担任体育组长的主要目的。"

"成立女子排球队?"朱瑞生听后觉得很意外。他知道,台山虽然打排球的人数众多,看打排球的女孩子也不少,但却从来没有见过女孩子上场参加比赛。如今要自己组织成立女子排球队,朱瑞生一点思想准备也没有。

"有困难吗?"林校长看朱瑞生沉默不语,关切地问。

朱瑞生抬起头来,坦言说:"有,但无论什么困难,总能找出解决困难的办法。坦白地说,现在我是完全没有思想准备,请容我

回去思考一下,3天内制订个工作方案,请校长指示。"

"好,朱老师,辛苦你了。我知道你一定能做到,我也一定倾尽所能,全力支持你的工作,尽快把我们台山第一支女子排球队建立起来,全面推动台山女子排球运动。"林校长信任的目光,令朱瑞生充满临战前的激情。他就是这样,越有挑战的任务,越能激发他的工作热情,然后全力以赴,力争圆满完成。

回到宿舍后,朱瑞生喝了口水,将自己多年来的教学经历回忆一番,认为必须要在热爱体育运动的女生中挑选队员,而台师的女子篮球、体操和田径运动开展得较早,这些运动员的身高和综合素质基本能达到要求。有了这个基础,剩下的训练科目和训练计划就可以在男排训练内容的基础上,再根据女性的特点来做训练计划就好办了。

理清了工作思路后,朱瑞生的心情平静下来。他翻开跟随自己多年的日记本,继续整理自己从事体育教学工作的心得和经验。其中,他认为最有价值的是在集体舞蹈教学方面的心得体会,这是他多年的心血结晶,他希望有朝一日,能与各地的体育工作者分享自己的教学见解,将集体舞蹈的教学心得推向社会。

二

观看完"解放杯"排球赛的赵达辉等一拨小伙伴告别了父亲,兴致勃勃地步行回到浮石乡的家里。躺在木板床上的他,脑海里不时浮现出"解放杯"排球比赛时的精彩场面,令他兴奋难眠。

第二天天刚亮,赵达辉便迎着雄鸡嘹亮的啼叫声开始晨跑锻炼。这是他3岁时在父亲的带领下养成的习惯。他记得父亲常说,任何体育运动都要靠人的精气神。只有持之以恒地锻炼体能,从小养足精气神,才有足够的体力参加对抗剧烈的体育比赛。

赵达辉绕着村子跑了不到500米,他的两个小伙伴阿宏和阿进

第一章　庆祝解放，侨乡贺新岁

也从家里出来，跟着他的步伐跑步。在村子里，他们3个人最为要好，从小爱好排球，配合默契，是球队的最佳搭档。达辉身材高，负责主攻和拦网，又兼顾二排的防守；阿宏思维活跃、动作敏捷，负责二传，是球队的灵魂人物；阿进身壮力沉，负责发球和三排的防守。3个小伙伴各有所长，相互配合，经常以3人对其他球队的9个人，往往能以少胜多，被誉为常胜队。

3个人环绕着村道，一边跑，一边兴奋地谈论着观看比赛的感想，大家都恨不得马上长大，像大人一样参加真正的排球比赛，为村子争光。几个人跑了将近一个小时，直到汗流浃背了，才坐到一棵大榕树下喘口气。

赵达辉休息了一会，站起来说："走，到兰溪去游泳。"

"辉哥，天气转冷了，免了吧？"阿宏犹豫着说。

"阿宏，刚下水是有点冷，游动起来就不觉得冷了。"

"辉哥，我也来。"阿进不甘示弱地说。

"阿进，好样的。先回家拿件换洗的衣服，一会到北帝庙里来集合。"赵达辉已经13岁，正值发育期，懂得男女有别，不再像孩童时，光着屁股在河里玩了。

不一会，几个小伙伴都来到村里的兰溪河边。赵达辉带头脱下衣裤，走到河边，用水把身体擦热，然后弯下腰，两脚用力一蹬，一个漂亮的飞跃，像鱼一样插进河里去，直到十多米远才露出头来，得意地回过头来望两个小伙伴，然后挥动双臂，向前游去。阿进、阿宏自幼和达辉一起在这兰溪河玩到大，早就学会游泳，此时也有样学样，飞身跃进河里，轻松自如地向前追逐。

几个小孩子沿着河道游了几个来回，才爬上河岸。赵达辉拿起手巾，边擦身上的水，边问："阿进，早几天你请假没上课，落了几节文化课，补上来没有？如果没有，我可以趁现在放假，找时间给你补上。我爸说，喜欢打排球是件好事情，但不能因为打排球误了学习文化课。"

"辉哥,我已经自学补上了。我一定争取机会追上你。"

"那就好。我爸说,要我争取考上台中,到县城里去读书。开始我还不肯离开我们村的,这次在城里见到这么多新鲜的事物,觉得城里还真的不错,所以也希望你们跟我一起,争取考上台中,一起打球。"

"辉哥,你爸爸现在是县里的干部了,今后你要上城里的中学读书就方便多了。能不能跟你爸说一下,也关照下我们?"

"你千万别这样想,我爸是怎样的人,你们不会不知道。像他这样讲究原则的人,想找他帮忙,你想都别想。我们一定靠自己的实力实现自己的愿望。努力吧,你这个家伙。"

"那也是,上次训练,我只是偷了一小会懒,就被你爸罚跑了好几圈,现在想想都怕。不过我知道他这样做,都是为了我们好。"阿宏吐着舌头说。

"哈哈,你们知道就好!走,该回学校练球啰。"达辉穿上衣服,搭着两个小伙伴的肩膀,朝村里的学校走去。

香港九龙"新民主"书店,一位十几岁的少年正在翻阅着一本《虾球传》。看着看着,这位少年被书里的故事打动了,感慨着合上书,陷入对家乡的怀念之中……

1949年5月,国民党南京政府的高级官员仓皇逃到广州,社会动荡不安。这位在广州市知用中学读高中的少年,因为国民党军队的封锁,学校停课,他不得不辍学回到家乡台山,借读在台山县立中学。也就在这里,令这位少年的思想有了巨大的转变。他记得很清楚,那是1949年10月下旬,也就是人民解放军进入台城的次日,好奇的他独自从乡下五十跑到台城。在大街上,他目睹衣着虽然破旧,但却纪律严明的解放军,不但待人和气、亲切友好,真的是不拿群众一针一线,而且买卖公平,许多商铺都如常营业。

这位少年回到台中后,由于学校校长在解放军进城之前宣布停

第一章　庆祝解放，侨乡贺新岁

课，学生们都回家去了，如今只剩下空荡荡的校舍。

看到这样的情景，这位少年只好准备回家等通知。就在这个时候，他看到3位学校学生会的学生，便跑上前打招呼：师兄，你们知道学校什么时候复课吗？

那几位师兄认得这位低两级的师弟，但却不知道他的名字。"我们也不知道什么时候复课。你叫什么名字？晚上有没有空？"

这位少年说："我叫李福达，想回校看看什么时候可以回来上课。现在一个人在台城，正准备回家。"

"李福达？这样吧，如果你没什么地方去，可以跟我们到台城看看。还有晚上我们有个活动，你要不要来看看？"

李福达本来就喜欢热闹，听说有活动，很高兴地答应了。

当天傍晚，几个人一起来到台城溯源学校的课室里，参加学联召开的会议。

会上，主持人自我介绍说：欢迎大家参加这次会议。我姓谭，大家可以叫我谭大哥。下面，我给大家介绍解放军进城后县政府安抚民众的情况。

谭大哥介绍完后，又与大家一齐讨论如何开展新社会的政治宣传工作。会后，谭大哥说："现在我教大家学唱《义勇军进行曲》《团结就是力量》等歌曲，以后唱给群众听，好不好？"

大家热烈鼓掌：好！

大家学了一会，就相当熟了。主持人说："今天练唱革命歌曲到此结束。下面由谭淑芬同学教大家学习跳秧歌舞。"

"大家好，我叫谭淑芬，是台山师范的学生。"一个女孩子落落大方地从人群中站了起来。

大家热烈地鼓起掌来。淑芬点头回礼后，把自己带来的一条红绸带系在腰间，双手分别拿着红绸带的一头，对大家说："我先给大家示范一下，等会大家再跟着我学。好不好？"说完，双手晃动着红绸带，嘴里轻声地喊着"咚咚咚，咚咚咚，咚咚咚咚咚"的

15

节奏。她优美的舞姿、甜美的笑容、奔放的热情感染了在场的年轻人，大家一边和着节奏拍掌，一边扭动着身体，学着淑芬的动作跳了起来。这秧歌舞本来就很容易学，年轻人的身手灵活，很快便把秧歌舞学会了，大家情绪高涨。

见大家学得差不多了，主持人让大家停下来。"我们明天到大街上去宣传安抚民众的政策，大家有没有时间参加？"

年轻人的劲头已经被鼓得足足的了，纷纷高喊："一定去！"

"好，大家明天早上到这里来，集中后到牛屎巷去。现在散会。"

李福达也被大家的热情感染了，主动要求参加宣传队。

第二天一早，正是台城的墟期，四乡来台城牛屎巷趁墟的人络绎不绝。这牛屎巷原来是贩卖牛只的牛栏，过去臭水横流，被称为牛屎巷。旧城改造时，将这里建成西宁市集，主要经营日杂用品、丝绸布匹、洋烟洋酒、山珍海味等。虽然地上已没有牛屎了，但"牛屎巷"这个名称却因为好记、顺口，便保留了下来。

宣传队十几个年轻人来到牛屎巷，找了个宽敞的地方放下手中的宣传资料，然后整齐地站成一排。谭淑芬往队伍前一站，面向宣传队员，伸出双手，做出预备的手势："起来，不愿做奴隶的人们——预备，唱！"

唱了几首歌后，淑芬又带领大家扭起秧歌。宣传队员雄壮响亮的歌声、热情奔放的秧歌舞，很快便引来了许多群众的围观。谭大哥趁着这个时机，手拿着一只大喇叭，大声地向观众讲解新政府的政策。淑芬和福生等人一边将油印的宣传资料派发给群众，一边耐心向群众讲解政策……

心情激动的李福达回到台中，见到已经有十几位同学聚集在学校，神情兴奋。还见到那几位师兄手捧着鲜艳的国旗，走向大操场上的升旗台前。李福达连忙跟着大家，庄严而又兴奋地高唱国歌："起来，不愿做奴隶的人们，把我们的血肉筑起我们新的长城

第一章　庆祝解放，侨乡贺新岁

……"大家一边唱，一边升起学生们亲手制作的第一面五星红旗。

这一个多月火热的学习和社会活动，李福达的思想观念起了根本性的转变，形成了对共产党和人民政权的坚定信念……

回想起在家乡那些火热的生活，再对照《虾球传》里的主人公虾球的遭遇，李福达下定决心：不去美国了，要回到家乡，参加社会主义新中国的建设。

重回台中上课后，李福达积极参加新民主主义研究会的活动和学校组织的学习活动，成为学生会的骨干。后来，他被组织选派参加粤中地区学生干部训练班学习。

在这政治教育学习活动中，李福达的政治觉悟有了根本性的提高，也开阔了他的视野，增强了他对工作的掌控能力，夯实了他在政治思想工作方面的根基，从而为他后来担任台山体校负责政工方面的领导打下了良好的基础。

三

1950年12月中旬，在县政府工作的赵泰富接到了一份文件，是肇庆专区转发的关于县级政府要加强推广群众性体育运动的管理，成立体育支会的文件。

赵泰富看了文件后，明白这是领导要求他负责办理的事情。

经历过旧中国生活的他深知，那时，许多地方军阀割据混战，国弱民贫，连基本的温饱也无法保障，又哪有闲情开展体育运动呢？因此，中国人经常被外国人称为"东亚病夫"！正因为如此，台山华侨支持家乡子弟开展排球活动，并取得了不俗的成绩，但那时的排球比赛只是民间的一种松散的娱乐活动，从来没有被当成真正强身健体的群众性活动来推广。

现在，人民当家作主了，要建设社会主义新中国，一定要加强体育锻炼，提高人民体质，才能进行社会主义建设。赵泰富觉得成

立台山体育支会的意义重大,一定要按照上级的指示,落实好这项工作。

想到这里,赵泰富走到办公桌前坐了下来,认真研究文件精神。看着文件,赵泰富的脑海里浮现出一个清晰的人物——那就是被自己邀请回家乡、现任台山师范体育组长的朱瑞生——

赵泰富其实比较了解朱瑞生——就读于台山县立中学,是学校篮球、排球队的主力球员。高中毕业后,到广州某大学攻读,毕业后,先后在多所中学担任体育老师、体育组长,有丰富的教学经验和专业技术。如今朱瑞生在台山师范担任体育组长,组织成立了女子排球队,活动开展得有声有色,参与的人数越来越多。在这么短的时间里,做出这么好的成绩,还真的让赵泰富感到意外。

"推荐朱瑞生担任台山县体育支会专职负责人。"很快,赵泰富起草的关于成立台山体育支会的报告呈送到县委书记的桌上。

1950年12月19日,经县委县政府批准成立的台山县体育支会在台城西南边的一所红楼里诞生了。赵泰富代表县委县政府参加了挂牌仪式。朱瑞生被任命为体育支会秘书长,专职负责体育支会的具体工作。

望着悬挂在红楼大门口的台山体育支会的牌子,朱瑞生百感交集:在这不到一年时间,自己的工作单位换了几个,虽然同样是干体育工作,但工作岗位的重要性却越来越大,肩上的担子越来越重。过去只是负责一所学校的体育工作,现在却要负责全县的体育工作,自己能胜任吗?

就在朱瑞生为自己的工作感慨的时候,他感觉到一只手轻轻地拍了拍自己的肩膀。他抬头一看,原来是赵泰富正微笑地望着自己,仿佛在问,有什么困难吗?

朱瑞生回过神,拉着赵泰富的手,坚定说:"赵同志,我感激组织的信任,我一定竭尽所能,做好本职工作。请组织放心。"

"瑞生同志,组织上相信你一定能胜任这项工作,圆满地完成

第一章　庆祝解放，侨乡贺新岁

组织上交给你的任务。以后有什么困难，要及时向组织汇报，组织一定支持你。"

"赵同志，那我在台师的工作怎么样？那边的女子排球队刚刚组织起来，还需要跟进。我可以继续把那项工作开展下去吗？"

"当然可以，现阶段体育支会刚成立，工作量应该还不是很大，如果你能抽空兼顾台师女子排球就最好。当然，如果你能找到替代你的人选也行。我们台山过去没有多少女子打排球，更没有正式的女子排球队，我希望以后尽快成立县专业女子排球队，把台山的女子排球队拉出去，争个金牌回来，那多好啊！"

"那太好啦，有县委会的支持，我一定尽快成立台山县女子排球队，为台山排球争光。"

"我相信你一定能做到。对了，说到女孩子，我想起了一件事，想征求下你的意见。"

"赵同志请讲。"

"为了协助你的工作，我想再给你配个女孩子，帮你处理一些来往的文件和后勤工作，让你安心处理专业上的工作。"

"那太好了，感谢赵同志想得这么周到。"

"小谭，这位是朱瑞生。以后他就是你的领导了。"

"朱老师，你好。"

"哦，是你？谭淑芬？"朱瑞生有点吃惊。

"哦？你们认识？对对，你们都是台师的。哈哈，你们过去是师生关系，现在是同志关系了，看来，我还真的没有选错人。"

"赵同志也认识谭淑芬啊？"

"我跟淑芬的父亲谭嘉仁是老同学。小谭在学校接受了共产主义理想的教育，积极参加进步学生的活动，在学校时已经加入了共青团，被选为团支部书记。他父亲出国与亲人团聚时，她坚决要求留下来。她今年刚毕业，我推荐给你，希望你带好她。她父亲过去也是一名排球好手啊，我相信，她一定能配合好你的工作。"

"我知道。小谭在学校时，经常组织学生举办歌唱社会主义祖国的歌舞表演，我常常都被同学们的表演所感动，所以我相信她的政治觉悟和组织能力很强。我是一个从旧社会过来的人，政治觉悟还不够高，以后还要小谭多多提醒。"

"朱老师，我刚走出学校大门，思想上可能还很幼稚，业务上更是空白一片，以后还得靠你传帮带呢。"

"这些思想问题，大家都要加强政治学习，共同提高，你们两师生以后再讨论吧。我还有些事情要处理，先回政府啦。祝你们的工作顺利，再见。"赵泰富走了几步，突然停下来，回过头来问："瑞生，这个月的25日，我们就要举办台山县首届运动会了。一些细节问题你还要跟紧一点，千万不要出什么漏洞啊。还有，我们的运动会举办完后，还要参加粤中运动会的篮球和排球比赛，各项工作都要提前准备好。"

"运动会的工作我跟紧。参加粤中运动会的篮球和排球比赛的队伍，还需要我们县运动会结束后，才能确定下来。"

不久，中华人民共和国成立后的台山县首届运动会圆满结束了。朱瑞生随即把准备参加粤中运动会的篮球和排球比赛的队伍名单向赵泰富汇报。"赵同志，我们台山准备参加粤中运动会排球比赛的排球队，由这次全县排球选拔赛的冠军队仁社体育会代表台山参赛，我负责带队，陈耀丰教练负责带篮球队。"

"这是粤中地区首次举办的体育比赛，大家要高度重视，力争夺取最好成绩。"赵泰富嘱咐道。

"仁社排球队是这次县运动会的冠军球队，由他们代表台山参赛，我相信有能力拿冠军的。"朱瑞生说。

"要戒骄戒躁，切忌盲目自大。我跟仁社体育会打过交道，队长黄永栋年轻时创造的五路进攻、重点防守，赢得了全国运动会冠军，为台山争了光。现时的队伍里不但有众多实力强劲的主攻手，还拥有众多技术全面的球员，是台山排球队的四强之一。由他们代

第一章　庆祝解放，侨乡贺新岁

表台山排球队参赛，夺冠军是不成问题的。不过，我听说有几个实力较强的球员因为没有被选入参赛队伍，跑到邻县的球队，还担任了主力，这个情况不容忽视。而且黄永栋有时比较骄傲，听不得其他人的意见。可惜我这几天要下乡调研，无法随队出征了。"

"赵同志的担心有道理，我会视情况及时处理的。"

元旦后，粤中运动会在佛山地区正式举行。几支参赛队伍经过一番激烈拼搏，最后进入排球决赛的是台山队和邻县的球队。

台山队与邻县球队过去多次参加打球比赛，但台山队总是胜多败少，因此邻县到处网罗人才，不断提高技战术，希望有朝一日击败台山队，不让台山队独占鳌头。这次排球赛，两支冤家队又在冠军争夺赛中碰在一起，鹿死谁手呢？

其实多数人都认为这个冠军非台山队莫属。因为邻县的这次下场的主攻手，是没有被选进台山代表队而被邻县队聘为主力的球员。用句俗语说，这是台山队挑剩的箩底橙，你却把他们当成主攻手。真是蜀中无大将，廖化当先锋。这样的球队能是台山队的对手吗？反观台山队高手林立，个个都能独当一面，怎会惧怕这两个只能算是后辈的小卒呢？

不但多数人这样想，就连台山的领队朱瑞生也是这样认为。显然，台山排球队根本没有把这次冠亚军之战放在眼里。也正因为如此，购票进场观看的观众寥寥无几，球场上空落落的没有多少观众。球场的守门人索性连大门也不关，任由观众自由出入。

果然不出观众所料，第一局球的哨声吹响后，在毫无悬念的情况下，台山队以 15 - 6 的比分，轻松地拿下第一局。第二局，台山队队长兼教练高佬栋首先只安排了候补队员下场。

第二局一开始，台山队又先声夺人，领先 3 - 0。然而，转眼间，场上的比赛风云突变——从台山队加盟到邻县的两位小将球员突然发威：一传稳稳地接过台山队的发球后，在二传手的巧妙配合下，两位小将迅速移动、起跳、扣球，一连串漂亮的动作过后，

台山排球故事

"咚"的一声,球落到台山队的场界内,夺回了发球权。紧接着,邻县的球员发了个上手大力钩手球,只见球飞快向对方的场上高速旋转着飞去。台山队接一传不到位,球过了对方的网后,被对方一传救起,接着,观众看到了如行云流水般流畅的传球、扣球,球又打到台山队的场界内。如此这般,邻县队连续夺得几分,反以3分领先,6-3!

看到赛况这样急转直下的情形,观众席上顿时振奋起来,惊叫声、欢呼声、加油声不断,震耳欲聋,球场门外开始有人涌进来了,门卫担心安全问题,连忙关上大门,声明一定要凭票进场。

朱瑞生看到场上的赛况变得如此戏剧化,顿感愕然。这两位小将怎么突然变得如此厉害?配合得如此天衣无缝?攻势如此凌厉?

还没等朱瑞生细想,场上的比分再次刷新,11-4,邻县领先7分了。朱瑞生看了看坐在球员席上的高佬栋,却见他的表情淡定如水,一副稳坐钓鱼台的样子。"莫非自己首次带领球队参加如此重要的比赛,想赢怕输的心理令自己过于紧张了"?朱瑞生拿起水杯,喝了口水,希望平静自己快要蹦跳出来的心。

但很快,朱瑞生的心情平静不下来了。场上的比分已经到了赛点14-5,自己的球队才得了5分,而对方已经……

朱瑞生又瞧了高佬栋一眼,只见他的眼神只是闪了一闪,并没有太过特别的表示。朱瑞生弄不清高佬栋的葫芦里究竟卖的什么药?是不是他心中另有想法?或者这第二局是想锻炼新人?或者说先来个火力侦察,待弄清对方的实力后,再来个后发制人?自己毕竟是首次直接跟台山这支强队一起出赛,高佬栋又是个资格老、经验丰富的排球高手,在1947年曾经带领仁社排球队代表广东省警察大队参加"全国警官排球赛",夺得冠军后,又代表"全国警察总队"参加第七届全国运动会,获得排球赛冠军。有这样辉煌的战绩的他,自然有他处理的独特手段和办法。还是先观察下再说。

就在朱瑞生思考高佬栋采取什么行动的几分钟,裁判已经鸣哨

第一章 庆祝解放，侨乡贺新岁

结束了这局比赛。邻县队以大比分15-6赢了，双方战成1:1平。

双方换场后，朱瑞生见高佬栋并没有调换参赛球员的打算，而只是跟球员们交代了不要慌，要稳住阵脚这样几句的例行话，忍不住提醒说："黄队长，对方已经打顺手了，攻势正旺，我们要不要换上实力更强的老将和主攻手，先把对方的攻势遏制下来？"

高佬栋点燃一支香烟，回了一句："不要急，我心中有数。"

朱瑞生再次提醒：我听人说，邻县今年聘请了从广州培英学校排球队回来的主攻手周生当技术指导，从你们仁社挖走的两位小将是不是接受了他的指导，水平上去了？

"那两个小子是我们仁社的后起之秀，也有两把刷子，但也只是三板斧而已，掀不起什么风浪，没什么好怕的。我心中有数，你放心，你就等着，准备捧着冠军杯回去向领导报喜吧！"

黄队长，我没有这个意思，捧不捧冠军杯是其次。邻县一向不服我们，听说赛前他们已经立下誓言，一定要打败我们，夺取冠军。还有人看到，他们在潭江的岸边河堤上，挑了一块对着我们台山方向的地方，用白灰水刷了一行十分显眼大字标语，上面写着"赶超台山争冠军"的几个大字。分明是向我们示威啊！看来，他们是做足了功课，有备而来，我们可不能轻敌啊。

"手下败将，敢口出狂言，只会自取其辱。有我坐镇，你放心好了。"高佬栋说完，才转身去看赛场上的比分表。

不看不知道，一看吓了他一跳。原来，这时场上的记分牌已经显示着9-2，邻县已领先7分了。自己场上的球员显露出颓丧的神情，被动地应对着对方的进攻。高佬栋的脸色霎时间变得十分难看，马上站了起来，向裁判示意，要求暂停。

朱瑞生看到比分，跟着站了起来。

高佬栋不等球员们围拢过来，厉声问："怎么打的？就这么转眼间，一个个就像斗败了的公鸡，垂头丧气地？没吃饱饭吗？"

高佬栋的喝问，令球员们面面相觑。

"阿荣、阿育,你们两个上场打好一点,别给我丢脸。"

台山队换上两位主攻手后,情势立刻有了转变,双方的比分开始拉近。见此情况,高佬栋的脸色转怒为喜,有点得意地看着朱瑞生笑了笑。仿佛在说:"怎么样,还是我们的实力胜人一筹吧?"

朱瑞生见到局势转好,悬着的心才定下来,朝高佬栋点点头。

然而,就在台山队准备乘胜进击的关键时刻,邻县球队中一名面孔陌生的高个子示意裁判,要求暂停。

暂停过后,邻县球队的攻击风格又开始转变了。只见那高个子与两位小将配合默契,专拣台山队的空当位置进攻。而台山队的防守开始动摇了,一传不到位,各种进攻也被对方封死。转眼间,邻县的比分又领先了一大截。朱瑞生的心又悬在半空。他转脸望向高佬栋,只见高佬栋不停地抽烟。虽然寒风阵阵,但他的额头上却冒出了点点汗珠,完全没有了开赛前期那种镇定自若的神情。

接下来,高佬栋又接连进行了多次的战术调整,几位主力球员轮番上阵,但一个个却完全没有了斗志,原来傲视群雄的眼神不见了,大家的技术都因紧张而无法发挥。

反观邻县的几个球员却越战越勇,强壮的身体散发出一种势不可挡、舍我其谁的无敌气概,一鼓作气,把台山队杀得毫无还手之力。最终,以3∶1的比分夺得冠军。台山队屈居亚军。

看到这样的比赛结果,朱瑞生目瞪口呆,感觉还在云里雾里一样,不知如何走出赛场。回到休息的地方,陈耀丰带来的台山篮球队夺得冠军的好消息,才令朱瑞生感到一点点的安慰。毕竟,首次带队出赛,取得了这样的佳绩,也是难能可贵的了。而且,他也基本明白了这次排球比赛失败的原因——那就是骄兵必败。

粤中运动会结束后不久,国家体育训练班、八一体工排球队和广东省排球队的领导前来台山挑选优秀排球运动员,充实自己的队伍。这段时间,朱瑞生忙前忙后地配合着,带着领导们到各乡镇、到村里去组织举办排球选拔赛。

第一章 庆祝解放，侨乡贺新岁

几个月后，谭淑芬在体育支会的大事记里，写下了这样的一段记录：在粤中运动会上表现出色、实力出众的球员黄育民、谭元芳、黄亨、黄福彦等台山籍运动员被选上国家排球代表队，李策大、倪沛林、李金维、李松坤、伍伟泮、朱华、朱锦康、黄伦等球员被八一体工队和其他省的排球队招入排球队。而被邻县聘请参加粤中排球赛且在比赛中表现出色的两位台山籍的年轻人，也被国家排球队招揽旗下。

1952年春节过后，中共台山县委、县人民政府为了维护社会治安秩序稳定，开展整顿民间社会团体组织。仁社体育会的会长黄永栋已经离开台山到香港去了，许多主力队员已经被选上国家、省、部队的排球队，其余人员也各奔前程，政府将仁社体育会改名为台城联合排球队。仁社体育会自此完成了历史使命。

四

朱瑞生担任台山体育支会秘书长后，仍然兼任着台山师范体育组长。因为他心中记挂着这支新组建的女子排球队，还记得体育支会成立时赵泰富的嘱托：在时机成熟时，要成立一支女子排球专业队，为台山排球争光。他要在台山师范女子排球队的训练过程中，了解更多训练女子排球队的窍门，为成立县女子排球队打基础。

自此，朱瑞生成了一位大忙人。每天早上，他要赶到台山师范（简称台师）去带领女子排球队进行早练，再将训练心得交给淑芬整理归档。下午，到红楼来处理公务，还要经常跑四乡，联系组织各地的排球队举行比赛。用他自己的话说，时间不等人啊，有时想眯下眼的时间也没有。但他感觉这样的工作、这样的生活很充实，很愉快。

勤快的谭淑芬没有辜负赵泰富的期望，把体育支会的文件处理得妥妥当当，联系各方面的工作也做得井井有条，减轻了朱瑞生处理文件繁多的负担，使朱瑞生把更多的时间放到训练台师女排的工作中，令朱瑞生十分满意。

不久，检验朱瑞生训练成果的时刻到来了。

这年暑假，广东省组织举办中学生女子排球比赛，台师女子排球队代表台山参加。

7月的广州骄阳似火，天气酷热难熬。不要说在露天的场地里训练，就是在室内的体育馆里呆长一点时间，也令人汗流浃背。

朱瑞生带着一群第一次从县城到省城来参加比赛的女孩子，心里既紧张又兴奋。紧张的是这群初出茅庐的女孩子，能否在比赛中发挥正常，夺取应有的成绩？兴奋的是，自己训练的成果就要检验了。有效呢？还是失败呢？这种矛盾的心情，令他忐忑不安，不停地在训练场上指点着球员的动作。

随队参赛的谭淑芬也感觉到朱瑞生的紧张情绪。她递给老师一杯开水，说："朱老师，我是女孩子，懂得女孩子的心理。你越给压力，她们就越紧张。你告诉过我，人一紧张，技术就不能正常发挥了。"

朱瑞生接过杯子，喝了口水，定了定神，说："哎，小谭啊，你说的我也懂。口中说容易，真正到了关键时刻，就把自己说过的话也忘了。是我把荣誉得失看得过于重了，幸得你提醒及时，如果在比赛中，我也这样不切实际地给压力这些女孩子，就会吃大亏了。明天就要比赛了，今天下午就让这些女孩子休息好，养足精神。"

"朱老师，不如我们下午带大家去公园放松一下？"

"去公园？去哪家公园呢？"

"去动物园好了。那里有许多我们从来没有见过的动物，女孩子都喜欢。"

"是你自己喜欢吧？你这个丫头。"

"我不是丫头啦，我是大人了。你同意啦？那我现在让大家休

第一章 庆祝解放，侨乡贺新岁

息了，好不好？"淑芬调皮地做了个鬼脸。

结束训练时，女孩子们一脸疲态。淑芬马上向大家说："现在我宣布，下午不训练了，我们带大家去动物园看动物，好不好？"

"好啊！太好啦！淑芬姐，我们太爱你啦！"女孩子们马上欢呼雀跃起来，红扑扑的脸蛋像盛开的鲜花一样亮丽。

也许是朱瑞生平时对运动员的训练抓得紧、方法对头，又也许是去动物园游玩回来后，运动员的精神被鼓舞振奋起来。无论是哪种原因，反正在比赛中，台山姑娘们的技术发挥超常，扣杀有力、防守严密。比赛的结果证明，这支年轻的女子排球队首次参加省城比赛，赛果令人满意——得了亚军。这样的结果，已经出乎朱瑞生的意料。他觉得，不虚此行。因为，检验了自己的训练成果，既看到了自己队伍的不足，也看到了强队的长处，更利于今后有针对性地开展训练了。这样的结果，不但令县委县政府十分满意，也令赵泰富觉得自己的选择是正确的。

朱瑞生虽然对首次出征的成绩感到满意，但他有个特点，就是要及时将比赛的每一场得失球的情况罗列出来，然后分析其中的优缺点，以便今后加以改进。

这天上班后，朱瑞生便让谭淑芬将她记录的比赛情况拿出来，独自研究起来。

谭淑芬忙完了手头的工作，见朱瑞生看资料正入神，便将自己跟随比赛的那几天日记拿出来翻看。

不一会，正在看日记的淑芬仿佛听到瑞生问：如果小余当时的站位往前一点，这个球是不是就能救得更好了呢？

淑芬不假思索地答：当时小余刚从2号位救了个球，还没有来得及回到原位，对方的球就扣下来了。当时如果后排的小李能提前做好应对的准备，不要一定等小余回到原位，这样可能更好。

可是如果小李离开了自己的位置，万一球到她的位置呢？

谭淑芬见朱瑞生虽然没有望着自己，但听他这样问，思索了一

下，回答说："关键是要灵活机智，临场应变，不要一成不变。就像我们在跳集体舞的过程中，基本动作要掌握，但在跳的过程中，就需要灵活机动，遇到意外情况，也要想办法补救。"

这话说起来容易，而且打排球跟跳舞是两码事。双方对攻时，攻击过来的球往往速度很快，根本不容得你有丝毫思索的余地。我看关键是个人的素质要提高。

我刚才的比喻是想强调团队精神第一。

你说什么？

淑芬见朱瑞生这才抬起头来，便说，团队精神第一。

是你刚才在跟我说话吗？

对呀，你不是在跟我说话吗？

没有啊，不知道啊。不过，我记得你说过团队精神。

对，我是说团队精神第一。

"对呀，排球是一种团体比赛活动，没有团队精神是不可能的。过去我就是太过强调个人技术，从而令个别技术较好的队员产生了骄傲自满的心态。如此一来，便令到其他队员产生对其不满的情绪，在比赛中，就有可能出现球即将落在两人之间的时候，发生你推我让的情况了。你说得太对了。哎，你怎么也懂排球的？"朱瑞生自言自语地说到最后，突然冒出这样的话。

"你现在是跟我说话了吗？"淑芬调皮地问。

"对呀，难道这里还有第二个人吗？"朱瑞生奇怪地问。

"我不懂排球啊，我只懂跳舞唱歌。"

"可是我刚才分明是在说排球，而你也说了好多打排球的道理。难道不懂排球也能说出其中的道理？"

"一理通，百理融。我只是说跳舞的道理。"淑芬调皮地说。

"太好了，你父亲过去是位排球高手，你继承了他的基因，它已经渗透到了你的骨子里了，使你在不知不觉中能说出打排球的道理。以后，你多跟我到训练场去，给我参谋参谋，尽快把我们台山女子排球队训练好,迎接更大的挑战。"

"朱老师,你一个人挑几副担子,也太辛苦了。我愿意尽最大的努力来协助你。"

"虽然辛苦一点,但我觉得这样的生活很充实,很满足。过去,为了生活,到处奔波劳碌,居无定所,还要担心家人和自己的安全,每天都生活在担惊受怕的时刻,不堪回首啊。现在,生活在共产党领导下的社会环境里,工作稳定,目标明确,这样的生活,再苦再累也值得啊。"朱瑞生感慨地说。

"朱老师,你的家人呢?怎么不见你提起过你的家人?"淑芬负责人事档案管理,知道朱老师已经结婚,但他却从来没有在自己面前提过他家人的情况。

"我的家人都有自己的工作,大家都忙嘛。哦,对了,淑芬,你们台师的那位朱正贤小师弟,你还记得吗?"

"记得啊,他怎么了?"

"是这样的,我看他的身材很健壮的,但却不怎么见他参加打排球或者打篮球,你知道是怎么回事吗?"

"这个朱正贤啊,也是你们三合的人呢。我听他说过,他到台师读书之前很喜欢打排球,过去家境不好,没有钱买排球玩,还专门找来旧报纸,里面塞块石头,外面再用破布条包扎好当成排球,经常与同村的小伙伴一起玩呢。"

"我离开三合好多年了,都不认识那里的小孩子了。那他现在进了学校,有这么好的条件,为什么不打了呢?"

"也许是我们学校喜欢打排球的男孩子太多了,技术太高了,而正贤的志向并不只在打排球,所以便没有朝这方面努力了。我还听他说过,一定要考上省城的学校,以后要做大生意。"

"小小年纪,有这么远大的志向,未来的前途一定无可限量啊。"

台山排球故事

1951年5月的一天,谭淑芬收到一份《人民日报》,里面一则赛事报道令她十分惊喜。她连忙将报纸送给朱瑞生,说:"朱老师,好消息,你快看看。"

朱瑞生接过报纸一看,上面一条醒目的标题:全国首届篮球、排球比赛大会在北京圆满结束。中南区代表队夺得桂冠!

朱瑞生看完报纸后,说:"中南区代表队主要由广东运动员组成,而广东运动员的主力队员多数是台山籍的。这次中南区男队7战全胜,获第一名的战果,可以说是我们台山人的骄傲啊。今后,我们还要抓紧培训,培养更多优秀的排球运动员,为台山争光。"

朱瑞生说完,又说:"我们台山籍的球员分布在全国各地的排球队,你要尽量地收集他们的信息资料,整理成册,作为我们台山人的骄傲,留给后世。"

谭淑芬听完后,接过朱瑞生递过来的报纸,把这篇报道抄录到日记本里,还把报纸放进文件夹里收好。

朱瑞生见淑芬这么细心,心里很满意。

这时,红楼的窗外传来了广播器播放的激昂嘹亮的歌声。朱瑞生走近窗口朝外一看,原来是建筑队伍正在热火朝天地进行体育运动场地的施工。朱瑞生感慨地说:"在新政府的正确领导下,施工队效率真高啊,不到半年时间,这么大的体育广场建设工程已经接近完工了,我们很快就可以在这个新的广场举办各项体育比赛了。"

淑芬放下手里的资料,走近窗口,兴奋地说:"朱老师,你看,那边那座司令台的设计多么壮观,我还没见过这么大这么威风的司令台呢,你走过这么多地方,你看见过吗?"

朱瑞生摇摇头,又点点头,说:"我只在广州体育场见过,其他地方嘛,没见过。还有这个比赛的场地,宽120米,长200多米,总面积约2500平方米,计划设400米跑道8条;还设有田径场、足球场,有了这么好的设施,我们台山的体育事业发展就能再

第一章　庆祝解放，侨乡贺新岁

上一个台阶了，我们体育支会的责任艰巨啊。"

"朱老师，我就不明白，这次建造体育场，为什么不建一座可供排球、篮球比赛的场馆呢？"淑芬好奇地问。

"你这个问题提得好。排球是我们台山的强项，但是过去，台山的排球主要是由民间组织的。比如仁社体育会，就是民间组织的，他们有物质条件，可以建一个专门用来训练和比赛的球场。还有学校因为有华侨支持，可以建设体育场。而以前建的体育场就比较简陋而且分散，不利于社会群众参加体育锻炼。现在新政府已经把开展排球运动纳入了发展体育运动的重要位置，我们一定要把排球运动统一管理起来，将排球精英召集起来集中训练，才能全面提高我们台山排球的水平，才能在今后的比赛中取得好成绩。但是，饭要一口一口地吃，路要一步一步地走。中华人民共和国成立以来，百废待兴，不但发展工农业生产要花钱，还有教育、医疗、交通设施等社会事业的发展都需要钱。现在我们已经搭建了一个能遮风挡雨的排球训练场，虽然简陋，但毕竟可以风雨不改地在里面训练、举行小型的比赛，对进一步提高运动员的技术水平帮助很大，这已经是破天荒的大事了。我相信，政府以后肯定会建设一个高标准的排球馆，你相信我吧。"朱瑞生仿佛看到了台山未来体育运动的发展前景，充满自信地说。

1951年年底，台山县首个高标准的体育广场建成了，命名为"台山人民广场"。这年12月15日，县政府举行庆祝台山人民广场落成庆典暨第一届中学生运动会活动，举行地点就在人民广场。比赛项目有：跑步、跳远、跳高、撑高等田径项目，还由各学校的学生进行了大型体操表演，阵容鼎盛，吸引了数千名群众前来观看。由于人民广场附近没有举办篮球、排球的场地，这两项比赛便安排到塔山公园运动场举行。

在这次运动会上，谭淑芬从台师老师的口中得知，小师弟朱正贤已经考上广州华南师范学院附中，因为成绩优秀，还获得了学校

的奖学金。淑芬为有这样优秀的师弟感到由衷的高兴,开心地将这件事告诉了朱瑞生。

朱瑞生听后,赞赏地说:"正贤是位聪明又勤奋的学生,他不但知道自己的长处在哪里,而且认定目标后能努力奋进。有这种精神的年轻人,一定能把握机会,我相信他今后一定能出人头地,成为商界的奇才。"

第二章　排坛改制，巧对新问题

一

台山人民体育广场投入使用后，每天都吸引不少体育运动爱好者到这里进行各项的体育锻炼。

1952年6月，为了庆祝毛主席为中华全国体育总会题词，台山体育支会在广场司令台两边竖立起"发展体育运动，增强人民体质"的大幅标语，进一步调动起广大群众参加体育运动的热潮。每到周末，到体育广场来跑步、踢足球、打羽毛球、玩太极、踩雪屐（溜旱冰）的男女老少众多，还有许多少年儿童到这里来玩游戏、捉迷藏，到处欢声笑语，呈现出一派欣欣向荣、蓬勃向上的景象。

入秋之后的侨乡天气仍然酷热。

这天下午下班后，太阳的余晖未尽，体育广场上热气未散，谭淑芬身穿短袖短裤来到广场上。她把有点自然卷的长发往脑后扎成一把马尾，然后在原地上做了几个扩胸动作，开始慢跑。淑芬跑了一圈后，白皙的额头、五官如巧匠精雕细琢般的脸蛋上渗出了一颗颗晶莹的汗珠，西下的夕阳给这位身材高挑、曲线优美挺拔的姑娘镶上了一道金黄色的光环，仿如一幅百看不厌、充满动感的油画。跑完两圈后，淑芬开始放慢脚步，调整呼吸，然后拿出汗巾，一边擦汗，一边朝宿舍走去。经过红楼旁边的露天排球训练场时，她瞧

见了里面有几个男子光着上身在打排球。心里暗笑：不用说，又是那几个排球发烧友在里面了。

果然，里面传出了朱瑞生的声音：伯健要注意前排的防守，提防对方的轻吊。还要注意后排的防守，移动的步伐还要加快……

接着，淑芬又听到对方有人在喊：斗哂（台山话，界外球的意思）啦，不用救波了！

原来是伯健在对方拦网时，使个心眼，特意不勾手腕，扣了个高出对方手指少少的球，意图打对方触手出界。但对方的拦网球员看透了伯健扣球的手势，知道这个扣球一定会飞出界外，因此提前缩回手指，并提醒后排防守的同伴不要碰触到球……

淑芬走近一瞧，里面果然又是那5个人，一边是朱老师和那个叫黄伯健的年轻人，两个人对抗对方3个人。淑芬还认识对面3人中的一位叫陈耀丰的男子，那是淑芬在台师读书时的体育老师，曾经被朱瑞生邀请带台山队参加篮球比赛。这几个家伙，爱打排球简直是上瘾了，天天就这么五六个人对抗。人家打排球一般都是9个人对抗9个人的，就算现在推行6人排球赛制，也是6人对6人，他们倒好，2个打3个也打得这么热火朝天。淑芬不得不佩服这几个家伙的恒心。

看了一会，淑芬觉得再这样看着几个大男人光着上身有点不好意思了。她回到宿舍，洗了个澡，换了条裙子，坐在木桌上写日记。可是，写不了几个字，心里却莫名地躁动起来。伯健刚才纵身起跳的潇洒身姿，占据了她的心房。她只写了"1952年9月8日，晴天"这几个字后，便放下笔，脑海浮现起与伯健相识的情景……

淑芬与伯健相识是在朱瑞生编写的《集体舞蹈》出版后，淑芬随朱瑞生到台山培英学校去了解学校开展集体舞蹈训练的情况……

"培英学校建在台城猫山之上，距离体育支会很近，不到1公

第二章 排坛改制，巧对新问题

里。"朱瑞生一边走，一边向淑芬介绍这所学校的概况，"培英学校校风很严，教学设备齐全，师资力量雄厚，校容校貌相当不错，多年来培养了不少优秀的学生。县委会接手学校后，改称为台山县第二初级中学，简称二中……"

朱瑞生说到这里，已经走到学校门口。淑芬在台城生活多年，朱瑞生说的情况其实她也基本了解。令她意外的是，走进学校舞蹈排练室，那位带着舞蹈队蹁跹起舞的竟然是位男老师。只见他在示范舞蹈动作时，全神贯注，身体刚柔并济，音乐激昂时，动作刚劲有力，音乐柔和时，又如女孩子一样温顺曼妙，整套动作流畅优美，连跳舞多年的淑芬也看入了迷，差点忘记了到这里来的目的。

更令淑芬想不到的是，这位黄伯健竟然对打排球也情有独钟。自认识朱瑞生之后，黄伯健经常在学校放学后，约上几个人到红楼里找朱瑞生来打排球。有时还借故找淑芬请教舞蹈上的技巧，其实是借题发挥，大谈特谈他在大学时所学到的世界各地的舞蹈知识，那独特的见解和丰富的学识，令没有上过大学的淑芬心生景仰。

就在这时，淑芬听到楼下传来令她心跳的那个人的声音：淑芬，你在楼上吗？我们几个要去光声戏院看电影，你要不要去看？

淑芬连忙平静心情，清清嗓子后问："看什么电影啊？"

"是最新的电影《南征北战》，这票好难买的，我是通过学生的家长，走后门才买到的，不去你可别后悔啊！"

"淑芬，换好衣服没有？电影放映的时间就到了。"伯健见淑芬好长时间没有回话，便又急着催问。

淑芬找出一条蓝色西装裙在身上试了试，觉得太正规了，又找了条白底紫色丁香花图案的连衣裙，在镜子上照着试了试，觉得满意了，才开始换衣服。这时，楼下又传来陈耀丰的调笑："伯健，看来你这次没戏了，淑芬早就有约了，你还是另约其他女孩吧。"

"淑芬，你别听耀丰胡说。我可是诚心诚意邀请你的，跟我们去吧，淑芬。"伯健的话音未落，便见到淑芬身穿连衣裙，脚蹬乳

35

白色高跟鞋,款款地从楼梯走下来,夕阳金色的余晖从她身后的窗户照射进来,把她曼妙的身姿勾勒得如一幅霞光闪烁的仙女图,看得黄伯健的神志都有点迷茫了。

淑芬一边下楼,一边笑眯眯地说:"你们几个又想出了什么馊主意来捉弄我?不就是看场电影嘛,还用得着使激将法?"

"对对对,是我错了。谭小姐,请。"伯健将自己的眼神从淑芬曼妙的身姿上收回来,十分绅士地请淑芬前行。

"朱老师,不理他们几个,没点正经的,我们走。"淑芬伸手请朱瑞生先走。

"嘀嘀,这是你们年轻人的快乐时刻,我就不去了。我还要准备明天会议的资料,等会还要回家。你们去玩开心点。"朱瑞生推辞着朝自己的办公室走去。

"别别别,朱老师,我已经买好你的票了,你不去,就浪费了。"伯健连忙拉住朱瑞生的手说。

"朱老师,明天会议的资料我已经准备好了,你就放心去看场电影吧。你不是常说,有劳有逸,身体才健康嘛。"

"对啊,朱老师,我是专门请你去看的啊。"伯健见淑芬朝自己使了个眼色,心领神会地说。

"哎,我还真说不过你们几个。说起来,我都好长时间没有看电影了。真的该找时间陪家人去看看电影才对得住他们。我从报纸上看到,这是中华人民共和国成立后拍摄的第一部军事故事片,值得一看。"

从红楼到光声戏院很近,不用一分钟,几个人穿过总工会大楼,便看到那幢三层高的光声戏院门前,挤满了正在排队等候验票进场的观众。

"哗噻,真是人山人海啊,幸好我有预见,早早就跟戏院的经理打招呼,否则,这场首映就错过了。"伯健有点洋洋得意地说。

近两个小时的电影结束后,朱瑞生向大家告辞。临回家前,朱

第二章 排坛改制，巧对新问题

瑞生问陈耀丰："近来我忙着到四乡举办比赛，这段时间台师女排的技术有没有进步？"

陈耀丰说："进步很大。这段时间我尝试着组织男子排球队跟女子排球队混合训练，让大家在这样的训练比赛中轮换位置，互相学习，互相指点，技战术都提高了不少。"

"哦，这种强化训练的办法好，就是担心男女同场训练比赛，难免会有身体上的碰撞，大家在训练时放不开。"

"朱老师的思想好像还挺保守的呢。其实，男女在跳舞的过程中，不也有身体接触吗？"谭淑芬笑着说。

"这个我也曾有过担心，但大家都认为不必过于担心这个问题。毕竟只是在训练时男女混搭，小小的碰撞，也不会影响，大家都是为了尽早掌握技术，这个不是问题。"陈耀丰的回答，进一步消除了朱瑞生的担心。"那就好，我争取时间过去看看这支新成立的女排的训练效果。"朱瑞生说完，向大家告辞回家了。

陈耀丰住在台师，跟伯健和淑芬不同路，也要告辞了。临行前，陈耀丰跟淑芬说："淑芬，你还记得你的小师弟朱正贤吗？我听说他已经离开广州华师附中，到香港去了。"

"哦，我记得他，只是没有联系好长时间了。算起来他在广州华师附中读书还没毕业啊，怎么又去香港了？"

"我也不知道原因，听说是准备跟随亲戚出国。好了，我回去了，再见。"

"再见。"谭淑芬跟陈耀丰道别后，转身朝红楼走去。

黄伯健刚好跟淑芬同路，两人是第一次不是因为工作原因而走得这么近，淑芬不知为什么觉得这样的场面有点尴尬。她知道伯健就在离自己两步的地方，她似乎听到了伯健呼吸强劲的声音，也听到了自己急促的心跳声。她知道，伯健一定会有话想对自己说。但她又不想伯健现在对自己有什么表示，她还不想这么快就捅破隔着两人之间的这层纸。究竟是什么原因，她自己也不知道。

而伯健也不知什么原因，没有了往常那种谈天说地的潇洒。两人就这么默默地想着心事，不一会便走到红楼。

淑芬回过身，微笑着伸出手，做了个再见的手势，轻轻地说："谢谢你请我看了场这么好看的电影，夜深了，我要回宿舍休息了。再见！"说完，淑芬见到伯健张开口，想要说什么。淑芬却不再理会，微笑着点点头，裙裾轻摆，转身上楼去了。留给伯健一个线条优美、婀娜多姿的背影。

伯健怅然若失地摇摇头，但他很快便调整了失望的心态，朝淑芬的背景招了招手，说："淑芬，再见，祝你晚安！"

二

第二天上午，淑芬接到县委会的电话，说赵泰富同志今天下午到体育支会进行调研，请淑芬通知朱瑞生准备好汇报材料。同时，还请通知台师的体育老师陈耀丰同志参加。

谭淑芬将电话通知记录后，马上跑到风雨球场去找朱瑞生。到了训练场后，得知朱瑞生到台师去了。她又跑回办公室，先打电话到台师，让学校办公室去找朱瑞生，并请学校通知陈耀丰老师下午也到体育支会来参加会议。自己才开始整理汇报材料。

半个小时后，朱瑞生和陈耀丰一前一后地骑着自行车回到红楼来。朱瑞生一边用手帕擦汗，一边询问汇报材料准备得怎么样？

"已经准备好了。"淑芬说完，把手里的材料交给朱瑞生。

朱瑞生接过汇报材料，看了看，在上面改了几个字，让淑芬重新誊抄在文稿纸上。

陈耀丰见朱瑞生一路上没有跟自己解释为什么让自己参加会议，便问谭淑芬。谭淑芬摇摇头，说，我也不知道。

其实，朱瑞生是明白赵泰富来调研的意图。但他知道组织原则，上级没有公布之前，任何不必要的猜测和私下议论，都是不允

第二章 排坛改制，巧对新问题

许的。

陈耀丰年纪比朱瑞生小几年，但个头跟朱瑞生差不多，有1.78米，这样的个头，在台山已经属于高个子了。朱瑞生在台师担任体育组长时，把在台城仁社排球队当二传手的陈耀丰招进台师当体育老师。那时，仁社已经解散，陈耀丰正不知前途在哪里。当朱瑞生将他招入台师，有份稳定的工资收入的时候，在陈耀丰的意识里，朱瑞生对自己有知遇之恩。因此，他对朱瑞生十分尊重。现在既然朱瑞生不主动说什么原因，陈耀丰便不再问，主动帮忙着布置会场。

下午上班的时间刚，赵泰富和两位同志已经来到红楼。

早就站在门口的朱瑞生热情地迎上去，赵泰富见陈耀丰也在，跟朱瑞生打过招呼后，向陈耀丰伸出手，说："耀丰同志，你好。"

"赵同志，你好。"耀丰谦逊地回答。

赵泰富跟耀丰握了握手，让陈耀丰先到会议室旁边的办公室等候，然后带头走进会议室。请大家坐下后，赵泰富宣布开会。

"这次到体育支会来，有两个目的：一个是听取支会工作的汇报，另一个是考察耀丰同志。下面请瑞生同志汇报工作情况。重点是我县执行上级关于落实开展体育运动和推广6人排球赛制的情况。瑞生同志，你简要一点，成绩就不用多讲，主要讲有哪些问题你们这里难以解决，需要县委会支持的就行了。"

"是，赵同志。关于推广排球6人赛制的问题，1950年7月举行的全国体育工作者暑期学习会上，中华全国体育总会按照国际排球规则，引进了6人制排球竞赛规则，并于8月组建了中华人民共和国第一支男子排球队——中国学生代表队，赴布拉格参加了世界学生第二次代表大会的排球比赛。从此，6人制排球正式在中国落地。根据上级要求，我们体育支会按照县领导的指示，向全县推广排球6人赛制，编印6人赛制训练的小册子，引导全县排球队按照

台山排球故事

6人赛制进行训练、举行比赛。现在的问题是，许多排球队几十年来已经习惯了9人赛制，而6人赛制又有许多新规则和要求，不但众多球队难适应，就算是观众，也觉得6人排球赛看得不够过瘾，没有9人排比赛激烈、好看。这项工作的推广比较滞后。"

"面对这种困难，我们体育支会决定采取先易后难、先点后面的措施，即先从学校排球队开始试点。因为学生接受新生事物的能力强，容易适应，目前在学校推广6人排球赛制的效果比较好。比如，台师新成立的女排，就是按照6人赛制的规则设置的。但是，由于我们真正掌握6人赛制的教练不多，一时半刻难以对更多的体育教师进行系统的培训。许多教师反映，有些似是而非的技术较难在短时间内迅速做出正确的判断。比如持球的界定，就很容易出现误判的情况，导致比赛时双方因此而争执，影响比赛的进行。还有许多学校的教练对6人赛制与9人赛制的区别仍然认识不足，影响了这项工作的开展。"

"除了人手不足，还有其他什么困难吗？"赵泰富抓住了朱瑞生提出的主要困难。

"除了人手不足，还有就是需要时间来磨合两种赛制的问题。要从上到下，统一思想，加强领导，召集学校的体育教师举办短期培训班，首先提高学校排球教练对开展6人排球赛制的认识。"朱瑞生又提出了自己的设想。

"你这个设想很好，我相信县委会认真研究的。照我看，台山人喜爱9人赛制是根深蒂固的，我们应该允许民间继续举办9人赛制的比赛。在宣传推广阶段，我们必须继续做好6人赛制的宣传普及工作，强调开展6人赛制重要性。否则，台山的排球便会与时代脱节，难以参加国家举办的比赛。关于开展教练培训的问题，可以采取短期集训的形式进行，要尽快落实。关于你们这里人手不足的问题，我今天带了两位同志来，先给你解决这个问题。淑芬，你带小李、小赵跟陈耀丰同志谈谈，也听听耀丰同志的意见。"

第二章 排坛改制，巧对新问题

所有议程结束后，赵泰富关心地询问建设中的灯光球场施工进展情况，并提出到施工现场看看。

灯光球场与红楼仅有一步之遥。几个人走出红楼大门，便见到工地上人来人往，紧张地进行施工。

朱瑞生边走边介绍灯光球场的建设情况。"在县委会的大力支持下，各单位十分配合，按照县委的要求安排人员参加义务劳动，灯光球场的建设工作进展顺利。按照目前的进度，还有两三个月就可以竣工了。"

"很好啊，瑞生同志，灯光球场建成后，可容纳3000多名观众，这对喜爱打排球、喜欢观看排球赛的台山人来说，是一个福音啊。这几个月来你们辛苦了，不但要带领球队抓好日常训练，还亲自带着球员们起早摸黑挑泥担沙平整球场搞基建。你看你，晒得像刚从非洲回来一样，黑成块炭似的。要注意休息，保重身体。淑芬你也要注意劳逸结合，原来肌肤像雪一样白，现在都晒黑了。给你父亲知道，该骂我啰。"

"赵叔叔，我是白里透红呢。"淑芬在赵泰富面前就像个小女孩，女孩子又怎么会让人说自己黑呢？还有父亲，他还关心自己吗？弟弟也不知这段时间忙什么？连信也没有写封回来。想到家人，淑芬有点伤感了。虽然她在外人看来像是个男孩子一样刚强，但她的内心依然有着女孩子的柔弱。

"哈哈，白里透红，这是健康的肤色。瑞生啊，根据上级的有关指示，我们县准备成立体育科，到时，你的担子更重了，你要有思想准备啊。"赵泰富跟淑芬开完玩笑，转身正色地对朱瑞生说。

"赵同志请放心，有县委会的正确领导，有同志们的支持配合，我一定完成任务。"朱瑞生向赵泰富保证。

赵泰富满意地点点头。"瑞生同志，我相信你。困难一定不少，但解决困难的办法一定会比困难多。开展工作的过程中，既要坚定地执行上级的文件精神，也要紧密联系群众，群众路线是我们

战胜一切困难的法宝。要多到群众中去,了解群众的需求,听取群众的意见。有些政策和规则,群众一时不理解、想不通没关系,但要善于做思想工作,讲清楚政策的好处,还要多组织一些技术好的球队到乡村去举行6人排球比赛,让群众多接触、多了解。理论来源于实践,一项新生事物,是需要通过实践去检验的。台山排球有辉煌的历史,这个历史是人民群众创造的。排球赛制其实也随着时代的变迁而不断改进,就像我们当年将排球运动带回台山时一样,十几人一齐下场玩。后来,又改为12人赛制,到了1928年,再改为9人赛制,当时也有许多群众不理解,后来,接触多了,看到好处了,不也就喜欢了吗?我们要相信群众的智慧,对群众有益、有利的政策和措施,群众迟早会懂、会接受的。"

朱瑞生听完,觉得赵泰富的分析十分透彻,他既从党的组织原则层面强调了贯彻执行上级方针政策的重要性和必要性,又结合自己的亲身经历,讲述了排球运动发展演变的过程,再从群众的认识需要时间、解决问题需要讲究策略两方面提出了自己的见解。这样深入浅出的分析,令朱瑞生思想开通了许多,信心也增强了。他由衷地说:"赵同志,你分析得很有道理,指出的方向十分正确。我们一定按照县委会的部署,争取最短时期将这项工作普及到更多地方,把台山排球事业推上新台阶。"

朱瑞生说完,突然想起一件事。"赵同志,修建灯光球场还存在资金不足的问题,我也知道,县财政并不富裕,所以动员了机关和群众团体参加义务劳动来参加灯光球场的建设。为了减轻县财政负担,我计划近期组织在我们这里集训的球队,到白沙去举行排球比赛,通过卖门票来筹集建设资金。你认为可以吗?"

"瑞生,你这个建议很好啊。毛主席在我们的党最困难的时候,提出要自力更生、艰苦奋斗,要依靠自己的力量,战胜一切困难。现在建设体育设施,是为了增强人民的体质。现在建设体育设施资金困难,当然可以通过举办比赛,娱乐群众来筹集,这是取之

第二章 排坛改制，巧对新问题

于民，用之于民，一举两得。你尽快拟个方案报给政府，我尽量争取上级支持。"赵泰富说完，转身对耀丰说："耀丰同志，以后你一定要多多支持瑞生同志的工作，同心协力，把工作做好，把台山排球推上一个新的台阶。"

陈耀丰点点头。"我一定努力工作，决不辜负领导的信任。"

"赵同志，再次感谢上级领导的支持。淑芬，你回去后马上拟份报告给我，争取明天报政府。"朱瑞生高兴地说。

"好的，我马上回去办。"淑芬说完，便回到办公室。

一个星期后，朱瑞生联系好白沙乡政府，带领着两支球队，到白沙举行6人排球比赛。

白沙，位于台山县西北部，因地处潭江河边，河的岸边布满白色晶莹的沙，故称为白沙。这里是台山著名的华侨之乡，特别是当年兴建了新宁铁路支线，拉近了白沙与台山县城的距离后，再加上毗邻开平，两地商贸发展便利，很快便成为一座经济繁荣的墟镇。经济繁荣，推动了体育运动的兴起。白沙人打排球的历史虽然比台城的人稍短，但这里的人对排球运动的狂热，一点也不逊色于其他地方，曾经培养了大批排球好手，而且群众非常喜欢观看排球比赛，每逢节假日，经常举办排球比赛。这次球迷们听说县里的主力排球队到来，与白沙的排球队举行比赛，门票很快便销售一空。

比赛当天，朱瑞生带着两支6人排球队进场。许多不明就里的观众在场里场外议论纷纷。有不知道要进行6人赛制的观众便讥讽说，堂堂一支县球队，还组织不起9个人的球队？有的愤愤不平地说，带支6个人的球队来打我们白沙的球队？这不是瞧不起我们吗？

朱瑞生对观众们的这种议论已经习以为常，但他必须坚持自己的做法，因为，这涉及台山排球运动今后的健康发展。他相信赵泰富所说的话，做群众的工作需要耐心细致，动之以情，晓之以理，

日久天长，自然会有水到渠成的成效。因此，在每次比赛前，他总是耐心细致地将6人排球赛制的前因后果，不厌其烦地向观众解释一番后，才开始比赛。

数天后，这次县、乡排球比赛圆满结束。朱瑞生不但宣传了6人排球赛制的意义，还通过比赛门票的收入，解决了建设灯光球场欠缺的部分资金。

经过一段时间的筹备，台山县成立体育科，统筹全县体育运动各项工作。朱瑞生主持全面工作，谭淑芬继续负责办公室的文秘工作，陈耀丰也从台师调入体育科，协助朱瑞生开展工作。

台山人民球场也顺利地建成并投入使用了。这是台山县首个由政府投资和部门单位参与建设的灯光球场，主席台坐西向东。主席台两旁还设有观众席，东、南和北三面的观众席使用水泥铺成阶梯座位，可容纳3000名观众。赛场南北相对，地面使用经过筛选过的嫩滑瓷坭铺成，既能起到缓冲、预防球员在起跳、飞跃救球时受伤的保护作用，又有较快解决疏通地面积水问题的效果。赛场的上空，使用钢丝缆绳悬挂着8盏高瓦度的白炽灯，齐齐开亮后，赛场里面明亮如同白昼，使运动比赛既可以在白天举行，也可以在晚上举行。而且赛场还设有篮球架，既能举办排球赛，也可以举办篮球赛。在那个年代，台山灯光球场的规模和条件，在全省范围内都称得上是个一流的篮、排球场。当然，这里还可以举办大型体操、舞蹈和文娱活动等文体表演，一些大型的集会也在这里进行。县电影队还利用这里放映电影。后来，为了更有利于台山开展体育运动，台山又相继在健康路旁边建成工人球场、在台城三台路建成第三球场等几个灯光球场，台山县人民体育场便被称为第一灯光球场，而群众则一般简称这里为灯光球场。

第二章　排坛改制，巧对新问题

三

灯光球场投入使用后，为台山进一步推广6人排球赛制提供了更为有利的条件。朱瑞生经过上级同意，组织6个重点区举办6人排球比赛，从中挑选优秀运动员参加专业集训。

然而，排球训练不是一朝一夕就可以完成的，它需要的是时间，需要的是球员们的自觉参与。尽管朱瑞生和陈耀丰四处奔波发动，台山各地也相继成立了60支球队，但毕竟大多数都是没有经过多少正规的训练，只是凭着对排球的一腔热情而组成的，多数球员还是喜爱打9人的排球赛，对6人赛，有种天然的抗拒感。而在县体育科里，真正懂得6人排球赛制的教练员只有朱瑞生和陈耀丰两人，台城各所学校的体育教师虽然已经基本掌握了6人排球赛制的规则，但大家都各有各的教学任务，很难抽出时间对四乡的排球队进行指导。在这种僧多粥少的情况下，真正可以带得出去举办6人排球赛的球队仍然不多。

就在朱瑞生为了在台山全面推广6人排球赛制绞尽脑汁的关键时刻，一个天大的好消息传来，令朱瑞生大喜过望。

原来，谭淑芬接到县委转来省体工委的通知，中央体训班和"八一"排球队准备到台山集训和举办巡回示范表演6人排球比赛，还计划在台山挑选优秀球员。请体育科做好相关迎接工作。

朱瑞生知道这是全国最高水平的两支排球队，而带领中央体训班的教练正是台山籍的优秀运动员马杏修，还有黄亨、谭元芳、刘华明等一批球员都是台山籍的。他们选择到台山集训表演，以亲身经历讲解6人排球赛制的训练方法，体现了中央体训班对台山排球运动的肯定和重视，这对台山推广6人排球赛制非常有利。而且，国家队、八一队，还有其他省队到台山挑选优秀运动员这个消息，对台山球员来说，也是个天大的好消息。

当朱瑞生将这个消息告诉在台城参加集训的球员，大家欢庆雀跃，兴奋不已！入选国家队，就有机会代表国家参加比赛，那是一件多么光荣和骄傲的事情！就算入选"八一"队或者其他省队，也是件鲤鱼跳上龙门的大喜事。毕竟，台山只是一个县城，而省城究竟是大城市，一旦进入省队，当上专业运动员，就可以领取国家工资，甚至还可以享受国家干部的待遇。如果是农村户口的，还可以转为吃商品粮，从此就可以洗脚上田了。因此，参加集训的球员十分积极地参加训练，努力提高技术水平，争取有朝一日被选入专业球队。

数天后，马杏修带领的中央体训班、江振洪带领的"八一"排球队以及广东省排球队先后到台山集训。这些全国最高水平的排球队伍的到来，立即引起了台山排球迷的轰动，纷纷到处"扑飞"（抢购球票）。每场比赛，3000个座位挤满观众，看到精彩之处，大家都争着点评，鼓掌喝彩，欢呼声不断，掌声如雷动。那些买不到门票进场的，宁愿围坐在球场外听比赛的声音也不愿离去。球场周围的楼房、阳台、天台，也挤满了观众，成了球迷们观赛绝佳场所。这样的场面，令参加比赛的外省球员十分感慨，认为全国再也没有其他地方的人比台山人更懂得欣赏排球比赛了。

除了在县城举行比赛，中央体训班和"八一"排球队还深入乡镇、驻台山的部队作巡回示范表演和比赛。所到之处，群众争相观看，一票难求。球员们精彩的比赛，令台山的观众大开眼界，真正见识了高水平的6人排球比赛的魅力。而中央体训班和"八一"部队的台山籍球员，也通过与台山各支球队的比赛，详细讲解6人排与9人排训练和比赛规则的差别，手把手地指导球员改变不规则的手法，从而提高了台山球员对6人排赛制的认识。

中央体训班和"八一"部队的球队在与台山球队的互动交流中，也学到了不少台山球员独创的技术，使这两支球队对台山排球的技术、战术也有了进一步的了解，从而将各自的长处结合在一

第二章 排坛改制，巧对新问题

起，把排球技术推上更高的水平。经过一段时间的考察和测试，两支球队均在台山挑选了几位潜质较好的球员，充实了自己的队伍。

时隔不久，山东、天津、江西、云南、辽宁、八一、湖北、上海等省市的排球队，也纷纷前来台山进行冬训。当然，这些球队除了集训，与台山排球队比赛，交流学习排球技术之外，更重要的是到台山来挑选优秀排球运动员，充实自己球队的力量。

自此，更多台山籍的优秀排球运动员，为了理想，展翅腾飞，到更大的舞台展示自己的优势，展示台山排球的魅力。

尽管台山向外输送了不少优秀球员，但台山排球队并没有因为优秀球员的高升而消沉。反而因为这些优秀球员的表率效应，激发了更多年轻球员刻苦训练，努力提高技术水平，争取更大的荣誉。

而朱瑞生也通过认真观摩中央体训班和八一球队的训练比赛，从中总结出适合台山球队的战术。同时，积极组织举办排球联赛，从中选拔优秀球员，为县排球队补充了新生力量。经过一段时间的训练，终于再次建立起一支配合默契、各有优势的新型排球队。

不到一年，台山这支自己培养的新军便有了在国内大型赛事上展示台山排球魅力的机会了。

1954年年中，朱瑞生接到县领导转来省体工委的通知，要求台山排球队加强训练，做好参加大型比赛的准备。朱瑞生将通知要求向全体球员传达后，大家兴奋不已，更加努力地进行系统的训练，力争在这次大赛上夺取最佳成绩。

这天下午，淑芬正在整理文件，听到楼下的训练场传来一个熟悉的声音："朱主任，你这就不够朋友啦，这么重大的比赛也不通知我？难道我的水平还不行吗？"淑芬听得出这是失去联系20天的黄伯健的声音。这家伙这段时间跑哪去了？不会是因为自己对他的考验而产生了退缩的想法吧？如果真的是经不起自己的考验，不理解自己的苦心，那怎么办呢？毕竟这么优秀的男子，对自己来说是难以抗拒的。但如果对我是真心的，难道还看不出自己的芳心早

已暗许给他了吗？两情若是长久时，又岂在朝朝暮暮？想到这里，淑芬放下手头的笔，走出二楼的阳台，想听听究竟是怎么回事。

只见朱瑞生笑着用手按住伯健的肩膀，说："这段时间你去哪里啦？我都还没有跟你算账，你倒好，找上门来兴师问罪。"

"我到专区参加集体舞蹈培训学习了20天，今天一回来，就来找你了。"

"这不就对了嘛。是你失踪了，还好意思跑来抱怨我。"朱瑞生摊开两手说。

"是我没告诉你我的去向，是我的过错。今天你无论如何，都要把我列入参加这次大赛的球员里面，否则，朋友都没得做。"

"你吃了大蒜啊？好大的口气！我的队员都已经集中训练20天了，你能跟得上吗？县里对参加这次大赛十分重视，要求我们全力以赴，必须争取好成绩。因此，球员不但要有过硬的个人技术，还要有团队精神和饱满的斗志。"

"朱老师，我可是你的最佳拍档，我的技术是你传授的，我的性格你还不知道吗？说到团队精神，我保证绝对服从组织安排，党指挥我到哪里，我就是粉身碎骨，也要冲锋在前，绝不后退。机会难得，人生难得几回搏。这次比赛的时间正好是我们学校放暑假，你就让我加入吧！"伯健的语气显得诚恳而急切，眼睛都红了。

"伯健，你别急。你的技术、对6人排球赛制的认识，我都清楚，是符合参赛条件的。但这次参赛的名单由县里决定。这样吧，现在学校还没有放假，你安排好时间下午放学后到这里来，先跟大家一起集训。我也向上级反映，由上级决定参赛名单，这样够朋友了吧？"

"行，只要能参加集训，到时如果我被淘汰掉了，那就证明我的技术还未到家，我无怨无悔。"

"好，我最欣赏的就是你这种拼搏精神，去训练吧。"朱瑞生说完，转身又对球员们说："大家好好训练，练好本领，迎接考

第二章 排坛改制，巧对新问题

验，争取荣誉！加油努力！"

"加油！加油！加油！"球员们齐声高喊，声浪如潮。

看到这样的情景，淑芬也不禁为之振奋，热泪盈眶。

很快，朱瑞生上报参加粤、桂、湘、赣四省联赛的球员名单批下来了。黄伯健入选参赛队伍。淑芬这才知道这次大赛是由台山排球队代表广东省参赛的，这是多么光荣的一项任务啊！而且，自己还被安排作为随队文书，一同参加，更加开心，想着台山排球队有机会夺冠的情景，那是多么的幸福啊！

转眼间就到 8 月了。盛夏中，红楼周围绿树成荫、蝉鸣悦耳、小鸟嘤鸣，一派祥和的景象。

赵泰富受县委领导的委派，专程来到红楼，给台山男子排球队送行。朱瑞生召集全体参赛球员在训练场上集中，请赵泰富宣读上级的指示。

赵泰富关切地看着精神抖擞地站在训练场上的球员，热情洋溢地说："同志们，县委领导十分重视我们这次参赛。因为我们是代表广东省去参赛的，意义重大。大家必须提高政治站位，要赛出水平、赛出风格，全面展示我们台山的排球技术，夺取更高荣誉。这是县委的期盼，也应该是同志们努力的方向，希望同志们努力加油。同时，我们也要借这个难得的机会，学习其他球队的好经验、好做法，全面提高我们的技术水平。我相信，通过大家的努力，我们不但能走出省门，以后还有机会上北京，向毛主席、向全国人民展示我们台山的排球新面貌。大家有没有决心？"

"有！有！有！"全体球员齐声高喊。

看到这样精神饱满、意气风发的球队，赵泰富十分满意，热情地说："好，我在这里代表县委会预祝同志们旗开得胜，凯旋。到时，一定为你们举行庆祝大会，为你们请功！"

第二天，朱瑞生带领台山排球队出发。坐上汽车先到广州，再

乘搭火车前往江西南昌市。

比赛的过程十分激烈。广西、江西和湖南的排球运动虽然没有广东开展得早，但是，中华人民共和国成立后，这些省积极开展排球运动，安排运动员到广东学习排球技术，聘请粤籍排球教练，为当地培养了不少排球好手。特别是这些球队中高个子的球员不少，对台山排球队的威胁最大。

面对困难，朱瑞生指导球员们继承和发扬台山排球的传统打法，并将近年来训练娴熟的2、3号位快速独特进攻战术运用到比赛实战中去，以矮打高，以快打慢，发球抢攻，不给对方留下任何机会。最终，台山队过关斩将，夺取了这次四省联赛的冠军。

就在台山球队赢得胜利的那一刻，坐在球队席上的随行人员谭淑芬兴奋得第一时间蹦跳了起来，不顾一切地冲进赛场，与黄伯健热烈地拥抱在一起。

朱瑞生与陈耀丰也情不自禁地站起来，张开双臂，热烈地拥抱，热泪盈眶。然后，两人走上球场，全队人员拥抱在一起，大家听着满场观众的欢呼声，任凭激动的热泪纵横。

举行颁奖仪式开始了。朱瑞生看着台山队的球员手捧冠军奖杯高高举起的刹那间，感慨地对陈耀丰说："这胜利，来之不易啊！"

比赛结束后，主办方邀请参赛球队参加晚宴。晚宴后，主办方又给大家安排了舞会，好让球队们松弛一下紧绷了几天的神经。

样貌出众、身材优美的谭淑芬是舞会上当之无愧的舞后，但谭淑芬此时依然还处于胜利的兴奋中，她要跟自己的心上人单独分享这份喜悦。她知道，伯健是为了自己而争取参加这次大赛，而且，他在场上的出色表现，不但自己目睹，也多次听到朱瑞生与陈耀丰在观赛时对他的称赞，说从来没有见过伯健在场上这么拼搏、这么敏捷，有好几个眼看就要触地的球，也被他拼死飞身鱼跃救起。还有，他在左右两翼的攻击，不但稳健，而且十分灵活，完全发挥出台山排球技术精湛、灵活多变的独特魅力。朱瑞生和陈耀丰对伯健

第二章 排坛改制，巧对新问题

的高度评价，淑芬听在耳边，喜在心头，感到暖融融的。

淑芬跟伯健跳了两支舞曲后，便示意伯健离开舞场。舞场外是一个园林绿化布置得十分精巧的地方，淑芬沿着花圃小径慢慢地走，夜风送来阵阵花香，令淑芬的心情有一种说不出的愉悦。不一会，淑芬便听到了一阵急促的脚步声。

朦胧夜色中，伯健高大的身影出现在淑芬眼前。尽管淑芬的身高有1.66米，但要看清伯健的脸，她仍要仰起头来。

淑芬见到伯健走近，害羞地低下头。伯健却伸出双手，捧着淑芬的脸上，低头凝视着淑芬精致的脸。淑芬感觉到伯健急促的呼吸声逐渐炽烈，如爆发的岩浆般喷射到自己的脸上，身体顿时发烫燥热。被伯健捧着头，她情不自禁地轻轻紧闭美丽的眼睛，长长的睫毛激动地颤动，嫩红的小嘴唇微微地张开。猛然间，淑芬体会到男性那种青春狂野的拥抱，令她难以抗拒。紧接着，淑芬感到自己的嘴唇被堵住了，感到自己头晕目眩，身子发软，站立不稳，任由伯健的吻如雨点般落在自己的嘴唇、脸上、脖子上……

喜事虽然不会总是降临在身上，但人们总是希望好事成双。

台山排球队真的这次好事成双了。在"四省联赛"夺冠回到家乡后不久，又得到了一件更大的喜事。

原来，台山排球队在粤、桂、湘、赣四省联赛夺冠的消息传到北京，时任国务院副总理、国家体委主任的贺龙元帅得知后，特意要求国家体委通知台山排球队赴京作汇报表演。

众所周知，贺龙元帅一生热爱体育运动，在数十年的戎马生涯中，尽管军务倥偬，但他总是能挤出时间参加篮球、排球等体育运动。中华人民共和国成立后，他挑起了国家体委主任的重任，可见他对体育运动的重视与喜爱。当听说台山县级排球队参加"四省联赛"，而且个子不高，竟也能击败几支省级排球队夺冠，令他十分惊奇，一定要台山排球队进京作汇报表演，亲眼看看台山排球队的风采。

　　这对台山排球队来说是多么大的荣誉和鼓励！1955年10月，台山县委根据国家体委的通知，由朱瑞生率领台山排球队上北京，接受国家领导人、国家体委的检验。

　　朱瑞生接受任务后，又惊又喜。尽管他知道这几年来国家高度重视发展体育运动，推动全民健身，但怎么也想不到，国家领导人会专程安排时间接见一支县级排球队！当他召开会议传达了这个消息后，谭淑芬又高兴又羡慕。高兴的是这是台山的光荣，台山排球队的光荣，羡慕的是自己没有机会随队进京了。

　　临出发前，所有参赛的球员集中到红楼开会。朱瑞生宣布了这个消息，重申了参赛的纪律，并要求不得泄露消息，包括自己的家人。黄伯健听到这个消息，十分开心。但当他得知参加人员中并不包括谭淑芬，便觉得很可惜，他知道，淑芬也一定很难过。

　　下班后，伯健果然见到淑芬一个人闷闷不乐地望着窗外的景色。他走近淑芬的背后，默默地注视着她的背影。两人真是心有灵犀。不用伯健走近，淑芬转身，扑到伯健的身上。伯健抱着淑芬，轻轻地抚摸着她的背部。他明白，此刻说什么安慰的话都是无用的，以淑芬的智慧，无须对她进行任何方式的开解，她都会正确对待。果然，淑芬只是默默地抱着伯健，过了一会便松开手，转身去洗了把脸。然后，换了件运动服，把长长的头发扎到脑后，踮起脚，吻了伯健一下。"走，陪我到广场上跑步。"

　　第二天，朱瑞生带领球队乘专车到广州，转乘火车到达武汉汉口，稍事休息后，再转乘汉京铁路往北京，两天一夜后，台山排球队到达北京，入住国家体委安排的招待所。

　　10月的台山秋风渐起，但在千里之外的北京，台山球员却明显感觉到京城深秋夜晚的寒冷。尽管大家此时此刻身在北京，但大家都在期盼着表演赛到来的时刻，接受国家领导人的检阅，谁也没有空闲去观看京城的景点。

第二章 排坛改制，巧对新问题

由于事前的保密，直到两支队碰面了，朱瑞生才知道对手是乌鲁木齐队。

比赛前，体委让两支球队的队员量度身高。结果出来后，台山球员比对手平均矮了十多厘米。朱瑞生得到消息后，特意跟球员鼓气："身高并不代表就一定能战胜我们，他们主要打法就是高举强攻，技术单一，不够灵活。所以我们要避其长处，击其短处，充分运用我们技术全面、战术灵活多变的优势，声东击西，令对方顾此失彼。大家一定要记住，这次虽然是表演赛，但也相当于将我们真实的水平向首长、领导汇报。台山是排球之乡，我们要为家乡的荣誉而战，一定要全力以赴，不要有思想包袱，更不要惧怕对手，要树立战胜任何困难的信心和决心。"

首长们陆续进场后，表演赛正式开始。乌鲁木齐队凭借着身高优势，一开始便采取高举高打的战法，对台山队展开凌厉的攻势。一时间，台山球员根本无法拦封对方的超手扣球，防守上也出现了多次误判，接连失分。在观察到这种情况后，朱瑞生在对手领先 3∶0 的情况下，果断示意裁判暂停。

朱瑞生待球员们围拢过来，讲了几句勉励的话后，让教练陈耀丰提出应对措施。陈耀丰首先指出了对手的进攻存在的主要问题，然后提出要加强拦网，注意踏准起跳的节奏，干扰对方的重扣。而后排的防守，要敢于救球，重点是保证一传要到位，二传手移位要迅速，传球时要寻找对方拦网的空隙。夺取发球权后，采取二、三号位轮换快速进攻的战术，寻找对方的漏洞，以强攻和轻吊相结合的灵活打法，撕破对手的防线，扩大战果。

球员们领会了陈耀丰的作战意图，以四二阵型应对，加强后排的防守力量。在接发球时，大家移位及时，配合默契。后排的两位球员在防守对方的进攻时，奋勇抢救对手的重扣。经过一番激战，台山队抢攻成功，争取了主动，扭转了开局时被对手压住打的被动局面。争取到发球权后，球员们的信心大增，采取了以快打慢，发

球抢攻，全面出击的攻势，不给对方留下任何机会。

乌鲁木齐队在台山队灵活机动的攻击下，应对乏术。最终，台山队以3∶0的战绩轻松取胜。

贺龙元帅和国家体委的领导观看了整场比赛的过程。首长们一点架子也没有，观看到双方对抗紧张激烈处，也像普通观众一样，兴奋得大声喝彩。特别是看到台山队时而采取变幻莫测的进攻，时而采取神出鬼没的偷袭，那奋不顾身的鱼跃救球等连串从未亲眼见过的精彩动作，许多领导激动地站起来，热烈鼓掌，高声喝彩。

表演赛结束后，贺龙元帅等国家体委的领导亲切接见了全体球员，并与大家一一握手，鼓励大家要发扬成绩，不骄不躁，不断创新和提高技术水平。当贺龙元帅看到台山队的球员身上只穿了套单薄的运动服时，随即指示国家体委给台山排球队每人发一套冬天御寒的运动衣服。首长们的亲切关怀和鼓励，令台山排球队深受鼓舞，纷纷表示今后一定继续努力，为国争光。

四

冬去春来。台山排球队进京参加表演赛回来后不久，台山体育运动的发展又迎来了一个新的里程。

1956年年初，台山县委根据上级的要求，撤销体育科，成立台山县体育委员会，简称"体委"。朱瑞生被任命为专职副主任，陈耀丰为技术指导。办公地点也从红楼搬到三台路一座民国时期建造的三层洋楼里面，这里更加紧靠灯光球场。

接着，又创办了台山县业余体校，校址设在红楼，由县体委主管，目的是培养少年排球队。学员从全县各中学排球队挑选，首期计划招收50名，其中20名女子球员。当时，全国好多地方已经建立了专业女子排球队，兴起女子排球比赛，而台山当时只在部分中学有女子排球队。将这些少男少女集中在一起训练的目的，就是建

第二章 排坛改制，巧对新问题

立台山少年男女排球队，为台山排球队培养后备队伍。

如此一来，朱瑞生的担子更重了。为此，他四处物色球队教练。皇天不负有心人，经过多方寻找，他找到一位理想的人选——伍觉。

伍觉是20世纪40年代末期台城著名球队金银联队的后起之秀，擅长使用左手，曾经与一名同样年轻的队友，在中华人民共和国成立前夕举行的一场排球比赛中，与当时台山实力最强的仁社排球队激战。那一仗，伍觉和另一名年轻队员作为金银联队的主攻手，两人分居左右翼，从左右两边轮番进攻，犹如两挺重型机炮，将仁社队那些曾经夺得全国排球比赛冠军的老将轰炸得狼狈不堪。特别是伍觉，他充分发挥左手进攻的优势，一会儿直线进攻，一会儿又以大斜线进攻，扣击的球劲道十足，落地声重，令人胆寒，难以阻挡。可惜金银联队的后排防守不济，成为仁社击破金银联队的缺口，硬是靠准确强劲的发球，破坏了金银联队的一传，使其难以组织有效的进攻，令伍觉空有一身本领也无法发挥，最终金银联队惜败。虽然如此，但伍觉在这场比赛中所表现出的高超技术，得到了众多观众的喝彩，他也自此成为台山排坛上一名令人瞩目的新星。中华人民共和国成立前夕，伍觉跟随家人离开台山到了香港。后来，他觉得自己还是舍不得家乡年迈的奶奶，又回到台山。在家乡漂泊数年后，伍觉被朱瑞生介绍进入台山二中，担任代课体育老师。然而，代课工作并不稳定。

就在伍觉彷徨的时候，县体委组建业余体校，朱瑞生又将伍觉招揽旗下，令正在人生十字路口徘徊的他十分感激。更令他感恩的是，二中的雷校长得知他到业余体校也只是临时性质后，向教育部门力争，将他吸收入二中当体育老师。自此，伍觉没有了后顾之忧。

当伍觉向朱瑞生报到时，才知道自己将要训练新组建的县少年女排，准备参加6月份举办的全省少年排球赛，如果出线，还将参

加 8 月在北京举办的全国少年男女排球赛。

一听说如此重要的任务落在自己的肩上，伍觉沉默了。他觉得自己当年靠的是平时观察大人的比赛，有样学样，从中揣摩规律，再就是凭借灵活身手和机灵的头脑，随机应变，才有那么一点成绩。这些年，虽然也担任过几年中学体育老师，但却从未带领球队参加过大型排球比赛，而且还是一支自己从来没有接触过的女子排球队。现在都已经是 3 月中旬了，在这短短的两个多月里，能训练出一支可以参加省级，甚至全国比赛的队伍吗？这千斤重担，自己能挑得起吗？毕竟，这是支代表台山排球的队伍，台山排球早已闻名全国，万一参赛的成绩不佳，那岂不是辜负了全县数十万人民的重托？

朱瑞生仿佛看出了伍觉的顾虑，用充满信任的眼光望着他，鼓励着说："这些女队员，都是从各所学校精挑细选的，都有一定的基础，关键是如何去带领她们，进一步提高和巩固她们的技术。台师女排开展得比较早，基础最好，你可以着重考虑。你也不要有任何思想负担，先回去写个训练计划，我们再一起研究，如何？"

伍觉是位敢想敢闯敢拼的人，他知道尝试会有两种结果，要么成功，要么失败。强者即使尝试失败了，也是光荣的。但如果不去尝试，那就代表不战而降，那就是弱者。伍觉的字典里没有"弱者"这个词，他要做强者。

他见朱瑞生信任地望着自己，点点头，转身回到宿舍，埋头做起训练计划。一天后，伍觉把计划报给陈耀丰。陈耀丰看后，说："伍老师，你的训练计划很好，但个别训练事项的设想，在目前我们的女子队员中可能还不适合。如战术背传（二传）2 号位进攻，在男子球员中推行还可以，但女子球员基础底子薄，现在时间又紧，我看在目前还无法达到这个要求，你是否考虑以后再增加这项训练内容？"

伍觉听后，觉得陈耀丰指出的问题很有道理。自己没有仔细观察和检验过队伍的训练和技术水平，仅靠闭门造车，做出来的计划

第二章 排坛改制，巧对新问题

肯定脱离实际了。伍觉随即按照陈耀丰的意见，修改好计划后，报给朱瑞生。朱瑞生看后，觉得可行，即要求按计划执行。

伍觉知道，体委这些年组织了几次学生运动会，收集了不少优秀运动员的资料。当他从谭淑芬的手里接过一本本整齐的资料，被上面清秀工整的字迹吸引了。他再翻开历届学生排球比赛的资料，里面记录得相当齐全。他惊喜地对淑芬说："淑芬，真想不到，你收集整理的资料这么齐全，真的非常感谢你。如果这次少年排球比赛获得好成绩，第一功应该记在你名上。"

淑芬笑了。"这是我的本分工作，希望对你的工作有所帮助。"

"帮助太大了，我只要按图索骥，就能找到需要的人，这样我就有更多的时间来抓训练了。"

"伍老师，你担任女排教练，担子很重啊！如果有需要，也可以让伯健来协助你。反正他下班后常到这里来打球的，听说你的排球技术很好，而且还是使用左手打球，这点是你的优势。"

"我是半路出家的，半桶水，不像你们黄老师，科班出身，既有理论，又有实践，比我强多了。"

"哈哈，他的专业是体操、舞蹈，你想不到吧？打排球只是他的业余爱好而已呢。"

"哦？难怪他的体操教得那么好了，原来是科班出身的。我跟他打过排球，技术也相当好啊！听说他还参加过粤、湘、桂、赣四省联赛，还受过贺龙元帅的表扬，真是荣幸啊。"

"你现在这个机会也很好啊，如果能把台山第一支女子排球队训练好，拿个全国冠军，那是一件多么荣耀的事！"

"感谢你的鼓励，我一定尽力而为。工作上的事情，以后还望你多多支持。"伍觉告辞后，马上回到办公室，将集训的人员名单与淑芬给的资料进行对碰，最后挑选了15名队员，开始通过对抗比赛来做进一步的考察。

很快，伍觉的考察材料报给陈耀丰，两人研究后，再上报给朱

瑞生。朱瑞生看过后，对伍觉说："男队由我和耀丰负责，女队由你负责。以后除了涉及钱财的事情，无须再报，确保有足够的时间开展训练。"

有了朱瑞生的信任，伍觉放开手脚，大胆地尝试自己的训练方式，虽然队员们很勤奋很努力，但毕竟女子跟男子不同，而伍觉也完全没有其他可参考的资料，仅仅凭着自己的设想来指导，效果究竟如何，他也无法对比。唯有严格地按照男子的训练方式进行，力争以最佳的状态争取最好的成绩。

这年的6月中旬，全省少年男女排球赛在台山灯光球场举行。这是台山少年男女排球队首次在家乡父老面前亮相参赛。比赛当天，灯光球场上座无虚席。

得主场之利的台山少年男女排球队在全场观众一阵比一阵热烈的掌声、喝彩声的激励下，紧密协作，奋勇拼搏，各展所能，逢强逾强，最后双双夺冠，赢得了现场数千观众的热烈掌声。

少年男女排球队雏鹰展翅，已经取得了如此佳绩，不但得到了县委会的称誉，也增强了县体委、县少年排球队追求更高目标的信心。伍觉充满信心地带领着这队少女们更加积极地投入到紧张的训练当中，以更加拼搏的精神、更加顽强的斗志，迎接更大的挑战，争取更大的胜利。

这天早上，朱瑞生召开工作小结会议。他按照惯例，请各位同志汇报近段时间的工作情况。谭淑芬做会议记录。

陈耀丰介绍了少年男排和青年男排的训练情况，说大家十分认真，刻苦训练，技术日益提高。在介绍了全队的基本情况后，陈耀丰特别介绍了朱绍灿、伍民长、赵达辉、赵强进、赵卓宏等几位主力球员的个人特长。原来，斗山乡浮石村的赵达辉、赵强进和赵卓宏初中毕业，齐齐考上台山一中之后，很快便成为学校排球队的主力球员。他们在参加全县中学生排球比赛中的表现出色，令陈耀丰十分惊喜，随即将他们3个人调入体校参加集训。这一年，赵达辉

第二章 排坛改制，巧对新问题

和两位浮石老乡，还差 8 个月才满 18 岁，正好还可以参加这次少年组的比赛。陈耀丰在政治审查时才发现，赵达辉原来就是赵泰富的儿子。朱瑞生听到介绍，连称虎父无犬子。

伍觉介绍了女队的训练情况。他说，少年女排的主要问题是无法挑选出更多得力的替补队员，现时的 6 位队员是铁定的，但愿她们在比赛期间无伤无病，完成比赛，否则，只要有一个队员无法上场比赛，这个缺口将无法弥补。

听完两位教练的介绍，朱瑞生说："这段时间大家都很努力，辛苦大家了。台山青年男排和少年男排的底子厚，实力强，是我们的主攻方向。女子排球队的组建时间短，队员来自四面八方，都是利用课余时间参加训练，我们也不要强求什么结果，关键是要打好每一场的比赛，通过比赛，学习人家的好经验好做法。我们既要追求锦标，也要因地制宜、因人施教，全面推广女子排球运动才是我们的目的。当然，能夺得优异成绩，就更能激励更多女孩子参加排球运动，这也是推广宣传的有力证明。伍老师，继续按照你的方法开展训练就行了，我们相信你一定会带领好这支队伍的。至于名次，不要让它成为我们的思想包袱。"

会议统一了指导思想，大家继续投入到紧张的训练中。

7 月年终考试结束后，少年男女排球队全体集中在业余体校，进行为期一个月的封闭式集训。

出征前夕，台山县委会相当重视少年男女排球队这次远征，在县府会议厅举行茶话会，为参赛队伍出征壮行。

县委曹书记是位南下干部，他在茶话上给大家讲述了自己前段时间在北京参加侨务会议时遇到的尴尬状况。他说，会议期间，周恩来总理亲切接见了参会代表。当周恩来跟自己握手时，得知我在台山工作，关心地问我："台山是排球之乡，现在的情况怎么样？"

曹书记说到这里，端起杯子喝了口开水，见大家的眼睛紧盯着自己，才接着说：那时，我初来台山，对台山各方面的情况不了

台山排球故事

解,乍听到周总理问到排球运动的话题,我竟完全不知道台山是排球之乡,当时竟无语以对,脸上红得像猴子的屁股,尴尬极了。现在想起来,都觉得羞愧得很。所以,我们今后一定要按照毛主席的号召,发展体育运动,增强人民体质。要加快发展我们台山排球事业,把台山排球之乡发扬光大。

曹书记说到这里,提高声调说,这次参赛的任务既光荣,又艰巨。希望领队和教练们认真带好球队,在比赛中争取最好成绩,向全县人民汇报,向周恩来总理报喜。我还有个小小建议,给每位参赛的队员做一套新衣服,让孩子们穿得整整齐齐、漂漂亮亮到北京去参赛,向全国人民展示我们侨乡台山少年排球队的精神面貌。大家说好不好?

听了曹书记热情洋溢的发言,朱瑞生等体委干部和全体参赛的球员深受鼓舞,报以热烈的掌声,感谢周恩来总理对台山排球之乡的牵挂和关怀,感谢县委领导对运动员的关心和鼓励。

茶话会结束后,朱瑞生随即带领陈耀丰、伍觉以及参加全国少年排球锦标赛的全体队员乘坐县委安排的大巴前往开平三埠,转乘花尾渡船前往广州。到了广州后,谭淑芬作为参赛队伍的后勤管理人员,带领着队员到服装店订制新服装,男孩子白T衭、蓝西裤,女孩子花裙子。因为时间比较充裕,大家在广州游玩、休息了几天,为日后参赛积蓄力量。

几天后,台山少年男女排球队抵达北京,入住先农坛体育场大楼。

所有参赛队伍到达后,大会对参赛球队进行分组。台山少年男排被公认为强队,怎样分组也没关系。而台山少年女子排球队由于名不见经传,被组委会列入与上海、延边、湖北队同一组。明眼人一看就知道,上海队和延边队是众所周知的强队,将台山队与湖北队编在一起,就等于是陪练、准备被淘汰的弱队。

伍觉看到这样分组,心里很愤慨,如此明显地将台山女队列入

第二章 排坛改制，巧对新问题

这个死亡之组，不就等于提前宣告台山女队只属于第九名以外的弱队？伍觉将这个分组情况告诉了队员们，几个女孩子一时之间丧了气，不知所措。伍觉看到这种情况，觉得未出征就失了锐气，势必影响技术的发挥。

伍觉马上安抚大家："俗话说，知己知彼，百战不殆。我们还没有参加过任何比赛，就被安排在这个小组，这说明了大会并不知道我们的实力，更何妨我们的对手？我认为这未必是件坏事。为什么这样说呢？因为我们的对手不了解我们的实力，所以我们可以在没有任何思想包袱的情况下放手一搏。胜利固然可喜，失败了也无妨。我们第一战的对手是上海队，只要我们将自己的技术发挥正常，说不定就有机会战胜他们。达到这个目的后，我们就能争取到小组出线权，如此就能化险为夷，就有机会去冲击决赛，所以从另一方面来说，这也是件好事。大家说是不是？"

年轻的女队员们听了伍老师的分析，觉得很有道理，纷纷点头表示一定要全力以赴，打好第一仗，战胜上海队，争取小组出线，为台山排球之乡争光。

比赛当天，伍觉再次动员大家，一定要沉住气，就算对方领先，也不要慌乱，瞅准机会，勇于拼搏，争取胜利。

裁判见双方球员就位后，随即鸣哨开赛。开局后，双方发挥正常，比分咬得很紧。接着，上海队连得两分，领先4－2。伍觉马上示意裁判暂停。

伍觉首先肯定了队员的表现，接着鼓励大家不要被对方领先2分影响心情，一定要有必胜的信心，敢于拼搏，勇往直前。他又分析了对方球员的弱点，指出如何可以击破对方的防守和进攻。重点要正常发挥各自的优势，打好每一个球，不要有心理压力，争取胜利。球员们听后，信心倍增，大家互相击掌鼓励，进入赛场。

再次开赛后，台山的女球员精神抖擞，奋勇拼搏，抢救了不少险球，攻击顺利，连胜5分，以7－4反超上海队。

台山排球故事

　　就在台山队发球员站在线外，准备发球的时候，裁判见双方已经就位，随即鸣哨示意可以发球。而在同一时刻，上海队的教练却举手要求暂停，并且不待裁判做出任何表示，径自离开球员席，走向赛场边。上海队球员见状，也朝教练围拢过来，场上空无一人。

　　伍觉马上示意准备发球的台山球员发球。台山队球员会意，马上发球，球过网后，落在上海队场内。裁判吹响哨子，并做出手势示意台山队得分。上海队全队见状愕然，但又自知理亏，无法辩驳，只得接受裁判结果。台山队8－4继续领先。

　　球赛继续，双方比分再度交替往还，台山队保持领先4分，直至14－10。在这关键的时刻，台山队顽强防起了上海队的强劲进攻，二传手组织到位，主攻手一锤定音，以15－10首局胜出。

　　赢了第一局，台山球员信心大增。在接下来的比赛中，互相鼓励，及时补位，轻吊重扣，快慢结合，打得十分顺手，将上海队死死压住。反观上海队，心理受抑，被动挨打，技术无法正常发挥，接连失误。最后，台山队再以15－11战胜上海队。因为初赛是3局2胜制，台山队出人意料地赢得关键的首战。

　　第二天的比赛，台山队对湖北队，台山队毫无悬念地以2∶0击败了湖北队。

　　第三天的比赛，台山队对延边队。延边队球员身材高大粗壮，个个理着齐耳短发，如男子般彪悍凶猛，攻势凌厉。台山队虽然努力应战，但最后还是0∶2输了，在小组排名第二积4分，得以出线参加第二阶段（1～6名）的决赛。

　　台山女队取得这样的成绩，朱瑞生也颇觉得惊喜。在开会总结时，他表扬了伍觉教练的指挥有方、思路正确、方法对头。又表扬了全体女队员们顽强拼搏，不惧强队的大无畏精神。希望大家戒骄戒躁，继续保持旺盛斗志，打好下一场硬仗，争取更大胜利。

　　第四天，大会安排了球员休息放松，组织球员到北京天安门、故宫、北海公园等地参观风景名胜，让大家感受到祖国首都的繁荣

第二章 排坛改制，巧对新问题

和古老的中华传统文化，开阔了大家的眼界。

第二阶段比赛的决赛分男女各一个小组，每组共有6支队，打一个大循环后排出名次，比赛为5局3胜制。台山男女队均入围参加决赛。

进入比赛的第五天，是台山少年男队与广州少年男队之战。台山少年女队暂无赛事，伍觉便带领全体队员到场观战，为男队鼓气加油。

广州少年男队的队员很多都是台山老乡，有的还是过去的同学、朋友、街坊。两支球队的队员用乡音互相打招呼，叙乡情，十分亲近。

比赛正式开始后，两支刚才还在使用同样的乡音亲切打招呼的球员，此刻成了互相抗衡的对手。他们在场上使用同样的台山话呼喊，令在场的台山人忍俊不禁，会意而笑。这场比赛虽是兄弟间之争，但都毫无相让之意。大家彼此熟悉对方的战术和技术，要战胜对方，靠的是顽强斗志和拼搏精神。只见两队的球员们聚精会神，使尽全身解数，全力以赴，战况异常激烈，第一局竟然在6-6时，出现了6次换发球。到了最后的决胜局，形势依然胶着，谁也占不到谁的便宜，比分交替领先。

看到这种对抗激烈的场面，连见多识广的谭淑芬也紧张得身体发抖。旁边的女孩子议论纷纷，七嘴八舌地争论着这个球不应该这样打，那个球失误太不值得。

此时场上的局数是2∶2，双方战成平手。

第五局开始了。男队教练陈耀丰安排了赵达辉、赵强进、赵卓宏、朱绍灿、伍民长等所有的主力队员参战。此时的赵达辉，身高1.82米，是全队最高的球员，朱绍灿的身高也有1.8米，每当两人轮到前排位置，均能严密封死对方的扣球，令对方难有作为。赵卓宏的二传，往往出乎意料，一会传给4号，一会传给2号，令对手难以捉摸，助力两位主攻手得心应手。而赵强进的大力发球，又

令对方的一传失误颇多,无法组织有效的进攻。然而,毕竟对方的主力同是台山人,是同一个师傅教出来的徒弟,很快便摸清了台山队的战术,并且适应了台山队的进攻路线,奋力救起了不少险球。在双方球员的奋力拼搏下,两队的比分咬得十分紧。

　　伍觉不是男队的教练,看着双方如此力拼,心里觉得难受,再也不忍心看下去,起身走去洗手间。当他回来时,场上突然间掌声雷动,他看到赛场边球队席上的朱瑞生和陈耀丰都站起来了,紧张地望着台山队一记重扣!"哔"的一声,裁判示意台山队得分,记分牌显示13-13。台山队抢得发球权。

　　此时台山队的发球手是赵强进。他拿着球,缓步走到发球线外,停下来站好。

　　伍觉清楚赵强进一向擅长发大力勾手球,但在今天的比赛中,竟多次发球失误,错失了好多机会。当然,广州队也出现了多次失误,可见两队的球员均由于紧张发挥失准。伍觉看着赵强进,默默地祈祷着,这个关键节点千万小心,不要再失误了。

　　这时,全场也在这个时刻安静下来,数千双目光聚焦在发球手手持的球上,屏息以待。坐在观众席上一直叽叽喳喳的台山女排队员们此时也鸦雀无声。

　　球场上,台山队发球手赵强进在裁判吹响发球的哨子后,用手将球向下拍了几下,然后左手抛起球,迅速摆动右臂,划出弧线大力勾击,球像离弦之箭,"嗖"声飞到对方1号位的上空,对方接球失误,台山队得分,14-13。场上观众马上报以热烈的掌声,欢声雷动,高声喝彩。

　　裁判示意台山队继续发球。赵强进深吸一口气,稳定情绪,再次发出大力勾手球,球如飞箭般飞向对方6号位置。广州队的球员明白这种发球的前冲击力十分大,而且飞来的位置在自己的前额附近,后退也来不及了,只得使用上手传球的方式接发球。然而,这位球员接球也失手了,球在他触手后,直飞界外,无人能救了。裁

第二章　排坛改制，巧对新问题

判随即鸣哨，台山队得分，15-13！

胜利了！台山队的领队、教练和全体球员激动得跳了起来，场上的观众也给双方球员的精彩比赛报以热烈的掌声！伍觉在这瞬间才松了口气，情不自禁地用力鼓掌，连声喝彩。最开心的要数陈耀丰，他第一时间冲到场上，与向他扑来的队员们拥抱，大家喜极而泣。朱瑞生用手背揩了揩眼角溢出的泪花，看了看手表，这场兄弟相斗，打足5场，用了接近3个小时。真是一场苦战啊！

接下来，台山少年男队挟着胜利的余威，一鼓作气接连战胜了上海队、北京队、延边队和沈阳队，勇夺冠军。

而台山少年女队在战胜了广州女队、沈阳女队、哈尔滨女队后，输给延边队和北京队，获得季军。台山女队在与由北京体校学生组成的北京少年女排一战，虽然是以0∶2输了，但在两局中的比分十分接近，令观众对台山女队刮目相看。

这是台山推广6人排球赛制以来，台山少年男女排球队首次在全国少年排球锦标赛上夺得的最高荣誉！

台山少年男女排球队获得殊荣，国家侨委的负责人是广东人，特设晚宴招待这些来自侨乡的亲人，还邀请了北京著名的艺术家前来表演文艺节目助庆。年轻貌美的谭淑芬代表台山队表演了她拿手的舞蹈。只见她随着欢快的音乐，体态轻盈地翩翩起舞，优美的舞姿得到了大家热烈的掌声，纷纷称赞台山不但排球了得，舞蹈方面也人才辈出，不愧为文化体育之乡。当地的宣传媒体专程采访了领队朱瑞生，由他介绍台山开展排球运动的情况，并将采访内容录音，通过电台向世界播放，让海外的台山华侨知道自己的子弟参加全国少年排球赛，并取得了优异的成绩。

台山少年子弟在京城参赛载誉归来后，受到了台山县委会的热烈欢迎，在县委会设宴款待，并安排男女少年队与正在台城集训的男女青年队进行表演赛。

已经担任县委宣传科副科长的赵泰富看到儿子首次参加如此大

型的比赛,发挥出色,为台山少年男排夺冠作出了重大贡献,为台山排球之乡赢得了荣誉,十分开心。他鼓励儿子一定要继续努力,不要骄傲,争取更大成绩。

当天傍晚,霞彩映天。尽管暑气未消,但灯光球场已座无虚席。观众们期待着目睹载誉而归的子弟们的风采,更渴望欣赏台山排球水平最高的球队的精彩比赛。

夜幕在观众的期待中悄悄降临了,球场上的钨光灯打开了,赛场内灯火通明,恍如白天。首场是青年女队与少年女队的表演赛。

随着激动人心的运动员进行曲响起,两支球队的队员昂首挺胸、阔步进场。不少观众见到青年女队球员与少年女队球员的身高相差这么大,纷纷议论起来。这少年女队跟青年女队比,矮了不止一个头,这不是小孩子与大人比赛吗?有能力战胜青年队吗?

球赛在观众们的猜测议论中鸣哨开赛了。

少年女排小将们面对身高和体形都强于自己的青年队,犹如初生之犊,不畏艰难,奋勇拼搏。特别是几位主力,将与北京少年女队对抗时学习到的经验,吸收消化并运用到实战中,采取避实就虚、打吊结合等一套组合灵活的战术,打得青年女队顾得了东来顾不了西,完全摸不着北,最后以出人意料的战果 2∶0 击败青年队,令观众见识了这支初出茅庐的巾帼英雄非凡的实力。

少年男排对青年男排的对抗赛就显得有点相形见绌了。毕竟,青年男排为了参加 11 月份在北京举行的 11 县市排球锦标赛已经备战多时。而且,无论身高体形力气,以及个人技术、战术的运用和实战经验等,绝非少年队可比。尽管在比赛过程中,少年队拼搏精神十足,最终还是被青年队以 3∶0 击败。虽然少年男排在这次比赛中输了,但他们所表现出来的顽强拼搏的精神,赢得了全场数千观众一阵比一阵热烈的掌声和喝彩声,虽败犹荣。

不经风雨,难见彩虹。这次表演赛对这支新组建的少年男排来说,不失为一次很好的磨炼机会。

第三章　响应征召，分赴省内外

一

台山少年男女排球队在京城载誉归来的消息传遍侨乡，全县各学校再次掀起一波又一波的排球热潮。许多年轻人课余饭后，积极组织开展排球比赛，提高技艺。

少年男女排球队的参赛任务告一段落后，赵达辉、赵强进和赵卓宏是一中的学生，朱绍灿是二中的学生，伍民长是台师的学生，还有其他队员是来自乡村中学的学生，有读高一的，也有读高二的，大家分头回到各自的学校上课。

赵达辉和赵强进、赵卓宏自小文化课基础扎实，学习的压力不大。每当下午上完文化课后，这3个好友都到排球场上一展身手。他们3人配合默契，常常以3敌6，而且胜多败少，被同学们戏称为"三剑客"。

这天下午，"三剑客"在学校球场上刚跟邻班的球队比赛完，正在休息。赵达辉听到有人在叫自己，扭头一看，原来是朱绍灿。

赵达辉跑过去，擂了朱绍灿一拳。"你这家伙，还没有放学，怎么跑到我们学校来了？"

"明天是周末啊，你周末回浮石吗？如果不回去，跟我去打场比赛。"

"去哪打？"赵达辉一听有比赛，心动了。

"跟我回三合打,包食三餐,住在我家。"

"那好啊,好想去三合尝尝那里的特色卤味"达辉开心地说。

"这个不是问题。我已经约了伍民长,你再叫你那两位好兄弟,有五六个人,就够了。"朱绍灿说。

"你这家伙的组织能力不错嘛。什么时候去?"

"现在已经没有班车坐了,只能走路去了。十几公里,走得快的话,不用一个小时,就可以到我家了。"

"那快走啊,我们回宿舍换件衣服。你在门口等我们。"赵达辉说完,回头招手叫强进和卓宏过来。强进和卓宏听说有比赛,还可以品尝卤味,连声叫好。

3个人回宿舍换好衣服后,到学校门口与绍灿会合后,又去台师接到民长,5个人说说笑笑地踏上前往三合的公路。

路上,朱绍灿向大家介绍这次比赛的情况。他说:"在乡下里,许多人还是喜欢打9人排球,因为9人排球的来回对抗球较多,比赛的场面更精彩、更热闹,所以观众爱看。而我们这几个人的球技出众,是许多球队仰慕又渴望战胜的对手,但如果我们出齐9个队员出赛,没有一支球队能对抗得了。所以,那些想跟我们比赛的球队提出,如果我们只出四五个球员,或者最多六个球员,他们才愿意跟我们比赛。"

"这没关系啊,我们在乡下时就经常是三四个人打人家八九个人。你们村里的那些业余球队,都是小儿科啦。"赵强进插话说。

"高手在民间。台山爱打排球的大有人在,民间一些高手,一点也不比专业球队的球员差。"朱绍灿提醒着大家。

"阿进,我们不也是从乡下到城里来的吗?只不过进城参加排球队后,训练的方法更专业、更标准,在参加大型的比赛中少犯规。乡村民间比赛有些动作在正式的比赛中是不允许的。但为了娱乐,有些似是而非的动作,在比赛中是默许的。我们到乡村打比赛,还是要适应这些民间的潜规则。"赵达辉解释着说。

第三章 响应征召，分赴省内外

大家虽然一路上谈论着，但走路的步伐一点也不慢。不到日落，已经到官步桥了。朱绍灿再带着大家拐了个弯，指着前面的村子，说："我的家就在那里。"

大家闻声望过去，见到村里的房子基本上都是南方的建筑风格，青砖墙，人字型瓦屋顶。村子里还有几幢两层高的、建筑风格中西结合的洋楼，在村子里显得特别显眼。那是村里早年到北美修筑铁路的华工，将自己的血汗钱汇回乡下修建的。

乡下人白天劳作了一天，多数在下午四五点钟已经吃晚饭了。此时，已见到三三两两的村民坐在村头的大榕树下乘凉聊天。

朱绍灿带着几个人走到村头，见到村里的排球场上有十几个人分成两队，正在激战，吸引了不少人围在场外观战。

朱绍灿走到村里的祠堂时，里面走出一位中年男子，对着绍灿说："阿灿，你们回来了，到祠堂来吧，给你们准备好晚饭了。"

"五叔，好的，辛苦你们了。"绍灿高声说。

祠堂里摆着一张四方型的八仙木桌，桌上摆了五六样家常菜式。五叔请大家坐下后说："我们的球队已经吃过了，先到球场去练球。菜馔不多，米饭管够。"

"五叔，有劳你们了。嗅着这卤味的香味就令人垂涎，食欲大开了，谢谢你们。"

几位年轻人走了十几公里的路，肚子正饿得慌，不一会便把桌上的饭菜一扫而空。

南方夏季日长夜短。朱绍灿几个人吃完饭，天色还没有完全黑下来。几个人坐了一会，喝了口茶，一起朝门外走去。

来到球场，对方的球员已经在场上练球了。

这天晚上的比赛计划打3局。达辉提出反正是娱乐性比赛，最理想的比分是2∶1胜对方，不要胜得令对手难堪。绍灿深知大家的球技，这样的结果完全有可能，笑着点了点头。

比赛的结果正如达辉所愿。这支5人的球队完全控制了场上的

比赛。先是 1∶0 战胜对手,接着不太显眼地输给对方一局。到第三局时又战胜了对手,以 2∶1 结束当晚的比赛。既令观众看得过瘾,又不令对手输得过于难看。

第二天早上,又有另一支球队过来跟达辉他们较量,这次只限达辉他们 3 名球员上场,并讲清楚每胜一局,奖励 5 块钱。绍灿问达辉如何?

达辉胸有成竹,当然答应下来。

有奖励的比赛场面更精彩了。双方球员都十分投入,比赛从早上 7 点钟开始,一直打到 11 点钟,足足打了 5 局球。达辉他们赢 3 局,输 2 局,最终仅得奖励 5 元。大家意在娱乐,对奖金并不十分看重,他们享受的是比赛的过程和胜利后的喜悦。

这年的 7 月,赵达辉、赵卓宏和赵强进高中毕业了。经过一番严格的检验,都被招入县排球队,成为专业队的球员。

谭淑芬随体委搬进三台路办公室后,随着台山全面推广体育运动,她被安排负责联系教育线的体操舞蹈等工作。

这天傍晚,淑芬从体育广场跑步锻炼回来,洗过澡后,摊开日记本,记下了今天的天气和工作要点。

1956 年 11 月 8 日。晴,天气转凉。

今天是台山男女排球队出征北京参加全国 11 单位锦标赛的第 5 天了,我先后到台中、台师、侨中、二中等学校了解各校开展广播体操和集体舞蹈的情况。各校师生认真按照教学大纲的要求开展相关工作,成效喜人。例如侨中,他们表演的大型集体舞蹈,动作整齐、标准,给人一种十分健康优美的感觉。其他学校的体操活动也组织开展得不错,参与体操活动的学生越来越多,热情高涨,参加体育活动前后对比,学生的身体素质得到了明显的提高。台山二中的体操活动开展得特别出色，其中一位叫黄咏怡的女孩子，鞍马、高低杠、平衡木无所不能，最擅长艺术体操表演，动作如行云流水，腾跃自如，令人看得如痴如醉。每当有人夸奖她时，她都笑着说是黄老师教得好，让自己从此爱上艺术体操……

写到黄老师，淑芬想起了前段时间黄伯健到体委办公室与朱瑞生争吵的情景……

那是早几天临下班的时候，朱瑞生正在审阅谭淑芬撰写的汇报材料。身穿运动服的伯健气冲冲地走进来，冲着朱瑞生说："朱老师，你很不够朋友啊，这次在北京举办的排球邀请赛怎么没有安排我去？是我的技术水平比不上其他人还是什么原因？"

朱瑞生抬起头，盯着伯健的眼睛，说："你看不见我正在办公吗？怎么一点规矩也不懂。"

伯健闻言呆住，站在当场说不出话。

朱瑞生不理他，低头将手头的材料再从头至尾看了一遍，然后对淑芬说："好了，你拿去修改好，明天交给县政府。"

淑芬接过朱瑞生递过来的材料，转身瞪伯健一眼，用手指了指手上的材料，伸了下舌头，也不理他，走向自己的办公桌。

伯健此时坐也不是，走也不是，见朱瑞生慢慢将钢笔收好，便换上一副笑脸，说："朱主任，刚才冒犯了，请你原谅。你先忙，我先告辞了。"

"你先别急着走，就你那花花肠肚，我还不知道你想干什么吗？"朱瑞生说完，瞧瞧挂在墙上的挂钟，见已到下班时间了，便说："滚到球场上去，看看你的球技退步了没有。"

伯健闻言大喜过望，朝风雨球场训练棚走去。到了训练场门口，见到有几个年轻人正在场上热身，有的在练传球，有的在练扣球，还有的在练习发球。伯健识得其中的两个人，一个叫伍民长，

一个叫赵达辉。

伯健跟相熟的球员打过招呼后,便问其他几个人的名字。达辉招呼那几个伯健不认识的年轻人过来,指着伯健对他们说:"大家先认识下这位靓仔哥,黄伯健,是二中的体育老师,他的学生都是能歌善舞的美女,以后你们要找女朋友,找他帮忙准行。"

"健哥,我叫卓宏,他叫强进,小弟今后的幸福全靠你啦。"

"你们如果听这个家伙的话,以后准找不到老婆。我的学生才十三四岁,等到她们嫁人时,你们都为人父了。"伯健说。

"没有没有,我们才十八九岁,年岁正好,还望黄兄弟成全。"

"行了,你们还有完没完?不用训练了吗?我警告过你们几个年轻人,集训期间,一律不准谈恋爱。听清楚没有?"朱瑞生见几个年轻人嬉言笑语,严肃地说。

众人十分清楚朱主任以严格管理出名,连忙说:"清楚了。"

"清楚就好。现在离参加比赛的时间不多,我们要抓紧训练。下面开始分组进行对抗训练。"

训练直到七点钟才结束。伯健走出训练场,见到淑芬正在门外。伯健朝淑芬走过去,两人并肩慢慢朝广场方向走去。

此时临近中秋,月朗星稀,空旷的广场上坐满了乘凉的群众。

"淑芬,这段时间我带体操队到外地参赛,赛程很紧张,没时间跟你联系,对不起。"

"都是为了工作,不用检讨。"淑芬笑了笑,说:"听说你带的体操队表现不错,得了奖,我得恭喜你啊。"

"这倒不假,我们体操队无论参加标准赛,还是自选动作赛,都十分出色,得奖是理应的。"

"你是在申请表扬吧?要不要我颁个奖牌给你?"

"奖牌就不要了,奖个吻还是相当欢迎的。"

"哗,士别三日,真当刮目相待。你的要求还挺高的啊?"

"淑芬,外出比赛的这些天来,每当我看到孩子们在比赛中取

第三章 响应征召,分赴省内外

得好成绩,我第一个就想告诉你,就想到要跟你分享,可是……"

淑芬听得出伯健声音里面的真诚,她又何尝不想与自己的心上人一起分享成功的喜悦,一起共渡美好的时光呢。但淑芬知道,由于这次原定参赛的选手中有一位因为身体突然验出某种疾病,无法参赛,而刚好伯健又已经带队参赛回来,正好填补这个空缺,马上就要投入到紧张的集训。她不想伯健在训练中分心,便控制住自己的冲动,好让他全心全意投入到训练中去,打好这场重大赛事。想到这里,淑芬伸手拉住伯健的手,说:"伯健,夜深了,你明天还要进行早训,早点回宿舍休息吧。我们还很年轻,未来的路还很长,一定要走好每一步,时代在召唤,我们要好好珍惜青春的大好年华,别让机会与我们擦肩而过。相信我,好不好?"

伯健看着淑芬漂亮的大眼睛在星光下闪烁,他看到了里面充满了期盼、信任,他的心潮平静下来,伸出手,轻抚着淑芬的脸,轻轻地在她的脸上吻了一下,"淑芬,你说的话我记住了。"

第二天,伯健正在给学生们上体操课,学校办公室谭主任到训练课室找到他,"伯健老师,体委让我通知你到体委报到。"

"太好啦,谢谢你,谭主任。"伯健高兴得连声感谢。这时,下课铃声响了,伯健召集学生交代了几句今后上课要注意安全的话后,回到宿舍收拾行李,快步赶到体委。

走进办公室,淑芬站起来,接过伯健的行李,再用右手指了指训练场那边,说:"你到训练场去吧,朱主任跟球员们都在里面进行训练了。"

伯健走进训练场,见朱瑞生正带着十几个球员在训练。

朱瑞生见伯健到了,把大家集中到一起,说:"现在我宣布,参加全国11县市11个单位排球邀请赛的球员名单已经确定了,总共12名。教练陈耀丰,领队朱瑞生,宣读完毕。从今天起开始封闭训练,所有人没有特殊情况不得请假,更不准私自外出,违者自

动消失。听清楚没有？"

"清楚了。"所有队员心情兴奋，齐声答道。

朱瑞生让陈耀丰带领男子球队开展训练后，来到另外的训练场，见教练梅树益正带领女队在训练，召集起大家，宣读了参赛人员名单，要求大家抓紧时间训练，力争赛出好成绩，不要辜负全县人民的期望。

11月3日，台山男女排球队到县委礼堂参加出征誓师大会，县委会领导给大家壮行。随后，球队乘坐专车出发前往广州。

站在送行人群里的谭淑芬，看着大巴逐渐远去，眼里泛起了泪水……

谭淑芬想到这里，再看看自己在日记里写下的日期：11月8日。球队出发已经5天了，按行程计划，早就应该已经到达北京了吧？可朱主任怎么也不打个电话回来报个平安呢？不会有什么意外吧？她再看看手表：6时20分。

就在这时，淑芬听到电话"叮零零"地响了，她马上冲向楼下的办公室，拎起电话，急促地说："你好，这里是体委。"

"是淑芬同志吗？我是瑞生。我们在广州得到了侨委会的热情接待，耽搁了一个晚上，今天才到达北京，大家都平安。我们现在准备外出参加举办单位组织的晚餐，现在跟你报个平安。再见。"

"好的，朱主任，这么多天没有收到你们的消息，真吓坏我了。你们大家平安就好，预祝你们马到成功，旗开得胜，凯旋。问候大家。再见。"挂了电话，淑芬悬着的心才放下来了。

二

1956年11月11日，在北京举行的全国11个单位排球锦标赛正式开赛。这是中华人民共和国成立以来第一次举办的全国性县级

第三章 响应征召，分赴省内外

排球比赛。参赛的有广东省台山县、文昌县，福建省的晋江县、福清县、龙溪县、龙岩县，吉林省延边朝鲜自治州的延吉县、珲春县、和龙县、安图县、汪清县等 11 个单位的 20 支男女排球队，其中男队 11 支，女队 9 支，比赛采用单循环制。

比赛当天，台山男排首战告捷。接下来的几天里，台山队势如破竹、越战越勇，所向无敌，接连战胜了 9 支球队。而另一支劲旅福建省晋江县男排也像台山男排一样，接二连三地击败了 9 个对手。临近比赛结束的这一天，这两支"排球之乡"的强队，终于到了一决雌雄的时刻了——

福建省晋江县下伍堡被誉为福建省的"排球之乡"。他们的排球历史可追溯到 20 世纪 20 年代初。有人说，没有嘉排的排球史，就没有福建的排球史。中华人民共和国成立后的 1951 年，以嘉排村球员为主的晋江代表队参加首次福建省排球预选赛获冠军，又代表福建省参加华东区比赛获亚军。由此可见，这支球队实力非比寻常。

朱瑞生和陈耀丰过去对这支球队并不了解，到了赛场上，通过观察他们的比赛，才知道福建省这支球队的底细。朱瑞生看到，福建队球员的个头跟台山队的差不多高，台山队有些球员甚至比福建队的还高出不少。根据目测，台山球员的平均身高应该比福建队的略高出几厘米。细看福建队的球技，似乎刚强有余，机灵不足，弹跳还算好，扣杀力度较强，进攻时球路也有一定的变化，但拦封球的质量不高。

掌握了福建队的技术底细，朱瑞生和陈耀丰便与球员们共同研究制敌的对策。

这天傍晚，谭淑芬像往常一样，到体育广场上跑完步回宿舍，刚洗过澡和头发的她身上散发出一股淡淡的梅花香皂的清香，窗外吹来一阵阵的凉意，她披上一件毛线外套，端坐在书桌前，拧亮桌

上的台灯，拿出钢笔，摊开日记本记下当天的事情……

1月22日，阴天

今天虽然是阴天，但自己的心情却像充满了阳光，十分开心。因为下午4时30分，接到朱主任从北京打来电话，言及我们的男子排球队这些天比赛很顺利，已经与9支球队结束了比赛，均以3比0击败对手，真是可喜可贺。但愿他们能鼓起最大的勇气，发挥高超的水平，顽强拼搏，力争击败最后的一支球队，夺得冠军。我相信你们，台山男子排球队，你们是最棒的！

可我们的女子排球队就不尽如人意了，现在排在第9位，真的好令人失望啊。难道她们还没有走出前段时间被少年女排2∶0击败的阴影吗？今后要努力加油啊，台山女排！

写完日记，淑芬微微闭上眼睛，脑海里浮现出伯健驰骋在球场上的伟岸身影和在自己面前调皮捣蛋的笑容。淑芬微微地笑了：伯健，你知道我在想你吗？你想我了吗？朱主任说明天你们休息一天，让大家放松一下，你们会去天安门，还是去故宫，还是去颐和园？这几个地方我都去过了，那些景点好美啊！

北京，11月24日，天气寒冷

今天是最后决赛日子了，心情有点紧张，因为胜利在望，但须继续努力。在这个关键时刻，说不紧张就假了。自己带领女孩子参加体操比赛时，经常安慰队员们在参赛时不要紧张。但轮到自己出赛，似乎就难以避免存在这种紧张的心理了，毕竟这不是个人行为，是代表台山排球，为了台山排球的荣誉而

第三章 响应征召,分赴省内外

战!但愿到场上时能控制住自己的急躁情绪,尽力打好这最后一仗。

淑芬,我现在也向你学习,开始记日记,把自己的生活中的点滴心得体会记录下来,日后再检查自己走的每一步是否正确,是否有进步,确实是一件快乐的事。想你,淑芬,吻你,淑芬。你在家里还好吧?等候我们的捷报吧!

伯健早上起床,就着床头灯光写完这篇日记后,觉得精神爽快了很多。他伸伸腰,到餐厅吃过早餐,跟随球队上了大巴,来到赛场热身。

这是场冠亚军的决赛,闻讯而来的观众都想亲眼见识中国这两个著名"排球之乡"的精彩球技竞赛。

按照朱瑞生和陈耀丰的计划,台山队首发下场比赛的球员集中了全体主力,他们的设想是以攻为守,攻守结合,首先就要在气势上压倒对方,乘胜进击,一鼓作气,不让对方有喘息反扑的机会。

裁判到位后,召集副裁判、司线员、记分员开个短会,检查了球网、标杆等设备后,示意参赛球队就位,鸣哨让球员自行训练5分钟后,再召集两队的队长前来,说明了注意事项后,便抛起硬币,让他们挑选场地和发球权。台山队选择先发球后,球员各自走向自己的位置。裁判见双方准备好,鸣哨示意比赛正式开始。

台山队由1号位的赵强进发球。只见他左手抛起球,右手向后划弧,然后对准球中心稍下的点大力击出。球箭一般飞向对方6号位,对手见飞来的球似乎带着风声,而且眼看到自己的头部,只好伸出双手以向上传球的方式救球。但这个球带着高速旋转,手一碰球,即飞向界外。福建队的其他球员连忙冲向界外救球,无奈球已飞到观众席上,徒叹奈何了。

台山队接着发球。赵强进照样发出大力勾手球,这次球又落在对方1号位上空。1号位的球员吸取了教训,提前移动步伐,伸出

双手，将球垫起传出，但一传不到位，2号位的球员只好将球传到4号位，4号位球员纵身一跳，将球打过台山队场内5号位置。

5号位的是梅醒生，身材高大，只见他瞅准球的来势，伸出双手稳稳地将球垫起来，一传到位，二传手迅速移位，瞅准对方防守空隙，将球背传到2号位的上空。此时2号位是黄伯健，只见他身随球动，趁着球还在上升之中，纵身一跃，右手迅速向后划弧，对准球用劲一扣，球随即应声"啪"的一声落到对方的前场区内，对方还没有人反应过来。裁判员立即吹响哨子，右手向下向内一指。

"好球！"

"今天真是见识了台山排球的快球了！"

"好快速的手法，真是迅雷不及掩耳啊！"观众席上响起了热烈而持续的掌声，为球员的精湛球技喝彩鼓掌。

接着，台山队如此反复地通过2号位和4号位变换着重锤与轻吊相结合的进攻，连续得了6分，福建队的教练仿佛看入了神，竟然忘记了要调整自己的战术来应对台山队凌厉的攻势。

福建球队的领队见本队球员毫无对应办法，连忙伸手拍拍教练，教练才如梦初醒地向裁判举手示意，提出暂停。

福建队教练见球员有点丧气地朝自己走来，便鼓起精神，要求大家不必被台山队的攻势吓倒，一定要挺住，加强防守，特别要注意台山队扣吊战术，做好拦网的保护，避免救球失误。

台山队的教练陈耀丰提醒球员不要骄傲，指出福建队在下一步肯定会加强对轻吊球的防守，要求大家随机应变，及时调整战术，不但要加强两翼的进攻，还要采取中路进攻，让对手防不胜防。还要加强防守，以免被对手钻空子。

果然不出陈耀丰所料，福建队加强了前后排的防守，还现学现卖地使用了鱼跃救球的技术，虽然是初学，但却也救起了不少台山队轻吊的近网球。如此一来，场上的回来对抗愈加激烈，球员们都

第三章 响应征召，分赴省内外

拼尽全力，双方不断在进攻——防守——进攻中展开拼搏，充分显示出球员们顽强的斗志和坚强的意志。

虽然福建队球员拼尽全力，但由于开始时台山队先声夺人，占了先机，双方比分悬殊，台山队以 15-6 胜了第一局。

双方换场后，第二局比赛开始。这一局，台山队换上两员新兵上场锻炼。福建队却换了3名老将上阵。双方的对抗一开场即进入白热化，你来我往，一会儿高举强攻，一会儿快抹轻吊，各有所得，互有所失，比分一度在 8-8 时接连3次互相换发球，双方都在比拼着球员的临场反应和对不断变化的现场情况处理是否得当的相持之中，考验着双方球员的智慧和毅力。

陈耀丰见此次没有上场坐在球员席上的黄伯健不时用手揉搓右脚腕，便问他是不是脚腕受伤了。

黄伯健笑笑说："没事，旧伤了。"

"这一局你就不要上了，休息一下。"

"陈教练，我看最好早点换上我们的主力，得尽快把这局也拿下来，以免夜长梦多。"

陈耀丰看看记分牌，双方的比分是 12-10，台山队仅领先2分。耀丰站起来，举手向裁判示意，请求换人。台山队的赵达辉上，一位新队员下。

赵达辉上去到4号位，耀丰的目的是要赵达辉上去后，加强进攻和拦网。此时正是台山队发球。

台山队发球后，球飞向对方5号位。对方5号位球员一传到位，二传手将球传到2号位上空，2号位球员纵身扣球，赵达辉与5号位的梅醒生双双起跳拦网，将球拦封在对方场内。"好球！"台山队得分，比分是 13-10。

台山队继续发球，直接得分。14-10。

福建队教练向裁判示意，请求换人。福建队换上球员后，又将比分追成 12-14，台山队仍然领先2分。台山队又向裁判请求换

人，这次是黄伯健上场。

福建队发球，台山队接发球到位，二传手迅速将球传给伯健，伯健起跳，快速打了一个大斜线，球起飞到对方的1号位。1号位球员防守不及，球落界内。台山队抢回发球权。

台山队发球的是赵达辉。只见他抛起球，右手向后划弧，然后用力击球，球旋转着飞向对方的5号位。对方一传不到位，二传手只得将球传给1号位球员，1号位球员打了个远球过台山场内。黄伯健喝了声："好机会，把握好！"

台山队5号球员将球稳稳地垫起，球到二传手上空，二传手迅速将球传给伯健，伯健在前线区里纵身一跳，用力一扣，球快速落到对方前线区，"好球！"台山队得分，再以15-12，胜了第二局。

双方再度换场。

这是关键的一局。对于福建队来说，如果输，比赛就结束了。如果赢，就还有一拼的机会。而对台山队而言这就是决胜局，胜了这局，就是在本次锦标赛上均以3∶0、十战十胜的战绩夺取冠军！这样的荣誉，绝对是值得拼搏的。双方的领队为了本队的荣誉，不惜绞尽脑汁，盘算着如何战胜对手！

再看这局上场比赛的球员，都派出了最强阵容。首先发球的是福建队。发球员随裁判吹响哨子，发了个大力勾手球，球如离弦之箭飞向台山队的5号位。台山队5号位是梅醒生，他稳稳地将球垫起，但由于球的冲击力大，一传不理想。二传手赵卓宏迅速移位，将球传到4号位上空。4号位正是赵达辉，赵达辉起跳大力扣球，球过网到对方1号位，对方球员迅速垫起球，传给二传手，二传手迅速将球传给2号位，赵达辉与梅醒迅速起跳拦网，球从赵达辉与梅醒两人之间飞过，落到台山队场内。福建队先拔头筹，1-0领先。福建队接着发球，球过网后，到台山队6号位置。台山队6号位队员稳稳地将球垫起，一传到位，二传手迅速将球传给黄伯健，黄伯健转身打了个快球，球应声落到福建队前场区内。台山队夺得

第三章　响应征召，分赴省内外

发球权。黄伯健发球，他将球抛起，右手向后划弧，用力击球，球旋转着飞向对方的5号位。对方垫球后，球触手飞向界外，台山队得分，1-1平。接着，黄伯健发球失误，被福建队抢回发球权。跟住，福建队发球也失误，一传不到位，又被台山队抢回发球权。如此这般，双方在1-1的比分中相持，互换发球。轮到台山队的罗卫军发球了，陈耀丰紧张地望着罗卫军这位最擅长发球的球员，担心他在这样的紧要关头发球有失。

只见罗卫军接过球后，将球向上抛起，右手向后划弧，奋力向球击去。球离手后漂着飞向福建队的5号位。福建队5号位球员退后垫球，不料球触手后转向左方的界外飞去，4号位球员连忙冲出界外救球，可惜终究慢了一拍。裁判示意，台山队得分。

陈耀丰见此，终于松了口气，向罗卫军鼓掌致意。罗卫军继续发球。这次，罗卫军发了个上手勾球，球过对方网后，落1号位与2号位之间，对方竟判断失误，你望我，我望着你，眼看着球落在两人之间的空位上。

"笛——"裁判吹响了界内球的哨子。

"好！"陈耀丰见到对方的失误更离谱，鼓掌为球员打气。

观众席上也发出了阵"嘘——"的声音，为福建队可惜。

接下来，台山队越战越勇，接连取得几分，以6-1的大比分领先。这时，福建队示意裁判要求换人。福建队换人后，迟滞了台山队的发球优势，双方又开始了新一轮的较量。过了一会，双方比分到了12-7，台山队仍然领先对方5分。就在台山队乘胜前进的时候，意外发生了——

黄伯健在纵身扣球后，身体下落时，为了不踩在滑倒在地上的二传手，右脚在落地时滑了一跤，整个身体向后倾斜，摔倒在地上，连他自己都听到了骨头"咯"的声音，一阵巨大的痛苦令他不由自主地紧抱着右脚，呻吟起来。

裁判随即吹响了暂停的哨子。医疗人员马上跑进场察看，见到

伯健的右脚有明显的骨折现状，随即将伯健运到医疗室包扎，然后送上停在球场门口的救护车，将伯健送进医院，作进一步的治疗。

裁判见已经处理完伤者的情况，吹响哨子，示意双方的比赛继续。台山队由伍民长发球。伍民长是四九伍晋民的远房族弟，比伍晋民小20多岁，但他的辈分却跟伍晋民同辈，在讲究辈分的乡下，他算是伍晋民的小弟了。他七八岁便跟随伍晋民学习打排球，多年来在比赛场上滚爬摸打，掌握了台山灵活多变的打法，在本次比赛中发挥了超水平的技术。现在轮到他发球，只见他将球朝地上拍了几下，瞧了瞧对方的球员，将球向上抛起，右手向后划弧，然后大力击球，球如脱缰之马，眨眼间飞到福建队的5号位，对方5号位球员连忙冲上前，双手垫球，球一触手，竟飞向4号位，4号位球员连忙把球传到2号位，2号位球员见球的位置不够高，已经无法跳起扣球，便用力将球打过台山队的5号位。台山5号位的罗卫军见2号位的廖奕聪做好出击的准备，随即将球传到2号位上空，廖奕聪人随球起，挥起左手，打了个直线，球直达福建队后排无人防守的位置，"咚"的一声，落在界内。

"好球！"观众席上响起了一片喝彩声，掌声雷动。13－7。到了这个关头，台山队依然拼劲十足，特别是二传手，在场上发挥了灵魂的作用。而几位主攻手的进攻势头始终保持凌厉的势头，一会赵达辉强攻，一会廖奕聪左手快攻，一会伍民长拦网，一会赵卓宏又在2号位轻吊，台山队球员见机行事，各出奇招，将福建队打得毫无招架之术。最后，台山队终以15－11的分数，直下三局，以3∶0击败这次锦标赛的头号对手，以十战十胜的战绩，夺得冠军。

这次锦标赛虽然是县级球队的比赛，但台山队在比赛中表现出来那种非凡的技术和灵活多变的战术，令观众大开眼界。许多观众说，就算是省级排球队，也未必有台山排球队如此高超的水平。看这样的比赛真过瘾！

第三章　响应征召，分赴省内外

三

新华社讯：广东省台山县男子排球队和吉林省延边朝鲜族自治州的和龙县女子排球队，在1956年十一县排球锦标赛中，分别以十战十胜和八战八胜的优异成绩获得了男子组和女子组的冠军。

被称为中国"排球之乡"的台山县男子排球队在十场比赛中，都是以三比零的绝对优势战胜对方的。

……

许多人认为，台山县男子排球队的高超技术，确能与国内第一流球队媲美……

这则报道台山男子排球队在北京举行的11县排球锦标赛上夺冠的消息刊登在1956年11月25日的《人民日报》上，很快便传遍家乡台山。

谭淑芬在看到《人民日报》刊登的这则消息前，就已经接到朱主任打电话回来报喜的消息。当时，她第一时间便开心地连声祝贺台山排球队取得优异成绩。然而，当朱主任告诉她伯健在比赛中摔伤了腿部后，她的心情顿时沉重起来。尽管朱主任在电话里说没有什么大碍，但淑芬知道，如果不是特别严重，朱主任不会说得这么模糊不清，而且，为了保证伯健早日恢复，伯健还要留在北京继续治疗一段时间。淑芬当然知道北京的医疗水平肯定对伯健康复有很大的帮助，因此尽管她很担心、很心急，但她明白担心、心急也没用，只能等伯健在北京伤愈回来后，再帮助他慢慢把伤养好。其实，熟知伯健性格的淑芬，最担心的是伯健自己过不了自己一关，因为伯健是体操教师、舞蹈队教练，离开了腿，就像天鹅折了翅膀，再也无法轻盈自如地跳他喜欢的舞蹈了。而且，他又是排球发烧友，如果以后落下什么后遗症，无法再参加体育运动，他会怎么

样呢？带着这种忐忑不安的心情，淑芬度过了一个又一个不眠之夜，盼望着伯健平安归来。

数天后，朱瑞生带领台山排球队凯旋，得到了县委会的表彰。尽管台山女排在比赛中成绩不理想，但男子排球这次勇夺冠军、扬威京城，还受到了国家体委首长们的接见，而《人民日报》发表了"台山——排球之乡"的署名文章，详细报道了台山开展排球运动的历史和县委会支持群众性开展排球运动的成效，引起了广泛的关注。国家体委率先将在这次比赛中表现出色的赵达辉和赵卓宏招进国家青年队。还有不少省体委也多次派人到台山排球队选拔招录排球人才，充实本省的排球队伍。台山队参赛的6名主力球员，除了受伤的黄伯健之外，被一"抢"而空。

然而，类似的"抢人"事件陆续发生。这天上班后，朱瑞生又接到一封省体委发来的通知，请台山体委协助××省体委到台山挑选排球运动员，请以支持的信函。

这两年，台山体委在县委会的支持下，已经陆陆续续向省内外的专业排球队送走了不少有实力的球员，这样虽然不多不少削弱了台山排球队的整体实力。但台山县委会、县体委本着顾全大局的政治觉悟，尽量满足各省发展排球运动对优秀队员的需求。

但这一次，朱瑞生却着实有点为难了。

谭淑芬见朱主任坐在办公室半天不说话，还以为他病了，便关切地询问他是不是身体不舒服？

朱瑞生把手上的通知递给淑芬，摇摇头说："又有一个省体委来函，要求协助支持几个球员给他们去带领球队训练，而且这个省离台山特别远，所以我估计这次的难度很大。想来想去又想不出什么办法，难啊！"

谭淑芬听了，想了一下，说："这个省确实离台山很远，饮食跟我们广东完全不一样，运动员会有水土不服的可能。那些已有工作单位的运动员可能不会考虑去，但我们是否可以到乡镇农村去挑

第三章 响应征召，分赴省内外

选一些技术水平好的球员呢？我统计过，现在我们台山已经成立了2000支排球队，排球运动员有数万人，我们可以从中挑选一些优秀的球员，推荐给这个省，或者也有些球员愿意去的。"

朱瑞生听了，说："我已经考虑过这个办法，但这样做需要花不少时间来挑选，我们总不能随便挑几个给人家的吧？"

谭淑芬说："朱主任，你还记得当年中央集训队和八一队到台山挑选球员时的做法吗？可以到乡镇去举行排球赛，让这个省的领导直接到赛场上挑选，这样就能在比赛中发现那些技术好的球员了。毕竟，如果被省球队选上，以后就有机会成为国家干部，这样还是很有吸引力的。"

"这个办法好啊，一来，我们可以完成协助推荐优秀球员的任务；二来，我们也可以从中发现和挑选一些球员充实到我们自己的球队，毕竟，这段时间我们已经送出不少优秀球员，我们的力量已经减弱了许多，再不补充新生力量，我们还真的无法应对更大的比赛了。事不宜迟，我现在就来联系几个乡举行排球赛，这样他们来到台山时，就能进行比赛了。"朱瑞生说完，马上拿起电话，开始联系四乡，商议举行排球比赛的事情。

朱瑞生打完电话，又对谭淑芬说："哦，对了，淑芬同志，佛山专区少年体操比赛即将举行，这段时间你要加强督促各参赛的运动员训练，同时，还要准备好相关资料，到时就由你负责带队参赛。我跟耀丰同志留在台山，配合做好××省体委选拔球员的工作。"

"我带队？行吗？"淑芬吃了一惊。

"怎么不行？你都跟随排球队去参加过不少比赛了，已经有了一定的管理经验，况且体操本身又是你的专长，派你去领队是最合适的。记住，凡事要胆大心细，切勿麻痹大意。"

"好的，我记住了，保证完成任务。"淑芬接受了任务后，加紧到各校组织参赛运动员进行训练，积极做好参赛的准备。

85

朱瑞生安排淑芬负责体操比赛的工作后,便与陈耀丰骑着自行车,到三合乡了解组织排球比赛的情况。

四

三合乡位于台山县的西北部,距离台城10多公里,乡政府设在三合墟。距离三合墟几公里,便是台山著名的温泉。

三合墟是台山比较出名的侨墟,20世纪初期,中国第一条民营铁路——新宁铁路便是由县城经过这里直通到白沙乡,由于交通便利,商贸经济兴旺,华侨港澳同胞众多,许多华侨港澳同胞子弟经常打排球,因此,这里也是台山县开展排球运动较早的地方,球员的技术水平也属全县中上水平,到这里来挑选技术好的球员,应该不是件难事。

当县体委要在三合举办排球比赛的消息一传出,便有10支球队报名参赛,参赛球员接近200人,还有临近三合乡的端芬乡也有两支球队报名参赛。

朱瑞生回到体委后,马上打电话联系省体委,了解××省体委的领导什么时候到台山来挑选球员。省体委的人回答说,今天早上我们的高主任已经陪同××省体委的领导出发了,你们做好接待工作吧。

朱瑞生连忙说不好意思,我们一早下乡,现在刚回到单位。请领导放心,我们已经把准备工作安排好了。

朱瑞生说完,叫上陈耀丰,一齐到食堂吃过午饭,便朝台山县汽车总站走去。

台山县汽车总站就是原来的新宁铁路大楼。这座红墙绿瓦的大楼,是仿照美国西雅图车站的外观,融合了中国传统建筑风格设计建造的,建于1931年,屹立在台城商业黄金地段的西宁市,是当时台城的标志性建筑物之一。日寇侵占台山前夕,国民广东省府电

第三章 响应征召,分赴省内外

令台山县政府迅速拆除新宁铁路等交通设施,以迟滞日军侵略四邑的步伐。新宁铁路全线拆毁,所幸没有下令拆毁这座大楼。中华人民共和国成立后,这座大楼便成了县汽车总站的候车大楼。

朱瑞生与陈耀丰径直走进办公室,见到车站的调度黄主任。当他了解到广州到台山的班车还没有到,便安心地坐在办公室里面一边喝茶,一边等候。一个小时后,黄主任告诉朱瑞生,班车到站了。朱瑞生连忙朝候车室走去,果然广州刚到台山的班车上,有几位身材高大的男子走下汽车,他一眼便认出省体委的高主任,还有一位是朱瑞生带领台山排球队到北京向贺龙元帅和国家体工委表演排球赛时的××省排球队的主力、现时××省的体委康主任,便笑着迎了上前:"高主任、康主任,你们好。"

高主任向朱瑞生招了招手。那位康主任大踏步走过来,两人一齐伸出双手,热情地握住,互相问候起来。

"朱主任,早几年跟你们台山排球队在首都北京的那一仗,令我印象深刻,一直想找机会向你们学习。现在我找上门来了,但不是跟你们较量,是来请求你们支持啊!"

"康主任,你客气了。"

"哈哈,朱主任,你们台山刚刚又在全国 11 县排球锦标赛上横扫千军,奋勇夺冠,被你们打败的虽然都是县里的业余排球队,可那些县都是我们中国的排球之乡选拔出来参赛的球队,实力非同小可,你们却以十战十胜而且都是以 3:0 的战绩,这样的成绩,我认为,就算是许多省队甚至国家队,也未必做得到!你们高超的技术和顽强的斗志,还有配合默契的团队精神,都令我十分佩服!老实说,上次跟你们台山的较量,当时我是球队的队长兼主攻手,看到你们的身材比我们矮出一个头,我还真的瞧不起你们,可对你们那种灵活多变的打法,我是毫无对策,只有干着急,但我就是输得有点不太服气,这次看到你们取得这样的成绩,可见你们战胜我们绝非侥幸,我现在是口服心服了。这次我们到台山来,你可一定

要给我们调派几个高手,指导我们的球队。"

这时,一辆小货车驶过来,停在朱瑞生身旁,黄主任从司乘座位上跳下来,跟朱瑞生打招呼:"朱主任,我知道你的客人行李多,特意给你们调了部小货车,帮你们送行李过去。"

"黄主任,真的感谢你了,今后你想看球,给我打个电话,我叫人送票给你。"朱瑞生十分感激地说。他知道这位黄主任也是位排球发烧友,每逢有重大球赛,必定到场观看。还经常邀请体委的教练到汽车总站指导职工排球、篮球队训练和举办比赛,使车站的球队在交通系统的比赛时取得了相当好的成绩。

"好说,朱主任,谢谢你,之前都麻烦过你们好多次了,大家一家人,不说客气话了。"黄主任说完,请搬运工人将所有行李搬上小货车,然后说:"朱主任,真的不好意思了,无法安排车送你和客人回体委了。"

"这样已经很感谢你们了。我们走路回去就好了,顺便也给几位客人介绍一下我们台城的风土人情,品尝一下我们的地方美食。谢谢你,黄主任。"

朱瑞生说完,请大家一起走出车站,穿过一条水泥桥,沿着台西路朝城里面走去。

康主任是第一次到台山来,他一边欣赏着马路两旁中西建筑风格的骑楼洋房,一边说,看到这里的洋房骑楼,仿佛走在广州的上下九路一样,难怪台城被誉为"小广州"了。

就在朱瑞生带着省体委和××省体委的领导浏览台城风貌的时候,谭淑芬正带领着台山业余体操队参加在佛山举行的佛山专区体操比赛。二中的初中新生黄咏怡平时表现突出,也被安排随队参加年龄最小的少年组比赛。

这是谭淑芬第一次带队参加这样大型的体操比赛,心情既高兴又紧张。但她毕竟也参加过不少体操比赛,而且也跟随排球队参加

第三章 响应征召,分赴省内外

过大型的排球比赛,从中学到了不少带队应知的基本常识和应变的处置办法,而且黄伯健过去也曾跟自己谈过他带队出赛时的一些趣事,现在正好可以借鉴。

大会安排的赛程两天便结束了,台山体操队不负众望,夺得了团体赛第三名。

首次带队出赛便取得了这样好的成绩,谭淑芬十分开心。回到单位,她向朱主任汇报了比赛的工作情况和取得的成绩。

朱瑞生听后十分开心,他高兴地表扬了谭淑芬:"淑芬啊,你这次带队参赛,取得了这样的成绩实属不易,证明了这几年来你进步了很多,我要向县委汇报,表彰你。"

"朱主任,感谢你多年来的栽培和教育,使我学到了许多业务知识。今后我一定继续努力,做好本职工作。"

朱主任的表扬,令淑芬十分开心,工作起来更加热情。下班后,心里甜滋滋的她回到宿舍,摊开信笺,提笔给黄伯健写信——

伯健,你好吗?

这段时间忙于带队参赛,没有写信给你,请你原谅我唷——写得这里,我送个吻你,好吗?

这次呀,我想告诉你一个特大的好消息,你猜得到吗?其实这个好消息也有你的重大功劳,所以不用你猜了,我也忍不住啦,还是直接告诉你吧!

这可是个天大的好消息,我们台山的体操队首次参加佛山专区体操比赛就得了第三名!这可是我们台山第一次参加这么大型的体操比赛,第一次就获得了这样的成绩,不容易吧?因为参加这次比赛的区、县的体操运动员的水平都十分高,许多高难度的动作,连我都没有见过、都不认识。所以这次带队比赛,也让我们学习了好多好的经验,对我们的训练一定会有很大的帮助,我们以后还要从高从新来训练,挑战更高难度的动

作,力争取得更好的成绩。还有,你一手培养出来的学生黄咏怡,第一次参加比赛,表现得十分出色,动作虽然难度不大,但她在表演过程中的表情十分投入,收放有度,刚柔并济,特别是表演自由体操时,动作优美,敏捷流畅,可以说达到了动若脱兔、静若处子的境界,受到了众多评委的一致好评,认为只要有名师好好培养,加强训练,她未来的前途一定会无可限量。我想,以后一定要好好栽培她,让她为我们台山体操运动争光!

　　看到这里,你的心里是否十分开心?是的,我的心情直到现在还很开心很兴奋。这并不是因为我带队取得了好的成绩,而是因为你,为我们台山培养了一位这么优秀这么有前途的体操运动员。"知君当此夕,亦望镜湖水",遥想赣江春,至今尤脸热。现在啊,我多么想跟你一起分享这份喜悦。看到这里,你可不准笑我痴。

写到这里,窗外一阵寒风吹来,淑芬不由心疼地想,此时此刻的北京,正是寒风凛冽的时候,伯健带的衣物能抵御得了这寒冷的天气吗?想到这里,淑芬提起笔,继续写下去——

　　我想,北京的天气转冷了,你要注意保暖啊。这段时间你的腿伤恢复得怎么样?可以下床走动了吗?听老人说,伤筋动骨100天,现在才过了十几天,我好担心你是怎么样才能熬得过这3个多月的漫长日子。真对不起啊,我不能在你的身边照顾你。你什么时候才能回来呢?等你回来后,我一定好好地照顾你,让你早日恢复健康,重新驰骋在赛场上,重振你的英姿。

　　吻你。想你的芬。

第三章　响应征召，分赴省内外

　　淑芬写完信，再从头到尾细读了一遍，才将信折成个心形，放在胸前，想象着伯健读完信后的表情，羞涩地微微笑了，然后将信装进信封里封好，贴上邮票。她看看天色已晚，便将信放进抽屉里。又拿出日记本，记下当天的日记。

　　××省体委的康主任和广东省体委的高副主任这几天都没有离开过三合乡，他们食住工作都在这里，亲身体验在台山乡镇举行的排球比赛的火样热情和球员们的拼搏精神。

　　此时，在三合乡举行的排球比赛正热火朝天地进行着，比赛地点设在温泉球场，来自三合、端芬的两支排球队正在进行着激烈的对抗赛。这是这次比赛的最后一战了，两支实力最强的球队经过几天的比拼，终于到了决定谁捧起冠军杯的关键时刻。

　　康主任拿着两支球队的球员花名册，认真地观察着各位球员在比赛中的表现。其实，观看了这么多天的比赛，他心中已经有了比较明确的人选：端芬队3个，主攻手梅松源、4号位阮大健、二传手丘振宏。三合队3个，主攻手朱叔杰、2号位陈杰强、5号位黄永辉。他希望在今天的比赛中，再优中选优地挑选三到四个。

　　这时场上的比赛到了最后一局，前四局双方战成2∶2，如今场上的比分是12-12，两队还是平手。多数球员经历了这么长时间的比赛，已经显得有点筋疲力尽了，但在主力球员的带动下，在场外观众的喝彩声中，仍在顽强地努力地各展所能拼搏着。

　　看到这里，康主任感慨万分。他对朱瑞生说："朱主任啊，这样的比赛，真是难得一见啊，乡间都有这样的水平，称台山为排球之乡，一点也不为过。我不但大开了眼界，见识了排球之乡的真正魅力，还挑选到理想的球员，真是不枉此行啊！"

　　高副主任也说："是啊，我见过不少排球比赛，还是看台山的排球比赛过瘾，不但运动员的表现出色，就算是场外的观众，都是看球评球的行家，这样的氛围，有什么理由培养不出排球好

手呢？"

几个人谈话间，场上的比分到了 14 - 14，观众的欢呼声一浪高过一浪，此时虽然是寒风阵阵，但球员们却都汗流浃背，浑身的汗水混着泥尘，满脸泥污，就像一个个画了大花脸的泥塑公仔。

此时轮到三合队发球。发球的是黄永辉。这是位左手球员，只见他右手将球抛起，左手划弧，用力击球，脱手的球旋转着朝端芬队飞去。这样的发球，一般球员是很难接好一传的。但是，端芬队的球员却有一套破解这种发球的绝招，只见端芬队的球员迎着球飞来的位置，迅速移动，伸出双手顺着球旋转的方向，巧妙地垫起，一传到位，二传手迅速将球高高地传给 2 号位的梅松源，梅松源纵身而起，由于他的弹跳力超强，悬停在空中的他瞄准三合队的空隙，用力一扣，球应声而下。三合队后排的黄永辉迅速飞身鱼跃，将球救起，二传马上将球传给右角陈杰强，陈杰强人随球起，从一米外向前纵身起跳、抡臂扣球，几个动作一气呵成，球"咚"声落地了。

三合队得分，15 - 14。"好球！""精彩！"三合的观众马上报以热烈的掌声，齐声呼叫："三合队，加油！三合队，加油！"

"端芬，顶住！端芬，顶住！"来自端芬的观众也在一旁为端芬队球员鼓劲。

端芬队长的高声呼吁球员不要慌乱，一定要稳住阵脚。

三合队继续发球。端芬队队长正好轮在后排 5 号的位置，见到对方发来的球正高速旋转着飞来，他稳稳地将球传给二传手，然后迅速做出扣球的准备动作。二传手见三合队的球员将精神集中到队长的动作上，马上转手将球背传给身后的阮大健，阮大健一看二传的手势，即知他的用意，随即纵身而起，迅速将球击出，球应声落地。"好球！大健顶呱呱！"

"这个动作背飞打得漂亮。"康主任忍不住击掌称赞。

关键时刻，端芬队又抢回了发球权。比赛就这样反复拉锯着，

第三章 响应征召,分赴省内外

直到 17-17 以后,三合队的黄永辉连续打了两个漂亮的直线球,结果以 19-17 战胜了端芬队,夺得冠军。

"胜利了!"三合队的球员和在场的观众们欢天喜地狂欢着、拥抱着,那些一身泥汗、刚卸下征衣的球员们,一齐欢唱着胜利的歌,相拥着朝温泉汤池走去。"春寒赐浴华清池,温泉水滑洗凝脂",三合温泉水水量充裕,从泉眼里冒出来温泉水盈溢成小河流,富含丰富的矿物质,浸泡在溪流中,可以让勇士们痛痛快快、淋漓尽致地洗涤身上的征尘,尽情享受胜利的喜悦。

看完球赛,康主任感慨着说:"这两支队的技术和实力其实都是不相上下、我看三合队胜在主场的天时地利人和,端芬队苦战5局,虽败犹荣。两支球队都是不可多得的优秀球队,令人敬佩。"

"康主任,挑选到理想的球员了吗?"高主任在观看比赛的整个过程中都惊讶得不敢相信自己的眼睛,在乡村,竟然有如此强劲的球队。此时,听到康主任说出如此的评价,有点舍不得地问。

"高主任,我怎么听出你的话里有点酸酸的味道?不会是舍不得我们来贵省挖角吧?我看你们这里的每一位球员,都想请回去呢!这里有这么多丰富的宝贵的资源,你可别让我空手而回啊!"

"康主任,这个思想觉悟我还是有的,你放心,你看中哪一个,只要球员愿意,我无条件支持。"

"高主任,别这样说,还要靠你们多做思想工作,从服从革命工作需要的高度,动员球员到我们那里去。我们那边虽然天气比较寒冷,生活条件可能没有南方这边好,可我们那里也被称为塞北江南,物资丰富。还有,我们一定会创造良好的条件,让球员们安心稳定下来。以后你们的事就是我的事,绝不食言。"

高主任听康主任这样说,摇了摇头,向朱瑞生摊摊手,一脸无奈的样子。

朱瑞生说:"康主任,我代表被你选中的球员向你们表示感谢。省体委、我们县委的领导是非常支持你们到我们台山来挑选优

秀球员,所以请你放心,你们挑选的球员,我们会跟进做好动员工作,争取球员能愉快地到你们的球队,这个也是他们的光荣。"

比赛结束两天后,××省的康主任亲自带领着从台山招录的4名球员回去。此后,还有许多省市的排球队相继到台山挑选优秀排球运动员,一些在外地读书的台山籍球员也成为当地球队的主力。这些技术全面的台山籍球员将台山排球的技术特点和战术要点带到各地传播,并且不断创新和发扬光大。据体育部门的资料统计,20世纪50年代,台山先后向全国各省、市、部队输送了140名优秀排球运动员,在国家男子排球队中,台山籍球员占半数以上。1956年国家男排参加法国巴黎举行的世界排球锦标赛的12名运动员中,就有8名是台山籍的。这些台山籍的排球运动员,为中华人民共和国的排球运动发展作出了重大的贡献。

转眼间,黄伯健在北京医院治疗已经一个多月了,可以下床活动了。心急如焚的他多次要求出院,无奈十分负责任的医院院长非常坚定地拒绝了他的要求。伯健只好在医院继续他漫长的康复阶段。幸好淑芬隔三岔五便给他写信,缠绵的情丝缓解了他的牵挂。

牵挂着淑芬的伯健打开日记本,看到上面记录的时间已经是1957年1月20日了。他再翻开日历,显示出今年的春节是1月31日。啊,还有10天就到春节了?今天一定找院长,无论如何,一定要在春节前赶回家。

就在黄伯健准备去找院长的时候,病房的门被推开了,进来的正是院长。"院长,我——"

不等伯健说话,院长已经截住了他的话,笑眯眯地对他说:"黄同志啊,是不是心急着要回家啊?"

"院长,眼看就到春节了,你不会让我等过了春节才回家吧?"

"行了,黄同志,你看谁来探望你了?"

黄伯健探头一看,果然门外还站着两个身材高大的男子。他认出来了，高兴地说："李教练，伍教练，怎么是你们？"

"伯健啊，这一个月来，我们到外地训练比赛，昨天才回到北京。听说你受伤住院了，作为老乡老大哥，怎么能不来看看你呢？现在伤好点了吗？"

李教练和伍教练原来都是台山的球员，早几年被中央体训班挑选进了北京，是国家排球队的主力，现在还兼任着北京某少年排球学校的教练。黄伯健年少时在台山时经常看他们的比赛，早就认识他们了。他有点无奈地倾诉自己的情况："李教练，伍教练，你看我都能跑能跳了，院长就是不让我出院，你们帮我说说，让院长放我回家吧。"

"哈哈，我们跟你一样，都是归心似箭啊。行，院长说了，如果有人陪同你回广东，他会同意你出院的。"

"还要有人陪才能回去啊？北京这么远，哪有人陪我回去啊？"伯健听到这里，一腔热情顿时化作云烟，凉了半截。

"你看我们可以吗？"两位教练微笑着说。

"你们？不行，不行，你们的工作这么忙，怎么好麻烦你们啊，我都说过了，我早就能走会跑了，一个人回家什么问题也没有，如果有什么问题，由我自己承担。院长，我这样保证行了吧？"伯健转向院长说。

"你呀你，你是运动员，骨折了，如果在没有完全稳定后再出现移位现象，那可是影响你一生的体育运动生涯，甚至影响到你的后半生。北京离广州的路途有数千公里，虽然你坐火车，但火车上人来人往，稍有不慎，就很容易碰到，如果没有人陪同你，万一发生这种情况，你说这责任不在我吗？我怎么向国家体委交代？怎么向你的家人交代？中医常说，伤筋动骨 100 天，你治疗到现在还不到 40 天，虽然我们已经给你拍 X 光片看过，接驳手术非常成功，骨质生长愈合的情况良好，已经超出了普通人的愈合速度，但毕竟还需要时间让它自然恢复，这样才会愈合得更彻底，不留下后

遗症。"

"院长,这个道理我也明白,可是我……"

不等伯健说完,李教练打断了他的话。"伯健,别可是了,准备收拾行李,明天我们来接你回家。但你要记住,回去的路上要听话,别出什么意外。"

"大哥,你说的是真的吗?你们接我回台山?"

"当然是真的,骗你干么?我和老伍已经几年没有回过家乡了,今年正好轮到我们俩放假,刚好你这个家伙又吵着回家,就顺便捎你一程啦。这回开心了吧!"

"哦,开心,当然开心。"伯健拉着两位的手,开心得有点要流泪的感觉。

"好了,我们来帮你收拾行李吧,免得你碰到伤口。"

"我的什么行李都在这里,早收拾好了,马上出发都行。"

"你这家伙,我们几年没回家也没有你这么心急的。哈哈!"

"我看他哪,一定是家乡有位漂亮的小姑娘在等着他,你信不信?"李教练打趣着说。

"肯定是这样,你看他,一听说可以出院回家,两眼发光,仿佛春心荡漾。"

"那些护士早就告诉我了,从台山寄来给他的信,隔几天就有一大摞,里面肯定有不少情信。"院长也笑着揭伯健的老底。

第二天,黄伯健在两位老乡的陪同下,登上京广线火车。望着窗外银装素裹、飞驰而过的景象,伯健的心早已飞向绿水青山的家乡。

第四章 大局为重，体坛练精兵

一

这天凌晨 6 点，黄伯健一行乘坐的京广线火车终于到达广州火车站。下车后，饥肠辘辘的黄伯健与两位教练在附近找了家通宵营业的粤菜馆，点上几味粤菜，美美地饱餐一顿后，马不停蹄地来到相距不远的省汽车站。正好赶上有班半个小时后回台山的班车，几个人满心欢喜地买了车票，坐在候车室里等候。此时，候车室外天色现出一丝鱼肚白，虽然南国的冬天也冷得令人畏缩，但刚从北国归来的他们，盼望回家的热情已经融化了所有寒冷，感觉一切都是那么的温暖，那么的亲切。

那年代，从广州坐汽车回台山，需要经过龙江、九江、潭江等几个渡口，汽车每驶到一个渡口，均要等候渡船接驳到对岸。如果不巧遇到大雾锁江的天气，你再心急也没用，还是耐住性子慢慢等候吧。

黄伯健他们坐的这班汽车十分幸运，一路上几个渡口均顺利上渡船，畅通无阻。刚过中午，汽车已经驶过了最后一个渡口——横跨开平水口与台山公益的潭江河，公益渡口。当汽车稳稳地驶上河岸，整车的乘客都"吁"地松了一口气，仿佛从这"吁"的一声中，把旅途中的所有担心都在这一刻释放出来。从公益渡口往台城，还有将近 30 公里的路程。黄伯健几人虽然吃了早饭，但几个

小时过去,这时也感到肚子"咕咕"地响。几个人你望我,我望你,但也只是笑了笑,谁也不愿去行李箱里找点东西吃。虽然里面塞满了从北京买的京味零食,这些千里迢迢带回来的手信,自己是舍不得吃的。

很快,汽车便在众人的谈笑声中,平稳地驶进了台城汽车站。

台山汽车站是台山的交通枢纽,此时临近春节,乘车回乡的旅客不计其数。

这时,一位骑三轮车的工友走近来问:"几位要去哪里?你们这么多行李,坐三轮车最好啦。"

"行,你帮我们叫三轮车过来,我们三个人每个人一辆。"李教练说完,不放心地问:"伯健,真的不需要我们送你回家吗?"

"两位大哥,已经很麻烦你们了,回到家,我让邻居帮忙搬行李就行了,你们赶快回家去吧。"伯健真诚地说。

"那好,我们告辞了。过两天我们联系你。"

黄伯健的家在离台城几公里外的南坑村,他的父母都是旅居南洋的华侨,他跟爷爷奶奶住在一间由父亲汇款回来修建的两层楼房里。

半个小时后,伯健已经进村,望见爷爷坐在村头的大榕树下跟几个年纪差不多的人在聊天。伯健朝爷爷喊:"爷爷,我回来啦!"

一位白发老人家站了起来。伯健让三轮车工友停住,自己下了车,朝爷爷的方向走去。"爷爷,我在这里。"

"哎唷,真的是你啊,伯健,你怎么现在才回来?听说你打比赛受伤了,是不是很严重?怎么不让我们去看望你?"爷爷一连串的询问。伯健咧着嘴笑:"爷爷,你看我不是好好的吗?"

"没事就好。早几天收到你父母的来信,我正想找人写回信给你父母呢。走,先回家去。"

一位中年男子从村里的祠堂里跑出来,热情地说:"伯健,你回来啦?我可早就盼着你回来呢!你听我说,今天我要给你开个庆

第四章　大局为重，体坛练精兵

功宴，给你庆贺庆贺！"

"二叔，我哪有什么功劳可贺啊？"伯健推辞着说。

"二侄子，你这唱哪出戏啊？怎么突然想起要给伯健庆功？"

"大伯，你知道吗？伯健他们去北京打排球，拿了冠军。这么大的功劳，我们家乡父老脸上有光啊，我们怎么可以不给他庆贺呢？现在伯健回来我要摆上几席，给他接风庆功！"

"可是——"伯健还想说什么。

"你就别可是了，我马上去安排，你先陪陪爷爷，酒席的事，不用你操心。等会你还要跟村里的叔伯婶姆侄子侄女讲讲你比赛夺冠的故事，介绍下北京的风景名胜，让大家开开眼界。"这位二叔是村长，为人豪爽，说话一言九鼎。他打断了伯健的话，转头到村里找人去了。

伯健的爷爷听村主任这样说，拉着伯健，说："这样也好，等会好好跟大家聊聊到北京比赛的趣事，让我也开开眼界。"

这时，三轮车工友已经将伯健的行李搬进家里，伯健掏出钱，递给工友。那工友推辞着说："你是代表我们台山到北京夺冠军的功臣，我送你回家，是我的荣幸，哪还需要你付车费呢！"

"大哥，你别这样说，我不是什么功臣，那只不过是我的工作罢了，你这么辛苦送我回家，怎么能不收车费呢？"

"我说不收就不收。"三轮车工友说完推车就走。

"不行，你一定要收，不收我就不让你走。"伯健拉着三轮车不让走。

三轮车工友见伯健如此坚持，只好接过钱。但他没有离开，而是换了种口气说："要不这样吧，你们让我留下来，如果你们要去城里买东西，我来帮你们拉。但事先声明，我不收你们一分一厘钱，就等着听你讲在北京比赛的故事。"

"哈哈，你这工友真有趣。行，你待会就在我们村里吃晚饭，我给大家讲讲在北京比赛的故事。"

不一会,平静的南坑村沸腾起来,人声嘈杂。"黄老师,你回来啦!"一个小孩子奔跑到黄伯健跟前。

"哎,你这个小家伙,怎么知道我回来?"

"二伯爷到各家各户去跟大家说,要举办庆功宴为你庆功,通知我们大家到祠堂里去帮手,大家都知道你回来了。"

"哎,这个二叔,还这么劳师动众的,真不好意思,劳烦大家啦。"伯健见乡里走过来,向着大家拱拱手,真诚地说。

"伯健啊,你给我们村添光彩了,我们都没有一个村民去过北京,那可是皇城啊。"一位白发苍苍的婆婆激动地对着伯健说。

"四婆啊,你言重了,现在是毛主席、共产党在北京办公,为人民服务。如今修了条铁路从广州直通北京,叫做京广铁路,以后大家都有机会到北京游玩呢。"

"黄老师,我们也要跟你学排球,长大后也要上北京参加排球比赛。"那些小孩子听伯健说可以到北京,嚷着要跟伯健学打排球。

伯健嗬嗬地笑了,轻轻抚摸着小孩子的脑壳,说:"好啊,都是好孩子,有志气,我一定抽时间教大家打排球,让你们都能上北京去参加排球比赛,好不好?"

"好,我们一定会很认真跟你学,我们在学校都参加了排球队啦!我还是主攻手呢。"

"我是二传手。""我打后排的,发球很厉害呢。""我发球比你更厉害,你上次发球都没过网,老师都批评你了。"说到打排球,这些小孩谁也不服谁,开始争论不休。

伯健走上前拉住四婆的手,说,"四婆,你到我家去坐坐,我带了上海的大白兔糖,还有北京的杏脯等回来,给你尝尝。哎,大家有空都到我家里来,我在北京带了手信回来,大家都来尝尝。"伯健说完,一手扶着爷爷,一手扶着四婆,走进一座两层高的小洋楼。伯健请大家坐下,可这么多人,哪有这么多椅子给大家坐呢?

第四章　大局为重，体坛练精兵

大家站在大厅四周，敬仰地望着身材高大的伯健。

伯健看看家里，确实没有多少椅子，笑了笑，只好请爷爷和四婆到坤甸木椅上坐下。自己打开行李箱，把带回来的手信拿出来，分给大家，说："不好意思啦，我只能带得了这么多，你们都拿去，分给大家尝尝。"

"伯健，你这么远带手信回来，我们怎么能都拿走？你留给爷爷奶奶好了。"大家推辞着说。

"我们两个老人家，哪里吃得了这么多？大家都多拿点，分给那些正在忙着的人，我们尝过就行了。"伯健的爷爷和奶奶帮忙着把手信分给大家。众人才拿着手信，乐滋滋地离开伯健的家，到祠堂里帮忙去了。

直到众人慢慢散去了，伯健的奶奶才真正有机会跟伯健亲密接触。她伸出颤抖的双手，拉住伯健的手，"伯健啊，乖孙，你伤好了吗？让我看看伤在哪里？还痛吗？"

"阿人（台山人称奶奶叫人，是沿用古汉语的称呼。如过去尊称官员的夫人为恭人、安人），我的伤早就好了。你看，我都可以跑步了。"伯健说完，还真的在原地跑了几步。

"好好好，好了就好，别跑了，还要好好休息，我让你阿爷去找人捉些生鱼回来，煲汤给你喝。多喝生鱼煲的汤水，能有助于伤口愈合，好有益的。"

"好的，阿人，你煲的汤水我最喜欢喝了，好长时间没喝阿人煲的汤水了。"

"你爱喝就好，以后常回家来，阿人煲多些滋补的汤水给你喝，让你身壮力健，参加比赛取得更好的成绩。只是你以后要注意安全，不要让阿人担心了。"

"阿人，你不用担心，以后我会小心的。"

"好了，别没完没了地说了，伯健坐了这么长时间的车回来，你就让他休息一下吧。"伯健爷爷伸手扶着老婆子，让伯健回房

休息。

　　那位三轮车工友还真的没有离开村子。他把三轮车放好,到祠堂里找到村主任,说明自己愿意留下来帮忙,需要他用三轮车载东西,尽管找他好了,不会收一分钱。村主任听了十分高兴,便让他载着自己和两个村民,到城里买东西去了。

二

　　黄伯健回到台山的消息,谭淑芬并不知道。此时的她,正带着几个体操运动员在华侨中学的体操训练场上练习新的体操动作。这些动作是她带队参加了佛山专区体操比赛回来后,参照朱瑞生所写的舞蹈体操教材,再结合运动员的身体特点创作出来的。

　　台山业余体校开办以来,以开展排球训练为主,还组织了篮球、乒乓球和体操等科目的培训。

　　谭淑芬挑选台山华侨中学作为业余体操训练的主场地,主要是因为侨中有个面积达两三百平方米的大礼堂,里面只有4根石柱子支撑着横梁,十分空旷宽敞,活动空间很大,非常适合开展体操训练。而且侨中早在二三十年前已经开展体操活动,是台山开展体操运动最早的学校之一,训练场上体操训练设施齐备,有较好的体操训练经验,学生也有参加体操活动的传统,尤其是该校曾经是女子师范学校,多次在全县的体育运动会上表演集体体操,得到了各界的好评。当时,全县参加业余体校体操训练的学生以侨中的学生为主。有了这么多有利条件,侨中便是最理想的体操训练基地了。

　　"咏怡,奔跑的速度要更快更稳,特别是最后一步,要准确有力地踏到弹跳板上,才能更好地完成这个动作,再来一遍。"谭淑芬在黄咏怡跳马动作完成后,提醒着说。

　　"好的。"个子不高的黄咏怡伸手擦了一下额头的汗水,再将绑成小马尾的头发紧了紧,用力抿了一下嘴,再次起跑,如离弦之

第四章 大局为重，体坛练精兵

箭冲向跳马，稳稳地在弹板一跳一蹦，双手在跳马上一撑，身体借势向上弹起，转体一周落地，干净利索地完成了一套动作。

"漂亮，完成得不错。先休息一下，其他人继续。"谭淑芬心疼地抚摸着黄咏怡的头，问："累了吧？"

"不累！我喜欢。"

谭淑芬知道，黄咏怡自小聪明伶俐，不但学习成绩优秀，而且活泼好动。她小学毕业时，参加初中会考的成绩在全县考生中名列前茅，但她选择了二中。她读书天资聪明，无论哪门课程，凡是老师在课堂上讲过的课，她一听就明，学习成绩总是排在前3名，所以她把课余时间都用在十分喜爱的体操活动上，什么一字马、自由体操、跳舞，样样做得有模有样。虽然她只是到了读初中时才学习体操，但在老师的引导下，经过系统的训练，进步十分快。上次参加佛山专区举行的体操比赛，小小年纪的她便有板有眼地完成了整套动作，受到了表扬。

"谭老师，休息过，我不累了，我还想练一下自由体操，你指点我好不好？"咏怡休息了一下，站起来，一边把长长的头发扎紧，一边走到谭淑芬身边。

"休息好了吗？你来练一下我教你的那几个动作。要记住我教你的那几个要点。小心点。"

"我知道啦。"黄咏怡说完，走到地毯边角上，深吸一口气，然后右脚向前伸出，踮起脚尖，接着猛地向前冲去，接连翻了几个前空翻，到了对面的场边上，骤然稳稳地站住，右脚尖原地向后打转，身体随之转动，右手向上，左手从胸前向左划弧，做了一个漂亮的昂首挺胸的动作。稍为停顿，接着又舒展双手，左右环绕两周，划了个优美的弧形动作，纵身向前起跳，双腿横向呈一字，双手平衡伸向左右，如跳芭蕾舞般踮起右脚尖，跳了几个高难度的动作。接着，小咏怡眼望正前方，挺胸收腹，深吸一口气，小跑着朝起点的方向奔跑，又来了一个腾空翻腾两周半，稳定落地，右手向

上，左手向前伸出，定格后亮相，弯腰鞠躬，结束了这套动作。

"漂亮！好！"谭淑芬情不自禁地赞叹了一声，带头鼓起掌来。二中的文老师也和几个运动员一齐热烈地鼓起掌，为小咏怡喝彩加油。

咏怡见到大家一齐鼓起掌来，害羞地跑过来，拉着谭淑芬的手臂，"我跳得好看吗？"

"好看极了！你跳的这套动作非常优美，就是还不够熟练，还不会使用巧劲，但只要坚持练习下去，就熟能生巧了，动作就不会生硬了。今天能跳成这样，已经是个很好的开端，还要继续练习下去，终有成功的一天。我相信你一定会成功的。"谭淑芬坚定地说。

"咏怡，我们都相信你，你一定会成功的。"

"谢谢老师，谢谢大姐姐们。我会继续努力的，一定争取成功！"咏怡说完，又走到地毯边角处，再次重复着刚才的动作，一次又一次，动作也越来越熟练，舞姿也越来越优美了⋯⋯

与此同时，朱瑞生同样不知道黄伯健回到台山。虽然已经到大年廿六了，但朱瑞生仍然在与陈耀丰带领着排球队在风雨棚训练，准备在春节期间组织排球比赛，为市民欢度春节增添欢乐的气氛。

朱瑞生送走了一批又一批优秀排球运动员，又通过举办中小学排球赛，迎来了一批又一批的排球运动员。这些新来的球员，必须要进行更加全面和系统的强化训练，才能在今后的比赛中取得优异的成绩，才能继续擦亮台山排球之乡的招牌，才能不辜负台山父老乡亲的期望。朱瑞生深知，任何一门技术，都是不进则退，唯有不断学习，不断探索，不断创新才能在原有的基础上深化和巩固。他还知道，那么多的台山排球运动员被挑选到全国各地的排球队，肯定会把台山所特有的排球技术传授给更多的球队，那么，台山过去的排球技术，已经毫无秘密可言，如果日后有机会与这些球队较

第四章　大局为重，体坛练精兵

量，大家都是采用相同的技术，而台山人的身材有着无可补救的缺憾，这样一来，台山球队将无任何优势去战胜占有身高优势的一方。所以，也有许多人对将这么多的台山优秀球员输送到其他省市排球队，把台山的排球技术公布于众的做法，颇有微词。

对这些微言，朱瑞生却毫不在意。首先是他有着正确的全局观念，台山排球技术输送到全国各地，再经过深化和提炼，台山的排球技术肯定将有显著的提高，那么，那些有身高优势的球队，再将台山的排球技术运用到比赛中，就更能显示出台山排球技术的强大力量，结果只会对中国的排球运动的发展产生重大的影响力，这样，台山排球的技术就不只是局限在台山了，而是扩展到全国各地。这样的事情，难道不是一件十分好的事情吗？再说，朱瑞生是位富有创新精神的体育工作者，他相信，任何体育运动都是在创新中不断发展的，绝对不会永远停留在原地不动。今天发明创造的技术，也许明天就会改写、刷新，就像任何的比赛结果一样，今年创造的世界纪录，也许明年就会有人刷新，正所谓长江后浪推前浪，青出于蓝而胜于蓝，任何历史，都是在创新中前进，这是历史发展规律。因此，朱瑞生经常与陈耀丰探讨创新排球技术，如何在过去那种"矮仔打高佬"技术的基础上，再加以改良。

这一天，一位球员发了个看似轻飘飘，但对方一触手便飞到意想不到方向的球，这位球员接连发了几个同样的球，对方球员接了几次，都是一触手便飞到另一边，根本无法按自己的意志将球传给二传手。这样一来，一传不到位，二传便难以完成将球传给主攻手的任务，攻势就减弱到很低的程度，只能陷入被动挨打的局面。

朱瑞生看了一会，将发球手叫到一边，问他是如何发这种球的？

那发球手也不知是怎么回事，只说自己就像发上手大力勾手球一样，只是击球的位置跟之前有所不同。

朱瑞生问，击球点在哪？

那球员指点着说,我每次发球时,击球点都在这个位置。

朱瑞生要求他即时发球看看,验证他说得是否准确。

那球员回到发球点,将球抛起,右手用力击球,球又向着对方球场飘过去,对方的球员再次救球失误,球飞出场外。

朱瑞生看着陈耀丰的眼睛,笑了。"真是众里寻他千百度,蓦然回首,那人却在灯火阑珊处。"

"哈哈,我们就从改变发球技术入手,改良发球技术。伍觉早就说过,发球是进攻的开始,如果破坏了对方的一传,就等于削弱了对方的进攻的势头。削弱了对方的攻势以后,我们就能发挥防守技术全面的优势,只要球员的技术发挥正常,就能充分发挥我们的优势。"陈耀丰充满信心地说。

"还有就是我们还要认真寻找自己技术破绽的地方,台山排球技术是我们创造的,我们将自己的缺点找出来,就算对方学会了我们的技术,但我们找到应对的办法,就能逐一击破",朱瑞生说。

说干就干,陈耀丰马上调整球员的队伍,将进攻与防守的球员分组训练,将每个动作进行分解研究,认真推敲破解台山过去排球传统技术的方法,再有针对性地创出破解的技战术,形成了一套全新的能攻能守、攻防结合,更加灵活多变的技术。

三

李教练和伍教练自从在台城汽车站与黄伯健分别后,各自回到家乡。李教练的家在台城城郊的白石村,伍教练的家则在白石村对面的西湖乡。两人约定,明天10点钟到县体委去拜会朱瑞生。

第二天,两人分别在村里借了一辆自行车,到来了县体委。不料,却在体委门口遇上了同样骑着自行车到来的黄伯健。几人一见面,李教练问:"伯健,你可以骑自行车了吗?"

"李大哥,你看我像有事的吗?我怎么感觉这条腿比以前更有

第四章　大局为重，体坛练精兵

力了呢。"说完，竟自哈哈地笑了起来，伸出手，拉着李教练，一同走进体委大门。

进了大门，办公室里空无一人，只见到一位年约70岁的老伯坐在门口在椅子上晒太阳。黄伯健认出是门卫老赵叔，上前打招呼："老赵叔，体委的工作人员去哪了呢？怎么没人在里面？"

那老赵叔抬头望了他们一眼，见几个人都是牛高马大，问："你们要找谁呀？"

"老赵叔，我是黄伯健啊，我们要找朱主任。"

"黄伯健？你就是那个受了伤的黄伯健？你看我老眼昏花了。你找谭老师吧？她带体操队外出训练。你们到里面等她吧。"

"我们是找朱主任。"

"哦，你找朱主任啊。你看我眼睛不好使，耳朵也不好使了，你要大声说话我才听得到。你们从这条巷子进去，他们都在风雨棚里面训练。"

这时，黄伯健几个人都听到了风雨棚那边传来了一阵阵排球击在地上的响声和运动员的叫好声。

"好的，知道了，谢谢你，老赵叔，我们走了。"

风雨训练场上正在分开两队进行对抗训练，朱瑞生和陈耀丰正在场边上观察，还有几位球员散坐在场边的长条木板凳子上观看。

"朱主任、陈教练，大家好！"黄伯健挥手向大家招呼。

朱瑞生和陈耀丰仿佛没有听到有人喊，仍然在全神贯注地注视着两队对抗的情况。坐在场边的球员回过头来，认出了黄伯健，连忙站起来，拉了拉朱瑞生的袖子，指着黄伯健说："朱主任，你看，黄伯健回来了！"

朱瑞生和陈耀丰几乎是同时转过身，看清了果然是黄伯健，连忙朝黄伯健走过去。黄伯健不等朱瑞生走近，已经冲上来，向他们伸出双手。几双大手紧紧地握在一起，摇晃着，不知说什么才好。

"朱主任，陈教练，我们也回来看你们了。"李教练和伍教练

走过来,向朱瑞生和陈耀丰伸出手。

"哎呀,李国光、伍全亮,你们什么时候回来的?"朱瑞生听到他们跟自己打招呼,才认出他们。李教练叫李国光,伍教练叫伍全亮,他们离开台山排球队都有3年多了,朱瑞生仍然没有忘记这两人的名字。

"朱主任,我们今年刚好可以在春节假期休息一段时间,顺便陪伯健回来,没有耽误大家的训练吧?"李国光说。

"没有,没有。听说你们经常外出比赛和训练,我们也不好打扰你们了。"

"是啊,我们平时训练的任务很紧,还要经常外出比赛,没有经常给你们写信问候,真对不起你们啊。"伍全亮说。

"阿亮,阿光,我们知道你们任务紧,肩上的担子重,一切以工作为重嘛。是你们陪伯健回来的?伯健,你的腿伤好了没有?"朱瑞生又担心起伯健的伤。

"朱主任,我的伤全好了,这次幸好光哥和亮哥要回台山,否则医生还不放我出院呢。"

"伤没痊愈,就不能出院。我要是院长,也不给你办出院。"朱瑞生心疼地说。

"我去医院探望他时,也跟医生了解过了,他只要不参加剧烈运动,还是可以慢慢走动的,而我们正好准备回台山,院长便同意我们陪同他回来。"伍全亮说。

"这就好,你们都不知道他的性子有多急,我们多担心他会一个人偷偷地跑回来,万一不小心弄伤了,就影响到正常的康复。"

"朱主任,难得两位国手到来,要不让他们指点下我们的球员训练,怎么样?"陈耀丰不失时机地说。

"说得对。阿光阿亮,你们找我没有什么特别的事情吧?"朱瑞生看看手表,才10点多,便说:"如果没有什么事要办,你们先指导下我们的球员训练,等会我们一起去吃饭再畅谈怎样?"

第四章 大局为重,体坛练精兵

"指导就不敢当了,朱主任,反正我们也没有什么事情,就让我看看老师现在又教师弟们什么特殊的技术,一起学习学习吧。"李国光和伍全亮原本就是来请朱瑞生和陈耀丰一起去吃午饭的,当然要等他们有空才行。

"来来来,大家继续训练,都要拿出看家的本领,让你们的师兄们指点指点。"陈耀丰说完,吹响了哨子。

两队球员拉开架势,又开始对抗训练。

李国光看了一会,觉得每个球员的技术非常全面,攻防的水平也比过去提高了很多,动作更加精湛、更有威力,互相之间的配合也十分默契、协调。特别是发球的技术,既能发大力勾手球,又能发一种叫不出名的球。这种球看上去没有发大力勾手球那种高速旋转,就像飘荡着飞向对方,但对方球员的手一触球,球像触了电一样,不但马上弹开,飘飞到另外的方向,而且从发球的手法上,就像发普通的上手球,没有什么特别之处。如果没有见过这样的发球,你就根本看不出他要发什么球,令对手难以捉摸,这样从一开始便破坏了对方的一传,如果对方始终找不出破解发球的方法,很有可能单单是靠发球,便会战胜对手。

李国光十分好奇。"朱主任,你们这种发球手法是怎么练出来的?很有威胁力啊!我还从来没有见过,叫什么名?"

"真的吗?要不,你也下场试试?"朱瑞生笑着说。

"正有此意。"李国光说完,脱去外套。伍全亮二话不说,也脱下了外套,两人一同走进训练场。

朱瑞生让那位擅长发这种球的球员,先是对着李国光发了个这样的球,李国光瞅准球的来势,移动位置,采用双手垫球的方式救球。谁知,球一触手,根本不像李国光所想象的那样,他想传给二传手,而球却飞到远离二传手的方向,落到界外去了。

李国光不服气,他想了想,要求发球手再次发球。

发球手再次发了同样的球给李国光,李国光虽然刻意变换了接

球的动作，但球仍是不按李国光的意图，一触手，又飞到了想象不到的方向。

伍全亮更奇怪了，以李国光这样的身手，竟然连接发球也接不了，便叫发球手朝他的方向发球。

发球手笑了笑，使用同样的手法，向伍全亮的位置发球。

伍全亮待球飞到自己的前方，伸出双手，上前一垫，球同样朝他意想不到的方向飞去。

两人简直不敢相信这样的结果，摇摇头，向朱瑞生表示无能为力。

朱瑞生笑笑，让发球手朝其他球员发球。李国光认真地观察着。只见那名球员同样伸出双手，轻轻一垫，球便乖乖地朝着二传手的方向飞去……

这样一来，李国光和伍全亮更加不明究竟了。朱瑞生也不隐瞒，把其中的道理跟他们说个清楚。两人听后，才恍然大悟，连称有道理。

就这样，几代师徒把自己多年训练和比赛的心得和经验竹筒倒水般，连比带划地传授给大家，大家也十分认真地练习起来，直到大家都累得差点走不动了，才想起该吃饭了……

"好了，这节训练至此为止，大家去吃饭吧。国光、全亮，我们一起到食堂去吃吧，下午你们还要接着陪我们训练，晚上我请你们去燕喜饭店吃。"

"朱主任，怎么能让你请我们？这顿午饭我们可以到食堂吃，但晚饭一定得由我们请大家，你们就别跟我们争了。"李国光以不容拒绝的口气说。

"走吧，'五脏庙'在抗议了。好长时间没吃红楼的饭了，今天要再回味回味当年风华正茂的岁月。"伍全亮拥着黄伯健的肩头，朝红楼走去。体委办公室搬到三台路后，红楼便成了集训队运动员的宿舍及食堂。

第四章　大局为重，体坛练精兵

黄伯健和伍全亮说笑着刚走到红楼门口，差点碰上一个女孩子。那女孩子抬头一看，惊叫："伯健，是你？你什么时候回来的？"

"淑芬，早上我到体委找你，老赵叔说你带体操运动员到侨中训练，我就先去找朱主任了。你吃过饭没有？"

"刚吃过，你还没吃吧？我去给你打饭。"淑芬拉着伯健的手，转身朝饭堂走去。

"伯健，你们俩好好叙叙。国光、全亮，我们到里面去。"朱瑞生在伯健住院的时候，已经听淑芬讲过他们的事情，知道他们已经建立起深厚的感情，而且伯健是在职老师，也已经到了该结婚的年龄了，跟那些年轻的球员不一样。

谭淑芬拉着伯健来到一张空桌子，自己跑到厨房里打了份饭，端过来让伯健先吃饭。

伯健的肚子早就饿得"咕咕"叫个不停了，他夹起一只鸡翅膀，送到淑芬的嘴里让她吃，淑芬笑着说："你快吃吧，我早就吃饱了。"说完，坐下来看着伯健。伯健也不推辞了，三下五落二把一大盘饭菜吃得一干二净。淑芬看到伯健吃得这么急，连忙劝他吃慢点，别噎住。

伯健把最后一颗米饭吃光，淑芬掏出一条手帕递给他，心疼地说："快擦擦嘴，看你急的，就像刚从大山里跑出来一样。吃饱了吗？要不再去打一份？"

伯健用淑芬的手帕擦了把嘴，又凑到鼻子下嗅了嗅，笑着说："真香。你打的饭香，手帕更香。"

"就你嘴贫。吃饱了没有？"淑芬嗔笑着打了伯健一下。

"饱了，又感觉没有饱？"伯健装作委屈地说。

"还没饱？那我再去打份饭。"淑芬站起来，伯健连忙拉着淑芬的手，低声地说："我想在你的脸珠上再吃一口。"

"你这个坏东西，净想出这样的坏主意，不理你啦。走吧。"

淑芬的脸涨得通红,用手打了伯健一下,笑着朝门外走去。

侨乡深冬时节,日短夜长。黄伯健和谭淑芬跟随朱瑞生等一大班人到燕喜酒店吃过晚饭,便离开大部队,沿着人工湖边散步。

淑芬想不到今天与思念已久的心上人见面,心里有说不尽的思念话,聊不完的相思情。两人一边聊,一边朝着通济河边慢慢地走,诉说着别后的相思之情。走到距离广场司令台前不远的地方,听到有人在喊:"我已经给你占了位置,你到这里来坐。陈池准备讲古了。"

淑芬望了伯健一眼,伯健踮起脚,顺着声音传来的方向看去,才发现那人却不是跟他们打招呼。但他们听明白了,这么多人聚集在"司令台"前,原来是闻名侨乡的民间讲古大师陈池在这里开讲。

伯健和淑芬小时候都听过陈池的讲古(讲故事)。这个陈池是台山三合人,年纪大约40岁,个子虽然瘦矮,但讲起古来声音洪亮。讲到激昂处,声调抑扬顿挫,眉飞色舞,手舞足蹈,令人精神振奋。讲到悲怆时,声调又如泣似诉,摇头叹气,令人心酸难过。只要是陈池讲古,那肯定是场场爆满,座无虚席。他讲的"古仔"(故事)主要有《三国演义》《水浒传》《隋唐演义》这些侠义故事。有人说,陈池没有上过几年学,但他自幼天资聪慧,博闻强记,凡是他读过的书,多数能过目不忘,讲起古来,往往出口成章,令人百听不厌。有的农村干部讲笑话,如果要召集村民开会,最好是在通知里附带说明,开完会后的节目是陈池讲古。

遇上这样难得的机会,伯健虽然是位老师,也读过这些中国古典名著,但听陈池讲古,就跟看电影一样是一种文化享受。可今天刚跟淑芬见面,还是先与心上人畅叙衷情吧。

淑芬却像猜透了伯健的心思,拉着伯健走到离"司令台"不远的一棵榕树下坐下来,笑着说:"今晚的第一个节目是听陈池大

第四章　大局为重，体坛练精兵

师讲古。你就稍安毋躁，听完再进行第二个节目。"

两人刚坐下，就听得讲台上传来主持人的声音：

"各位听众，请大家安静。今晚是文化馆为迎接春节而举行的文化娱乐活动，特邀讲古大师陈池先生给大家讲故事。陈池大师今天讲的故事叫作"穆桂英挂帅——大战天门阵"，请大家鼓掌欢迎！

淑芬一听是讲这个故事，很兴奋地说："这个故事我读过，很好看，很感人。特别是她为了保家卫国，怀着身孕仍然带兵上阵杀敌的飒爽英姿，令我崇拜之极。过去还没有听陈池先生讲过这个古仔，今天是第一次听，真好。"

黄伯健读书时已经看过小说《杨家将》，知道穆桂英挂帅——大战天门阵的内容，便拉着淑芬的手说："淑芬，我也看过这篇小说，十分钦佩穆桂英的奋勇杀敌的豪情英姿，但我更喜欢她对纯真爱情的不懈追求。我向你保证，不管天长地久、海枯石烂，我都会像故事里的杨宗保一样，好好对你，请你相信我，好吗？"

听到这么暖心的话，淑芬心里涌起一股暖流。她轻倚着伯健的肩膀，轻声地说："伯健，你知道吗？你不在的这段日子，每当夜幕降临，我都在幻想着跟你在一起的情景，渴望着跟你相见的时刻，我多么害怕你的伤无法痊愈，又多么害怕你留在北京不回来，总是在念着你的名字入梦，却又经常在梦中惊醒，泪湿汗巾。"

"好淑芬，我在北京也时常在梦中见到你，与你手牵手在北海公园、在天坛游玩，又梦到与你一起去登我们的石化山，你的笑脸是那么的甜美，那么的灿烂，那是多么开心的梦境啊，我好想一直就在梦中，不愿醒来。"伯健说着，双手捧着淑芬的脸，凝望着那嫩滑光洁的肌肤，真诚地说。

"伯健，别这样，别人会看到的，终有一天，我会给你看个够。"淑芬羞涩地转过头，心里甜丝丝的低声说。

突然，"司令台"上传来"啪"的一声响。黄伯健朝讲台上望去，只见陈池挺腰站立起来，张眉怒目地将手中的纸扇子杆往桌子

一拍,大喝一声:好你个萧天佐,如此猖獗,欺人太甚,竟敢藐视本帅。任你布下天罗地网,我誓将你辽军杀个片甲不留!众将听令:

杨先锋,你率左军从左路杀入;杨八妹,你率右军从右路杀入;我亲率中军,从中路杀入,不获全胜,誓不回朝!

听到这里,淑芬才知道是陈池大师已经讲到穆桂英挂帅大战天门阵的最后一段了。听他语调激昂、神情激动的样子,仿佛他已经化身为大战天门阵的穆桂英,正指挥着千军万马杀向敌人。淑芬也不由自主地激动起来,使劲地鼓掌。

黄伯健笑着说:"淑芬啊,我看你也是我们台山现代版的穆桂英,你不是带着台山的体操小将,第一次出征佛山专区参加体操比赛,便已经取得了第三名的好成绩了吗?"

淑芬听后,回眸笑了:"那支队伍不是由你辛辛苦苦培养起来的吗?这个荣誉应该归你才对呢!"

"不,我知道你为了这次比赛,在训练场上不知花了多少心血、流了多少汗水,特别是教那些女孩子难度大一点的动作时,我们男教练就有诸多的顾忌,幸好是你在那段时间不辞劳苦地带着这班小姑娘训练,才取得这样好的成绩,为我们台山争光了。"

就在两人谈论间,一个小时的故事会也结束了。淑芬感觉有点寒意,便提议回去了。两人慢慢地朝红楼走去,淑芬很自然地用手挽着伯健的左臂,享受着久别重逢后二人世界的甜蜜。

四

伯健拉着淑芬的手,慢慢地回到体委宿舍的楼下,目光依恋地望着淑芬。淑芬虽然是位成长在新时代的女性,追求自由恋爱,向往纯真爱情,但她又是一位传统观念极强的知识女性,她认为,没有结婚是不能有超出底线的行为。在她的观念里,始终希望自己最

第四章　大局为重，体坛练精兵

珍贵的那一刻保留到结婚的那天，虽然她也十分渴望这一刻早日来临。所以，当她感受到伯健眼神里的渴望，她伸手拍打了伯健一下，笑着说："宝贝，快回家去吧，路太黑了，不好走。明天有空早点过来，我带你去看看你的体操女将训练。"

"淑芬——晚安。"伯健犹豫了一下，还是说了句祝淑芬晚安的话，弯腰吻了淑芬的脸，转身推起自行车，回家去了。

"晚安，明天见。"淑芬朝骑着自行车离去的伯健挥挥手，才上楼回宿舍。

第二天，淑芬上班后，朱瑞生告诉她："公益镇来函，准备在春节期间举办迎春九人排球邀请赛，希望我们体委安排人去指导组织工作。我和陈教练一起去看看，你留守在家吧。"

淑芬点点头说："好的，我知道了，朱主任。"

朱瑞生停下又问："对了，淑芬，好长时间没听你提到你父亲和弟弟的消息了，他们在国外还好吗？"

"朱主任有心了，他们在国外还好。父亲还被当地的侨团推选为文书，有时还要带着那些年轻的台山人到处去打排球。我弟弟已经读大学了，每逢假期，还经常跟随父亲和球队外出比赛。听他们说，美国的华侨社团组织了好几十支排球队，而且都是打9人排。"淑芬知道朱瑞生跟父亲相熟，但父亲害怕写信给朱瑞生引起误会，所以从来没有写过信给他。自己也很少收到父亲的信，只是到了自己的生日或者重大节日，父亲才寄信回来，但也是十分简短的问候。

"那就好。我也听说美国的华人很喜欢打9人排，经常组织比赛，还把当年台山独创的技术发挥得很好。给你父亲写信时，代我问候他老人家吧。快到春节了，你们的体操训练也暂告一段落，让孩子们回家欢欢喜喜地过年吧。"

"唔，知道了，待会伯健过来，我带他过去看看，顺便让大家放假回家。"

115

"你们俩什么时候结婚呢?你们两人的父母都不在身边,你有没有跟你的父亲谈过伯健的事情?要不要我给你们做主?"

"朱主任,你又取笑我了。"

"男大当婚,女大当嫁,天经地义的嘛。征求父母的意见是对的,但现在提倡新事新办,自由恋爱,婚姻自由,到时候了,结婚很正常啊,再说,你也二十好几了。"

"伯健的伤还没康复彻底,到时再说吧。"

"那也好,见到伯健,我也跟他说说,尽量争取今年结婚吧,别让工作耽误了你们的人生大事。"

"谢谢主任关心,我会处理好工作与个人的事情的。"

两人正说话间,门外响起几声"叮当"的铃声,接着,淑芬又听到了伯健跟门卫打招呼的声音:"赵叔,早晨。"

"哎,是伯健你啊,淑芬在里面,你进去吧。"

"好哩,那进去啦。"

"朱主任,可以出发了吗?"陈耀丰推着自行车,在门外等候。

"好啦,我们走吧。"朱瑞生走出大门,跟伯健说:"伯健,我们要到公益去指导排球比赛,你跟淑芬去体操训练场看看,下午就让队员们回家休息吧。"

"行,我们马上就过去。你们放心吧。"伯健说完,淑芬也走出办公室,说:"不用进来了,我们现在到侨中去。"说完,便坐上伯健的自行车,朝侨中方向骑去。

陈耀丰用自行车载着朱瑞生来到汽车站,搭公共汽车来到公益镇政府。

"朱主任,这么早就到了?欢迎,欢迎,请到里面坐坐,辛苦你们了。"公益镇的伍主任迎了出来,热情地跟他们打招呼。

"伍主任,不辛苦,筹备工作准备得怎样啊?"朱瑞生也不客气,一见面就谈起工作。

第四章 大局为重，体坛练精兵

"基本上都准备好了，但有个问题一定需要你们支持。你知道，我们那些乡下的阿哥阿叔，自己对比赛规则一知半解，还经常为那些看似有争议的球争个不休，耽误不少比赛的时间，有时双方还闹得反了面，影响很不好，所以想请体委支持，安排几位裁判和司线员来，你们的人员才够专业，一言九鼎啊。"

"这个可以。不过以后还是需要在基层培养更多的有专业水平的裁判员和司线员，才能满足广大乡村开展排球运动的需求，才能从根本解决问题。对了，我们之前不是给你们发过通知，请你们准备推荐一些体育老师分批到我们那里去培训吗？"朱瑞生接着问。

"我们已经接到通知了，正在物色人选，等开学后，再确定人员名单，报给你们。"

几个人再商谈了比赛的一些细节后，朱瑞生提议到赛场去看看。伍主任便带着他们来到离镇府不远的胥山学校。

还没有走进学校大门，便听到里面热烈的掌声和叫好声。

走进学校，迎面便是学校的运动场，设有两个排球场，两个球场都在进行着比赛。场边四周站满了观赛的群众，气氛热烈。

伍主任解释说："因为报名的球队多，我们先进行淘汰赛，现在进行的是初赛，两轮后再进行准决赛，到时就需要你们安排裁判员和司线员来支持了。"

"唔，这样也好，可以节省不少时间。"朱瑞生说完，便顺着赛场走了一遭，感觉还不错，便说："伍主任，没有其他事情我们就先回去准备了，我们需要提前通知裁判员和司线员，安排好时间。"

"朱主任，我都安排好你们的午餐了，吃过饭再走。"

"伍主任，不行啊，还有许多工作需要我们去做呢。"

"朱主任，你看看现在什么时候了？"伍主任指指手表，说："快1点钟了，你们不在这里吃饭，要去哪里吃？走走走，我都安排好了，吃过饭，你们要走，我决不拦你们。"

117

　　朱瑞生看看手表，才发现已经是 12 点 45 分了，不觉苦笑地看着陈耀丰，说："伍主任盛情难却，看来不吃是走不成了。"

　　"请吧，我已经通知镇政府食堂就地取材，给你们做了几个特色菜，希望你们不要嫌弃。"伍主任说完，不由分说地一手拉着朱瑞生，一手拉着陈耀丰，朝镇政府食堂走去。

　　公益镇濒临潭江，江河里盛产又肥又鲜美的河鲜，而现在正好是在秋风起的时候，这里出产的风鳝更是闻名海内外。还盛产一种半水生植物——茨菇，又鲜甜又爽口。

　　走进镇政府食堂，伍主任吩咐厨师上菜。厨师早就准备好了，不一会便把热气腾腾的菜肴端了出来。朱瑞生认得这几样菜肴，确实是当地的菜色：莲藕花生煲牛骨汤，豉汁蒸风鳝，腊味炒茨菇，清蒸河鲜，生炒白菜。看着这样精致的菜色，朱瑞生顿觉食欲大开，客套几句，美美地饱餐一顿后，坐上汽车回台城。

　　一路上，朱瑞生跟陈耀丰确定了几个裁判的人选：陈耀丰、伍觉、梅益、黄光，这几个人不但有丰富的比赛经验，而且近年来一直参加比较系统的比赛规则培训，均能做到公平公正地进行裁判工作。回到体委，两人顾不上休息，便分头去联系，好让他们及早安排好时间。毕竟，排球比赛不是一两天就完成的，要做好连续几天工作的准备。

　　台山虽然在早几年已经推行 6 人排球赛制，但在乡镇，很多人还是喜欢 9 人的赛制。这既是台山排球的传统习惯，也是因为乡镇的球员都是业余的，很难进行全面系统的训练，根本无法全面掌握 6 个位置不同的规范要求，只能根据自己的特长，以自娱自乐的方式进行 9 人比赛。而 9 人赛制相对单纯，每位球员所站在位置是固定不变的，你是主攻手，就专打主攻，你是二传手，就专门负责二传，你是三排的，就专门负责后排，不像 6 人赛制那样，每个位置都需要循环轮换。而且观众也更喜欢看 9 人赛制的排球赛，觉得更紧张、更刺激，这次公益镇举办的排球比赛采用 9 人赛制，原因就

第四章　大局为重，体坛练精兵

在这里。

朱瑞生在单位里忙到年卅晚才回家，与家人吃过团年饭，第二天早上便与陈耀丰、伍觉、黄光和梅溢一齐乘车到公益镇，准备当天下午举行的第二轮比赛的裁判工作。

公益镇得水陆交通的便利，商贸繁荣，手工业发达，还有众多的华侨子弟喜欢打排球，一直以来，这里的排球运动开展得很好。当群众知道春节期间举办排球比赛，蜂拥而至，很早便把赛场堵得水泄不通。

一连几天的排球比赛，因为县体委的裁判执罚公平公正，比赛秩序良好，球员发挥了超水平的球技，让观众们大开眼界，欣赏了精彩的球赛，丰富了群众的文化生活。伍主任看到比赛平稳而热烈地进行，一直悬在心里的石头终于落下了。

业余体操队放假后，谭淑芬终于有了自己的时间。她想起好长时间没有回老家，该回去打扫打扫卫生了。淑芬关上办公室的门，骑上自行车，穿过通济桥，不久便回到白水村。

这是淑芬从小居住的地方，她的妈妈就是在这里带着她们姐弟在逃避日本鬼子的追捕时中枪身亡的。淑芬很不愿意回来这块伤心之地，但毕竟这里是父亲的祖屋，她要回来打扫卫生，拜祭祖先做完了这些家务事。她看看天色渐晚了，便决定在这里住一晚。她洗澡后回到房间，点亮蜡烛，就着晃动的光线，掏出前天收到父亲寄来的信。她对信中的内容已经熟悉得可以默念出来了，但她还是忍不住再看一遍父亲的笔迹。

淑芬，我的好女儿，来信收悉。父亲为你认识这样一位才貌双全的男朋友感到很高兴，也很支持。

父亲看了你的来信，知道你已经没有责怪父亲当年带着弟弟离开家乡、离开你的意思了。但父亲仍想把自己当年的事情

跟你说一说。毕竟,你已经长大了,相信你在了解了真相后,能理解父亲的苦心……

淑芬父亲在信中将自己与初恋女友相识和分开到后来再重逢的经过告诉了淑芬……淑芬擦了擦眼角溢出的泪水,继续往下读:

俗话说,春华秋实,年华似水;青春苦短,人间情深。希望淑芬自己好好把握,如果合适,就尽早结婚。信中还告诉淑芬,弟弟在大学读书很聪明,门门功课都 A 以上,获得了全额的奖学金。听说姐姐认识了男朋友,并准备结婚,还给姐姐汇贺金,祝姐姐、姐夫百年好合,白发齐眉。

淑芬看到这里,再次泪流满面。她为自己有这样聪明勤奋的弟弟感到十分高兴。她把父亲的信接连看了好几遍,感到里面的每一个字、每一个词都充满了沉甸甸的父爱,也终于感受到父亲当年为什么要远渡重洋、到美国与自己心爱数十年的初恋女友相聚的良苦用心,那是一段多么刻骨铭心的感情啊。

淑芬擦干眼泪,提起笔,将自己对父亲和弟弟对自己的牵挂一笔一画地写进信里,准备回城后再寄给父亲。

不知不觉间,一声声雄亮的鸡啼把熟睡中的淑芬吵醒了。她睁眼望向窗外,东升的太阳把西华山映照得一片青翠。淑芬起床梳洗后,换上运动服,沿着村道慢跑锻炼。跑到村子里的排球场上,见到那里有好几个小孩子在玩一个类似排球的东西。淑芬跑过去,问:"小朋友,你们这么早就在玩排球啊?"

"淑芬姐,早上好。我们放假在家,就玩这个啦。"

"哎,你们这个不是排球呢,怎么不找个排球来玩?"

"村里是有排球的,但大人说我们是小孩子,怕我们弄坏了,不给我们玩,我们只好把这个当球来玩。"

第四章　大局为重，体坛练精兵

"你们这么喜欢玩排球，姐姐以后送你们一个真的排球，让你们尽兴地玩。"

"真的啊？那太开心了。谢谢淑芬姐姐。"

"谢谢淑芬姐姐！""谢谢芬姐姐！""谢谢淑芬姑姑！"小孩子们欢天喜地地欢叫起来。

"唷，什么事让大家这么开心啊？"一位上了年纪、一头银发的老者走过来，打趣地问。

"培根伯，你好。"淑芬热情地跟他打招呼。

"是淑芬啊，什么时候回来的？"

"是昨天下午才回来，在家里搞了半天卫生。准备今天到你们家去问候你和阿姆。"

"嘀嘀，有心啰。你刚才给小孩子们说了什么事情？大家这么欢喜？"

"淑芬姐准备送个排球给我们！"

"好啊，我听了都好开心。你们知道吗？当年就是淑芬的爷爷从国外带回这个'华利波'，也就是现在叫排球，我们才学会了它的打法，后来才流传起来的。"

"真的啊？淑芬姐姐，你可记得一定要送个排球给我们啊！"

"你们放心，姐姐一定记得的。下次回来，我给你们带回来。"淑芬是第一次听培根伯说起自己爷爷的往事，才知道是自己的爷爷把排球引入台山。

"好啦，淑芬，到我们家去见见你妹妹阿梨，她今天也放假回来，你们姐妹好好聊聊，中午就在我家吃饭吧。"

淑芬跟小孩们招招手。"你们放心，下次姐姐给你们带个排球回来，让你们好好学。"

到了培根的家，培根的老婆阿庆姆和女儿阿梨热情招待了淑芬。大家谈了一会，阿庆姆悄悄地问："淑芬，有对象了没有？"

淑芬听了，脸上泛起红晕。低声地说："有了，只是……"

"哎,有了就好。你父亲不在家,培根和我给你做主。你去让那男孩子到我家来提亲,我们给你办场体面的喜事。"阿庆姆开心地大声说。

"庆姆,我……"淑芬有点害羞地低下头。

"芬姐,恭喜你。要不,现在你带我去见见未来姐夫?"

"现在啊?他不在台城,回南坑乡下了,不知能不能找到他。"

"那我们去台城逛一逛,看看你们是否真的有缘分。"

"如果遇不上,是不是就是没有缘分?"

"对呀。有缘千里来相会,无缘对面不相逢。如果在两人没有约定的情况下相遇,那就证明两人有缘分。"

"你这个阿梨,这么迷信。阿芬,别信这个。有没有缘分,关键是两人的心是否相通,志趣是否相同,性格是否匹配,这样才能成就一段美好姻缘。"

"走啦,芬姐,你信我的话没错。"阿梨不理父亲的大道理,拉着淑芬就往外走。

淑芬无奈地笑了。回家收拾了一下,用自行车载上阿梨,回到体委。也就真的这么巧,黄伯健正站在体委门口焦急地等待着。

伯健一见到淑芬,心急地问:"淑芬,这么早你去哪了?"

"伯健,你这么早就到台城来了。这位是我的堂妹淑梨。"淑芬说完,又对阿梨说:"梨妹,这位是我的男朋友,黄伯健。"

"伯健哥,你好。"阿梨朝伯健点头问好。

"你好,淑梨,这么早,你们去哪玩了?"

"伯健哥,我们就是来找你的啊。淑芬姐,看来你们还真的缘分不浅呢!"淑梨笑着说。

"伯健,你今天有空吗?我想带你回家见见我的亲人。"淑芬有点害羞地说。

"去见你的亲人?是你的父亲回来了吗?我可一点准备也没有。"伯健听淑芬说要带自己去见亲人,既奇怪又兴奋。他知道,

第四章　大局为重，体坛练精兵

女孩子带男朋友去见家长，肯定是想让家长认同自己的男朋友。可他知道淑芬的父亲和弟弟在中华人民共和国成立前夕已经出国了，在国内并没有其他亲人，今天突然说带自己去见家长，难道她的父亲回来了？

"不用准备什么，我们去买点水果点心就可以了。"

"这不太好意思吧？那不显得我太寒碜了？"

"那你回家去好好准备几担礼饼再来吧，梨妹，我们回去了。"淑芬假装生气地说。

"哎，别别别，我是怕你的家长不高兴嘛。"伯健连忙拦住。

淑芬这才转嗔为笑。几个人到附近买了苹果和点心，骑上自行车回到白水。

谭培根一家热情地接待黄伯健。培根从与伯健的交流中，感受到伯健对淑芬一片真心，也喜欢上这个对生活充满激情、积极向上的年轻人。便将自己与淑芬父亲的交情以及淑芬父亲同意他们结婚的意见告诉伯健。阿庆姆见伯健一表人才，更加羡慕不已，恨不得阿梨也找个如此郎君。

伯健听了培根的话，喜不自禁，一五一十地把自己的家庭情况跟培根说了。不久，伯健请培根代为做主，向淑芬提亲。经过一番筹备，淑芬与伯健这对有情人便在亲戚朋友的祝福中走上了婚姻殿堂，终成眷属。

五

谭淑芬结婚后几个月，便遇上了一件揪心的事。

那是这年的7月中旬，黄伯健带着县业余体操队的十多位运动员到驻守在海防前哨的部队进行慰问表演。而这时谭淑芬已经怀有几个月的身孕，不能随行。一路上，这些首次到南海边陲的少年体操队员十分兴奋，参观了部队的营房和观看了解放军的训练，体验

了部队的生活,解放军叔叔还把英勇歼灭了胆敢来犯的美蒋特务的故事讲给大家听,使大家真切地感受到解放军叔叔保护海防前线的无畏精神和热爱祖国、热爱和平的崇高理想。大家在表演体操时,全情投入,动作优美精湛,赢得了部队官兵与当地民兵的阵阵掌声。

慰问结束后,在回家的路程上,意外发生了。他们乘坐的汽车在避让一头突然从路边树丛里窜出来的水牛时,司机向左猛打方向盘,许多孩子都被这突然而来的巨大惯性甩得站立不稳,一个小女孩抓不住护杆,身体失去平衡,朝着车头方向摔过来,如果没有人拦住,将有可能撞在挡风玻璃上,那后果不堪设想。在这个危急关头,已经抓住扶手站稳的黄伯健连忙伸出双手抱住女孩子,但他自己却失去支撑,重重地摔倒在车厢里。幸好,汽车很快便停住了。伯健把女孩子扶起来,自己正要站起来却被一股巨大的痛楚击倒,他忍不住"哎呀"了一声,抱着右腿坐在车厢里,无法动弹。

司机连忙走过来,问伯健什么情况?

伯健说,你快看看孩子们有没有受伤?我的腿可能又断了,你先安顿好孩子们。

司机询问过孩子们都无什么大碍后,把伯健扶到座位上,随即启动汽车,把伯健送进医院检查。

谭淑芬得知伯健再次受伤,心急如焚,连忙赶到县医院。医生告诉淑芬,看过X光拍片,伯健因旧伤未完全痊愈,现在又出现了裂痕,就算医治好,今后也不能再从事剧烈运动了,而且走路也会受到一定的影响。淑芬心想,伯健这么爱面子的人,知道这样的结果,一定很难接受。

果然,当伯健知道自己今后再也不能打排球,而且有可能影响走路后,十分激动,吵闹着要求到北京去治疗,说只有北京的医生医术最高,也最负责任。

后来,朱瑞生来探望伯健时,狠狠地批评了伯健,伯健才没有

第四章 大局为重，体坛练精兵

再吵闹。但从此之后，伯健再也不像以前那么开朗了，经常默默地望着窗外发呆。

幸好，伯健的腿恢复得超出了医生的保守估计。经过再拍片，已经显示伤口愈合较好，虽然不能再打排球，但跳跳交谊舞、慢跑和一些轻微的体育运动还是可以的。出院后，学校根据医生的报告，安排伯健协助指导体操队的技术工作。伯健默然接受了。

一个月后的8月16日，朱瑞生带领台山县男女子排球队参加在青岛举行的全国排球锦标赛。

参加这次赛事的台山男子排球队是这段时间新组建的球队，虽然年轻人多，但他们在陈耀丰等教练组的指导下进步很快，基本上掌握了台山排球的技术。特别是台山队的发球技术在这次比赛中发挥出色，为台山队在比赛中发挥灵活多变的进攻战术，创造了有利的条件，最终台山男队荣获第二名。台山女队技逊一筹，排列第九。

谭淑芬此时即将分娩了，生理反应较大。眼看下个月台山体操队就要参加广东省中学体操比赛了，朱瑞生问耀丰怎样安排？

陈耀丰说："照现在的情况，淑芬和伯健都不能带队，只能先从学校抽调人手来带队了。幸好前段时间的训练成效不错，相信我们还是能取得较好的成绩。"

这年的12月，台山县体操队参加广东省中学少年女子体操比赛，荣获团体第三名。黄咏怡在体操比赛中表现突出，荣获少年女子全能第二名。后来，还被吸收入省体操队，成为广东省知名的体操运动员。之后，黄咏怡又代表广东省体操队参加全国体操比赛，获得运动健将的称号。

第五章　总理鼓励，排坛创辉煌

一

1958年1月，台山县再次掀起了整治城市环境卫生的高潮，邻近人民广场和灯光球场的一块面积近200亩的臭水低洼地成为全县整治的重点。

原来，每逢雨季，这里便成为一片泽国，积聚在低洼处的污水臭气熏天，成了蚊蝇滋生之地。一位姓朱的人大代表提议将这里开挖为人工湖，堤岸种植花草树木，打造成一个有水有山的公园，让台城这座有小广州之称的城市增添一道亮丽的风景。

朱代表的意见得到了众多人大代表的赞成。县委县政府经过研究，决定发动全县各乡镇、各条战线的干部职工和群众，义务参加挖掘人工湖的劳动。学校的初中生也要按照半天上课，半天劳动的方式参加挖湖行动。业余体校的师生和集训队的球员也不能例外。如此一来，参加排球训练的时间只能缩短了。

如何才能解决既能完成义务劳动任务，又不耽误球队训练的矛盾呢？经过与教练组研究，朱瑞生决定采用抓重点训练的方式，提高训练效果。

这一年，朱正贤踏入了人生的第18个年头。

进入青年时期的朱正贤，一表人才，风度翩翩。自从两年前离开广州华师附中来到香港，他一边等待签证排期准备去加拿大，一

第五章　总理鼓励，排坛创辉煌

边进入学校上补习课。然而，两年后，他出国的计划黄了，只好留在香港打拼。幸好在这两年里，他根据自己的爱好，系统地学习了金融管理和商务管理知识。还利用课余时间打工，体验社会各阶层的生活，逐渐摸清了香港这个社会的生存规则。这些丰富多彩的经历积累，让他活出了与同龄人不一样的精彩人生。

不久，朱正贤以优异的成绩考入香港一家银号，当上一名实习生。虽然只是一名实习生，但朱正贤紧紧把握这个难得的机会，积极向经验丰富的专业人士取经，工作勤奋肯干，任劳任怨，较快地掌握了各项业务知识，并充分运用到实践中去，业绩蒸蒸日上，很快便成为了公司的佼佼者。他的辛勤付出，得到了上司的器重和提拔，提前将他转为银号的正式员工，还多次获得公司颁发优秀员工的称号。

然而，这一切对于志向远大的正贤来说，这只是个达成他心中愿望的平台，在选择这个平台之前，他已经明确了自己的目标——那就是争取机会，自己创业，成就一番事业。因此，他在认真做好银号的工作之余，开始寻求更好的发展机会。20世纪60年代末期的香港，正逢经济发展起飞阶段，只要你够勤奋，只要你肯动脑筋，赚钱机会遍地。

这天，朱正贤热情接待了一位VIP客户。这位VIP客户在办理完业务后，对朱正贤提供的服务十分满意。他见朱正贤身材高挑，体格精干，动作敏捷，口音里还带有四邑话的声尾。所谓亲不亲，故乡人。随即问朱正贤是四邑哪里人？

朱正贤说，我是台山人。

台山人哪？你说句台山话我听听。

朱正贤笑了。用家乡方言说，我是台山三合人。

听你口音似乎是三合或者温泉一带的？那位VIP客户改用家乡话问。

朱正贤说，我是三合洋澜人。听你口音也像是我们三合这边的

人呢？

那人哈哈大笑，我是那金的啊，隔里邻舍，说起来都是老乡哇。说完，又问，你是三合人，会打排球吗？过去那里每个男子都会打排球的，而且你的身材不错。

朱正贤回答说，我自小就喜欢打球，现在还时常跟爱好打排球的老乡一起玩。不过技术不怎么，就当锻炼身体。

那人笑了，说，我也喜欢打排球，有空大家一起玩玩。说完，掏出一张名片递给朱正贤。

朱正贤一看，才知道这位VIP客户的老乡是李超人属下公司的襄理。连忙拱手说，失敬失敬，原来是陈襄理，以后还请多关照。

陈襄理挥挥手说，乡里乡亲的就不用客气了，记得有空来找我玩排球。说完便告辞了。

朱正贤收起名片，看看已过下班时间了。便收拾东西回家。他在路过街头一处广告栏时，一张红色的广告吸引了他的眼球。他凑近一看，是一则外发产品加工的消息。落款正是老乡陈襄理的公司。

在银号打拼了近一年的朱正贤知道李超人的公司目前正处于高速发展阶段，如果搭上这班顺风车，自己不愁接不到订单。

想干就干。朱正贤第二天便到该公司找到陈襄理，了解承接加工的各个关键要素，跟公司签订加工合同。他将自己在打工中积赚的资本，购买生产设备，在住家的空房子开设工场，生产塑胶花。搭上这条船后，在陈襄理的大力支持下，朱正贤的这家小型加工厂生意十分红火。他紧紧把握着这个千载难逢的好机会，生产出来的产品质量保证，准时交货，深得陈襄理的好评，连声称赞朱正贤绝非池中之鱼，日后必成大器，要他时刻把握机会，把生意做大做强。

不久，朱正贤又瞅准市场的变化，开始转营加工羊毛衫，供应外贸市场。这次转营，同样十分成功，生意兴隆。事业的顺利发

第五章　总理鼓励，排坛创辉煌

展，让朱正贤赚取了人生的第一桶金。

紧张的工作和繁忙的生意并没有淡化朱正贤对排球的热爱。只要一有空闲，他便约上陈襄理和一班台山老乡，到排球场上玩上几场。有时还挤出时间组织排球比赛，他的身高虽然只有一米七几，但他却是球队里的灵魂人物——二传手，他带领的排球队，还在港岛排球比赛中获过不少奖项。

二

在全国各地"大跃进"高潮风起云涌之际，从省体委下放到台山县主管文教战线的梁书记，向县委会提出了"台山排球五年赶上全国先进水平"为中心的全面"大跃进"计划。建议县委会开办台山体校，根据台山浓厚的排球基础，培养体育运动的骨干人才。

1958年5月，经台山县委会批准，台山体校正式成立。设专修班一个，普通班两个。还有中小学教师进修班等，首期学员有250名。为了实现"台山排球五年赶上全国先进水平"这个中心任务，县体委提出了"三年战胜北京、八一排球劲旅，五年出运动健将，十年赶上世界先进水平"的奋斗目标。具体由参加专修班的学员承担这个重任。

县委会研究后，批准了县体委的计划，要求县体委务必抓好落实，确保完成任务。

为落实这个宏伟的目标，朱瑞生和陈耀丰举办了学校排球比赛和区乡排球赛，从学校和基层挖掘排球人才。很快便挑选了100多名男女排球队员进行集训，准备参加全国排球乙级队联赛第一阶段比赛和全国青年、少年排球锦标赛。

筹办台山体校的工作开始后，在挑选负责这项工作的人选方面却遭到了意料不到的困难。原来，县委会决定由组织部抽出来参加

社教工作的李福达担任，想不到被李福达一口拒绝了。

为什么一定要李福达当这个负责人？为什么李福达一口拒绝当筹办台山体校的负责人？他又能否担当得起这个重任？

我们先简单回顾李福达参加工作的经历。中华人民共和国成立初期李福达在台山县立中学读书，受进步学生的影响，对社会主义新中国的建设充满向往，积极参加学校的进步团体。从粤中学生干部训练班结业回到台山后，又回到台中继续上学。高中毕业后，参加了土地改革，之后被吸收入县组织部工作。

从上述经历看出，李福达忠诚于党的事业，思想觉悟进步，工作积极肯干。按理说，李福达应该无条件服从党组织的工作安排。但他为什么又不愿意参与筹办体校工作呢？

点名李福达负责体校筹备工作的是梁书记。梁书记得知李福达拒绝担任这项工作的情况之后，亲自找李福达谈了一夜的话。

面对梁书记的询问，李福达将自己的担忧向梁书记倾诉了。他说，自己年轻时虽然活泼好动，但却并不喜欢体育运动，对台山人普遍都喜欢的排球，更是从来没有碰过，甚至连一场完整的排球比赛也没有看过。像我这样对体育完全外行的人，怎么可能领导好专业性那么强的体育教育工作呢？而且台山排球之乡享誉全国，万一体校在我的领导下无所作为，无法夺取好的成绩，我个人名誉事小，但影响到台山的名誉，那我就是千古罪人了。

梁书记听后，哈哈大笑。笑完之后，问李福达：你读书学什么专业的？你过去干过组织工作了吗？

李福达听了梁书记一番话，终于领悟到梁书记的意图。他不再坚持自己的观点了。"梁书记，既然党组织如此信任我，我不妨尽能力试一试。但如果不称职，请领导另选人才。"就这样，李福达抱着试试看的心态，来到县体委报到。此时已经是6月份了。

李福达是以指导员的身份来到集训队的。顾名思义，指导员的主要职责是抓队伍的思想教育工作。为了认真履行自己的职责，李

第五章　总理鼓励，排坛创辉煌

福达这个外行努力把自己变成内行。他除了每天随着球员的训练时间下到球场观摩了解球员的思想动态外，还虚心向教练和球员请教什么是持球，什么是连击这些排球术语。后来，他借到了一本《排球基本技术与战术》和一本《运动心理学》，如获至宝，日夜苦读。经过一段时间的学习，李福达终于从理论上学会了排球的专业术语，懂得了排球的一些门道。

就在李福达埋头苦学排球基本知识的时候，7月14日，县委通知体委今晚有重要表演任务，要求排球队做好准备。

当天中午，梁书记亲自来到红楼召开会议。他告诉李福达，今晚的贵宾是周恩来总理，要求他事先准备宣纸和笔墨，把握机会，请周总理亲笔题写"台山体育学校"几个字。

接到这个光荣任务，李福达既兴奋又紧张。这是他首次接待国家领导人，生怕哪里出点差错。他除了精心挑选好参加今晚表演的球员，还马上安排人准备好宣纸和毛笔，等候着贵客的光临。

傍晚六时，一辆黑色轿车驶到灯光球场旁边。身穿白色短袖衬衫的周恩来总理在省委主要领导人、地区领导人和台山县委领导班子的陪同下，走进灯光球场，跟在球场正门口列队迎接的体委领导亲切握手，并向大家问好。然后缓步走向主席台的嘉宾席上坐下。

球场上有位观众认出了周恩来总理，激动地高声喊道："周总理来观看排球赛啦。"

这位观众的喊声，引起了场上观众的注意，纷纷望向主席台。靠近周总理周围的观众，更加激动了，纷纷站起来向周总理招手、问好。"周总理好！""周总理好！"声音如浪潮般回响在球场上空。

周总理手拿一把葵扇，微笑着站起来，向全场的观众招手问好，并表示感谢。过了一会，体委的同志见比赛的时间就要到了，随即向观众示意，请大家安静下来。

当晚的排球表演赛是由台山队对广东青年队。而广东青年队的主要队员基本上都是台山人，两队技术相当，彼此熟悉各自的打

台山排球故事

法，谁也无法轻易得分，赛况激烈。周总理频频为球员们的精湛表演鼓掌喝彩，连称台山不愧是排球之乡。由于周总理当晚还要在台山县委召开重要会议，在观看完第一局球赛后，周总理走下看台，到球场上跟排成队列的球员们逐一握手问好，并热情地鼓励球员们今后继续勤奋训练，不断提高技术，争取更大成绩。周总理说完勉励的话后，向观众挥手告别，离开赛场，上车到县委开会去了。

李福达见周总理这么匆忙离开了球场，只能无奈地慨叹：梁书记请周总理题写台山体校校名的美好愿望落空了。但幸好随行的记者迅速捕捉了周恩来总理与球员们亲切握手这个镜头，并在《羊城晚报》上刊登。这张珍贵的照片，成为了敬爱的周恩来总理关怀侨乡台山排球运动的重要历史见证。

一个月后的8月底，李福达首次以领队的身份率领台山少年男女排球队赴秦皇岛市北戴河参加全国少年男女排球锦标赛。

北戴河是秦皇岛市的一个区，位于渤海湾，背山向海，风景优美，气候温和，冬暖夏凉，是著名的避暑胜地。

到达北戴河赛区后，李福达和教练们召开会议，根据了解到的情况，详细分析了参赛球队的实力。大家初步认为，男队实力较强的是上海、辽宁、文昌和台山。女子强队当属前两届的冠军延边队，还有北京队和上海队。过去台山少年男女队都与他们交过手，那些队的球员身材高大，战术以高举高打为主。相比台山注重发挥灵活多变的技术，台山男女两队都略占优势。问题是台山的球员普遍缺乏重大比赛的实战经验，对能否战胜对手信心不足。经过几场初赛后，台山男队又产生了骄傲自满的情绪，认为那些强队的实力不过如此。进入决赛阶段后，台山男队又连赢了三场球。特别是以3∶1战胜了实力较强的上海队后，产生了骄傲自满的情绪。

而女队这些初出茅庐的小姑娘们，面对身材高大的对手，普遍缺乏必胜信念，心情紧张。比如在第一场对身材高大的哈尔滨队，

第五章　总理鼓励，排坛创辉煌

虽然以3∶1赢了，但场上出现了几次慌乱，动作失准，没能很好发挥技术，配合也不好。即使赢了球，内心也七上八下，看不见笑脸。士气如此低迷，怎么可能发挥自己的优势，战胜对手呢？

李福达与教练们分析了上述情况后，大家最后决定：男队情绪高涨，斗志旺盛，信心十足，但必须注意克服骄傲和盲目自大的意识，认真打好每一场比赛。关键是教练的临场指挥要正确，及时纠正骄傲自满的情绪，防止影响技术的正常发挥。而女队思想顾虑重，想赢怕输的包袱大。李福达认为思想工作重点要放在女队，并提出，女队的思想工作由他自己亲自抓。

统一认识后，李福达马上找女队几个主力队员交谈，了解大家的思想动态和真实想法。听了几位主力队员的意见后，李福达又召集全体女队开会，让大家谈自己的感受和提出意见。最后，李福达归纳了大家的意见，开始谈自己的看法。他说：大家初次参加这样重要的比赛，信心不足，遇到挫折时手忙脚乱，特别是打得不顺心时泄气埋怨，患得患失，犹豫不决，这样很容易失分。

李福达说到这里，有意停了下来，让大家细心思考。

过了一会，李福达见大家望向自己，充满激情地说："同志们，上个月，我们敬爱的周总理视察台山，还到灯光球场观看了排球比赛，亲切接见了台山排球队，勉励广大球员们要刻苦训练，顽强拼搏，争取赛出成绩。当时，我也在场，我认为周总理的讲话十分激动人心。这是对我们排球队的最大鼓励和鞭策，我们排球运动员一定要树立起为台山排球之乡争取荣誉的强烈责任感，在比赛中坚决清除消极畏难的情绪，坚定必胜的信心。所以，我认为在比赛中，只要大家的技术能正常发挥，团结协作，顽强拼搏，就一定有机会战胜对手。大家有没有信心？

女队员们听了李福达的分析后，认为很有道理。在他充满激情的鼓励下，大家的信心也被鼓动起来，齐声答"有！"

比赛开始后，台山女队以蓬勃的朝气和饱满的精神投入到各场

比赛中,连续战胜了北京、上海等强队。台山女队进入了决赛。

决赛前夕,刚好中共中央政治局也在北戴河召开政治局委员会议,台山男队和文昌男队被大会安排为中央首长进行表演赛。李福达和教练、球员坐在首长的前面。这些首长很和蔼,邓小平还开玩笑地问李福达:"你说这是少年队,多少岁呀?"李福达答道:"都是17岁以下的。"邓小平指着台山队最高的小曹(1.73米)问:"他哪像是17岁?"李福达笑了。"他只有15岁。"邓小平摇摇头:"我不信,不信!"惹得其他首长哈哈大笑。聂荣臻首长自称我也是广东人呀,还说了句广州话:你系边个呀?逗得在场的球员都笑了。首长们的和蔼亲切,让球员们的紧张心情一下子放开了。

台山女队与前两届冠军的吉林延边队争夺冠亚军的决赛时刻终于到来了。

吉林延边女队的运动员身材高大,扣球力道十足,整体实力强劲,完全是高举高打的战术。早年伍觉带领的台山少年女排曾经与这支球队交过手,但由于经验不足,技逊一筹,最后屈居第三名。这次两队在决赛时刻争锋,究竟鹿死谁手,大家热切地期待着。

决赛当天,延边队果然还是以高举高打的进攻技术,一开场便轮番向台山女队发起猛攻。赛场上顿时球来球往,如炮弹乱飞,双方奋力扣杀,冒险抢救,力争不失一球。精彩的争夺场面,令场上观众掌声不断,呼叫声震耳欲聋。

起初,台山女队在对方凌厉的攻势下,一时手足无措,被动应战,很快便被对手领先5∶0。

台山队教练随即示意暂停,要求球员们一定在稳住阵脚,并分析了对手的缺点,指出自己一方的弱点,提出应对的办法。同时,也借此短暂的停顿,迟滞对方进攻的势头。李福达也提醒球员们保持冷静头脑,不要畏惧对手的攻势,沉着应战,树立必胜的信心,为家乡争光。

第五章 总理鼓励,排坛创辉煌

再次开战后,台山女队逐渐适应了对方的进攻,沉着应战。可惜对方的攻势不减,又在开始时占了先机,延边队先拔头筹。

双方换场后,李福达再与教练一起,表扬了队员们临危不惧、顽强拼搏的精神。他说,尽管这一局输了,但也消耗了对手不少精力。在接下来的比赛中,大家一定要沉着勇敢、抖擞精神,要坚信自己的技术一定能战胜对手。陈耀丰着重点出了对手的缺点,要求大家不要背思想包袱,要放开手脚,充分发挥自己的长处,全力救好每一个球,寻机反攻。

第二局开始了。台山女队加强了防守,后排的球员鼓足勇气,屡次奋不顾身鱼跃救起对手的重扣,并反击成功。而延边队也在久攻不下的情况下,锐气渐失,斗志逐渐减弱。而台山女队则越战越勇,技术发挥得越来越好,进攻路线变化莫测,防守组织周密稳妥,令对手毫无漏洞可钻,最终台山队连胜3局,以3∶1的战绩赢得了台山第一个少年女子排球全国冠军。

但之前一直被看好的台山少年男子队就失了水准。在最后决赛时输给海南文昌队,痛失冠军。

李福达在比赛结束总结时指出,男队失败的主要原因是骄傲自满,轻视对手,应对困难的准备不足。特别在久攻不下时,焦急烦躁,而且这种不良的情绪蔓延,影响了全队的技术发挥。今后必须要认真总结经验教训,戒骄戒躁,才能立于不败之地。

李福达自己也料想不到,首次带队出征,取得如此佳绩。正是从这次比赛之后,李福达爱上了排球,并与排球结下了数十年的不解之缘,为台山的排球事业作出了重要的贡献。

9月的侨乡骄阳似火,台山灯光球场上彩旗飘扬。来自文昌、府城、汀迈、开平、揭阳、海丰和台山等男女排球队共16支莅临台山,参加全国男女乙级排球联赛(台山赛区)。

大家可别小看这16支排球队只是县级的。文昌、府城和汀迈

都是来自海南的排球队,而海南跟台山一样,都是著名的华侨之乡,开展排球运动的时间跟台山仅差几年,排球运动的群众基础相当好,特别喜欢打9人排球,同样拥有"排球之乡"的美誉。开平与台山唇齿相依,同样有众多华侨子弟喜欢打排球,过去多次跟台山男队交手,虽然赢的次数不多,但也有不少球员是省排球队的主力,实力同样不容小觑。

相比较之下,台山排球队盛名在外。这次国家体委将全国排球比赛的地点设在台山,一来是看重台山排球队这些年来取得的优异成绩,二来台山排球运动的群众基础好,喜爱观看排球比赛的人数众多,三来借这个机会,鼓励更多年轻人加入排球队,全面推动排球运动的深入开展。

这几年来,台山队虽然向许多省市输送了不少技术突出的球员,实力有所下降。但台山县体委在这几年里也积极想办法,吸引年轻人加入排球队,确保台山排球队后继有人。同时,通过举办少年、青年组排球比赛,重新成长起来的球员中选拔优秀球员,不断充实专业队的队伍。

在这次比赛中,台山这支新成长起来的男女排球队,表现十分出色,最终以全胜的赛果,双双夺得全国男女乙级排球联赛(台山赛区)冠军。

如果说,这次在台山举行的全国男女乙级排球联赛(台山赛区)只是台山排球队集训后的牛刀小试,而接下来的一系列比赛,就是对台山排球实力的真正考验。

1958年10月初,县委领导找到李福达,要求他马上抓好男子两个队的训练,并决定由他担任台山男子排球一、二队领队,参加11月在杭州举行的全国排球乙级队联赛。最后还严肃地下了一道死任务:"你这次一定要取得冠军,升甲级队。否则,就不要回台山。"

这样的要求,对于还没有完全了解球队实际情况的李福达来

第五章　总理鼓励，排坛创辉煌

说，无疑又是一次严峻的考验。他望着领导信任的眼光，虽然有过疑虑，但争强好胜的性格决定了他不能退缩，共产党员的神圣职责，决定了他只能迎难而上，尽管信心不足，但勇气不可泄，斗志不能没有。他坦然地接受了这个任务，当面向领导立下了"军令状"。

"军令状"既然立下了，李福达不敢有丝毫的怠慢，随即与教练组织两支球队加紧集训。由于时间紧迫，只在台山体校训练了两个星期，便带领球队提前出发去上海。当时在上海的几支排球队也有多名台山籍的球员，台山球队主动与各支球队进行了多场"热身赛"，目的是锻炼台山这支未经过大赛的队伍。

然而，在上海进行的三场比赛，台山队都惨遭滑铁卢，几场比赛都是被动挨打，毫无还手之力。回到住处，台山队队员面面相觑，茶饭不思。大家明白，任务这样艰巨，没有退路。而现实却如此残忍，这么脆弱的队伍，凭什么夺冠军？

李福达认为必须要提高大家的斗志，才有可能变被动为主动。他多次与教练及球员们交谈，了解大家的思想动向。最后，他发现主要问题是球员缺乏胜利的信心，面对强队心中无数，碰到问题手足无措，甚至相互埋怨，不能积极主动配合。还有个别球员因为不满意教练没有安排首发上场，大发牢骚，公开指责其他球员，造成不好的影响，球员情绪低落。李福达心想，如果不痛下决心解决这个矛盾，那就只好准备"不要回台山"了。

李福达与几位教练研究后，决定采取整风形式对上海之行进行总结。作为领队的他，在会上首先进行了自我批评，检讨了自己存在情绪急躁的缺点，再通过摆问题，查原因，制定整改措施。他开诚布公的态度，令大家敞开心扉，主动开展批评与自我批评。

通过3天的总结整顿，找出了首战失利的根本原因，清除了一切个人主义私心杂念，把大家的思想统一到为争取台山排球之乡的荣誉上来。同时，强调要依靠集体的力量去争取胜利，树立集体英

雄主义思想。会后，大家统一了认识，使整支队伍的战斗意志重新鼓舞起来，树立了必胜的信心，以饱满的精神状态投入比赛。

然而，树欲静而风不止。解决了自身的问题，偏偏又面临意想不到的不合理对待，令台山队又陷入重重困难之中。

台山球队到达杭州后，组委会在分组编排时，竟把四个分赛区的冠军队和台山两支队编在同一小组。明眼人一看就知道，这样的安排明摆就是想把台山挤出小组前两名，去争第七以后的名次。

得知这个消息后，台山队的球员十分气愤，但也更加激发起了大家的斗志。李福达借这个机会，要求大家一定紧密团结，共同为台山排球之乡的荣誉奋勇拼搏，直至胜利。

开赛后，台山一队首战对东北空军队，球员们发挥出超常的技术，以3∶1的战绩一举拿下了这支有东北王之称的球队。旗开得胜，大大地振奋了球员精神，增强了必胜的信心。

翌日，台山队遇到了这次比赛中的最强队伍——上海蓝队。这支球队大多是复旦大学学生，身材高大，攻击力强。而且当年有许多广东籍的中学生在此校读书，特别是四邑籍的更多。这些爱好排球的学生在学校成立了排球队，将广东排球的技能战术带进学校。整支球队技术全面，配合默契，兼具南派的灵活多变和北派的高举高打技法，在比赛中连克对手，成为了夺冠呼声最高的球队，就连当地的舆论也普遍认为冠军非上海蓝队莫属。

面对强敌，台山队召开赛前准备会议。大家从对手的思想动态到战术特点，都做了详尽的分析，然后制订具体的作战方案。

开场后，果然如台山队所料，上海蓝队认为台山队在上海较量时水平一般，又是手下败将，首战仅派替补队员上场。

台山队看准了对手轻敌麻痹的思想，迅速采取攻防结合、以攻为守的战术，充分发挥好发球变化多端的优势，锐不可当地打得对手措手不及，连连失分。台山队旗开得胜。

上海蓝队首战失策，士气受挫，军心动摇。虽然在第二局时逐

第五章 总理鼓励，排坛创辉煌

步下齐主力，但仍然阻挡不了台山队的攻势，再丢一局。台山以2：0领先。

在这种情况下，上海蓝队才认识到危机，只好背水一战。经过一番精心布置，加强进攻和防守，竭尽全力扳回一局。

第四局，上海队主力全出，倾尽全力向台山队强攻，展示出强队咄咄逼人的威风，很快便将比分拉开至12：7，遥遥领先。

面对上海队凌厉的攻势，台山队暴露出缺乏大赛经验的弱点，信心动摇，出现了救球犹豫、扣球乏力、防守移动慢的致命问题。

见此状况，台山队教练陈耀丰示意裁判暂停。首先鼓励队员不要急躁，要沉着应战，一定要保持旺盛斗志，顽强奋战，就能战胜对手。接着，指出了上海队不足的地方，要求前、后排加强配合，特别是二传手要更加灵活多变，主力球员要随时做好进攻的准备。

在教练的指导下，台山队的几位主力终于从消极被动应对转为主动出击，在二传手的巧妙组织下，时而从左、右角，时而在生、死角进攻，时而又采用快攻、背飞等灵活多变方式的进攻，令上海队的队员眼花缭乱、防不胜防，双方的比分逐渐拉近。

上海蓝队毕竟是本次比赛的夺冠热门球队，有两名主力队员是上海红队（甲级队）的球员，身材高大，弹跳扣球力度强劲，实战经验丰富，防守保护意识强。而且，上海队多次到台山冬训，对台山的战术了解甚多，在眼看着台山队的比分节节攀升的时刻，这两名球员发挥了重要作用，多次防起了台山队的轻吊和快球。但台山队也毫不示弱，咬紧牙关，不让对手的进攻得逞。

场上的观众看到双方的球员拼尽全力展开激烈而顽强的对抗，纷纷为球员的精彩比赛鼓掌。

一番拼搏后，由于上海队先失两局，后来虽然挽回一局，但想赢怕输、急于求成的心态令球员们频频失误。经过这番争夺，台山队终于将比分追至14平。

看到这样紧张的拼搏，李福达的手掌攥出一把汗。

台山排球故事

　　时间一分一秒地流逝,双方球员的精力即将耗尽。就在这关键的时刻,上海蓝队接台山队发球,一传到位,主力起跳一记猛扣,眼看球将要落地。台山队后排球员奋不顾身,飞身一跃,伸出右手掌,在球离地一个拳头高时将球铲起,二传手迅速下蹲,将球传到四号位上空,四号的是使用左手的队员,外号左手辉,只见他从两米外纵身向前跳起,抡起左手扣了一个大斜线,将球扣在上海队界内。"好球!"随着球着地的声音,场上响起了观众们雷鸣般掌声。

　　台山队抢得先机,再次发球。发球员望了教练一眼,暗示他准备发训练多时的上手飘球。陈耀丰示意可以。发球员将手中的球朝地上拍了拍,左手随即将球向上抛起,收腹挥动右手,五指合拢,迅速运用暗劲以掌根部位猛击球的下半部。只见球离手后漂着飞向上海队的五号位。上海队主力球员见到此球的来势,叫声"不好",转身望向五号位。

　　上海队五号位球员却浑然不觉,只当这是普普通通的发球,伸出双手垫球,谁知球一触手,迅速改变方向,飞向观众席,上海队的球员只能望球兴叹。

　　"骨波!"台山队的队员兴奋地大叫起来!

　　16:14!双方经过两个多小时激烈的战斗,台山队终于以3:1战胜了夺冠呼声最高的上海蓝队。

　　这一战,从根本上改变了人们对台山队的观感,重新认识了台山排球之乡并非浪得虚名。杭州市电视台特派记者采访了台山队的领队和教练,并在电视台上播放。这样一来,原本对排球比赛不大感兴趣的杭州人民都知道了台山排球之乡,来看台山队比赛的人越来越多了。

　　战胜上海蓝队后,台山队无比兴奋,更加坚定了夺冠的信心。紧接着第三场对广东青年队。广东青年队多数是从原台山队抽调的精英,这场台山人之间的比拼,彼此战术相当,鹿死谁手呢?

　　毕竟台山队是立了"军令状"来参赛的,自古华山一条路,

第五章　总理鼓励，排坛创辉煌

两强相遇勇者胜！台山队的小将们为了荣誉，全力以赴，乘着战胜上海蓝队的余威，发扬连续作战精神，经过五局激战，终以3：2的比分，战胜了曾在乙级联赛中以3：0战胜自己的广东青年队。

至此，台山队已连胜三场，稳获小组出线，也为夺取冠军这个最终目标奠定了基础。

本来对台山队有点不服气的上海蓝队领队在观看了这场比赛后，不得不承认台山队的技术和斗志确属一流，实力超强，上海蓝队输得并不冤枉。

第二天是比赛休息日。为了战胜上海蓝队，广东青年队专程向台山队取经，了解上海队的弱点，并请台山队传授对付上海队的技术。广东青年队的领队兼教练是黄亨，当年就是台山队的主力队员，跟陈耀丰的关系十分好。陈耀丰毫无保留地将战胜上海蓝队的战术倾囊相授，为广东青年队战胜上海蓝队助了一臂之力。

经过几轮比赛，广东青年队与台山队双双夺得了小组出线权，肯定将在未来的决赛阶段相遇。而台山队把自己的战术传授给广东青年队，岂不是将自己的底子都交给对手了吗？而且广东青年队多数球员又来自台山，熟知台山排球的技术特点，这样的比赛，结果可想而知。还有一些广东青年队球员认为自己是省队的老大哥，台山队理应在比赛时让省队赢。

听到这样口气，台山队的年轻球员不服气了：赛场如战场，既然不客气，那就都拉开架势，拿出真本领，看看到底谁是强者！

双方一开赛，台山队球员们以昂扬的斗志和团结协作的精神，个个施展绝技，一会右网角猛攻，一会左手直线扣球，一会灵活轻吊，个个如猛虎下山，猛打猛攻，势不可挡。特别是台山队所发的上手飘球，快如闪电，难以控制，令省青年队的一传频频失误，无法组织有效进攻，最后一局竟打得广东青年队束手无策，一分未得，最终被台山队以3：2战胜。

到了决赛阶段，台山队又先后战胜了南京部队、火车头体协等

队,以全胜的战绩夺取1958年全国排球乙级队联赛冠军,荣升甲级队。台山排球队终于不负众望,圆满胜利完成了县委交给的光荣任务!而广东青年队获得亚军,同时升为甲级队。

这一年的11月,还举行了全国甲级排球联赛。在参赛的12支男子排球队的149名球员中,有69名是台山籍的。自此,台山赢得了"无台不成排"的美誉。

三

1958年年末,谭淑芬顺利产下儿子后,得知单位人手不足,坚持回到体委上班。她将这段时间台山队外出参加比赛的资料认真收集整理,装订成册。她的目的很简单,就是将这些比赛资料整理后,供教练们在训练中借鉴。她想不到的是,这些却是留给后人真实地了解了台山排球运动的一份非常宝贵的历史资料。

1959年年初,赵泰富被安排回家乡斗山任乡副书记,加强农业生产的发展,离开了县委会。朱瑞生被安排到海宴区,负责联系西南片排球运动的推广普及工作。

这时,台城人工湖的西湖已经全面完成挖掘工程,并按照园林布局,兴建了亭台楼榭、曲桥回廊,还仿照北京颐和园昆明湖里的石舫,在湖心岛畔修建了一条湖心石舫,环湖堤岸进行美化绿化,人工湖一带成为集文化、体育为一体的休闲娱乐地方。

1959年,举行第一届全国运动大会,停止了其他各类赛事,台山队到了1960年才第一次参加全国甲级联赛。

1960年9月底,李福达带领荣升为甲级队的台山一队首次前往山东济南市和南京市参加全国甲级联赛。

按照赛程,台山队第一场的对手是八一体工队。八一体工队是全军的代表队,建队时间很早,也是最早来台山来挑选排球好手的球队之一,拥有江振洪、李策大、伍理民、陈秀贤、梅子文、叶灼、韩云波等多名运动健将,是与北京队(即国家队)齐名的国家级排球劲旅,经常与北京队互夺冠军。台山县委早两年给体委定下的目标就是要在"五年内赶超八一队和北京队"。

李福达想不到自己第一次带领台山队参加甲级联赛的第一场就碰到"头号对手"!

既来之,则战之!台山队出发前确定的目标就是首战必胜!这个决心是不能动摇的。

为了打好第一仗,李福达按照惯例,召开赛前准备会,进行充分的讨论。这是李福达担任台山排球队领队以来总结出来的经验,思想政治工作做到家时,就能提升和振奋球员的斗志和拼搏精神,球队就有获胜的机会。反之,如果缺乏斗志,没有拼搏精神,打无准备之仗,肯定一败涂地。

因此,李福达在讨论会上特别强调,首先从思想上武装起来,发扬一向来遇强愈勇的优良传统,以向老大哥学习的态度和平常心,努力发挥自己水平,去争取最大胜利。

统一了思想后,大家又具体分析了对手的情况。在此基础上,认真订好作战方案,明确应对措施,使人人心中有底,信心坚定。

比赛开始后,八一体工队也太过小看台山队了。只派出李策大等3名老将,带几个新队员为首发阵容。台山队看到机会来了,一开战即抓紧时机,以初生之犊不畏虎的大无畏精神,以迅雷不及掩耳之势,将八一体工队打了个措手不及,台山队迅速拿下第一局。

八一体工队完全料想不到台山队竟如此勇猛,攻势凌厉,被打了个猝不及防。教练连忙调整策略,陆续派了几名老将上阵,扳回第二局。

第三局开始后,台山队再次鼓起精神,又以灵活多变的技战术与严密的防守反击,加上变幻莫测的发球,有效地破坏了对手的一传,再次击败八一体工队,以 2∶1 领先对手。

接着第四局又开始了,八一体工队的教练为了摆脱被击败的险

境,将主力全部派出,组成了最强阵容,力图挽回败局。如此一来,赛场上的战况愈加剧烈,双方球员展开了激烈的争夺战,场上球来球往,在双方的上空飞蹿,恍若一道道雷鸣电闪,看得观众目不瑕接,紧张万分。特别是台山队的年轻球员,面对八一体工队经验丰富的老将,毫不畏惧,越战越勇,顽强拼搏,在危急的时候奋不顾身抢救起多个险球,并以灵活多变的进攻战术,将骄傲轻敌的八一体工队打得毫无还手之力,终以3∶1取得胜利。

首战得胜,而且对手是夺冠呼声最高的八一体工队,台山队兴奋极了。这也标志着这支年轻的球队仅用两年时间,提前实现了"五年超八一"的目标。回到宿舍后,台山队全体队员关起门来庆祝。李福达最为兴奋,以茶代酒,逐个向大家致敬、祝贺,并感谢大家的努力。随后,李福达连夜将战胜八一队的赛况,写成通讯稿,寄回《台山报》向全县人民报道这个振奋人心的好消息。

得知台山队首战胜利,谭淑芬十分兴奋。下班回家后,将这个好消息告诉黄伯健。黄伯健听后,长叹一声,无言地倒了一杯酒,走出阳台,望着日渐美丽的人工湖出神。

在济南的第一阶段,台山队以小组前四名的成绩取得出线权,接着前往南京参加决赛。

前往南京参加决赛共有八支球队,都是全国的强队,高手林立,实力雄厚。一番龙争虎斗之后,经过计算积分和局数,台山队位列第八,保留在甲级队行列。这就是台山这支新军第一次参加全国甲级联赛的记录!

转眼间,时间来到1961年5月,全国排球甲级队联赛第一阶段南昌赛区比赛即将举行。为了迎战这项重要赛事,李福达率台山男队提前半个月往福建省福州市,与福建省队进行训练比赛。福州是福建省的排球之乡,福建省球队的技术糅合了南方和北方的技术,在甲级球队中位列前茅。

第五章　总理鼓励，排坛创辉煌

台山队参加了上一届全国排球甲级联赛后，既锻炼了球队的斗志，也积累了大赛的经验。在对福建队的训练赛时，采用大力发球结合快球掩护、平拉开战术。大力发球成功率高，直接得分多，不但破坏了对方的战术组成，削弱其强劲凶猛的进攻威力，还为反攻创造了有利条件。通过这次交流赛，体现出台山近年来发明创造出的快球掩护与拉开扣球配合得很有效。在比赛时，灵活运用这种技术，有效打乱了对方的防守组织，从而始终控制着比赛的主动权。

从福建训练结束后，台山队随即转赴湖南，参加长沙赛区比赛。到达长沙的当晚，李福达不顾旅途的疲劳，召集教练员开会研究了各支参赛队伍的实力，根据不同队伍的特点，制定了多套对策，要求大家稳扎稳打，一场一场地解决。

长沙赛区的比赛进行了7天，台山队四战皆捷，连续战胜湖南队、江苏队、辽宁队和福建队，战况顺利。这一战果，几乎所有关心台山队的人都预想不到，纷纷致电祝贺。

李福达与教练们的思想始终保持冷静，大家认为，在接下来的比赛中道路仍然艰难。因为台山队能否进入小组前四名，以获得前八名决赛资格，还要在剩下的五场比赛中能否取胜一场。而这五场比赛决不好对付，必须要一鼓作气，全力以赴，乘胜进击。

经过几天的拼搏，台山队没有辜负家乡父老乡亲的期望，在强手林立的比赛中表现出色。虽然最后败给湖北队，只获得长沙赛区的亚军。然而，在颁奖的晚上，台山队与湖北队作表演赛，台山队为了锻炼新兵，全部派新兵上阵，反以3:2战胜冠军湖北队。见此结果，李福达与陈耀丰相视而笑。仿佛在说，早知如此，当初就应大胆起用新兵，或者结果不同呢。

由此可见，台山队的球员们，经过教练们的用心指导和自己的刻苦训练，不论哪一代，都能担当重任。套句当时流行的话说，"火车跑得快，全靠车头带。"很有道理。

台山排球故事

　　1962年12月初，台山男排从湖南长沙参加完全国甲级队联赛第一阶段结束后，又马不停蹄地赶赴上海，参加上海赛区的比赛。由于前阶段的赛事进展顺利，很有希望夺取冠军。远在台山的朱瑞生得知这个消息后，喜出望外，随即联系黄伯健，邀请他一同到上海观看这场关乎台山排球之乡的荣誉之战。黄伯健听了这个消息，一时百感交集。他早已知道了朱瑞生当年专程邀请广州的同学医生给自己医治，原谅了朱瑞生，但由于谭淑芬已经怀了第二个孩子，即将分娩，不敢离开。朱瑞生一个人经广州赶到上海，观看这场历史性之战。

　　朱瑞生到达上海时，比赛已经进行了7天，台山队三胜一负。战绩仅居广东队之后，与上海队并列。但台山队却比广东和上海队形势更为有利。因为台山队已战胜了两支强队：北京青年队和广州部队，仅负于广东队。而广东队则尚有三强（上海、北京青年和广州部队）未赛；上海队则尚有两强（广东与台山）未战。

　　决赛的时刻终于到来了！

　　这是台山队在本轮比赛的最后一场赛事：对在本轮比赛中未输过一场的上海队（红队）。这是台山队能否创造历史，夺得全国甲级队联赛冠军的关键比赛！

　　朱瑞生与李福达、陈耀丰和球队早早来到赛场，做好比赛的准备。临比赛时，李福达见到了肇庆专区罗副专员和台山县委宣传部罗部长进场，李福达热情地邀请他们坐在一起观战。

　　比赛开始了。台山队首发并没有将主力全部派上，目的是先试探上海队的实力，再做出有效的应对措施。然而，上海队却早已将台山队当成自己夺冠威胁最大的球队，必须将台山队击败才能夺取最终胜利。因此，上海队在首场已经派出多名主力参战，力求一鼓作气将台山队的击溃。

　　比赛开始后，上海队果然不愧有雄霸甲级队前列的威势，从进攻到防守，周密严谨，不但破坏了台山队的快攻，还多次破解了台

第五章 总理鼓励，排坛创辉煌

山队的轻吊，令台山队一筹莫展，比分始终领先台山队。尽管台山队多次组织反攻，但仍被上海队以15-9拿下首局。

第二局开始，台山队教练组决定改变战术，采取了2.5短平快、夹塞、背飞等更加灵活多变的进攻与严密防守相结合的办法，经过一番激战，台山队以16-14夺回第二局。双方战成1：1平。

然而，上海队毕竟实战经验丰富，针对台山队的攻势，及时调整战术，再次加强进攻，以15-4的悬殊比分，将台山队击败。又以2：1领先。

面对如此结果，朱瑞生也顾不了那么多，和教练组一起研究对策。

第四局开始后，台山队采取稳打稳扎的打法，沉着应对，加强防守，待消磨对方强攻的锐气后，再进行有效的反击。又以16-14的比分，将双方的比分拉成2：2平。

看到场上如此激烈的战况，坐在李福达旁边的罗副专员紧张得站了起来，对李福达说："太紧张了，我的心脏受不了。你们好好打，回去将结果告诉我就好了。"这位在战场上曾经带着一个团冲锋陷阵的战场老将说完，与罗部长一齐离场。

到了第五局，此时双方的球队已经激战了近两个小时，两队无论主力还是递补球员，都拼尽了力气。但上海队有3名国家队的主力队员，身材高大，实战经验丰富，在体力上占了优势。而上海队的发球前冲力十分大，令台山队一传失误较多，难以组织起有效的进攻。因此，上海队在第五局始终在比分上压住台山队。虽然如此，台山队仍然拼尽全力反攻，顽强地追赶。

到了10-14这个关键时刻，台山队接发球成功，一传球到位，二传手瞅准机会，立即组成背后2.5战术，站在二号位的，正是擅长此点攻击的左手驹！台山队的教练们大喜过望，满心以为此球必得无疑。就在大家兴奋地期待着转机的时刻，谁知左手驹左手一记猛扣下去，对方还来不及起跳拦网，球已应声下地。

147

台山队的教练组和候补球员正要发出欢呼,可惜的是,司线员举起了震撼台山队各人心灵的"界外球"小旗。

10-15!台山队失掉了最后一分!也就失掉了为台山创造冠军历史的大好机会!

这场经过近3个小时五局极端激烈的争夺战,结果台山队以2:3输掉了,无法达成美好愿望。但台山队在这场比赛中的出色表现,获得了上海市民的好评。

上海《新民晚报》在12月11日报道了这场比赛的情况。记者这样写道:"台山队发挥了上佳水平;上海队胜来不易。台山队的三点低快速战术,使上海队难以对付。在第五局中,台山队由于垫球不好,吃了不少亏。"

这些中肯的评价,也反映了台山队在这场比赛中,同样台山为排球之乡争得了荣誉。虽败犹荣!

1962年,是台山男排进入全国甲级队之后,赛果最辉煌的一年,位列上海、广东之后,荣获全国甲级队联赛第二阶段季军,取得了"全国先进水平"的资格,提前一年完成了1958年县委提出的"五年赶上全国先进水平,出运动健将"的目标。1963年4月,国家体委批复:台山排球运动员马焕南、陈兆灿、黄汝光、朱国铮、朱兆伦、陈锡超、梅仕明等七人获运动健将称号。

四

一年一度的全国甲级联赛即将于1963年5月下旬在沈阳长春举行。县委给台山排球队的任务是争取出线,参加第二阶段的决赛。

凭什么保证完成这个任务呢?此时台山球队已经成为了全国各地球队的众矢之的,所有目标都对准台山队,试图将台山队封杀,为自己扫清障碍。

第五章　总理鼓励，排坛创辉煌

面对县委下达的任务，李福达作为领队，认为还是必须依靠群众，充分调动一切积极因素，紧密团结全队的力量，克服一切可能遇到的困难，争取最好的成绩。

然而，正式开始比赛后，台山队第一场就失利了，1∶3败给八一体工队。

赛后，李福达随即与教练组认真分析，大家都做了深刻的自我检讨，认为失利的根本原因在于部署不当。一是错误估计对方，二是自己阵容组织得不理想。估计不到对方一开场，竟动用4员老将；对己方只估计到副攻的攻击力较弱，没想到从国家队回来的主攻手也屡攻不下。更没想到对方已经摸透了台山队的进攻路线，将重点放在对主攻手的拦网，堵住了台山队的快速进攻。而遇到这种情况，又未能及时调整，以致打乱了原来的部署，影响了大家的情绪。加上第一传失误过多，全场直接失掉22分。一开始就把分数拉下太远了，追赶就很被动。还有就是在临场指挥上，不够及时大胆果断。好在队员的战斗作风还好，有干劲，且能在困难情况下仍然团结奋战，没出现埋怨情绪。

总结了第一场失利的教训后，在当晚对阵的是实力相当的江苏队。台山队及时调整战术，发挥了台山队灵活机动的战术，以3∶0战胜江苏队。接着，台山队又以3∶0战胜了辽宁队。就这样，台山队为争夺决赛权必取的两支球队，终于按计划打下来，只要继续战胜福建和北京航空学院队，决赛权就稳拿到手。

为了战胜这两支球队，台山队以"发球是进攻的开始"为主，通过变换勾手大力球、上手飘球、远距离勾手飘球和找点勾手飘球，令对方难以适应，扰乱对方进攻战术，增加自己反击得分机会。

然而，现实往往与人们的美好愿望总有差距。当天晚上，台山队接到了八一体工队以0∶3败给北京航空学院队的消息，如此一来，各支球队出线的形势陡然变得复杂了。

为了应对这个突变,李福达与教练组召开了分析会,通过认真分析得出:八一体工队之所以失败,又是出于轻敌,全用新队员首发上场;输掉两局后才排出最强阵容。但对方已打出了气势,斗志正旺,老经验也无力回天了。这是个血的教训。这个反面教材,也为各强队敲起了警钟:谁不从中吸取教训,谁就要碰得头破血流!

下面的这场比赛,台山队便是在大好形势下,一个小小的失误,导致全队情绪紧张直至技术失控的情况下惨败的!

这场比赛遇到的是老对手——北京工人队。

首局台山队6-0的大比分领先。正在大家认为这样良好的开局如果持续下去,台山队将不用吹灰之力,即可拿下的这场比赛。不料形势陡转,台山队一传失误,竟接连直丢5分。正所谓兵败如山倒,接下来竟一直输到7-15。

第二局也是在领先7-2的情况下,又是一传失误,球员之间产生了埋怨情绪,又以11-15输掉。

第三局台山队在11-1领先的情况下,虽以15-6胜了,可队员的情绪依然没能稳定下来,胜利了也不知所措。

看到球员们精神不振,教练团也显示出信心不足的情绪,就连遇事沉稳的李福达,也在茫然失措的情况下干着急。虽然第四局曾在落后情况下赶到8-8平,却又因急躁失去反击机会,打成9-14!虽然又赶回11-14,却又因攻击时动作过急,把反击球打坏了,无法挽回败局,最终1:3输掉了。

全部赛程结束后,台山队四胜四负,排名第五。幸好还取得了第二阶段的决赛权,完成了县委交代的目标。

尽管拿到了第二阶段的决赛权,台山队还是认认真真地总结教训,对赛况进行了复盘研究,得到的结论是:这次比赛,暴露出最大问题是接发球(一传)。过去,台山队为了保证一传到位率,接发球向来是用上手传球。但是,按照6人赛制的规定,裁判对上手传球的"持球"标准尺寸把握越来越严。而台山球队对这方面一

第五章 总理鼓励，排坛创辉煌

时很难适应，过去只在接扣球时，才采用下手垫球，因而对接发球时使用垫球的技术研究不深，还未能很好地控制球的力度和飞行弧度，无法保证一传的到位，这样就很难组织快速多变的进攻。这是关系台山队生死存亡的重大问题，再不能掉以轻心，必须加强垫球技术的探讨和研究。

回到台山后，李福达会同教练组与球员们，重点对垫球技术进行了多次反复的研究，并进行重点训练，要求所有球员必须按照标准练习，迎接明年全国甲级联赛的到来。

时间如白驹过隙，转瞬即逝。1964年4月下旬，全国甲级排球联赛在四川成都举行。台山队的第一场比赛，又遇到了老对手——八一体工队。台山队与这支队伍多次交手，互有胜负。这次的比赛结果如何呢？成都的观众们翘首以待。

然而，这场令人期待战况激烈的比赛结果却出人意外地结束了！台山队竟便以3∶1的成绩，轻易拿下这支老牌强队。

李福达在当晚即将这场比赛的情况传回体委：首战得胜，取得了开门红！

谭淑芬早上上班后，第一时间将李福达的汇报要点整理下来：

一是大家的思想统一，干劲调动起来，信心充足。

二是队员们斗志昂扬，情绪高涨，意志集中。技、战术都发挥得很好，尤其第一回合的争夺，几乎取得绝对优势：扣死球多而失误少。特别是打得顽强，几次都在胶着状态下，没有动摇犹豫，奋力赶上去，始终压住对手打，全场控制了主动权。

三是苦学苦练的垫球基本功，在这次比赛中收到了显著效果，"快速多变"战术开始显露身手。比赛中，第一传基本上使用垫球，减少了上手传球被判持球的失误（分），一传到位率提高了，组织快攻战术的机会就增多。特别是经验丰富的二传手灵活运用战术得妙，使得经验丰富的八一体工队总教练和老将几乎无所适从；

而台山队的3号位快球结合2号位背传2.5扣球,几乎如入无人之境,得分率很高。

综观全场表现,台山队贯彻执行"气可鼓、不可泄"的精神,人人互相鼓励,保持了坚定不移的胜利信心和旺盛的斗志。第三局的失利,在于前两局赢得干脆,因为产生了骄傲的情绪,对困难估计不足。在多次强攻不下时,情绪急躁,自乱阵脚,竟曾一边倒地连续丢分,甚至于有一个防起的球竟无人接应。但幸好在大家并没有埋怨,而在队长的鼓励下,紧密团结一致战斗;虽然是丢掉了这一局,但在第四局能冷静下来,夺取了胜利。

第一轮比赛结束后,休息了两天,又进行第二轮的比赛。

这一轮的首战对四川队。因为赛区在成都,四川队得主场作战之利,台山队与四川队的实力相当,各有所长,最终台山队1∶3负于四川队。

尽管输给四川队是意料之中的,但也给台山队敲响了警钟,那就是不论跟哪支球队比赛,都必须全力以赴,争取最后的胜利。因为在接下来的比赛中,强手林立,稍有大意,那将是难以补救。

这天,台山队便遇到了一支难啃的球队——福建队。

比赛一开始,台山队由于准备不足,在对手的猛烈攻势下,防不胜防,十分被动,很快便失掉了首局。

第二局开始,台山队又被福建队一路压住,打成15-14,16-15,形势对台山队十分不利。

在危急关头,陈耀丰呼吁球员们保持冷静,不要泄气,一定要咬紧牙坚持,拼死不让其取下最后一分。经过一番苦战,台山队终于夺回发球权。

此时,台山队发球的是绰号"一掌朱"的年轻"老"队员。李福达和教练陈耀丰的眼睛紧紧盯住他,唯恐他发球失误。只见"一掌朱"左手将球高高抛起,右手向后抡起,身体后仰,猛然大

第五章　总理鼓励，排坛创辉煌

力勾手击球。球随即飞向对方5号位。对方5号位球员接球失误，台山队直接得分。"一掌朱"再次如此炮制，再得一分，17-16！台山队反超领先1分！见此赛况，成都的观众大呼过瘾，掌声雷动，高声为台山队喝彩。而台山队也由被动挨打转为主动。

在这个紧急关头，福建队的教练紧张得忘记了已经使用了两次暂停权，竟又向裁判提出要求第三次暂停，结果被判技术犯规，又送了台山队一分，台山队以1∶1追平。

福建队连教练都紧张得失了分寸的举动，大大鼓舞了台山队的士气。在接下来的两局比赛中，台山队始终掌握了赛场的主动，攻势如虹，特别是换上龚景生这个新队员担任主力后，将"2.5半快球"技术发挥得淋漓尽致，乘胜进击。反观福建队，士气低落，一路被台山队压住，反击乏力。台山队最终以3∶1战胜了福建队。

在对江西队的比赛中，虽然江西队在这场比赛中技术发挥得不错，但台山队仍然紧紧地控制了主动权，最终击败了江西队。

至此，台山队累计三胜一负，出线已成定局。

到了5月6日下午，李福达又将第三轮的赛况传回台山。谭淑芬接到后，马上记录下来：

昨天，成都赛区的第三轮赛程全部结束，我队打得很出色。接连战胜了上届全国亚军北京工人队和国家二队，震动了整个成都赛区。并以勇猛顽强的战斗作风和快速多变的独特战术风格，强烈地吸引了成都的观众，刮起了一阵"台山旋风"。

成都市的排球运动也很有群众基础，因此也拥有众多的球迷，看排球比赛的观众非常踊跃，几乎场场满座。其情形之狂热，和我们台山这个排球之乡不遑多让。现在他们更都成了"台山迷"。我们几次进球场时，看见排着长龙、挤满窗口买票的人，都大叫"买台山的"；其实那一场并没有台山队的赛事！有几位在成都几间国防工业工厂的台山籍技术员，则干脆跑到我们住的酒店认

"乡里",请帮他们买入场票。我们送给他们每人几张后,就高兴极了!眼看着这股"台山旋风"浪潮,也更大地鼓舞了我们的信心和斗志,大家都暗下决心:"不能让成都群众失望"!

读到这里,谭淑芬笑了,仿佛看到了这最后两场球的比赛过程——

第一场的对手是北京工人队。台山队跟这支球队打了两年,但却都败在他们手下,令球员们缺乏信心。

第一局中,台山队完全无法拦截北京工人队猛烈的高空攻势,被动挨打,接连失分;而且接发球又不好,无法组织多种战术,很快就以3-15的悬殊比分输掉。

见此情况,台山队的教练组要求队员们从思想上克服畏难情绪,不要背思想包袱,要敢于进攻,强调两强相遇勇者胜的道理,激励队员们树立必胜的信心。同时,及时指出了对手的缺点所在,要求队员抓住对手的弱点,发挥自己的优势,就能击败对手。

经过教练们的鼓励,队员们恢复了信心。第二局开始,台山队苦练的垫球技术发挥得相当好,一传到位率大大提高,从而成功地组织了变化莫测的多点进攻,争得了第一个回合的优势。

接下来,台山队的接发球运用得心应手。而2、3号位的快球和2.5半快球,将北京工人队打得疲于奔波,穷于应付。"一掌朱"的弹跳十分好,他在4号位的超手扣球,使那些北方高个子也难以防备,反击屡屡得分。

后来,台山队又逐渐摸准了对方的扣球规律,拦网效果显著提高,迫使对方在多次急躁慌乱中扣球失误。而台山队则紧紧抓住时机,牢牢控制着主动权,以3:1的比分笑到最后。

国家二队(青年队)在观看了台山队以3:0的比分击溃北京工人队这支强队后,心情紧张起来。

比赛一开始,台山队势如破竹,连下两局,以2:0领先国家二队。

第五章 总理鼓励，排坛创辉煌

到第三局时，国家二队反而稳定下来，打出了应有的水平，迟滞了台山队的攻势。台山队久攻不下，队员们求胜心切，情绪急躁起来，接发球的动作失去水准，连连失误，被国家二队追回一局。

第四局开始，台山队仍然未从上一局的失误中回过神来，精神恍惚，很快又丢了一局，双方打成2：2平手。

看到队员的情绪低落，陈耀丰教练在决胜局前的五分钟休息时，总结了前后不同结果的经验教训。他严肃指出了后两局失利的根本原因是队员们的思想出现了信心不足的问题。在接下来的比赛中，必须重新增强信心，鼓起斗志；一定要沉住气，冷静应对，不要急于求成。技术要细致，特别是垫球，要认真做完连贯性动作，提高一传到位率，才可以充分发挥我队快速多变战术的优势。

陈耀丰一针见血的分析，终于打消了队员的思想顾虑。

比赛开始后，台山队的战斗情绪充分调动起来了。台山队首先发球，以大力勾手球直接破坏了对方的一传。台山队救起对方的球后，一传到位，"一掌朱"迅速从4号位起跳扣球得分，1-0领先。台山队又以上手飘球破坏了对方的一传，令对方无法组织有效进攻。球到台山队一方，台山队转从2号位快攻，直接得分。2-0。接着，台山队发球直接得分，3-0。就这样，台山队势如破竹地一口气打到11-0，国家二队的教练两次暂停面授机宜，依然制止不了兵败如山倒的局面。最后，台山队终以15-3的大比分赢得决胜局的胜利……

谭淑芬将报告材料整理好，看看时间，早已过了下班的时间了。她收拾好东西，换了套运动服，来到体育广场跑步锻炼。风景优美的人工湖建成后，淑芬在广场跑了一圈，再沿着人工湖跑一圈才回家的。她知道丈夫会到食堂里去打饭，照顾好两个孩子，等自己锻炼回去后再一起吃饭。

第二天早上,谭淑芬又接到了李福达传回来的情况报告。淑芬觉得很奇怪,昨天不是休息吗?怎么也有汇报呢?她展开报告认真读了起来:

今天休息。下午,国家体委具体负责运动队训练的李梦华副主任召开了本赛区各队领队座谈会,主要议题是:如何迅速提高训练水平和探讨中国排球今后发展方向?山东、四川、天津等队领队多人发表了意见。

李梦华副主任最后做总结。他认为,我国排球各队普遍存在基本技术不扎实,战术简单化,意志作风薄弱等问题。他强调必须坚持严格要求、严格训练,才能练出好队伍。必须贯彻落实贺龙副总理提出的"三从一大"(从严、从难、从实战需要出发和大运动量训练)的原则要求,才能迅速提高排球运动技术水平。

李副主任特别提出一个问题:我国排球如何才能赶上世界水平?强调各队必须有自己的独特风格,决不能跟在别人的屁股后面走;否则只有永远处于挨打的处境。

李副主任还对台山队的战术风格,给予了充分肯定。他说:台山队能从自己个子矮但比较灵活的身体条件出发,创造出"以快打慢、以变制高"的快攻多变战术。这是完全正确的方向和路子,应当在进一步练好扎实的全面的基本功的基础上,寻求发展提高。

国家体委李副主任在座谈会上表扬了台山啊?看到这里,谭淑芬心里很感到自豪,迅速将情况报告保存好。

两天后,谭淑芬终于接到了李福达从前线传回的捷报!她迅速打开报告,看见这份报告的内容只有几行字:

第五章　总理鼓励，排坛创辉煌

昨天结束了第一阶段全部赛程，我队以七胜一负的战绩，夺取了成都赛区冠军。这是我队空前的胜利！这是一个振奋人心的重大胜利！

"哗！真是超级好消息！"谭淑芬看到这里，情不自禁地兴奋进来。再往下看，淑芬的眼前又浮现出台山队参赛的情景……

那是台山队与天津队争夺冠军的最关键一仗。天津队作为甲级队，在了解了台山队的实力后，丝毫不敢轻视台山队。为了击败台山队，天津队做了充分的准备。

而台山队对这一仗也进行了最充分的筹划。首先在思想上，教练组趁着台山队的大好形势，大鼓干劲，要求队员必须克服怯战犹豫的情绪，坚定力夺全胜的决心，拼死奋战，誓胜天津队！在阵容布局安排上，也做出了周密的考虑，认真全面地分析研究了天津队的所长所短，制定了具体的对策。

比赛开始后，台山的队员被准备充足的天津队首轮攻击下一时应对失当，打得较为被动。好在台山队的队员在教练组的鼓励下，毫不气馁，鼓起斗志，顽强拼搏。双方常常"往返"三、四次才能扣死得分。

在关键时刻，台山队及时换新手龚益群和伍颖彬上场，加强接发球和后排防守，堵塞了漏洞，令对方无隙可乘。

而在进攻方面，台山队绰号"一掌朱"的朱绍灿在四号位的多点超手扣球，更令对手无计可施，扣球得分率极高。因为他扣球时起跳比常人略慢，令对方判断失误，拦网起跳时间过早。到"一掌朱"击球时，天津队队员拦网的手已经下降了；"一掌朱"挥臂击球的手伸得很尽，击球点很高；就这样，身高仅183厘米的"一掌朱"，却能轻松地超越了平均逾186厘米身高手长的天津队的拦网阻截；他掌控球能力好，可以分打直线和大、小斜线；特别是在来回球反击中，最为奏效，常使得对方茫然不知所措，束手无策，所以被队友亲切地给取了个"一掌朱"的绰号。

战胜了天津队,台山队又以 3∶0 轻取山东队,结束了这个赛区的全部比赛。

台山排球队凯旋后,受到了县委的隆重接待。排球队当晚还在灯光球场给家乡人民进行了一场精彩表演赛,赢得一阵高过一阵的热烈掌声。

取得第一阶段冠军后,县委对台山队寄予了厚望,从各方面都给予了大力的支持。台山队军心振奋,从领队、教练到运动员,都抱着夺取最好成绩的愿望。

在这一片大好形势下,台山队上上下下求战热情强烈,斗志旺盛。但李福达作为经验丰富的领头人,考虑得更全面,更长远。

为了让自己的头脑更清醒,李福达走出办公室,来到距离体委不远处的人工湖边,沿着湖边慢慢地走。

这时正是台山炎热的夏天,繁花盛开的季节。只见种植不久的一棵棵树木已经长出了嫩绿的树叶,显得生机勃勃。红楼前面的几棵树冠如伞的凤凰树,盛开出簇簇艳红色的花,如凤凰展翅般艳丽夺目,将碧绿的湖面映衬得风光无限。风光旖旎的人工湖里,一对对年轻人泛舟湖上。看着这美丽的湖光山色,李福达才记起,这几个月来经常领队外出比赛,还没有跟家人到这个美丽的人工湖游览过,觉得很对不起爱人和孩子。尽管心中有愧,但李福达时刻牢记梁书记的重托,是认为当前的工作更重要。目前第一任务,要准备好参加全国甲级联赛。以后一定抽时间,多陪陪家人。

夏日在蝉鸣声声中匆匆而过。

眨眼间,日历已经翻到 10 月份,台山男队出征武汉,参加全国甲级队联赛第二阶段决赛。

李福达与教练组在这 3 个月里认真反复总结了前阶段比赛的经验,对找出来的存在问题进行了针对性的训练。

第五章　总理鼓励，排坛创辉煌

尽管如此，但教练组与队员都感觉到有一股不敢说出来的隐忧，那就是主力阵容起了重要变动。主攻手"一掌朱"7月间回家乡三合公社参加九人排球赛，扣球下地时扭伤了右脚腕，造成韧带松脱的严重伤势，治疗数月还未痊愈。虽然已补上刚从国家二队归队的廖锦才担任主攻手，但廖锦才离开台山在国家队多年，归来不久，一时之间还无法与其他球员磨合好，在很大程度上地影响了快速多变战术的发挥。

到达武汉后，李福达与教练们分头到各支参赛队伍观看训练，并与其他球队展开练习比赛，了解各支球员的情况。

几天后，李福达召开会议，综合大家的意见后，概括起来就是：参加决赛的12支球队，有8支队的干劲很足，都想力争好名次；两支队放手锻炼队伍；江西队争取心不强。但是，各支参赛队伍的矛头皆指向台山队，特别是"破快"已成为了各支参赛队伍训练的重点。

李福达认为，这是台山队面临的最严峻问题，也是无可避免的。要争取胜利，必须有足够的估计和具体方案的准备。

李福达又说，这次赛会组织为了加强比赛期间的思想政治工作，特别设立"风格奖"。这是一次首创，我们必须努力争取。在这样高水平激烈争夺的赛事中，能否取得比赛的胜算，在于能否把队员们的积极性充分调动起来！

经过讨论，台山队决定在队内开展"比、学、赶、帮"活动，定出以"比技术发挥好，克服缺点进步快，团结互助好"为具体内容，从正面引导队员的努力方向，形成共同的思想基础，就是一切为了比赛的胜利，一切围绕夺取好成绩。从思想上把全队的心凝聚在一起，把十五个人的劲扭成一股巨大的力量！

武汉汉口体育馆。

10月10日，决赛第一天到来了。台山队首战对解放军队（原

八一体工队)。李福达向来十分重视打好第一仗,他认为这对整个战局有着重大的影响,必须从各方面做好准备。因此,他与教练组和球员召开战前准备会,分析了对手的特点和可能出现的情况,最后决定采取以下对策:

一是力争避免失误。二是要垫好球,争取一传到位,力争快速、灵活机动。关键在于打出以三号位为中心组成多变战术。三是认真拦好网,增加其进攻难度,使主攻手起不了作用;更重要在于后排防守,力争调整反攻得分。四是力争第一局。要沉得住气、挺得住,抓好开局。

比赛开始后,果然如台山队赛前预计的情况一样,队员们信心十足,斗志顽强,打得十分顺手,直落三局战胜了解放军队,干脆利落地取得首场胜利。

3天后,台山队的对手是四川队,赛场在武昌体育场。

四川队是国内有数的一流强队,台山队进入甲级队列后,和它是老对手,多次交锋,台山队胜少败多,第一阶段就输给四川,而且是唯一输球的一场。这次两强相遇,台山队能否挺过这一关,改写记录呢?

赛前准备会上,台山队根据了解的情况具体分析了四川队的特点:一是对手政治意识浓厚,队员责任心强,不会轻易放弃每一个球,斗志顽强。二是重视台山队,认为解决台山队就能夺取全国冠军。三是发球和进攻均具威胁,保护意识强,了解台山队二号位进攻的战术;打法跟台山相当,攻防兼备,善吊中档。四是拦网较好,尤其拦硬攻。五是几年来跟台山队都是在争夺第一局中定输赢。

针对分析结果,台山队定出对策:一是努力接好发球,注意分清不同性能的来球,力争一传到位。二是进攻战术要更加灵活机动,意料对手会着重防守我队二、三号位的进攻,因此二传手务必

第五章　总理鼓励，排坛创辉煌

要灵活机动，出其不意，攻其不备。三是加强防守，特别注意对方6号和11号球员，留意其轻打和吊中档。四是要沉着冷静，不能急躁蛮干，要始终坚定信心，尤其在第一局要坚决顶住。

比赛开始后，台山队接发球到位，组织的快速进攻和拦网的成功率很高，一口气连取10分，以10-0的比分大幅度领先；就在台山队节节胜利的时刻，被四川队反击成功，接连取得4分。四川队这时的发球又令台山队吃了苦头，接发球连连失误，被对手追到12-14。

陈耀丰看到这种情况，马上示意裁判暂停。陈耀丰批评了个别队员急躁迟疑的情绪，指出不要畏惧对手的进攻，一定要发挥自己灵活机动的战术，不要被对手牵着鼻子走。终于，台山队队员的急躁情况得到控制，成功破解了对手的发球，迅速拿下了第一局。接着，台山队顺势又拿下了第二局，领先对手2∶0，形势十分有利。

然而，台山队在顺境时错失机会的情况又重演了，比赛局势陡然严峻起来。

第三局开始后，台山队产生了急躁情绪，一传接发球不好，难以组织有效进攻。而四川队却把握时机，猛烈进攻，很快以5-1、9-3压住台山队。尽管台山队奋力将比分追到9-9平，但又在发球时错失良机，连失五个轮次，被四川队打成14-9。尽管台山队再次追回13-14，但仍是输掉了这一局。双方比分2∶1，台山队暂时领先。

到了第四局这个关键时刻，借着双方换场的机会，陈耀丰面授机宜，要求队员们紧紧把握好机会，务必拿下这一局。他对队员们分析了双方的长短后，指出比赛的时间拖越长，对自己越不利。李福达也加紧做好思想工作，坚定大家的必胜信心。

关键的第四局终于鸣哨开赛了。

台山队充分发挥了首先发球这个优势，以变化莫测的发球，破坏了对手的第一传，迫使对手不得不以调整球应对，为台山队的防

守反击创造了有利条件。面对台山队的多路出击,四川队疲于应对,频频失误,队员间情绪急躁,还击无力。而台山队则势如破竹,以15-11再下一城。最终以3∶1战胜了四川队这支强队。

这次甲级联赛,台山队经历了重重考验,历尽艰辛。顺利时,势如破竹,一往无前。逆境时,几经波折,峰回路转。经过近20天的比赛,全部赛程结束。台山队取得了第四名的好成绩,扬威全国,再次擦亮了台山排球之乡的名片。

因为在这次甲级联赛中,台山队创造的技术令人眼前一亮,战果辉煌。颁奖大会上,台山队被组织方指定为技术表演单位之一。台山队表演的"快球及其掩护""重叠进攻""二号位背传2.5半快球""四号位平拉开扣球"等一整套"快速多变"的进攻战术,获得了大家的高度好评。

第六章　再接再厉，省城双称雄

一

　　台山县排球队在参加全国甲级联赛的时候，作为台山县排球队后备力量的少年排球运动也开展得如火如荼，并在参加全省、全国少年排球比赛屡获佳绩。许多年轻球员相继被各省、市球队招纳旗下，成为当地球队第二梯队的骨干力量。

　　伍觉被国家体委安排到各地担任排球裁判的工作结束后，再次回到台山二中担任体育老师。凭借着丰富的实战经验和慧眼识才，经他训练出来的台山二中男子排球队，在全县排球选拔赛中一鼓作气，战胜了台山各学校排球队，以全胜的战绩，代表台山县参加1965年在湖南长沙举行的全国少年九人排球赛，获得男子队亚军；台山一中女子排球队位列第三名。

　　就在伍觉带着排球队凯旋后不久，台山二中撤销高中，仅保留初中。校长充分发挥教师的专长，安排伍觉担任专职体育老师，不用再担任初一级的班主任。如此一来，伍觉有了更加充裕的时间，专心做好自己喜爱的体育运动，为学校培养优秀体育人才。

　　这一天，校长召开校务会议。在研究了学校新学年的工作安排后，校长传达了教育局和体委关于举办1966年全县体育运动会的通知。要求体育组的老师们抓好学生的体育训练工作，克服困难，争取好成绩，为学校争光。

　　伍觉听后，心里沉了一下。他知道，每年元旦过后，全县中学田径运动会即拉开帷幕，排球赛一般安排在3月份举行。而现在已经是10月份了。作为学校排球队的主教练，他知道现时学校排球队的处境尴尬——学校球队的9名主力中，有4名已经初中毕业，其中3名到台山一中读高中；而一中是全县少年排球队的重点培训基地，根据县委的战略部署，又从二中排球队挖走了两名技术最全面的主力球员。如今二中球队既没有技术突出的主攻手，而现时球队的二传手又难担重任！在这种群龙无首、青黄不接的情况下，凭什么与群雄一争高下？

　　校长看到伍觉的脸色凝重。"伍老师，有什么困难吗？"

　　伍觉从校长的脸色上看到了信任，再看看坐在身旁的其他老师。想了一下，坚定地说："校长，我没问题。"

　　"非常好，我们相信你一定能克服困难，为学校争光。以后有什么困难，只要合理的，全校的老师都支持你。"

　　"谢谢校长。我只有一个要求，就是希望各科的老师能尽量安排时间，为参加体育训练而误课的学生补课，不要令他们因为参加训练而影响学习成绩。"

　　"这个要求很合理，必须无条件支持。学校培养学生必须注重德、智、体全面发展，以后才能成为社会的栋梁之材。希望老师们为了学校的荣誉、为了学生的美好前途，互相配合，共同做好工作。"

　　听到校长这样说，伍觉心头一暖。学校多年来为台山的排球运动培养了大量的人才，被誉为"排球少林"。为了维护学校的名誉，报答校长的知遇之恩，伍觉下定决心，一定要将学校排球队重新打造成一支技术过硬的球队。

　　经过一番考察选拔，伍觉发现学校田径队一位叫黄宏的学生身手敏捷，反应灵敏，在征求了他的意见后，将他招入球队，作为主力球员来培养。又从这个学期的新生中，挑选身材合适的队员。幸

第六章　再接再厉，省城双称雄

好，台山的少年男孩大多数自小玩排球，从新生中挑选有基础的球员并不难，伍觉很快便组建了一支全新的排球队。

伍觉深知，要将这支新队伍训练成能与强队相抗衡的球队，除了进行高强度的技巧训练之外，还要让队员们树立坚定必胜信心，才能凝聚起坚强的战斗力。全体队员在伍觉的带领下，喊出了"一切为了学校荣誉"的口号，刻苦训练。

这段时间，伍觉与全体队员一到训练时间，便摸爬滚打在球场上，进行针对性的训练。伍觉还用他经常挂在嘴边的那句"发球是进攻的开始"来告诫三排的队员，要求他们必须加强发球训练，通过发球，破坏对手的一传，将被动应对转化为主动进攻，从而击败对手。而对于黄宏，伍觉更是下足功夫，每天都带着他到球场上进行技巧训练。黄宏也没有辜负伍老师的愿望，认真学习，刻苦训练。看到自己的子弟每天都有进步，伍觉心里充满了胜利的希望。

从重新组建球队到明年3月份举行的比赛，只有4个多月。伍觉能否在这么短的时间内将这支临时组建的球队训练成一支可以拉得出来跟强手较量的队伍，为学校争光呢？

时间在紧张的训练中飞快地溜走了。3月末，台山县初中少年9人排球比赛正式举行。因为参赛队伍较多，比赛分成甲乙两个小组进行循环赛。最后由甲乙组的第一名争夺本届赛事的冠亚军。

斗山任远中学作为四乡中学组的冠军队，一到台城，便四处打听了解台山一中的实力，大有问鼎冠军的雄心壮志。事实上，任远队的确有实力跟一中争夺冠军的：四个进攻扣球手，两个左手，两个右手，进攻时左右开弓，令对手防不胜防。在斗山赛区比赛时，任远队所向披靡，将所有农村中学球队击败，以冠军队的身份到台城参加比赛。问题是他们得到"二中球队的主力已经散了，处于群龙无首的地步"这个消息有误。而这个失误，将导致其"一子错，满盘皆落索"的地步。

所谓无巧不成书。不知组委会有意还是无意，任远队偏偏就跟

二中编在乙组；更巧的是，任远队的首战就对战二中队。

任远与二中的比赛在排球比赛开始第一天的下午举行。也许观众认为这场比赛肯定是一面倒向任远中学，不会激烈，就算再喜欢看排球的观众也认为这场比赛没有什么好看，赛场周围只有三三两两的观众。

这两支在观众们看来实力悬殊的比赛就在这种风平浪静的情况下开始的。

裁判鸣哨开赛后，二中队挑选了首先发球权。只见二中的发球员如成年队的球员一样，以勾手大力发球。球离手后，如流星般呼啸着飞向任远队，前冲力十足。任远队的球员完全预料不到对方可以发出如此强劲的球，在这种情况下，一传难以到位，无法组织有效进攻。而二中的主力球员则借机发挥出超高的技术水平，从死角扣球，直接得分。依靠如此强劲的发球，二中队队员士气高昂，配合默契，扣球成功率达98%。此后的比赛，二中一直领先对手5分以上，顺利拿下首局。

见到二中队势如破竹般拿下第一局，那些没有赛事的学生纷纷围拢在赛场外，高声为双方的球员喝彩鼓劲。

第二局开始后，二中队依然没有松劲，除了通过大力勾手发球、上手飘球、勾手飘球等发球技术破坏了任远的一传外，黄宏充分发挥了球队灵魂的作用，将二传手的角色发挥得淋漓尽致，两个三排角也满场飞般的互相呼应，前排和二排的球员配合默契，左扣中吊，快慢结合，打得任远队完全失去斗志，招架乏术。最终，二中球队轻松地直落三局结束战斗。

看到这样的结果，任远队的教练目瞪口呆，完全不敢相信自己的球队在这支初出茅庐的球队面前如此不堪一击，而且败得如此狼狈。但赛事就以这样残酷的结果结束，任远队无权参与冠亚军的争夺战了！

心有不服的任远队教练一路追着观看完二中球队的所有比

第六章 再接再厉，省城双称雄

赛——只见二中球员继续以变化莫测的发球为基础，有效地破坏了乙组所有对手的一传，令对手完全无法组织有效进攻。队员间配合默契，进攻灵活多变，在小组中比赛中攻营拔寨，完全以 3–0 的绝对优势胜出，夺得了乙组出线。

看到这样的结果，任远球队的教练不得不向伍觉竖起大拇指，由衷地说了个"服"字。

而甲组，也在毫无悬念的情况下，由台山一中夺得决赛资格。

二中球队以小组第一名获得出线权的结果，不但令这届组委会感到意外，也出乎二中学校领导的意料之外。还令一中因为"知己不知彼"，差点丢掉了冠军的奖杯！

原来，在球赛开始前，台山一中的黄教练私下曾对球队的主力邝健俊说，决赛时如果是我们一中对二中，而你是从二中抽调来的球员，我准备不安排你上场比赛，以表示对二中的尊重。邝健俊点头称是。

一中与二中的决赛在比赛最后一天的上午进行。

第一局比赛开始，一中果然除邝健俊之外，全部主力登场。而二中也尽遣精英，在激烈的互有来往的交锋中，双方互有胜负。但二中在黄宏调动下，采取了灵活机动的进攻战术，不但防守严密，反击效果更加明显，球员斗志高昂，比分一路领先，并以 18–14 压着一中！

见此不妙状况，一中姓李的教练马上提出暂停，换了主力邝健俊上场！邝健俊曾以二中排球队的身份，代表县少年队参加全国排球，并且发挥出色，为台山少年排球队夺得冠军立下了汗马功劳。此时代表一中球队，为了学校的荣誉，他没有任何理由放水。在他的强攻之下，二中最终抵挡不住，以 19–21 失去第一局。

邝健俊的出色表现，犹如队伍中号令三军的统帅，在他的带动下，一中的三排队员破解了二中凌厉的发球技术，一传到位率大增；二传手也发挥了队中灵魂的作用，全队活跃起来，两翼齐飞，

进攻明显加强,背飞、交叉、快球轮番进攻,结果连胜三局,夺得冠军。二中获得亚军。

伍觉看到这样的结果,心里并没有有什么不爽。毕竟邝健俊也是自己训练出来的球员,在比赛中发挥出应有的水平,哪怕对手是自己的同门师弟,也是应该的。体育比赛就应该有这种无私的竞技精神,为了团队的荣誉,赛出风格,赛出技术,赛出最高水平。

二

不知不觉间,谭淑芬的两个孩子都上小学了。在台山体委的这些年里,淑芬度过了她宝贵的青春芳华,踏上了成熟之路。她既见证了台山排球运动的成长和辉煌时刻,也经历过台山排球运动低潮的时期。此时的谭淑芬,因为体委的工作调整,被安排到农场参加农业生产劳动。

风雨过后,蓝天下的彩虹更加绚丽耀目。

1972年4月9日,周恩来总理来到广州二沙岛视察广东省体工队。台山排球队应省体委的要求,赴广州二沙岛体育场与省排球队向周恩来总理做汇报表演赛。

观看完两支球队的比赛,一向关心侨乡排球运动的周总理见到台山运动员在比赛中表现突出,十分高兴。亲切地与台山体委的领导交谈,关切地询问起台山排球运动这些年来发展的情况。当他得知台山人坚持开展排球运动的时候,特别开心。他双手抱臂,微笑着说:"全国排球半台山,你们知道吗?你们应该拿第一,要为国家输送人才,还要支援其他兄弟省市。"

台山体委的领导听后连连点头,表示一定遵照总理的指示,抓好排球训练工作,为国家输送更多的排球专业人才。

周恩来总理关心台山排球运动,并提出具体工作要求的谈话内

第六章　再接再厉，省城双称雄

容，很快由省体委传达到台山县革委会。

台山县革委会对此高度重视，根据省体委的文件精神，于1973年1月发文恢复业余体校。县教育局、县体委联合发出"关于台山县青少年业余体校招生的通知"，要求各学校选拔体育尖子，参加业余体校组织的培训班，重点加强排球集训工作。全县重点乡镇建立小学、初中和高中排球班，为台山排球运动培养年轻的后备力量。各学校相继成立了男女排球队，积极开展排球训练。

恢复台山业余体校不久，台山县举行了全县小学生排球比赛，共有17个公社（镇）的学校组队参加，男子队有226支，女子队160支，盛况空前。这些年轻的排球运动员，为台山排球运动的发展，打下了深厚的基础。

不久，全省中学生排球选拔赛在广州举行。以台山体校学生为主的男女排球队分别荣获男女队冠军。到了8月，从台山体校选拔男、女各6名主力球员代表广东省，参加全国首届中学生运动会排球赛，又获得了男女第一名，为广东省争了荣誉，为台山排球之乡锦上添花。

时隔不久，台山迎来了排球运动史上前所未有的盛事，国家体委委托台山体委举办全国排球甲级联赛第二阶段（台山赛区）比赛，时间定在1973年11月。

台山县委十分重视这项光荣而艰巨的任务，成立了筹备工作办公室，将在农场的朱瑞生调回筹备组，负责大赛的具体工作。

接到任务后，朱瑞生的心情十分兴奋。此时，他已经离开体委多年，而且因积劳成疾，得了严重的胃溃疡，经过手术后，胃部被切除三分之二。当他得知全国甲级排球联赛将在台山举行，认为这是国家体委对台山排球之乡的信任和重视，对提升台山排球运动的长远发展意义重大。在这种精神的鼓舞下，朱瑞生的身体仿佛年轻了十多岁，精神饱满地带领着筹备组的工作人员认真细致地做好各

项准备工作。朱瑞生还将谭淑芬调回体委，专门负责筹备小组的文件起草和赛况记录以及宣传报道等工作。

为了满足更多的观众进场观看比赛，台山县委将灯光球场的观众座位扩建到可容5000多名观众，赛场四周装饰一新。还在白沙、三合、水步、大江、端芬和冲蒌等6个公社（镇）修建了灯光球场，将赛场设在乡镇，送球赛下乡，让四乡的球迷有更多的机会观看精彩的球赛和球员的风采。

台山即将举行全国甲级排球联赛的消息迅速传遍全县，球迷们兴奋异常，茶楼酒馆谈论的话题大多离不开排球。那些老球迷则如数家珍般向茶客们介绍自己所认识的球员或者听来的故事，大家你一言、我一语地回顾台山排球的辉煌历史，令那些没有经历过台山排球辉煌历史阶段的茶客听得津津有味，啧啧称奇。

更多渴望目睹球赛的观众则不分昼夜地到售票点排队购票。有些关系的，四处托人走后门买票。灯光球场周围住宅的楼顶阳台，也成了免费观赛的最佳地点，一早便被有条件的球迷霸占了。

被国家体委安排到其他赛区担任裁判工作的伍觉，也在完成任务后赶回台山，参与此项盛事。伍觉为人豪爽，凡是朋友托他买票，一律热情相助。有时还自掏腰包，倒贴送票给朋友。后来，他细算了一下，竟花掉了自己大半个月的薪水！不禁摇头失笑。

10月中旬，来自全国各地的28支男女排球队齐集台山集训。

比赛从11月4日开始。一场接一场精彩的比赛，赢得了观众们的热烈掌声。而在四乡的灯光球场，同样座无虚席，场场爆满。有些买不到门票的，竟爬到靠近球场的树上观赛。负责安全保卫的同志只好四处巡查，劝诫爬树的人下来，以免发生意外。

比赛结束后，上海队和广东队分别获得男子队的冠亚军，解放军八一队和上海队分别获得女子队的冠亚军。台山队在与参赛队伍进行表演赛中，先后战胜了四支甲级球队（不记名次），再次向观众展示了台山排球之乡的非凡实力。

第六章　再接再厉，省城双称雄

谭淑芬在比赛结束后，再次翻出已经多年没有打开过的日记本，记下了这场令她印象深刻的赛事，作为自己重回体委工作后的第一篇日记。

全国甲级排球联赛在台山举行后，台山县委根据周恩来总理的指示精神，要求县体委及全县有关部门单位高度重视发展体育运动，共同推动排球运动向高质量发展。

按照县委的指示精神，县体委与体校研究，制订了具体的训练方案，重点抓好后备力量的培养。同时，根据自身的条件，积极探讨摸索新的技战术，努力提高排球队的水平。各条战线的单位和企业也纷纷响应县委的号召，拿出了具体的实施方案。

有的战线（单位）积极吸纳退役球员到本战线和本单位工作，成立业余排球队。这样一来，既解决了排球运动员退役后的就业问题，免除后顾之忧，又能提高本战线的排球运动水平。有条件的单位还专门开设排球运动场，供干部职工业余训练和比赛。全县的排球运动氛围十分浓厚，排球运动员的社会地位达到了历史的新高。

1974年，广东省举办第四届运动会排球赛。

县体委为了确保出征顺利，召开了工作会议。会上，朱瑞生鉴于陈耀丰的身体状况，提出改由黄教练担任男排主教练的建议。

陈耀丰说："我同意朱主任的意见。不过，黄教练接手不久，对球队的整体情况了解不深，而我目前的身体还可以，希望能安排我随队出出主意吧。"

"耀丰，你还是在家里多休息休息吧，休养好身体，以后才能更好地工作。"朱瑞生关切地说。

"没关系，我的身体我自己知道，趁着现在还能干点事情，你就让我为台山的排球出点力吧。你知道，我一闲下来，身体就垮了。"

"黄教练,你有什么意见吗?"朱瑞生见陈耀丰这样说,转头问黄教练。

"如果陈教练能带队,我是求之不得啊。"

"不是我带队,一定由你带队,我随队参谋参谋就好了。"

"黄教练,这副担子肯定由你挑了。"朱瑞生说完,见大家没有什么异议,便说:"就这样定了,大家分头准备吧。"

几天后,台山男女排球队出征参赛了。经过几天的比赛,台山男女排球队击败了同组的所有球队,双双获得了出线权,分别与另一组的第一名争夺冠军。

台山女排实力远超对手,很快便以3:0的优势将对手击败,夺得冠军。

而台山男排面对的W队是老对手,双方多次交锋,知己知彼,战况十分激烈。

台山队在顺利拿下了第一局后,遇到了W队的强劲反击。第二局开始,W队的进攻持续不断,令台山队忙于应对,比分一直被W队压住,一度以3-7的比分落后。

见此状况,陈耀丰对黄教练说:"该调整进攻的策略了。"黄教练点点头,随即示意裁判要求暂停。

经过两位教练的指点,台山队重新稳定阵势,加强了防守反击,双方再次展开剧烈的对抗。台山队采取稳打稳扎的战术,终于将对手的攻势化解,台山队连续追了4分,双方战成7-8,台山队仅落后1分。

就在这时,黄教练发现陈耀丰眉头紧皱,脸色发青,额头冒出点点汗珠。连忙问:"陈教练,有什么不舒服吗?"

陈耀丰摆摆手。低声地说:"不要紧,过一阵就没事了。你多关注比赛的情况。"

"我安排人送你去医院吧?"

"别,打完比赛再说。别因为我影响军心。"陈耀丰一手顶住

第六章　再接再厉，省城双称雄

肝部，一手拦住黄教练。

"陈教练，你带药了吗？"

"带了。"陈耀丰用手指指口袋。黄教练连忙从陈耀丰的口袋里掏出药丸。"小李，快去给陈教练拿杯开水。"

陈耀丰吃了药后，脸色才慢慢舒缓下来。黄教练见陈耀丰的脸色转好了，才放下心。继续关注场上的比赛。这时，场上的比分已经是18-17，台山队反而超前1分。

W队叫了暂停。黄教练借着这个机会，鼓励台山队的球员一定要继续发挥不怕苦，不怕累的精神，顽强作战。并以陈教练带病坚持指导这次比赛为例，激励队员们加油，为台山争光。

队员们听了深受感动，纷纷表示一定要继续努力，决不辜负陈教练的期望，打好比赛，为台山人争光。

果然，比赛重新进行后，台山队的球员精神倍增，奋勇拼搏，迅速拿下第二局。接着，台山队继续乘胜进击，在场上观众和女排队员的喝彩声下，以压倒性的优势，一举拿下第三局，以3：0的战绩，夺得冠军。

台山男女排球队在这次比赛中，双双夺得冠军，称雄全省，再次展现出台山排球之乡的雄风。

可惜的是，陈耀丰在这次比赛回来后不久，病倒了。台山排坛自此失去了一位为振兴排球事业耗尽了毕生精力的精英。

1975年2月，台山迎来了一项重要的外事活动，在全县掀起了一场相当隆重的排球运动热潮。

原来，这是国家体委根据国家的外交政策，安排台山排球队与澳大利亚排球队举行的友谊比赛。旨在通过加强两国的体育文化交流活动，促进两国人民的友好往来。而当时台山旅居海外的乡亲有数十万人，是全国著名华侨之乡，又是闻名于世的著名排球之乡，在台山举行排球友谊比赛，是最合适不过的地方了。

台山排球故事

这年的 2 月上旬,澳大利亚男女排球代表团一行 34 人来到台山,入住中国旅行社。这些金发碧眼的外国人在游览了台城城区后,对那些建于二三十年代的骑楼洋房赞不绝口,连声称赞很少见到如此多集中外建筑风格于一体的城市建筑。他们还到台山的中小学校参观访问,热情友好地跟学生们交流,互相问好。这些交流活动,进一步增进了两地人民的了解和认识,加深了两个城市的友谊。多年之后,台山还与澳大利亚的一个城市结为友好城市。

当台山的群众得知澳大利亚排球队将在灯光球场与台山男女排球队举行比赛这个消息,立即触发侨乡球迷的热情追捧,灯光球场的 5000 张门球票一早告罄。

比赛当天,灯光球场外聚集了许多买不到票的球迷。一些年轻心急的超级发烧友,竟偷偷地从与灯光球场一墙之隔的风雨球场围墙较低的地方攀爬而入。为了保证大家的安全,巡场的保安们拿着手电筒四处察看警戒,大声呼喝阻止那些爬墙的"球友",唯恐这些"墙上君子"不小心,摔到地下受伤。

比赛开始后,双方很快便进入白热化的激战。台山男排面对身材高大的澳大利亚球员高举高打的进攻,沉着应对,加强防守。同时,采取灵活多变的进攻技术,时而在二、三号位快攻,时而通过远网进攻,时而采取吊对方空当等战术,令澳大利亚队难以应接;台山队还通过变化莫测的发球,不断破坏对方的一传,令对手无法发挥特长。而台山队则充分利用这个时机,将灵活多变等技术发挥得淋漓尽致。身材高大的澳大利亚虽然多次组织进攻,但在台山队组织严密的防守下,完全无法发挥高举高打的特长。激烈的战况,令场内的观众大呼精彩过瘾,欢呼声和掌声一阵比一阵热烈。

而无票进场的球迷只好聚集东一堆,西一群地蹲坐在球场的四周侧耳"听"比赛。每当听到里面的广播传出比分的消息,便你一言,我一语地猜测里面的比赛情况,过足耳瘾。

最终,台山男队技高一筹,以 3∶2 战胜澳大利亚男队。而台

第六章　再接再厉，省城双称雄

山女队的表现更加出色，不但在比赛过程中展示了台山排球灵活多变的技战术风格，还表现出顽强拼搏的斗志，在对手的强攻下，奋力抢救了不少险球，并以顽强的拼劲和强劲的反击进攻，将对手打得应对乏术，最终以 3∶1 的优势战胜对手。

比赛结束后，澳大利亚的领队竖起大拇指，频频称赞台山排球队的技战术"Very good！"台山的球员听后，也竖起大拇指说："骨波！骨波！"双方的球员哈哈大笑。

1975 年 4 月，一辆大客车平稳地行驶在通往海南通什黎族苗族自治州的公路上。大客车上，30 多个十二三岁的男女少年望着车窗外如海浪般起伏的椰树林，惊叹不已。

"哎，你们看，那边有小孩子在沙地上打波呢！"一个眼尖的孩子指着车窗外大叫起来。

这声惊叫，引来了同车人的观望，大家顺着他手指的方向望过去。果然，一大群男孩分成两队，正在拉着根绳子当球网的沙地里玩得热火朝天。"我小时候在乡下也是这样拉根绳子当球网打排球。"有个男孩说。

又有个男孩像发现新内地一样叫起来："他们玩的波不像个排球，黑墨墨（黑不溜秋的意思）的？"

听到这个男孩的话，车上一位年长的男人回答说："那是用椰树叶捆绑椰棕碎做成的，小孩子没钱买排球，便采用这个土办法来玩。就像我们台山的乡村，过去也经常用废报纸和旧布捆绑成球来玩一样。你们知道吗？海南文昌也跟我们台山一样，是个排球之乡呢，他们打排球的历史也很长了，这里的小孩子也像我们台山一样，从小就爱玩排球。他们排球队的实力也很强，我们这次到这里来比赛，一定要有打硬仗的思想准备，知道吗？"

"知道了，朱校长。"孩子们齐声答道。原来，此时台山体校

由这位叫朱浩军的任校长。这次的比赛,由他带队。

汽车继续在五指山的盘山公路上前行。不久,孩子们见到路旁有条河面宽阔、水质清澈的溪流蜿蜒而过。有的孩子问:"朱校长,我们在观看《红色娘子军》时,听过那首很好听的歌,叫作《万泉河水清又清》。这条河是不是就是那条万泉河呀?"

"呵呵,你这就问到我了。听说这万泉河源自五指山,全长有160多公里,流经好多地方后才汇聚入南海。可能这条河是来自五指山脉的河流,最后流入万泉河也不一定。"听了朱校长的话,有位女孩子轻声地哼起来:

> 万泉河水,清又清,我编斗笠,送红军。军爱民来民拥军,军民团结一家亲,一家亲……

一个孩子带头唱,其他孩子也兴高采烈地唱了起来,车厢里荡漾着欢乐的歌声。朱校长看着这群快乐的孩子,想起他们这次远赴千里到海南来进行排球比赛,心里面为他们高兴。随口吟了一首诗:一路欢声一路歌,椰林如海访乡。万泉河碧琼山秀,千里远征意气扬。

汽车载着满车欢乐的歌声平稳地前进着。几个小时后,这班来自台山排球之乡的少年男女排球队终于抵达海南通什黎族苗族自治州红旗镇。不久,开平、海南文昌、定安和琼山等地少年男女排球队也相继到来,参加在这里举行的全省青少年排球锦标赛。

从侨乡台山来的孩子们看到这里满街都是摆卖椰子的摊档,纷纷掏钱买来品尝。那又香又甜的椰子水,令那些不知椰子是何物的孩子们如饮琼液,大呼好喝。

比赛在3天后拉开帷幕。

这天傍晚,被省体委安排担任青年组裁判工作的伍觉回到台山少年排球队的住宿地,正准备到饭堂吃晚饭,突然见到朱瑞生急匆

第六章　再接再厉，省城双称雄

匆地朝着自己走来，觉得很奇怪，正想问缘由。朱瑞生上前拍了拍伍觉的肩膀，让他晚上到自己的房间来。

伍觉与朱瑞生相交多年，一听便意会到朱瑞生是关心台山少年排球队的比赛。伍觉吃过晚饭，走进朱瑞生的房间。

朱瑞生见到伍觉，一开口便直奔主题，询问伍觉这几场比赛中各支少年排球队的表现。

伍觉说："我没有参加少年队的裁判工作。但据我从这边几个裁判的口中所了解到的情况，介绍一下参赛各支球队的特点。"

伍觉端起茶杯，喝了口茶，接着说："我认为，台山队目前最大的对手应该是开平队。据我所知，开平队最强的主力是位左撇子，擅长从左网角进攻，而且成功率很高。而台山队的弱点正是左面防守。但台山队目前还没有制定出有效的应对措施。"

伍觉接着提出，台山队必须要加强左网角防守的训练，目前要在球队里挑选一名同样是左撇子而且技术跟开平那位主攻手的技术相类似的球员，模仿他的进攻方式来训练台山队的防守，在练习好防守的基础上，再加强二传手的组织能力，调动本队最有实力的队员进行灵活多变的反击，才有可能战胜对手。

朱瑞生听后频频点头，随即通知朱浩军校长前来共同研究。朱校长听了伍觉的分析后表示赞同，马上召集教练和全体队员开会，要求大家按照这个办法，抓紧时间训练，力争在破解开平队进攻技术的同时，组织有力的反击，争取最终的胜利。

3天后，台山男队与开平男队的冠军争夺战开始了。

果然不出伍觉所料，开平队继续以左网角为重点攻击的战术向台山队发起猛攻。

早有准备的台山队沉着应战，稳妥地破解了开平队的进攻，再通过多种灵活的战术奋起反击。开平队根本没想到台山队竟能破解了自己这么凌厉的进攻，而且还组织了如此强劲的反击，一时之间应对失措，顾此失彼。开平队的教练也束手无策，眼睁睁（呆了

的意思)地看着自己的球队兵败如山倒,溃不成军,以 0∶3 的悬殊比分输给台山队,签了城下之盟。台山男队喜捧冠军杯。

而台山女队的比赛更是毫无悬念,主攻手的强攻如入无人之境,将所有对手杀得毫无还手之招。

伍觉看着台山队这位身材高挑、进攻凶猛的主攻手谭锦梨,脑海里浮现出一年前的情景——

那天,伍觉到白水乡参加一场排球赛的裁判工作。比赛结束后,伍觉在经过一所乡村学校时,发现一名高高瘦瘦的女孩子,在一群同龄的孩子中显得鹤立鸡群。

"好苗子!"伍觉不禁脱口而出。连忙叫住那位女孩子,表明自己的身份后,问那女孩子几岁?有没有打过排球?

那女孩子面对陌生人不知如何应答,正迟疑间,一位老师模样的中年人走过来,热情地跟伍觉打招呼:"伍教练,你好。怎么到我们学校来了?"

"谭老师,你好。这女孩子是你的学生?"

"是啊,短跑运动员,正在读 5 年级。怎么,你看上了?"

"她有没有打过排球?"

"没有啊,学校只有男子排球队,没有女子排球队。"

"这样啊。我目测她的身高在 1.63 米左右,你让她试下原地起跳,再试下助跑起跳,看看她的弹跳力怎样。"

"阿梨,你到这棵树下来,原地跳起来伸手去摘片树叶给伍教练看看。"

那名女孩子也不出声,走到那棵榕树下,仰头看看离地面近 3 米高的树枝,原地纵身一跃,一伸手便摘了几片树叶下来。

"你后退几步,再起跳摘几片树叶下来。"

"不用了,有这样的弹跳已经相当不错了。"伍觉赞赏地说。接着,伍觉又问:"谭老师,她的学习成绩如何?"

"很好啊,在班级里名列前茅,是位难得的德智体全面发展的

第六章　再接再厉，省城双称雄

学生。"

"还有两个月就毕业了吧？她叫什么名？推荐她到我们学校来吧，我负责把她培养好。"

"谭老师，要去哪呀？"那女孩子这时才发问。

"哦，我都忘了介绍了。这位是二中的伍教练，曾经带领二中排球队参加全国比赛，获得很好的名次，享誉全县。"谭老师介绍完，转身对伍觉说："她叫谭锦梨，今年小学毕业。难得伍教练看上眼，我一定推荐她到你门下，让你培养她成为你的高徒。"

谭锦梨小学毕业后，进入台山二中读初中。1个月后，伍觉认为谭锦梨到体校参加专业训练的条件更好，便将她推荐到体校。

然而，当时体校的教练在对谭锦梨进行测试时，却认为她身高只有1.63米，虽然弹跳不错，但身体单薄，无法承受专业队繁重的训练，不愿接收她。

伍觉耐心地解释着说："她生长在农村，营养不够好，所以看起来身体单薄。但她现在不足13岁，正处于身体发育阶段。如果经过体校的专业训练，再补充良好的营养，她肯定能发育好，能担当球队的重任。"

伍觉见体校的教练还在犹豫，急眼了，说："我敢打保票，只要你给一年的时间来培训，如果她出不了成绩，我再将她要回二中。"

体校的教练见伍觉拍胸口打保票了，才勉强答应……

想到这里，伍觉再看场上的比赛。谭锦梨果然没有辜负伍觉的期望，经过一年多的训练，不但身高增高到1.83米，体格也强壮了。而且技术全面，进攻强劲，弹跳起来所扣的球，完全是超出对方拦网队员的手顶，力度强劲，对方根本没有球员敢接她的扣球。

就这样，台山女队在整个赛事中，以秋风扫落叶之势，横扫所有参赛球队，所有局数均以3∶0战胜对手。台山男女排球队双双夺冠，凯旋。

三

香港，1976年。

"朱老板，你又亲自带队来参加比赛啊？"

"黄老板，你不也是亲自带队来参赛吗？"步入中年的朱正贤笑着跟黄老板打招呼，两人哈哈大笑。

此时的朱正贤已经是香港时富集团的董事长兼总经理。他驰骋商界20多年来，诚实守信，营商有道。到了1972年，香港进入发展的快车道，各行各业十分兴旺。朱正贤审时度势，扩大投资项目，创立时富集团有限公司，生意越做越大，经营范围包罗房地产、建筑、海产、饮食、制造……。业务远拓加拿大、澳大利亚……分公司店铺不下百家。

然而，不论生意多么忙碌，朱正贤仍然没有忘记他所钟爱的排球，一有空闲，他便与年轻人一起打排球、举办排球赛。他觉得这样既能锻炼身体，又能满足自己的排球瘾。现在虽然已30多岁了，无法再到球场上跟年轻人比拼，但他却热衷于组织举办排球赛，带领在香港的台山籍排球运动员参加各项赛事。

这天，正是全港排球公开赛举行的第一天，他带领着旗下的宝兴隆及生和队两支球队参赛。刚才跟他打招呼的黄老板，正是当年慧眼识英雄的台山老乡、在李嘉诚公司任职的黄襄理，现在也自己开办了公司，两人经常组队比赛。

"朱老板，怎么看这次比赛啊？"黄老板边看球员训练，边问朱正贤。

"平常心，平常心就好了。"朱正贤微笑着回答。

"不会吧？这不像是朱老板的性格啊？你一向进取心极强，逢赛必争第一，今天怎么这么谦虚？是不是有什么妙招啦？"

"哈哈，黄老板，我还能有什么妙招啦？不怕跟老兄你说，这

第六章　再接再厉，省城双称雄

段时间我招了两个毕业于家乡体校的年轻人进球队，让他俩带着球员们训练了一段时间，今天就想看看他们的成效如何。所以，我说平常心就是让年轻人锻炼锻炼，名次倒在其次啦。"

"哦，我就说嘛，原来是招了两位体校的主力，也不跟我透透气，这不是你的撒手锏又是什么？如此看来，这次捧杯非你们球队莫属了。"

"好！打得好。"朱正贤一边跟黄老板聊天，一边观赏着场上的比赛情况。此时见到自己球队的主力将对手打得毫无还手之力，情不自禁地高声喝彩。

见到赛况如此激烈，黄老板也禁不住鼓掌叫好。

"哗，这两条友（两个球员的意思）真是使得。听说是朱老板特意请回来的，又是我们台山人，不错，真不错，今天算是开眼界了。"两位观众边观赛边议论。

朱正贤听了，这两位观众又是台山人。他微微笑了，暗自说，真是有排球比赛的地方就有台山人观看，有台山人在的地方就有排球比赛。周恩来总理说的全国排球半台山，这里面也包括了台山观众的热情啊！

"朱老弟，听说你们公司要开发内地市场，是不是真的？"黄老板在比赛的间隙，要了一杯蓝山咖啡。他一边品着咖啡，一边问。

"黄兄，你的消息真灵通啊！"朱正贤不置可否地笑了，端起咖啡慢慢品尝着。

"我告诉你啊，据我所知，李嘉诚的集团已经迈出第一步了，据我对李嘉诚的了解，他的行事风格相当果断，市场意识超乎常人，要不，怎么被称为超人？我看内地迟早有一天会以超出世人想象的模式发展。如果这个市场的大门打开了，那就是一个令资本市场有无限想象力的地方。"黄老板认真地分析着。

"凭我这几十年来对李嘉诚的认识，他所走的每一步，都十分

稳健。内地如何开放？怎么开放？李嘉诚肯定心里有数。还有霍英东的公司一向与内地关系良好，这些大人物已经登陆了，就是向世人表明了机会就在那里，关键看你敢不敢迈出这一步。"朱正贤胸有成竹地谈着自己的观点。

"老弟，说到现在，你还没表明你自己的态度，你我究竟还是不是老乡啊？"

"哈哈，老兄，你我相识多年，应该知道我一向看准机会都会敢闯敢冲敢干的。内地是一个广阔无垠的市场，祖国就是自己的父母，就算跌倒了，也是倒在自己父母的怀里，也是温暖的。你见过有良知的父母抛弃过自己的孩子吗？"

朱正贤说完，深有感触地看着黄老板，慢慢地说："黄兄，你还没有看清楚吗？内地这些年来的经历，许多人都有不同的议论，但我认为，那都是在积极地、想方设法地医治数千年的历史遗留下来的创伤！虽然有些创伤积重难返，但试想一下，经历了数十年内战和抗战的创伤，不经过雷霆万钧的风暴，那些旧的包袱能彻底卸下来，轻装前进吗？那些借机抹黑、诋毁内地的谣言和手段，都是别有用心、不怀好意的！老实告诉你，我已经到内地多个地方考察过了，那是一块块充满商机的处女地。机不可失，时不再来啊！"

"黄老弟，让你一番话，说得我雄心顿起，恨不得马上到内地去走一走了。毕竟，离开老家多年了，真想回家看看啊。你什么时候回老家，跟我说一声，我马上跟你上去。"

朱正贤笑了，向黄老板伸出手。两人会意一笑，双手紧紧地握在一起。

时间一分一秒过去，赛场上的决赛也鸣哨结束了。朱正贤率领的两支球队在比赛中势如破竹，横扫千军，最终分别获得了冠军和第三名，首次在全港排球公开赛上双双进入前三名。

黄老板看到这两支以台山年轻人为主力的球队取得如此辉煌的战绩，兴奋地与朱正贤击掌相庆，仿佛自己的球队得了奖一样

第六章 再接再厉，省城双称雄

开心。

"朱老弟，是不是应该去贺一贺？"

"那是必须的。走，带上你的球队，大家一起去喝一杯。哈哈，开心，真开心。"

四

金灿灿的凤凰花又开了，真漂亮啊！

步入中年的谭淑芬难得在工作中偷闲。她从办公室走出来，登上灯光球场的最高处，遥望着人工湖畔那几棵开满了花的凤凰树，有点感慨地自言自语。

风物依然，但却已经人事全非了。她不禁想起了发生在这个灯光球场上的许多往事。那座红楼，是自己初恋的地方；这个体育广场，是自己多年锻炼的运动场；这座灯光球场，有多少精力充沛的运动员在这里拼搏驰骋，又将多少优秀的排球运动员送到全国各地的排球队。如今，还有多少个旧同事还在这里呢？而自己仍始终坚持在这个岗位上，默默地为台山的体育事业工作着。

谭淑芬想到自己，便想到了丈夫黄伯健。她知道伯健的旧伤每遇到潮湿季节便会复发，痛起来时常靠喝酒来麻痹自己。淑芬知道伯健发飚，并不是针对他人，而是对自己受伤无法参加体育活动的无奈，大有"出师未捷身先死"的感慨。这一点，长期与体育运动打交道的她，最能体会一名痴心于体育运动的人，一旦从此与钟爱的事业失之交臂，那种无奈，那种痛苦，是局外人无法理解的。淑芬平时也到处求医问药，但那些所谓的秘方，多是治标不治本。淑芬唯有多陪他出去散步，让他放松心情。幸好一对儿女长大了，懂事知性，如今又迎来了新的历史时期，相信儿女今后的道路一定是光明的。

就在这时，一个声音打断了淑芬的思绪。"谭主任，你在这里

啊?有你的挂号信,需要你签收。"谭淑芬回头一看,原来是办公室的小薇。

"挂号信?"谭淑芬疑惑地望着小薇。

"是的,是一封美国来的挂号信,需要本人签收。"

淑芬一听是美国寄来的挂号信,连忙转身朝办公室奔去。她知道来自美国的信一定是父亲或者弟弟寄来的,但她从来没有收过他们寄挂号信来,而挂号信肯定是有特殊情况才会寄的。她的心里七上八下的,不知发生了什么事情。

淑芬跑到体委门口,果然有位邮差站在那里。"这位邮差阿哥,我是谭淑芬,是不是有封挂号信给我的?"

"是的,麻烦你在这里签收吧。"邮差拿出一本签收簿让淑芬签名。

淑芬接过,飞快地签好名,邮差将挂号信递给淑芬。淑芬接过信,一边说"谢谢你",一边撕开挂号信口。

淑芬看过信,原来是父亲寄来的。父亲在信里说,中美建交以来,在美国的媒体报道了国内许多事情,既有正面的,也有负面的。虽然这样,但起码让国外的亲人知道了国内更多的消息。知道现在国内特别是台山好多人希望到国外与亲人团聚,问淑芬想不想到美国。还说自己的年纪大了,几十年来一直在想念家乡,但行动不方便了。又说自己很想知道淑芬的近况,特别想看看外孙子外孙女,请淑芬有空寄些相片给他看看。最好有机会回老家拍些祖屋的相片寄出去。

淑芬看到这里,忍不住泪流满脸。从父亲的信中,她看出了父亲对家乡的牵挂、对女儿的牵挂。自己又何尝不牵挂父亲和弟弟呢?虽然已有不少旧同事已经出国,可自己的家在这里,自己的工作岗位在这里,自己在这里奋斗几十年了,能这么容易就抛下这一切吗?

"等等吧,再等等吧。"淑芬内心虽然渴望着与父亲和弟弟相

第六章　再接再厉，省城双称雄

见的时刻，但这里的一切，又让她犹豫难舍。

"谭主任，我们8月份到河南开封市参加全国少年排球分区赛的计划报告做好了，麻烦你审阅一下。"淑芬抬头一看，原来是体校的朱浩军校长。

淑芬接过报告，说："朱校长，我还不相信你啊！一会我交给领导，等领导审批后，我马上给你们安排相关的后勤工作。"

"好的，谢谢你啦，谭主任，我先回去了。"

7月底，朱浩军校长亲自带领台山男女少年排球队启程前往河南开封参赛。经过几轮初赛，台山男女排球队所向无敌，顺利地战胜了同组的所有对手，夺得决赛权。

两天后，谭淑芬便接到了来自河南开封传回来的好消息：台山少年男排荣获全国少年排球分区赛第一名，少年女排获得第二名。

台山各支排球队在各项比赛中不断取得好成绩，特别是台山群众对排球比赛的热情追捧，得到了国家体委的重视。

为了进一步推动台山的排球运动，这年9月份，国家体委将全国排球乙级队联赛的赛场放在台山，台山再次成为各支球队竞技的赛场。台山男排在这次比赛中，战胜了七支球队（不记名次），再次展示了排球之乡的魅力。而台山的排球运动，也在国家体委的重视和支持下，得到了更大的发展。

这年的10月份，台山少年排球队在广东省少年排球选拔赛中再次扬威，男队获第一名，女队获第二名。台山少年队的主力球员，高中毕业后多数被选入省青年排球队集训，成为了广东省排球队的后备力量。还有不少学习成绩好的，考上了高等学府，毕业后担任了学校的排球教练，将台山的排球技术推广出去。

五

1978年的春节过后不久,从农场回家过春节的黄卫国跟家里人吃过午饭,准备回农场了,谭淑芬默默地为儿子收拾行李。黄婉仪此时已经读高中了,她收拾好饭桌上的碗筷,洗刷干净,才回到房间里做作业。

黄伯健的腿又因受这段时间的阴冷天气影响痛了起来,坐在阳台里自顾自地喝酒。喝了一会,脸色涨红的黄伯健从口袋里掏出2元钱,扔到桌上,说:"卫国,给老子买斤酒来,剩下的,给你买点东西回去。"

"卫国赶时间要回农场,我一会给你买去。少喝点啦!"谭淑芬看着日渐清瘦的丈夫,心头疼痛但又无可奈何。

黄卫国从饭桌子上拿起酒瓶,说了一句"我有钱"便走出门。

"你那两分工钱能顶个屁用?一个月才几块钱,老子一个月的工资就顶你半年的工钱了。尽管拿去用,别让外人瞧我儿子不起。"黄伯健嘟嚷着。

"喝了酒你又胡说了,你不也是几十块钱,还能顶卫国一年的工钱?"淑芬笑着骂黄伯健。

不一会,黄卫国回来,把酒递给父亲:"爸,你少喝点,喝多了会影响身体的。我回农场了,你在家保重身体。"卫国说完,背上行李,骑着自行车朝着农场方向驶去。

通济桥是黄卫国回农场的必经之路。他刚到通济桥头,听到有个女孩子的声音在呼唤:"卫国,等等我们。"

黄卫国扭头一看,原来是同农场的两个女孩在叫自己。卫国停下来,问:"你们也是今天回农场吗?"

"是啊,听说你今天回农场,便在这里等你,大家做个伴。"

"好啊,那快走吧,再晚就要走夜路了。"

第六章　再接再厉，省城双称雄

有了女孩子做伴，黄卫国感到这路程没有那么长了。

"哎，卫国，听说你今年参加高考没考上？"一个女孩子关心地问。

"是啊，就差十几分。没办法了，高中毕业都快一年了，在学校学到的知识都给回老师了。"卫国开玩笑地说。

"厉害啊，只差十几分？我就差得远了，以后只怕要在农场里度过了。"其中的一位女孩子的声音带着无奈的哭声。

"别这么悲哀了，小雪，你长得这么漂亮，以后嫁个好门口，比如卫国就不错了，这样就能回到城里去了。"

"斐姐，你又取笑我了，我哪敢高攀卫国哥呢？"小雪嘴里这样说，心里却甜甜的，偷眼望向黄卫国。

黄卫国听着两个女孩的对话，不由想起自己的经历——

小学5年级开始，被体育老师招入学校排球队，成为球队的二传手。小学毕业后，又被推荐入县体校，继续担任二传手。先后参加了省内和全国的少年排球比赛，并多次取得了优异的成绩。

正当卫国雄心勃勃地朝排球这条道路发展的时候，却发生了意外。体校初中毕业后，他因为成绩优秀，准备留下来继续读高中。但却在一次训练中不慎扭伤了腰，无法继续参加高强度的训练，只好回到红卫中学读高中。经过数个月的治疗，伤情才得到好转。

就在黄卫国准备披上球衣、再次参加学校排球队的时候，又遇上了学校大办农场，学生要分批到农场驻场，一边上课，一边参加农业生产劳动。到了高中毕业，又逢知识青年上山下乡的高峰期。谭淑芬作为单位办公室的负责人，必须以身作则，带头动员儿子下乡。在这种情况下，黄卫国只能背上行囊，到离家20多公里的联安农场当知青……

这一年的10月，国家恢复高考制度的消息传遍全国，各个知青农场沸腾起来，知青们迫不及待地翻出扔下已久的课本埋头复习，期望一举考上大学，扔下锄头，离开农场。

可惜的是，知青们离开学校、放下书本已久，而且高考的时间就在2个多月后的12月，在这么短的时间里重温课本的内容，其难度可想而知。知青们白天还要参加农场的生产劳动，只能在晚上借着烛光看一会书，高考落选也在意料之中了。但黄卫国明白这是改变命运的最好机会，明年一定要考上大学……

"哎，你想什么这么出神呀？"斐娟打断了黄卫国的思路。

黄卫国笑笑，指着前方起伏的山峦说："你们看那夕阳多好看。"

"黄昏的夕阳有什么好看的？"斐娟没好气地说。

"你不知道黑夜过后，新的一天就要到来了吗？"黄卫国说完，用力蹬着自行车朝前走，一个多小时后，几个人终于回到农场。

黄卫国还没有停放好自行车，便听到有人在叫："卫国，快点到这里来，开波了！"

黄卫国转身朝跟他打招呼的辉仔挥挥手，表示知道了。停好自行车后，卫国将行李放到宿舍里，换上运动衣服跑到球场上。

这是个很简陋的球场，是农场的知青利用农闲时间，将宿舍旁边的小山坡用锄头加手推车把泥土移平后，整理出来的。山上有的是松树，大家从山上锯来两棵树干，笔直地竖立在球场两边，再凑钱买来球网拉上去，找来石灰粉划上界线，便是一个排球场了。那些喜爱排球的知青们，几乎所有的业余生活都在这球场上度过。有时，他们也联系附近农场的知青过来一起赛上几场，奖品自然是输的一方请获胜的一方到墟上去吃个宵夜。

值得庆幸的是，数个月后，知青们迎来了回城的政策。

黄卫国回到台城后，以较好的成绩考进一中开设的高考复读班。经过大半年的复读，终于考上了广州体育学院。而他的妹妹黄婉仪也在同一年考上了暨南大学。两兄妹同年双双考入神圣的高等学府，在社会上一时传为佳话。

儿女双双成材，最开心的是黄伯健，整天笑得合不拢嘴，逢人

第六章 再接再厉，省城双称雄

便说自己的儿女考上了名牌大学。那些相熟的朋友在向他祝贺的时候，要求黄伯健一定要设宴款待亲戚朋友。黄伯健满口答应，还要求大家一定要赏脸光临。

办妥了儿女的入学手续后，黄伯健提出，一定要到人工湖的湖心舫设宴摆酒，为儿女送行。看到丈夫如此的情绪开朗，谭淑芬满心欢喜。

20世纪70年代，开设在台城人工湖大岛上的湖心舫，是台山最豪华的酒楼之一。酒楼的外观犹如一艘巨型的富有中国传统特色的双层画舫，红墙绿瓦，古色古香。登临画舫四顾，近处湖水碧绿，游鱼戏水，波光荡漾。远处红柱绿瓦的双亭桥依依相对，恍如情侣互诉衷情；沿岸绿树成荫，杨柳拂堤，翠鸟嘤鸣。在这充满诗情画意的环境中品尝美食，确是人生乐事，心旷神怡。

黄伯健选择在这里设宴，自有他的想法：湖心舫犹如一艘即将扬帆启航的船，他希望儿女就读高等学府后，开启人生新的征程，事业从此扬帆起航。

黄伯健在南洋的父母得知孙子孙女双双考上名校，喜不自禁，不顾年迈体弱，特意从南洋赶回家乡参加孙子孙女的升学宴会。

黄伯健包了湖心舫二楼餐厅整层，宴请所有亲戚和好友、同事。他还特意跑到县体委，把请柬送给朱瑞生，请他务必赏脸光临。朱瑞生欣然接受了请柬，并再次向黄伯健表示祝贺。黄伯健眼泛泪光，紧紧握住朱瑞生的双手，用力地摇，多年的误会在这刻化为乌有。

宴席当天，黄伯健带着父母、淑芬和儿女，一早便来到湖心舫门口迎接宾客。最令年轻人羡慕地是摆放在主席台上那台四个喇叭的进口录放机，此刻播放着欢乐的音乐，整个宴会场上弥漫着喜庆的氛围。在众宾客的道贺声、欢笑声中，餐厅服务员相继将湖心舫的名菜一一端到桌子上。

此时的黄伯健已经一扫几年来的颓丧，容光焕发，热情地把亲

戚朋友们照顾得十分周到,让大家尽情畅饮,场面热闹非常。

谭淑芬看到丈夫变化如此之大,更加喜出望外。儿女外出读书,家庭事务少了,她有了更多的时间,把单位的工作做得更好。

谭淑芬早两年已经当上了台山县体委办公室主任,虽然工作更加繁忙,但她依然保持了收集整理台山体育运动比赛情况的习惯,并把这个良好习惯传给了办公室的年轻人,使台山体育运动的资料较为完整地保存下来,成为了珍贵的资料。

1978年元旦过后不久,谭淑芬在办公室收到一封国家体委发来的文件。她打开一看,原来是国家体委排球处通知要求台山男子排球队在2月份赴福建漳州市,参与协助国家女排集训的培训工作。

谭淑芬马上将文件送给朱主任,简单说明了文件的内容。朱主任听后,内心明白这项任务十分重要,随即向县委有关领导做了汇报。县委领导高度重视,批示体委务必按照国家体委的要求,挑选最优秀的球员参加,并抓好相关工作的落实。

春节过后,台山男子排球队随即启程前往福建省漳州市。福建省漳州市中国体育训练基地,又叫中国女排训练基地,始建于1972年,是在国家体委的直接主导下建成的南方体育训练基地。

当时,国家体委排球处的领导为了在南方建立冬训基地,专门成立一个排球基地选点组,分成两组到南方各地寻找合适的地方。台山是全国著名的排球之乡,是国家体委排球处的首选之地。

据说当年排球基地选点组一行为选定基地地点折腾了好几个月。有的地方条件具备,但拍板的领导不感兴趣,有的县委党委委员甚至问起建排球训练基地有利于学大寨吗?令人啼笑皆非。有的地方领导虽然重视,但"先天不足",条件不好。

排球基地选点组经过反复调查论证,最后以"领导重视,群

第六章　再接再厉，省城双称雄

众喜爱，气候宜人，物产丰富"16字概括了在福建省漳州市建排球训练基地的优越条件。国家体委经过认真研究，正式批准了在漳州建立排球训练基地的计划。而漳州对建设体育运动训练基地的支持力度十分大，当时任漳州体委主任的是部队一位团级领导。在上级的支持下，他安排了当地部队官兵数千人参与体育运动基地的建设，最终赶在女排集训期前完成了基地的建设任务。这位部队领导当时也许不知道，这座在荒滩上建立起来的体育训练基地，有朝一日被誉为中国女排"五连冠"的摇篮，载入史册，流芳百世。

台山男排到达福建漳州训练基地后，果然发现漳州这座历史文化名城"粮丰鱼肥花香，佳果长年不断，气候四季如春"。训练基地的条件虽然比较简陋，但各方面的接待工作却做得十分到位，特别是在伙食安排方面，供应充足，令所有人员感受到家的温暖。休息一天后，各球队投入到紧张的训练工作之中。

当时的中国女排是为了备战当年的亚运会而组建的新队伍，球员们来自不同地方的球队，需要通过不断的磨合训练，才能有效提高协同作战的技术。而要提高自己的技术，必须有强过自己的对手作为陪练队伍。要达到这个目的，唯有男队才能胜任。因此，国家体委便从全国各地挑选技术全面的男排前来与女排进行对抗训练。

这天，轮到台山男排与中国女排进行对抗训练。台山男排教练明白，要提高女排的技术，必须在陪练的过程中全力以赴，才能有效将女排的优点和弱点激发出来。因此，台山男排毫不留情，将台山的技战术充分发挥出来，与女排进行激烈的对抗赛，令身高虽然超过台山男排的中国女排只能全力以赴，才能勉强战胜台山男排。但在如此剧烈的对抗中，中国女排也吃了台山男排不少亏，真切地感受到台山男排的技能战术确有很多可取之处。

双方在复盘总结比赛过程的时候，带领台山男排的马教练毫无保留地向中国女排介绍了台山男排"快速、灵活、多变，以快制高，以快打慢"的经验，还特意将自己独创的"打手出界"战术

详细地进行了传授。这种战术在球触及对方拦网的手后，球弹回我方或对方的界外，使对方根本无法救球而得分。

直到这年的12月，谭淑芬在亚运会结束后才知道，台山男排到福建漳州参加中国女排的集训，目的就是通过与台山男排比赛，学习台山男排的技术，从而提高女排的技术。在这次比赛中，中国女排运用在集训中所掌握的技术，令对手吃了不少亏。虽然中国女排最终在亚运会上挫败给当时如日中天的日本女排，只得银牌，但却为以后作战技术的提升，打下了坚实的基础，并在日后的比赛中发挥了巨大的作用。

最突出的事例就是1984年，第23届奥运会在美国洛杉矶举行，分组比赛时中国女队被美国女队采取"打手出界"的技术时屡屡失分，毫无应对之策。

当时已经旅居美国的李福达在电视直播时见到这个情况，迅速把台山男排对付此招的办法写成材料，委托驻香港新华社记者转交给国家女排的袁教练。

在决赛时，中国女排与美队争夺冠军。中国女排按照台山男排的技术，成功地破解了美国队"打手出界"的战术，最终战胜了美国队，夺得冠军。

儿女上学后不久，就要进行年终工作总结了。谭淑芬将这一年的工作情况整理总结后发现，1978年，台山排球的成绩相当好：

8月，台山业余体校排球队代表广东省排球队，参加在安徽省宿县举行的全国业余体校排球比赛中，男、女队均获第一名。

9月，台山业余体校排球队代表广东省排球队，参加在天津举行的全国业余体校排球决赛中，男队获第一名，女队获第三名。

台山男女排球队参加在广州举行的第五届省运会中，男队获第一名，女队获第三名。

看到这样的成绩，谭淑芬也兴奋起来，又将自己多年来收集的

第六章　再接再厉，省城双称雄

资料重新整理一番，竟发现从1971年至1978年，台山县先后向各省和大专院校、部队排球队输送排球运动员79人。还有不少运动员被评为国家级运动健将，不少裁判员被评为国家级裁判员……

统计到这里，谭淑芬感慨地想，台山开展排球运动以来，为国家培养了多少优秀的排球运动员、为国家的排球运动做出多大的贡献啊！

"全国排球半台山，你们知道吗？你们应该拿第一，要为国家输送人才，还要支持其他兄弟省市。"当年周恩来总理的谆谆教诲，言犹在耳，台山人民永远牢记心中，并化为工作动力，砥砺前行。

中共十一届三中全会后，中共台山县委、县政府进一步加强对体育工作的领导，台山的排球运动再次进入一个新的历史发展阶段。

1980年，台山业余体校排球队参加全国中学生男子排球锦标选拔赛，发挥出色，获得第一名。

台山业余体校这些年来取得这么多优秀的成绩，引起了广东省体委的高度重视，并派出调研组到台山考察。经过深入走访，调研组一致认为台山排球运动基础扎实，已经在小学、初中和高中成立的排球队，为体校源源不绝地输送优秀的排球运动员。而且台山县委历年来十分重视排球运动的发展，社会各界对排球的认知程度高，群众基础好，是名副其实的排球之乡。

而此时的广东省排球队却没有青年队这样的二线队伍，正处于青黄不接的阶段，一旦老队员退役，将出现后继乏人的尴尬情况，不利于排球运动的持续发展。为解决这个迫在眉睫的问题，省体委特向省政府提出在台山县成立广东青年男女排球队，作为省排球队二线队伍的培训基地。

1980年8月28日，广东省人民政府正式批准在台山成立广东

台山青年男、女排球专业队。这支专业排球队，由省体委统一管理，统一编制，配备专业医生和护理人员。

这个消息，进一步激发了台山年轻人对参与排球运动的热情。毕竟，入了省排球队，就有了固定的职业。有份固定的职业，就相当于拥有了"铁饭碗"。

而台山县委也高度重视排球运动的发展，为专业队的运作提供各种便利条件。在这种机制的激励下，台山排球运动迎来一个新的发展时期，参加排球运动的年轻人越来越多，社会氛围日益高涨，排球运动员的社会地位得到了进一步的提高。

在这种氛围带动下，青少年参与排球运动的热情更加高涨，积极参加排球比赛活动，力争能当上专业的排球运动员。

这一天，体校校长朱浩军带着考察组来到华侨中学，学校伍副校长将考察组迎进学校。

台山县华侨中学的办学历史可追溯到民国初期，曾称为台山女子师范学校。后来，该校首任校长李婉华为了扩大办学规模，亲赴海外发动华侨捐款建校。在海外华侨和校友的大力支持下，修建了教学大楼、物理实验楼、体育馆等教学设施，并聘请著名教育界人士担任各科教师，吸引了众多华侨子女前来就读。为了铭记华侨对学校发展的贡献，改名为台山华侨中学，简称侨中。

就在考察组几个人朝学校办公室走去的时候，看到山坡下的排球场围了一大圈的学生，大家一边观看比赛，一边高呼着"加油"。

伍副校长向考察组朱校长介绍说，这是学校的初中排球队正在进行班际排球赛，此时是争夺冠亚军的最后一场。

朱校长一行本来就是到学校挑选优秀运动员的。看到这个比赛场面，大家都停下脚步，站在山坡上观看比赛。

此时，记录牌上显示双方的局数是2∶2，场上比分是10－10，双方的实力由此可见一斑。再看场上的赛况，两支球队正拼杀得热

第六章 再接再厉，省城双称雄

火朝天，双方的队员不但攻势凌厉，而且防守严密积极，场上的比分交替上升。围观的学生鼓红了手掌，场内场外的气氛十分炽烈。

看到这里，朱校长说，这两个球队的素质都不错，特别是两队的主攻手，进攻的意识特别强，虽然有时二传的传球不怎么好，但二、四号位的主攻手都能灵活地采取前后交叉和背飞等多种办法进行。这种时刻想着进攻的意识非常好。

双方的防守也非常好啊，那些在一、六、五号位的防守球员，尽管场地是泥土的，但他们都敢以鱼跃方式救球，满头满脸都是尘土也毫不介意。这种体育精神十分难得。考察组的一位成员也赞不绝口。

"是的，这些学生们从小学时便参加集体劳动锻炼，都养成了吃苦耐劳的精神。"伍副校长回应道。

"是啊，如果我们能正确地教育这些孩子把这种吃苦耐劳的精神运用到体育活动上来，就一定能锻炼成材。这些学生都很有培养前途，我们不能错失。走，我们到校长办公室去谈谈吧。"朱校长说完，带头朝学校办公室走去。

不久，从华侨中学初中排球队挑选出来的6名球员到体校报到。经过一系列的身体素质测验，最终6名学生全部合格，与来自不同学校的学员共50多人一起参加训练、学习。在专业教师和体育教练的精心指导下，孩子们得到了更加科学系统的学习。同时，体校食堂的师傅通过科学挑选食材，精心合理搭配运动员的饮食，使学员们的身体素质得到了很大的提高。

经过大半年的集训，这支新的球队终于有了大展身手的机会。

1981年1月，广东省业余体校重点班排球选拔赛在阳江县城举行。台山县体校组织男、女排球队参赛，经过6天的激烈交锋，台山县体校男女排球队又一次击败了所有参赛队伍，双双获得冠军。这支由新生力量组成的年轻球队，又一次代表台山，称雄省内。

第七章　雏鹰展翅，球技惊英伦

一

台山业余体校恢复后，为了挖掘更多的排球好苗子，在校务会议上，朱校长要求分几个组，分头到四乡各中小学去选拔，选拔的标准以身高、协调性、基本功等几项为参考。鉴于台山人个子普遍不高的情况，身高是第一选择，即使是没有学过排球，也可以优先考虑。

朱绍灿被安排走三合、端芬、斗山这几个地方。

人到中年的朱绍灿，曾经是广东省排球队的队员，人称"一掌灿"，力大气沉，扣球干脆利落。后来当上了教练，两年前，他代表中国被派遣前往非洲布隆迪出任该国国家队的排球专家。他将一支三流的排球队，经过一年多的特训，脱胎换骨成为非洲一支劲旅，夺得"非洲杯"排球赛的亚军。

回国后，他选择回到台山，担任业余体校教练。因为这里，有他的牵挂，父母、妻儿，还有很多的好友、球友，他舍不得家乡的一切。

正午时分，他骑着自行车刚到山底圩，一阵过云雨骤然而来，豆点大的雨砸在晒得发烫的地上冒着烟，朱教练连忙下车推进骑楼底避雨。

雨势大且猛，哗啦啦的，别看如倒水般，按照乡下人说的，阵

第七章 雏鹰展翅，球技惊英伦

水阵热，落雨不过田基，阵雨过后又是大晴天。

无聊，他点起一支烟等待着。忽然，他见到对面的骑楼底下有几位后生仔在打球，用一根绳子系在两边就算是网线，玩得不亦乐乎。

掉在地下的球不见弹起？！朱绍灿仔细望清楚，才知道是一团用麻绳捆起的报纸当球。他笑了，仿佛看到自己少年时的影子。

黑黑瘦瘦的一个小伙子玩得有板有眼，有搓、垫、扣等动作，虽然略显幼稚，但似模似样。朱绍灿饶有兴趣的一直在观察着他。

"阿森，吃饭啦！"一户人家的小木门开了，走出一位中年妇女。

那位小伙子"哦"的应了一声，回头跟其他的小伙伴说："吃饭了，不玩啦。"然后捡起纸球，跟着母亲走进屋里。

朱绍灿觉得这位叫阿森的小伙子不错，他就跟了过去，冒昧地敲响了门。

开门的正是阿森。"你是谁？来找谁？"

"找你！"朱绍灿笑着望向他青春的脸庞，鬓角的汗水还湿漉漉的。

"找我？"阿森满脸茫然。

"谁呀？"阿森的妈妈过来了。见是陌生人，她问，你是——？

朱绍灿自我介绍了一番，然后说刚才见到阿森在玩球，觉得他应该到业余体校去接受正规的训练，这样才有进步，说不定能打上正规的球队，代表台山参赛。

阿森听说可以去台山排球队，他两眼迸发出热切的光芒，激动得脸蛋红红的。

朱绍灿问他在哪里读书、叫什么名字？阿森说他全名叫梅锐森，在庙前小学读五年级，是学校排球队的主攻手。

朱绍灿说："好，梅锐森，你知道体校在哪吗？"

"知道，在体育广场旁边的那座红楼里，好漂亮的，我上台城

参加运动会时去看过。"

"那好,我在学校等你。"无意间遇上这么有前途的男孩,朱绍灿觉得已经不虚此行了。

李彪一溜跑回到家门口,家里的小花狗兴冲冲地迎出来,尾巴像钟摆般摇个不停,还真怕摇断掉下来。

屋里静悄悄的,见父母不在,口渴难耐的李彪从水缸里舀了一瓢水,咕噜咕噜饮下,感觉透心的凉快。

拉过一张竹椅,他在门口坐下,酷热的夏暑没有凉风,下雨前的闷热真令人难受。

小花狗在他的跟前蹲下来伸着舌头在喘气,眼睛盯着小主人。此刻,李彪回忆着上午在学校体检选拔球员的情形。

一大早学校的广播就响了,要求三年级以上的同学按照通知分年级分班到学校的排球场集中,要对学生进行体能测试和体检。

李彪所在的四年级(3)班在十点半才轮到,他们排着队伍,由体育老师郑国华训话。

"各位同学,今天县业余体校的朱绍灿老师前来我校,要通过一系列的测试,从你们当中选拔一批人到体校去。你们愿意吗?"

"愿意!"这个回答真的是异口同声,非常的坚定。听到可以到业余体校去,也就可以到县城去读书,每个同学听了都热血沸腾,跃跃欲试拿出最佳的精神面貌来。

"好!"朱老师用目光扫过每一位的同学,"下面,大家就听从我指令,进行身高测量。"

同学们前推后拥一个接着一个进行测高。有个调皮长得矮小的学生,故意踮起脚尖,被老师发现敲了一下头壳,引起旁边的一阵哄笑。

大榕树下挂着一块标尺,竖牌标记着数字。朱老师要求同学们排好队伍,来到标尺前两步助跑起跳,由国华老师记录摸高的数

第七章 雏鹰展翅，球技惊英伦

字，然后再在原地起跳一次，再次记录摸高的高度。

李彪因为身材比其他的同学高出好几厘米，他循例地跟在队伍的后面。前面的全部测试了，轮到他时，他的心怦怦地狂跳着。

朱老师用鼓励的眼神望向他，李彪深深呼吸一口气，提步助跑，"嗖"的腾空而起，伸手摸在3米横线的位置。

"原地跳摸高。"朱老师高声喊道。

只见李彪身形下蹲，然后来个旱地拔葱，右手按在标尺上。他自己看到，这次没有过3米线，矮了一截。

"原地摸高2.92米。"国华老师报出数字。

测试完摸高项目，大家又来到已经铺好的地垫前。朱老师说，这个项目是测试身体的协调性，大家往前打三个前滚翻。

"打猪屎碌！"小强在窃窃私语，引起站在他前后的同学笑出声来。这是当地人对打前滚翻的俚语。

"严肃点！"国华老师瞪了小强一眼，几个人连忙收起了嬉皮笑脸，认真地按照朱老师的要求去做。

不要小看这个前滚翻，以为简单，阿亮、阿南等好些同学连滚两个后，第三个就滚出了地垫，失去了方向感，无法按照直线去完成。协调性不好的同学，甚至第二个就无法翻过去。

轮到李彪时，他如灵猴附体，蹲下双手交叉抱着后脑枕如轱辘一般翻过去。因为他是最后一个，旁边的同学都给予他掌声。

第三个项目是短跑和快速移动。50米速跑后立即在排球场内进行快速移动，这个项目累到小胖同学气喘如牛。

最后的一个项目是玩排球，四人一组双方各两人互相搓球，也可以轻扣和垫球。班里好几个同学都比李彪好，因为他们经常跟着父亲或叔叔去玩排球，而李彪的父亲不会打球。

放学前，班主任在班上宣布我们班有三位同学被业余体校选中，分别是蔡鹏飞、张立南和李彪。

当时全班同学以羡慕的眼神看着他们三人……

　　李彪脚下原先趴着的狗儿突然站了起来，摇着尾巴跑向门外，打断了李彪的思路。李彪抬头一看，原来是父亲跳着一担水回来，母亲跟在后面，面盆装着已经洗好的衣服。

　　"爸爸，妈妈，我今天被学校选上了。"李彪第一时间将喜讯向父母汇报，他想，他们一定会为自己的孩子感到骄傲和自豪。

　　"什么被选上了？说话没头没路的。"父亲的话语带有责怪的成分。

　　李彪拍拍自己的脑袋，将在学校的情况一五一十向父母禀告。

　　父亲听完，没有什么的表示，母亲在旁边提出了反对的意见。她说，你还小，小学都没有读完，自己去台城这么远，没人照顾我不放心，等过两年读完初中，你如果真的喜欢打球，到时再说。

　　李彪原本高涨的情绪，一下子沉了下来，如泄了气的皮球。他回校将情况告诉郑国华老师，郑老师通过电话通知了体校，体校的朱教练认为李彪这个苗子不错，他们来到李彪的家里了解情况，在经过再三的动员和做工作后，家长依然不同意，他们只好打退堂鼓，约好过段时间看情况再联系。

　　其他的几组老师，也选拔了一批学生回来，总共有30人。而排球班实际招人是24人，即是说有6人将被淘汰。

　　这些选拔上来的孩子，基本上都是十四五岁，当他们知道有部分人会被淘汰掉时，都非常担心自己是那淘汰的一分子，因此在训练中非常的刻苦认真。

　　梅锐森虽然说是读五年级，但他是9岁多才读书，今年也是14岁了。

　　在班上，他的身高属于矮仔，特别是与同乡的伍新国站在一起，人家足足比他高出一个头。如果要跟新国说话，总是要仰着头，所以锐森不喜欢跟新国一起。

　　但新国喜欢黏着锐森，把他看成是自己的小弟。还有一个原因是，锐森打球非常好，教练常常赞他有天聪，而新国的排球功底基

第七章 雏鹰展翅，球技惊英伦

本没有，差不多是白纸一张，只因身高条件明显而被招进体校，他想多与锐森相处，学多点东西。

老师也好像故意一样，把他俩编成一组。

锐森常常戏弄说新国人高无脑，就拿仰卧起坐这么简单的动作，他就是做不好，经多次指点才稍为纠正过来。

排球班所有的学员都是来自乡村学校的，没接受过什么正规训练，除了正常的基本功训练外，课堂里技战术的传授，才真正令到同学们大开眼界。

他们第一次听到平拉开、前交叉、2.5战术、二四配备等，首次感到玩排球的高深莫测，如同进入一个宝库，等待他们去挖掘。

教练根据各人的身高和特点，安排为主攻、副攻、二传、接应等角色。梅锐森改打二传，伍国新打副攻，弹跳最厉害的黄翘和江平为主攻手。

对于这样的安排，梅锐森很不开心。在学校时，他一直是排球队的主攻手，他追求的是那种手起球落的快意，扣杀一个好球，他自己会大吼一声，既给自己鼓劲，也激励团队的其他队员一起拼搏。

晚饭的时候，朱教练见到梅锐森，约他饭后一起散散步。

深秋，通济河岸的榕树依旧绿意盎然，只是地下多了许多的落叶，人们踏着碎叶吹着江风沿河边漫步而行，小城充满着温情。

见平日很外向的梅锐森此刻闷闷不乐，朱绍灿知道他在闹情绪，他浅浅一笑，首先打开话腔。"锐森，改打二传还好吗？有什么想法？"

梅锐森是一个天不怕地不怕的人，既然教练问话，他也把自己的想法说了出来。他说，自己以前一直打主攻，习惯了这个角色，现在突然换成二传，心里感觉不好受，没有以往那种兴奋的感觉。

朱教练说，打球不是一味追求最后一扣的那种感觉，你是把自

己当成英雄的化身,似乎只有扣杀才夺分,才被肯定,这样的想法是错误的。打排球,讲求的是团队整体的配合,你最后的扣杀也是来自一传和二传,不要把主攻英雄化。你有长处,但也有短处。先说短处,就是身高的缺陷,弹跳也比不过别人,无法打超手球。长处是手感好,头脑灵活,有场上意识,可以用眼观六路耳听八方来形容。你也知道,二传手是全队的灵魂,起穿针引线的作用,以你的身手当好二传不难,难的是你专心去好这件事。"

梅锐森的脚步跟着朱教练的脚步,节奏非常的准,非常的合拍。就这样,两人又默默走了一段路。

"你知道吗,我们特意将新国和你编排在一起训练,就是想把你们配搭成最佳搭档,大家多在一起生活,就多一份熟悉和默契。正如俗话说的竖起条尾巴就知道你想拉屎还是拉尿啦。"

朱教练最后的一句话,令梅锐森莞尔一笑。这一笑,他已经敞开了心胸,走出了心魔。很快,球场上的梅锐森变成一个全新的他。

但是,伍新国这家伙,在练习2号位"一步半"起跳时总是那么的笨,跳着跳着,又变回三步起跳,球队的战术依旧没有办法完全贯彻执行。

三步起跳,它能将人全身的力量通过协调的三步助跑激发出来,根据来球的方向、速度、弧度、落点,结合三步助跑的节奏,运用正面扣球技术在起跳最高点扣击球体,是主攻手扣球进攻的传统步伐。

而业余体校的老师要求的是一步半起跳,它大大缩短了起跳的时间和准备,扣球手无须等待球在最高点就直接击球,击球有扣、抹、推、吊等手法,快速造成对方无法组织有效拦防。

这个战术是20世纪60年代前台山队队员根据自身身高不足的情况自创的,成为台山排球队的法宝之一。

当然,这需要二传手和进攻球员之间有着非常好的默契。

第七章 雏鹰展翅，球技惊英伦

红楼宿舍就在人民广场的边上，广场有什么情况一目了然。当晚，露天电影放映故事片《闪闪的红星》。

这片子梅锐森看过，是讲一个叫潘冬子的孩子与地主胡汉三斗智斗勇的故事，冬子为替妈妈报仇给红军送盐送信，最后当上了小红军。那首"小小竹排江中游，巍巍群山两岸走"的歌曲，他也会唱。

饭后，在洗澡房，江平提议一起去广场看电影，众人均附和说好，伍新国快速全身淋浴后，回到宿舍，他叫梅锐森快点去洗澡，说大家约了晚上一起去看电影。

"不去。你也不要去。"梅锐森在埋头做纸扎球。

"不去看电影？你在做什么？"新国很好奇锐森手里的东西。

只见锐森把纸球捆绑得严严实实，然后牵出一根长线，绑在上铺床的柱子上，他用两手一搓，像搓排球一样，但是纸球被线绑住无法落地。

新国用疑惑的眼神看着锐森。

"这是专为你定做的。"锐森对着新国说，"在球场上，可能场地太宽，你不自觉地用三步起跳，无法改变步伐。我就想在宿舍这么小的地方，限制你的活动范围，只能用一步半起跳。来试试怎么样？"

说着的瞬间，他就把纸球搓到新国的跟前，新国扬手就是一击。

纸球在半空里又被锐森扯了回来。这次他没有把球搓到新国的面前，而是离他较远的地方，应该是一步半左右的距离，新国不得不小幅移动起跳。

哎，这个距离差不多了。锐森默认着大概的位置，又重复着刚才的动作。

新国也很配合，只要是锐森要求的，他基本上言听计从，有时，他觉得，锐森比老师传授的更加符合他的想法。

当其他人看完电影回来,新国已经满身大汗淋漓。

短训结束后,有6位同学将被淘汰。当时大家以为伍新国会在淘汰名单之内,但结果出人意料,伍新国并没有被淘汰,而是江平。

江平的淘汰,也确实出乎大家的意料。按照平时的训练来看,作为主攻手,江平有一定的实力,弹跳和摸高在队里排名第二,仅次于第一主攻手黄翘。

黄翘是红队的队长兼主攻,江平是蓝队的主攻,蓝队的队长是梅锐森。两队经常对练,互有胜负,总体上红队略占上风。

好几次,蓝队输球,江平埋怨梅锐森传球不好,一时高一时矮,令他无所适从。有几个关键球,他都给出了手势,但锐森并没有传球给他,只传给副攻伍新国,而伍新国的快球没有什么力量和好落点,几次被红队救起,通过防反得分,一来一回,打击了队员的士气。

梅锐森解释说,当时对手已经在对应的位置准备3人拦网了,如果强攻,很可能会被拦死,而伍新国的2号位没人盯防,他就托了个2.5进行快攻,伍新国也会意到并将球打了过去,只是红队的接应蔡月勇太厉害了,反应特快,眼看死球都被他救活,这只能说人家技高一筹。

2.5战术,是台山人发明的,即是二传手把球托起2.5个球的高度,进攻的队员可以是主攻手,也可以是副攻,采取一步半起跳的方法,快速击球,令对手防不胜防。

江平不听梅锐森的解释,说你们既是老乡又是上下铺的兄弟,当然是攥成一个拳头,当然一致对外啦。

对于江平有这样的想法,锐森和新国感到好无奈,为此事大家有点不开心。

朱教练知道此事后,分别找各人进行了谈话,强调团队意识,不意气用事,不打英雄球。对江平,他进行了严厉的批评。

第七章 雏鹰展翅，球技惊英伦

受了教练的批评，江平感到委屈，心中有点愤愤不平。晚上出街恰巧遇见了原小学同学阿威。问起阿威的近况，他说没有读书了，现在在桌球场当服务员，给人家摆台装球。

阿威问江平有空吗，现在去桌球场玩两盘怎么样？

当时，台山城乡有很多间桌球场，玩桌球在年轻人当中非常流行。水步有几间厂还专门生产桌球，"袁老二""标力"等牌子还成为市场的抢手货，远销国内各大城市。

江平也感到无聊，他就应允跟着阿威来到光兴路的桌球场看人家打桌球。

当时里面正有一场赌球。江平感到好奇和刺激，跟着旁人在球台边围观，正在兴头上，不料被派出所的民警封了门口，把全场的人带回派出所问话。

当校长接到派出所的电话，才知道有学生被带走，要学校来担保。

对于江平的表现，校领导和教练组决定先把他送回原地，以观后效。

二

县委下发贯彻中央《关于中小学校体育卫生工作的暂行规定》，开展"两课、两操、两活动"（即每周两节体育课，每天做早操和课间操，每周两节体育活动），学校体育有了进一步的发展。

三合益新小学的校长朱栋，是一位年富力强的中年人，刚刚接过已经退休的老校长陈世强的担子。陈校长桃李满天下，朱栋也是他的学生，他看着这个年轻人成长、成材。

校务会议上，朱栋将文件与教师们进行了传达学习，最后，他想听听大家对贯彻落实文件有什么样的想法。

既然大方针已定,大家围绕的只是执行的细则问题。教研组负责编排新学期课程表,后勤组负责购置广播操的设备以及磁带和唱片,这些都没有问题,关键的问题就是体育课和体育活动的内容。

大家的目光集中在体育老师钟富明的身上。

钟老师虽年过五旬,但身体一点发福的现象也没有,这得益他经常与人打排球的缘故。他不仅自己打,还把校长朱栋也拉进球场里。

见大家等着自己发言,老钟理一下头绪,提出自己的想法。

"体育课的内容我个人认为着重抓好两个方面。一是体质,也就是锻炼身体。毛主席曾说过:发展体育运动,增强人民体质。这个是纲,也是最终的目的。二是专项。专项就是因地制宜,发挥自己的专长,以专项形成学校的特色。"

"再详细一点,再说说。"朱校长鼓励道。

老钟接着说:"体育专项,我个人认为排球在本地有很好的基础,我们三合过去出了不少打排球的好手,譬如朱瑞生、朱绍灿等,群众对排球情有独钟,喜闻乐见,我们的学生自小耳濡目染对这项活动有认识、有接触、有感情,许多还会打几手,推广起来没什么困难,也容易出成绩,起到事半功倍的作用。"

在场的其他老师都赞同老钟的观点,就等朱校长表态。

"推广排球运动还有什么困难吗?"朱校长提出了问题。

"困难肯定有,目前最大的困难就是资金问题。整个学校,排球才4个,有1个已经表皮破损,露出里面黑色的球胆了,昨天才用线缝补好。"钟老师说得也很无奈。

的确,乡村的小学,除了师资落后,其他的配套更加落后,只是大家都怀着一颗赤子之心,以"人类灵魂工程师"来共勉,为孩子的未来,为祖国的未来而默默奉献。

朱校长听了老钟的一番话,表情尴尬。最后他说:"学校在这方面会想办法的。钟老师你好好写份实施细则,提交给校委会。"

第七章 雏鹰展翅,球技惊英伦

会议第二个议程是分析第二个学期的教学情况。在听汇报的过程中,门被敲了两下,朱校长抬头一看,是门卫阿喜伯在向他招手。

什么事情?朱校长走出会议室,问道。

"校长,有一位自称是从美国回来的华侨名叫邓清秋,他说以前在这里读过书,今天想回母校看看。因为是校外来人,我叫他等着,过来请示你。"

"喜伯,责任心很好。"朱校长表扬了阿喜伯,跟着他一起来到校门口。

来人是一位年近六旬的老人,打扮非常朴素,戴着一副金丝眼镜,霜染的头发梳整没用一丝的凌乱,整个人神清气朗,威严中带着慈祥。

听老人介绍说,他小时候在这里就读,三年级时因为躲日寇,举家离开台山,后来辗转港岛,香港沦陷前又去了美国。旅居外国几十年,虽然想落叶归根,但子孙后代已经习惯了当地的生活,他不能抛离家人回乡居住。趁着身体还硬朗,他这次回乡,要重游旧地,找回曾经的记忆,以慰藉老怀。

难得老人家千山万水回来,为的是那一抹乡愁,朱校长非常感动,带着邓老在校园里仔细参观。

眼前的校舍,虽然有点残旧,但依旧是那么的典雅,那红色的外墙,那楼顶的钟楼,那高高的南洋棕榈,一下子就勾起邓清秋往日的回忆。

西斜的太阳就要落山,临别时,邓老拉着朱校长的手,询问学校有什么困难,有什么需要帮助。

再多的困难,面对一位萍水相逢的人,一位老校友,朱校长不会轻易把学校的窘境示于人前。他唯有笑了笑,以微笑掩盖那份失落。"谢谢您,我们会把学校办得更好!"

邓清秋从朱校长那含蓄的一笑里,已经看出了他的尴尬,心里

也就明白了一切。从与朱校长半天的交流接触以及刚才的话语,邓老肯定朱校长是好人一个,是一个干事的人。

他也就不露声色,大家握手道别。

两天后,朱栋校长被通知到县教委。教委主任见到他,拍拍他的肩膀,说,你小子走运了。

朱校长一脸茫然不明就里。教委主任告诉他,昨天三合旅美乡亲邓清秋先生到访,他向教委捐赠了30万元人民币,说是定向捐给益新小学的,今天叫你上来,就是办理有关的手续。

面对喜从天降,朱栋感觉幸福来得太突然,连准备的时间都没有。

暑假回到学校后,同学们上体育课的时候发现,往日又脏又黑的排球,已经换成崭新的,白色的球面印着一个火车头,上面还有一行用红漆写着"邓清秋伯伯捐赠"的字。有同学数了数,一大筐足足有20个排球。

一个学期下来,益新小学排球队已经名气响当当,在小学生排球分区赛上击败所有的对手,杀出重围,成为31支进入决赛的队伍之一。

取得分赛区的冠军,不仅仅李彪高兴,连他的父母也非常高兴,特别是听到村里的人赞李彪球打得好,脸上更是笑逐颜开,为儿子感到骄傲。

母亲特意用药材、花生、红枣炖了一窝猪脚汤,等着李彪回家。

经过一年的锻炼,李彪已经是益新小学排球队的主力球员,身高也拔高许多,成了堂堂男子汉。

这一年中,他不知多少次梦到自己成为台山业余体校的排球队员,与其他的队员一起汗洒球场,争夺一场又一场的胜利。当从梦里醒过来,一种失落的感觉令午夜的暗色更加沉重。

第七章　雏鹰展翅，球技惊英伦

"妈，我今年想去体校，可以吗？"吃饭的时候，李彪把憋在心里的话说出来了。

父亲埋头吃饭不吭声。母亲夹了一块猪腿肉放到李彪的碗里，说："吃多点，补补身子。"

李彪停下筷子。"妈，怎么样？"

妈妈看着自己的儿子，眼神流露着爱惜。"非去不可吗？你舍得远离爸爸妈妈？"

"妈妈，我已经长大了，可以自己照顾自己。台城回三合很近，我会经常回家的。"李彪满心欢喜，他知道妈妈已经基本答应了。

"这样吧，你校不是已经打进决赛圈了吗？儿子，争口气，夺取了冠军，妈妈就送你去体校。"

"谢谢妈妈！"李彪兴奋地在妈妈的脸上亲了一口，满嘴的油腻涂在母亲的额头上，妈妈笑着要动手拍他。

经过一周的分组赛，最后进入决赛的是三合益新小学排球队与斗山浮石小学排球队。

决赛在台城灯光球场进行。有球赛，就有球迷，而且这些球迷，很多还是从电视机旁边跑过来的。

当时的年代已经有小部分家庭拥有了电视机，虽然是黑白的，小小的12英寸，每到晚上打开电视机，左邻右里就会准时到这户人家来，坐满了整个房间，甚至连窗外也有人踮着脚在看。

当知道通过鱼骨天线可以收看香港那边的电视后，房屋的上空就开始出现了各种长短不一的鱼骨架，有些捣鼓不行的，又加放大器，直到雪花没那么的严重，大家好奇地追看改编自古龙和金庸的武侠剧，如痴如狂。

但即使是如此的如痴如狂，当知道灯光球场有排球赛事，球迷还是离开电视机，涌到球场上来。

与体校的其他老师一样，朱绍灿抽调担任赛事的裁判。经过连

场的观察,他留意到,小学生的排球基本功还是不错,证明基层学校对排球项目是重视的,传授排球知识和技能的体育教师是称职的。在芸芸选手当中,有几位选手是可造之才,当中李彪去年他曾经见过,也有意把他招入体校,只是他的父母不同意因而放弃。

三合益新小学与斗山浮石小学的决赛,县教委组织了1000多名小学生进场观看。开赛前,为活跃气氛,各校还轮流表演大合唱,灯光球场成为了歌的海洋。

小学生水平的比赛,技战术基本忽略不计,精彩不足,但态度非常的认真,场上的小观众更是热情有加,每一个回合都是掌声不断。

作为主裁判,朱绍灿没有被看台上的激情而分散精神,他全神贯注地做好本职工作。

坐在高高的裁判椅上,他清楚地看到斗山浮石小学队的二传手的传球动作,很多时候,他是跳起传球,加快了球的传输速度,为2、3、4号位的进攻创造了更大的空间。

他们的对手三合益新小学队,二传手是李彪,他的传球动作隐蔽、干净,有好几次他还凭身高臂长,完成了二次进攻,打了对方措手不及。

最后,浮石小学队战胜了益新小学队,赢得第一名。

比赛完结,朱绍灿第一时间了解浮石小学队的二传手,知道他的名字叫赵丁费。

由于只拿了第二名,李彪非常沮丧,回到家里闷闷不乐。他想,与妈妈约定拿了第一名才送他到业余体校,这次只怕愿望落空了。

厨房里飘出浓郁的鸡汤味,妈妈还在忙碌着。父亲见到李彪,说,过来和爸爸下盘棋。

李彪下象棋是爸爸教会他的,但他出于蓝而胜于蓝,一年的功夫,父亲就不是他的对手了,输多赢少。虽然是输了,但父亲心里

第七章 雏鹰展翅，球技惊英伦

是甜滋滋的。

下了一会棋，母亲就张罗好了饭菜。家里养了两年多的鸡，现在变成一半炖鸡汤，一半白切鸡。

见李彪默默地低头吃饭，妈妈把鸡腿夹给李彪，说吃好点，增强体质。

李彪哦的一声，算是回答了。父亲用筷子敲了一下儿子的头，说没礼貌。

"咯咯咯"，有人在敲门。

李彪打开门。"朱老师！"他见到朱绍灿，精神一振，大叫起来。

李彪的父母连忙起身把朱老师带进家里。"朱老师，这么巧，一起吃饭吧。"

"真不巧，打扰你们吃饭了，不好意思。你们慢慢吃，我到外面逛一下等会再来。"

"不行，难得朱老师光临，我们请都请不来。"李彪妈妈舀了一碗鸡汤，"来，朱老师，多个人多双筷子，不要客气。"

李彪的父亲也一把摁住，说："朱老师，给个面子，吃顿便饭。"

见主人家如此的热情好客，朱老师感到盛情难却，就坐了下来。

席间朱老师说起李彪在这次小学生排球比赛的出色表现，连声称赞，说他更加成熟了，有大将风范，希望能够好好栽培，将来成为出色的排球健将。

听朱老师不停地夸自己，李彪一脸腼腆，笑意溢上嘴角，一扫刚才吃饭前的阴霾。

朱老师最后说，玉不琢不成器，还是希望李彪来业余体校学习，锻炼成长。

"既然朱老师这么看得起我家的李彪，那我们就不拖后腿了，

我同意。"一向在妻子面前不发表意见的李彪爸,他首先表态了。

李彪妈有点吃惊地看着丈夫,以前她没有点头,他是从来不发表意见的,今天是破例了。

其实她的心里,早已同意了,现在听到朱老师和丈夫的一番话,她就顺水推舟,并嘱咐儿子要好好跟着朱老师学好本领,为台山的排球争光。

三

赵丁费家住浮石村,他自小就在简易的球场上度过童年,看着排球在大人的手里传来传去起起落落蹦蹦跳跳。进了小学后,他所有的心思都在操场上,准确地说是在操场的排球上,三年级就进了校队。在学校体育老师的栽培下,球技大有长进,小小年纪代表校队征战多场。

小学生排球赛浮石小学一举夺取桂冠,浮石十村人们奔走相告,当邻居知道赵丁费回家的消息时,还特别放了鞭炮以示祝贺。

丁费是家里的大哥,他很懂事,家务都主动干,放学后,他放下书包就去兰溪里捞水葫芦,那是用来喂猪用的饲料。

兰溪的水很清,也很凉,从浮山流淌下来,迂回曲折从坊间流过,滋润良田万顷。

石板桥下,丁费捞了满满两大筐的水葫芦,见差不多了,他扑通一声跳进溪水里,让清凉的溪水漫过全身,享受暑夏中的清爽。

叮铃铃的自行车铃声停下,随即有人在堤上喊:"小朋友,你知道赵丁费住哪里吗?"

赵丁费从水里抬起脑袋,抹了抹眼帘上的水,他见到球赛场上的主裁判,他知道这个人叫朱绍灿。"我就是赵丁费。"

朱绍灿定神一看,果然是他,只不过比在球场上更加黑了许多。

第七章 雏鹰展翅，球技惊英伦

丁费爬上岸，在旁边的小兰亭里穿好外衣，他问："朱裁判，你怎么来这里找我？"

朱绍灿看着眼前这位黑瘦充满阳光的男孩，摸住他的头问："体校录取你了，喜欢吗？"

丁费听到此话，眼睛瞪得大大的："真的？我太开心啦！"

"来，上车，我送你回家。"朱绍灿用扁担把两筐猪菜挑起横放在车尾架，然后拍拍后座对丁费说："上来吧！"

丁费麻利地跳上车后座，满怀喜悦指路往家的方向骑车过去。

到了家门口，朱绍灿问丁费："你父母在家吗？"

"我爸爸妈妈在广海工作，不在家。"

"家里还有谁？"

"我和奶奶一起住。"

"那你跟家里人说一下，下星期就要报到，你收拾一些行李吧。"

送走了朱裁判，赵丁费欢喜之余，却又发愁了。父母不在家，自己手里又没有钱，怎么到台城去呢？

赵丁费在家里急得团团转，无计可施。正在他一筹莫展的时候，他想到了村里的赵泰富爷爷。对，他是村里排球队的前辈，一定能帮自己想到办法的。

赵丁费连忙跑到赵泰富的家里。"大公，你在家吗？我是费仔。"

"哦，阿费仔啊，找我有什么事吗？"此时的赵泰富已经80岁了，但依然耳不聋，眼不蒙，声音洪亮。

"大公，今天县体委的朱教练来通知我下周到体校报到，但爸爸妈妈不在家，家里没有钱，我不知怎么办。"

"通知你到体校报到啊？好事啊！没钱吗？我给你。"赵泰富高兴地从口袋里掏出5块钱，塞给赵丁费。"这几块钱你先拿去搭车上台城。等你父母回家后，我再让他们给你送钱去。"

"谢谢大公。我以后有钱了,请你去饮茶。"赵丁费接过钱,向大公鞠了个躬才跑开。

望着这个小家伙的背景,赵泰富欣喜地笑了。他想,我们浮石又出人才了!这个小家伙,今后一定能成大器,为台山争光。

端芬的梅锐森、三合的李彪、斗山的赵丁费,他们三个都是二传手,在业余体校开启一段光辉的岁月。

本来同一个岗位,相互之间是存在竞争关系,难免有钩心斗角的事情发生,但他们三人却非常投契,一见如故,在别人的眼里是"三兄弟"。

"二四""三三"配备是教练组从台山传统9人排球演变过来的。所谓二四即是有2个二传手,4个防守和进攻球员;三三就是3个二传手,3个防守和进攻球员。

在9人排里,一般的站位是前面5人,中间1人,后排3人。前面的5人里面,有3位可以当二传,从而组织多点进攻,既可以组织超手强攻,也可以组织平拉开快球,套路多,场面热闹,观众看得开心。

把它移植到6人排来,究竟效果如何,大家心里都没有数。但是,一项新生事物,总有个适应的过程。这个过程可能会痛苦,会纠结,也可能得到意想不到的效果。

经过将近一年的磨合,朱绍灿对台山业余体校排球队充满信心,队员朝气蓬勃,有非常强烈的上进心,个个以"台体队"为荣,无须动员,一上场每个人都像打了鸡血一样激情四射。

二四和三三配备的技战术在实际运用中已经练得相当娴熟,就等一场真枪实弹的对抗来验证。

这个机会终于来了!省重点体校排球赛在广州举行。朱绍灿带着这班十七八岁的小伙子,抱着测试阵型的心态轻松上阵。

参赛有十多支球队,其中海南、化州、恩平、开平、阳江等已

第七章 雏鹰展翅，球技惊英伦

是老对手了，经过多次交手，彼此间基本摸透了对方的球路，没有什么秘密可言，所以早早就做好针对性的准备。谁知台山队甫一亮相，令各队大吃一惊。

这是什么的招式？一时两个二传，一时又改为三个二传，2、3、4号位轮番开炮，如蝴蝶穿花径，轻轻松松就突破防线，想拦也无法拦，正如一句老话说的那样：老鼠咬龟，无从下手。

在台山队轮番的轰炸下，对手溃不成军，难以组织起有效的进攻，在他们还没有缓过神来的时候，已经一败涂地。

横扫，再横扫，台山队如砍瓜切菜一般一路高歌猛进，最后男女队双双夺取第一名。

还没来得及庆祝胜利，他们马不停蹄，匆匆赶往宁波，参加全国业余体校"跃进杯"排球分区赛。

8月份坐在铁皮火车里面，那是在火炉上蒸的感觉。朱绍灿早已汗流浃背，为了降点温，他到洗漱房用毛巾洗了把脸，过道上的风带来稍微的凉意。

这时，过道上一前一后挤过来两个人，从膀上的肌肉就可以推测他俩是搞体育的，虎头肌隆起，身材修长，粗而不野。

"这样的天气，真系热死人。"走在前面的自言自语。

后面的跟着回应道："在乡下水库，脱之扒肋（脱光光）游水最舒服。"

哦？这两人说的是台山方言，朱绍灿想不到在火车上竟然遇到同乡人，他主动上前介绍。

果不其然，眼前这两位是湖南郴州体委的干部，一位是冲蒌人，叫麦浩明；另一位是三八乡的，叫黄前章。

听到麦浩明这个名字，朱绍灿觉得有点耳熟，但一时又想不起，当继续往下聊时，朱绍灿终于记起了，那是代表台山排球的主力，在1964年广州举办的第三届省运会上夺冠的功勋队员。

回忆起当年的岁月，麦浩明说："参加完省运会后，不久湖南

省体校过来广东招人,当时自己怀着好男儿志在四方的念头,为了想看一看毛主席的故乡,就跟着体委的人踏上通往异乡的列车了。"

在湖南,他先是进了省排球队,打了5年球,然后退下转当教练,娶了当地一个女子就落地生根下来。在郴州建设体育训练基地的时候,他调任郴州体委,当上了副主任。

旁边的黄前章嚷嚷道:"我就是被他连骗带哄过来的。"

"怎么样,适应了吗?"朱绍灿笑着问。

"和乡下比,这里又热又冻。虽然说是南方,非常靠近广东,但也见过好多场雪了,湿气也很重,只能靠吃辣椒驱寒。但你知道我们广东人不喜欢吃辣,这不是很矛盾吗?"

麦浩明见黄前章好像在诉苦一样,他忍不住说:"辣吗?不喜欢辣?这么辣的湘妹子,你还不是乖乖地跟着她走?"

此一句正中黄前章的软肋,他嘿嘿两声不再胡扯。他的老婆是郴州排球队的主教练,美丽,泼辣,做得一手好湘菜,正所谓出得厅堂入得厨房,在当球员的时候迷倒不少的帅哥,但最后是被黄前章追了好几年才嫁给他。

这样说起来,朱绍灿还是师弟呢。麦浩明问他:"台山的排球近年发展怎么样?有什么优秀的人才?"

朱绍灿说:"台山的排球热度一直没有退减,当前还呈现复兴的苗头。青少年排球队在省里名列前茅,基本没有掉出前三。至于优秀的人才,也就没有五六十年代那么的风光,引以为傲,但也涌现不少的好手,然后被各地的排球队吸收当教练,你就是其中的一个例子啦。"

麦浩明说:"台山是排球之乡,不是靠嘴上的宣传,而是要干实事,从青少年抓起,练好基本功,形成人才梯队,这样才不至于令招牌失色。郴州现在也在搞排球基地,大兴土木,有意争取国字号的球队来这里训练,提高名气。"

第七章 雏鹰展翅,球技惊英伦

当得知朱绍灿带队前往宁波比赛,麦浩明非常高兴,他提议带他们去见见台山的小伙子,给大家鼓鼓劲。

小小的车厢里塞满了人,热上加热,不少小伙子脱去了上衣。李彪从旅行袋里掏出几根黑皮甘蔗分给朱教练和两位客人,黄前章多谢一声,毫不客气拿起就用牙咬,边啃边说,还是乡下的甘蔗脆甜。

在衡阳车站,麦浩明和黄前章下车告别了。列车继续北上,然后转向东线,最后到达宁波,再转车前往北仑。

虽然一路风尘仆仆,舟车劳顿,但小伙子们依然充满斗志,在宁波分区赛上打出成绩,打出台山的风格,惊艳全场,一举获得分区赛的冠军,总决赛将回到台山进行。

四

全国业余体校"跃进杯"排球决赛赛程安排在春节后举行。体校在放寒假前对球队进行了动员部署,要求球员在年初六就集中回校训练,以最佳的状态迎接决赛,争取在家乡的场地上取得优异成绩,向父老乡亲汇报,为排球之乡增光添彩。

从年卅晚团圆饭开始,鞭炮声此起彼落。这个春节,是踏进20世纪80年代的第一个春节,人们感觉到这是一个新的年代,充满着希望的年代,令人憧憬的年代。

晚饭后,赵丁费和妹妹学着母亲在做新年糕点,父亲就溜到有电视的人家去蹭电视看。

在台山,新春做糕点有两重意义,一来是讨意头:年晚煎堆,你有我有;发糕,祝愿来年步步高;大笼糍,希望金银满屋;甜糍仔咸鸡笼,代表有男有女儿孙满堂。二来是走亲戚朋友用,作为见面礼。

不要以为赵丁费只是会打排球,他学妈妈做的咸鸡笼比妹妹做

得还要漂亮，捏出的花边如波浪一样，整齐均匀秀气，妈妈也在旁边夸他好手艺。

"丁费。"门口有人在喊。

赵丁费开门一看，原来是阿盛和几个朋友。"什么事？"

"明天一起去打球吧。"

"好啊。"丁费满心欢喜。年廿八放假回来整天无所事事，睡了一天，没有排球，他好像少了什么似的，现在有人邀他明天出去打球，整个人立刻变得生龙活虎。

赵妈妈听到了他们的对话，她对儿子说："丁费，休个假不好好在家陪陪妈妈，还出去打什么球？"

"妈妈，我答应人家了，不去人家就无法组队。新年头不要扫人家的兴。"

赵妈妈知道儿子对排球是痴爱，是劝不了儿子的，只是通过言语发泄一下自己的情绪而已。

"那你快点帮我做好这些糍，弄熟后我煮供斋，明天一早你吃了斋饭才能出去。"

"哥，我也跟你去看打球。"妹妹也想出去玩，看热闹。

"不行，一个女仔钻男人堆怎么行。"妈妈在说。

"是呀，我还不知跟阿盛他们去哪里打球呢？妈妈，不要留饭给我了，打球后大家一起吃饭的。"

"好吧，你自己小心点。"

妈妈的话语很简朴，但句句暖心。

春节假期这八天，除了前两天在家里，年初一到年初五，赵丁费都在外面打排球。正月里，大家都想讨点彩，商量好打三盘两胜制，5元为注。

在当时，5元已经不算小数目，够大伙吃一顿。丁费、阿盛和阿毛三人组成一个队，他们以前在小学同在校排球队，大家知根知底，配合起来非常默契，对手五人，有时甚至是七人，他们都赢多

第七章 雏鹰展翅，球技惊英伦

输少。

年初五，天降微微细雨，寒气刺骨，按照本地人的说法，是微风雪水赶狗不出门的天气。赵丁费原本不打算出去，休息一下明天就回体校，午饭后他正与土狗在玩耍的时候，阿盛又过来了。他说有位朋友过来找他，说是三合有球队想与斗山的球队切磋，问丁费还去不去。丁费想了想，三合不是李彪的乡下吗？过去会会他也好。

果然，丁费他们到达三合球场，李彪和球队的其他人已经在等候他们到来了。见大家都是相识的兄弟，有人提议今天打球不赌钱了，谁输谁请吃饭就好啦。他的提议大家都认为好。

整个下午的友谊赛，不是三局两胜制，足足打了 17 局，最后三合队以 10∶7 力胜斗山队，大伙高高兴兴地前往温泉圩聚餐。

"翠姆，整大盘鸡酒来祛祛寒。"还未坐落，李彪就朝厨房大喊。

那个叫翠姆的应声而出。"彪仔，鸡酒还下金针菜吗？"

"少点吧，多了有酸味。下多点花生，去年花生生长好收成好，颗大好吃。还有，酒的分量也要多些。"

"好的。"翠姆满脸堆笑，再问其他需要点的菜，然后到厨房后面去忙碌了。

赵丁费问李彪："鸡酒是什么？是这里的特色吗？"

李彪告诉他："三合鸡酒，是用本地的土鸡，加上猪腩肉、木耳、金针、花生和姜等为配料，用纯正的米酒来煮，汤味鲜美，酒香浓郁，能行血活气，男人喝了龙精虎猛，女人喝了滋补身体，特别适合坐月子的女人，喝了会催奶。温泉圩最出名的鸡酒就是这里做的。"

当一大盆的鸡酒端上来，那酒味立刻飘满整个房子里，大寒天喝上几碗，身子一下子就暖和许多。

第二天回到体校，上课的时候，没有见李彪回来，丁费有点奇

台山排球故事

怪,以为他昨天喝鸡酒醉了没睡醒。到了下午,还没有见他回来,经打听,才知道李彪摔下桥手臂脱臼了。

原来,当天的鸡酒加多了一支酒的分量,吃完饭后,李彪骑着自行车回家,在路过石板桥的时候由于雨天路滑,加上有点醉熏熏,一把冲下桥。幸好小沟不深,但手臂首先着地,造成脱臼。

眼看过几天就是"跃进杯"决赛周了,阵前损兵,来得真不是时候。朱绍灿想生气,但不知道对谁生气。

没有三三配备,球队就主练二四和一五配备,这支年轻的队伍,从来不畏惧任何的对手,在排球不断变化的轨迹里寻找突破之路。

一周后,全国业余体校"跃进杯"决赛周正式开始,来自几个分区赛的前三名共18支队伍汇聚台山,争夺第一名,并成为唯一代表中国的队伍在4月份赴英国参加第七届世界中学生排球锦标赛,真是莫大的光荣!

国家体委将如此重要的赛事安排在台山举行,一来是台山排球氛围好,每场球都吸引大量的观众,宣传效应大。二来台山青少年排球成绩显著。20世纪70年代开始,台山少年排球队获得冠军无数,其中国家级的有:1973年在长春举办的全国中学生运动会男女队双获第一;1974年在湖南常德举办的全国基层中学生排球分区赛男女队双获第一;1975年在广西玉林举办的全运会预赛男女队双获第一,同年在北京举办的全运会男子队获第一、女子队获第三;1977年在河南开封举办的全国少年排球分区赛男子队获第一、女子队获第二;1978年在安徽举办的全国业余体校排球分区赛男女队双获第一,同年9月在天津举办的决赛中男队获第一、女队获得第三名。

有"全国排球半台山"的美誉,有如此彪炳的成绩,加上当时台山的体育场馆设施以及接待设施都相对完善,国家体委对台山青睐有加。

第七章 雏鹰展翅，球技惊英伦

各球队先后抵达台山，分别被安置在湖滨酒店、华侨大厦、县政府招待所、东风旅店等几个地方。

这天一大早，县体委来了一位客人，他说是某省球队的领队，来找大赛组委会的领导。

谭淑芬于是把他带到组委会梁亮副主任的办公室。

原来是白领队，梁亮见是相熟之人，她让他坐下，沏了一杯自己带来的龙井茶，听他有什么话说。

白领队端着杯子，用嘴吹了吹还浮在上面的几片针叶，呷了一小口，慢慢咽下，然后慢吞吞地说道："梁主任，我们住的地方不行，要换一个地方。"

"哪里不满意？请具体说。"

"我知道组委会和当地政府已经做了大量的工作，非常感谢大家的付出，没有你们的前期工作，是无法完成这么重要的任务的。"

听到他在"游花园"，梁亮依旧沉着气，看他究竟葫芦里卖什么药。她早已听说过白领队的传闻，他总是喜欢挑毛病，只要对自己有利，就不替别人着想，是一个功利之人。

"我们的工作是应该做的，希望不足之处能得到大家的谅解，共同把赛事办好。"梁亮说得非常得体。

白领队又喝了一小口茶，才说："我们住宿的县政府招待所，旁边就是儿童乐园，队里的年轻人都是十七八岁，心智还没有完全成熟，恐怕会对球队造成影响。"

原来是这么的小题大做，梁亮心里想。"白领队，客观条件就是如此。我们不要强调客观因素，抓队伍建设首先是抓纪律，做思想工作，这个你应该比我更清楚、更深入、更有发言权。华侨大厦就在儿童乐园的对面，湖滨楼也是一路之隔，说到影响，大体都有。我们来此地比赛的场地和住宿，都已经经过上级部门核准的，不是随便可以改动的。"

白领队点了点头,说:"梁主任说得对,我们会管教好球员的。但意见归意见,有意见还是要提的。至于认不认可,同不同意,最后还是由组委会来认定。"

县政府招待所在二塘路附近,这些天迎来的球员真不少,煲水馆的楠叔看得清清楚楚。

楠叔在煲水馆工作已经几十年了,煲水馆一直是给单位和居民供应热水,每天由特制的铁罐车运送到所需的学校、医院、宾馆和工厂企业,用热水量不大的,自己上门来买。

"阿龙,快点与柴场联系,保证供应用煤用柴,这么多球队到来,要保证热水供应。"

"好咧,楠叔,我这就去联系,先拉一车煤回来。"阿龙非常醒目,马上就去操办。

楠叔非常喜欢这个后生,他是看着阿龙长大的。阿龙的父亲民伯刚刚退休,阿龙就顺理成章地接了班。

赛前,各球队早已听闻台山队不是好惹的对手,但由于大部分不在同一赛区,没有真正地交手,无法了解实情。

抽签的结果出来,北京队和上海队分别被分到上半区和下半区。

北京队和上海队,作为当时最大热门的夺冠队伍,能够"恰好"地分开到上下赛区,避免提前相遇,这就保持了最后谁才是冠军队伍、谁将代表中国参加世界中学生排球锦标赛的悬念。

在国家体委梁副主任的心目中,她认为,最终的冠军,就在这两支队伍中产生。

上海队,当时拥有沈富麟等著名球手,球队糅合南北风格,既有北方球员的高大身材,实行高举高打,也有南派的细腻灵巧,快球辅助,在华东地区长期一枝独秀,虽然遇到浙江和江苏等球队的强势挑战,但依然笑傲江湖。

第七章 雏鹰展翅，球技惊英伦

在上海队看来，小组里的对手很多是多年的手下败将，陌生的台山队，他们夺得宁波分赛区的头名，肯定有一定的实力，但人员普遍不高，相比上海队矮了一头，即使是拦路的，也不是拦路虎而是拦路的石头罢了。他们坚信夺取小组第一，最终与老对手北京队会师决赛是毋庸置疑的。这是从领队到教练再到球员均是这样的想法。

台山队的众小伙，却以实力给了上海队一剂清醒的猛药。

赛程开始后，小组循环赛上，台山队快速灵活的战术打得对手难以招架，就如武侠小说里面描述的一样，"天下武功唯快不破"，还没有等到对方拔剑出鞘，已经被掌风击倒，输得不明不白。

多场下来，台山队均以3∶0零横扫对手。球场内外，开启了"台山队小旋风"的神奇传说，而这股旋风，一直在刮，终于刮到上海队的面前。

上海队教练组通过观察，分析了台山队的进攻套路，最后总结出两个字：快、乱。快就是起球快，进攻快。乱就是进攻套路多，令人眼花缭乱。

他们定出的对应策略是以不变应万变，保持自己原有的风格，不能被对手所迷惑。

下半区淘汰赛来到最后，对阵双方是上海队对台山队。

这是一个不同级数的较量。一个是共和国的直辖市，拥有超过1000万的人口；一个是广东省的县，人口才90万。经济总量更是无从相比，如果真的要比，只能以大象与蚂蚁来形容。

上海队的队员，来自四面八方，经千挑百选才进入球队，可以说个个是身怀绝技之人；而台山队的队员，都是本地的草根球员。

两支队伍有着如此大的反差，令场内外的球队和观众都把胜利的砝码押在上海队的一方。

台山的小伙子就是不信邪！他们相信自己的实力，他们带着放手一拼的信念踏上赛场。

第一局台山队首先开球,梅锐森发了一个勾手飘球,上海队后排稳稳传到网前,二传把球托到最高处,4号位强攻下来,夺回发球权。

转换发球权后,上海队通过高举高打,打了一个小高潮,以3-0领先。

"好像顶不住上海队的强攻,4号位太厉害了。"看台上,县体委的邓组长说。

"不用急,我们的反击力还没有发挥出来呢。"旁边的老方说。

"我们的一传好像还没有醒过来一样。"谭淑芬也发表了自己的见解。

"对,似乎被对方的气势压住,动作太拘谨了。"邓组长继续在评球。

这时,台山队的教练朱绍灿示意裁判要了个暂停,然后大家围住在听教练的部署。

"这个暂停叫得非常及时,一定要打断对方的节奏。"邓组长对朱绍灿丰富的临场经验表示赞许。

暂停过后,台山队全神贯注等着对方的发球,又一个飘球飞来,余桐稳稳接住,很精准地送到网前。

高度非常好,二传手赵丁费趁对方还没有做好准备,跳起转身扣了一个,二传直接得分。

"好!"谭淑芬与场上的观众同时喊了出来。

这一卡轮终于度过,队员按照教练的部署,加快进攻的速度,以求打乱对方的节奏。

很快,比分追赶上来,有两个上手飘球直接得分,台山队开始反超。

上海队被打停。他们也在重新调整战术,以求扭转局面。

似乎台山队并没有被暂停打乱节奏,场上依旧延续着得分的势头。上海队于是通过换人来调整,加强拦网,双方你来我往,打得

第七章　雏鹰展翅，球技惊英伦

难分难解。

局面来到后段，每一分都是通过不断的换发球而夺取。来到13-12时，朱教练叫了暂停，他向准备开球的黄翘面授几句，要他拼发球，无须求稳。

黄翘点点头，走到底线，身体向后微微倾斜，左手举起排球，然后右手大力一抡，排球像流星赶月般发射过去。

碰一声，球直接落在后场，分数变成14-12。

球场上掌声雷动，观众涨红了脸在拼命呼喊加油！

作为场上的队长，富麟示意队员继续保持镇定，一定要接好一传。他还给二传比划了手势，准备组织战术进攻。

黄翘很高兴，他气定神闲重新走到底线，瞄了瞄对方的阵势，然后重复刚才的大力勾手发球。

球如闪电一般冲向对方的场地，非常靠近边界，5号位的上海队员犹豫了一下，球应声落地，砸在界线上。

上海队员带着难以想象的神情与台山队互换了场地。

第二局开始前，朱教练要求继续保持第一局后半段的斗志，敢于跟对手拼。他跟锐森和丁费说，多打二四配备战术，将速度提起来。

他俩明白教练的想法，在一传到位的情况下托2.5球，副攻伍新国心领神会，一步半的快速移动起跳，将上海队的防线化解得无形。

上海队针对场上新的变化，换了两个前排两个队员，希望靠这个打快攻的队员能捕捉到对手起跳的时间，从而有效拦防。

锐森和丁费也察觉到对方的意图，他俩像东北二人转一样，配合默契，减少了3号位的快球，通过平拉2号和4号位，冲垮对方的防守。

"我看上海队比较危险了，他们一直没有跟上台山队的节奏。"邓组长跟老方分析，"照这样情形继续下去，我们很快就会取得这

场球的胜利"。

老方答道:"上海队没有打出自己的风格,反而被台山队拖着鼻子走,可能他们太过轻敌了,没有做好赛前的准备工作。"

"烂船也有三斤钉,估计上海队会组织起反扑的。"

场上的比分来到了13-8,台山队大幅领先,发球权还在自己的手里,眼看胜利在望,大家的神情轻松了许多。

黄翘准备依样画葫芦,利用开大力球再下一城。沉身,发力,猛击,动作连贯潇洒,球从手里直飞而出,可惜在网带上卡了一下,没有过去。

球权转换了,上海队拿到宝贵的发球权。开球的是沈队长,他在底线调整好呼吸,张开臂,将球稍微向上一抛,右手扬起击了过去。

邓组长是坐在东面看台的第五排,他清楚看见球在空中飘忽着飞行,到了对方的场地突然有个急坠,伍新国准备抬手垫,球眼睁睁在跟前落下。

好厉害的上手飘球!邓组长暗暗地在赞叹。

这一轮卡住了。沈队长的上手飘球有两个直接得分,有两个虽然被台山队接到,但无法组织快攻,只靠黄翘的强攻,但在身高臂长的上海队员面前,一次次地被拦截,然后被反击回来。

分数一下子变成了13-12,台山队还领先一分。

朱教练请求了暂停,他在面授机宜,说打球要用脑,不可盲目强攻,看到拦网就采取打手出界的战术。他特别大声提醒黄翘。

暂停回来,上海队继续开球,依然是沈队长的飘球,拐着弯地飘过来,如白色幽灵一般。

赵丁费早已做好接球的准备,当球飘坠的时候,他双手垫起,梅锐森马上进行调整,托到4号位,只见黄翘高高跃起,扬起手来。

对方已经准备了三人拦网,六双大手把三分之一的网都覆盖

第七章 雏鹰展翅，球技惊英伦

着。就在电光火石之间，黄翘一个轻抹，把球从拦网球员的指尖上轻拨出去。

球权终于转换了。台山队趁着一鼓作气，连拿两分，结束了这场战斗。

被对手领先两局，这在上海队近年的比赛中从未有过的事。教练在场上狠狠地批评了球员，说太过轻敌了。

第三局，上海队一反常态，靠超手扣球领先了4分。他们的打法现在就是简单粗暴，反正对手的高度不够，就放开来进攻。

朱教练喊停，重新布置战术，只派一个人在网前游动，进行干扰，其他的做好防守。他说，我们的基本功比对手好，只要球不落地，我们就有防反的机会。

忽然，场上的北风开始加大了，悬在球场半空的水银灯被吹得摇摇晃晃。

上海队依旧在组织强攻，但似乎节奏开始变了。扣球手自己觉得，球被风吹得有些漂移，击过去的线路也不一样。

台山队这边，好像风向和风速的变化对他们来说没有什么影响，打起来更加顺风顺水。

一场风，改变了一场球。台山队在第三局连续追分，大幅抛离。上海队感觉到球的变化非常别扭，连连配合失误，最后竟以8–15的悬殊比分败下阵来。

用他们在更衣室总结时的话来说，就是这场北风助了台山队一臂之力，自己输得有点不明不白！

邓组长心里却是非常的清楚，上海队前两局，输的是轻敌。到了第三局，他们一度找到反扑的机会，但就是那阵北风，把他们吹乱了。要知道，上海队平日都是在体育馆里面练球，打比赛，风平浪静，没有外界的干扰，临场就看技战术的发挥。但台山的球员就不同，自小在室外打球，什么风雨都见惯，习惯了气候的变化，因此能够排除干扰，打出平日的水平。

台山排球故事

此消彼长,难怪上海队一败涂地。

一个小小的台山县队竟然战胜了大名鼎鼎的上海队,大家在震惊之余,还把目光注视着这一匹黑马究竟还能走多远。

台山旋风在继续,到了总决赛时,他们再次以3:0的绝对优势,战胜了实力雄厚的北京队。

虽然北京队输球了,但队里的刘长城在比赛中表现出色,赛后被调入国家队集训。

梁亮副主任怎么也料想不到,台山队能够跨过两座高山,直捣黄龙,拿下代表中国出征世界中学生锦标赛的唯一入门券。

最后,国家体委征调了台山队6人、北京队2人、上海队1人、江苏队2人、辽宁队1人一共12人组成中国中学生排球队在北京进行集训,将在4月份出征英伦。

五

三月份的北京,银装素裹,不时地还下一场雪。位于天坛附近的雾凇,如玉树琼枝,张扬在蓝蓝的天幕下,装饰着首都的天空。

集训场馆就在天坛附近,每天早上,朱绍灿教练带着梅锐森他们一班集训队员跑步拉练。来自南方从没见过盈盈白雪的台山仔,看着眼前的雪景格外兴奋。

吃过午饭,锐森与丁费闲聊起来。

"如果李彪不是那次意外脱臼,那么我们三兄弟就可以一起来北京,一起出国打球了。"

"是呀,大家一起才开心呢。"

"不知道他现在的情况怎么样?恢复得如何?"

"朱教练可能知道,他有与县体委汇报工作的,家里的情况他应该知道吧。"

"那不如我们去找找朱教练问问。"

第七章 雏鹰展翅，球技惊英伦

"好啊！"

两人来到朱教练的宿舍门口，敲响了门。

朱绍灿打开门见是他的两个得意学生。"怎么不好好休息一下，下午还要继续训练。有什么事吗？"

"我们想知道李彪的情况，朱教练你清楚吗？"

中午宿舍的走廊空荡荡的，怕影响了隔壁的人休息，朱教练把他们带进屋里。

朱教练的宿舍比他俩的房间稍大，房间里有很多关于排球的书籍，书桌上，笔记本还打开着，钢笔的帽还没拧好，证明教练没睡，还在做笔记。

"午饭吃得饱吗？"他首先关心的是队员的饮食。

"还行吧，就是口味就没有家里的好。"梅锐森笑嘻嘻地答道。

朱教练拉开抽屉，从里面拿出一包花花绿绿的饼干，撕开后每人递给一块。"这是进口的威化饼，八一男排的总教练捎给我的礼物。他是我们台山人，早年是台山队的主力球员，后来被八一队看中，成为八一队的台柱。退役后先是当上助教，然后是教练，最后做到总教练，享受正军级待遇。他知道台山队代表中国出征英国的中学生排球锦标赛，非常高兴，专程驱车前来，鼓励我们为国争光，打出威风，取得好成绩。"

两位排球小将听了，心潮澎湃。台山的排坛前辈，当年打出"排球之乡"的名堂，叱咤风云，如今依旧时刻关心着家乡的排球发展，鼓舞和激励年青一代的成长，这份对家乡的感情，是多么的深啊！

朱教练见他们吃完了威化饼，倒了水给他们喝。"李彪的脱臼回复原位了，还需要康复一段时间，没什么大碍。"

那就好！两小伙相视一笑。出了门，丁费提议到邮政局去，买个明信片寄给李彪。锐森连说好。

下午，国家男排往外地参加比赛去了，场地空出来，集训队就

在这个场地进行训练。

旁边的训练场,国家女排的队员也正在紧张地练习中。她们的训练强度,一点不比男队员低。

黄翘看见一个女主攻手,跳得高,杀得狠,那扣杀的力度非常沉重,如榔头砸钉一般。果不其然,一年后的第三届世界杯女子排球赛上,她与女排的其他成员一道击败所有的对手,夺取世界冠军,而她凭着出色的表现,赢得"铁榔头"的美誉。

"郎平,再来一个。"那边的教练在喊,二传高举起一球,郎平三步起跳,狠狠地将球扣过网去。

"黄翘,不要分神。"这边教练在提醒。

黄翘立刻将目光收回来,投入训练当中。

中医院的病房里,李彪的手臂还打着石膏,这段日子,他感觉相当空虚和无聊。

没有排球,没有兄弟,没有教练严厉的训导,只有窗外偶尔传来的几声鸟啾啾,其余的时间,好静好静,时间像停顿一般。

正当他百无聊赖的时候,病房的门被推开,体校的李教练和阿勇、阿斌前来看望他。

"听医生说,今天准备给你拆石膏,你可以出院了,我们来接你回去。"李教练说。

李彪听了很开心,终于熬到头了。

"这里还有你的一封信呢,从北京寄来的。"李教练把信递给李彪。

打着石膏的手无法拆信,他叫阿勇帮手撕开。里面掏出一张明信片,正是天坛公园祈年殿的雄姿。

明信片的后面,写着"祝福李彪早日康复出院,再展雄风。"落款是"好兄弟梅锐森、赵丁费。"

李彪此刻的眼里闪着泪花。他出院的日子,也正是朱教练他们

第七章 雏鹰展翅，球技惊英伦

搭乘国航飞往英国伦敦的日子。

经过十多个小时的飞行，朱教练他们一行终于踏足在英国的国土上，迎接他们的，是阴阴沉沉的天和清冷的雨水。

安顿好稍作休整，主办机构派人过来了，将带着他们前往比赛场地进行试训。汽车载着他们在泰晤士河畔经过，伍新国眼尖，首先看见了议会大厦北端的钟塔，他指着窗外嚷道："大笨钟。"

车内的小伙子好奇地贴在窗边瞭望这座雄伟的钟楼，开车的司机见到他们的反应，微微一笑，刻意将车速降了下来，缓慢通过，好让客人看清楚些。

两天后，比赛正式开始。比赛采取小组循环赛，抽签分4组，每小组第一名与另一小组第二名进行交叉淘汰，最后决出前两名争夺第一。

中国队小组赛的对手有以色列、埃及和英国队。

当地的华侨，特别是台山籍华侨知道中国的球队、家乡的球队前来比赛的消息，大家奔走相告，相约一起为球队打气。

利娜是英国约明翰中学排球队的啦啦队长，她的父亲是新会人，母亲是台山人，很小跟着父母移民到英国，这次学校要她组织队伍为英国队助威。

她的父母在伦敦经营一家小中餐馆，面积不算大，但生意很好，以叉烧和明炉烧鹅作为招牌菜，中国人吃了对口味，外国人吃了，也连声说good！

知道有五邑乡亲来打球，他们当即买了中国队的赛程套票。这套票是专门分类设计的，如果你喜欢某一支球队，那么套票就包括该球队第一阶段所有的比赛。如果该队能够进入半决赛，那么此套票会优惠和优先增加比赛的场次，如进入决赛也是如此操作。

小组的循环赛，中国队一鸣惊人，先后以3:0轻取以色列和埃及队。英国队与中国队比赛，成为当地的焦点，场内观众首次坐满。

英国队员人高马大,体能充沛,打球很有气势。然而基本功粗糙,防守非常被动,被中国队的快攻打得晕头转向,先失两局。

有趣的是,利娜在对面带领啦啦队起劲地欢呼,而她的父母在球场的另一端大力为中国队鼓掌加油。看到这一幕,旁边的刘老伯指着利娜说:"你们的女儿很卖力,气氛不错。"

利娜的父亲有点尴尬,他说:"各为其主。毛主席有句话说得好,友谊第一,比赛第二。"

两人相视哈哈一笑。

从场上的局势看来,英国队彻底没戏了,利娜感到失望,但她此刻的注意力在转移,眼光追随着中国队身穿11号的球员,看着他在场上劈扣传搓,跳高蹲底,看着他英俊的脸庞,竟被他迷住了。

身穿11号球衣的是副攻手伍新国,他在小组赛最后一场比赛里发挥出超水准,与锐森、丁费两位二传配合得天衣无缝,背飞、夹塞、2.5,多种战术运用得如鱼得水,最后中国队以3∶0干脆利落战胜英国队。

待小组循环赛全部结束,公布的结果是第三小组排名第一的中国队,将对阵第一小组排名第二的美国队。

绿草如茵的约明翰中学,放学后人群散去,几只胆大的小鸟飞进操场中间,啄着草丛里的虫子,欢欣地跳跃着。

利娜从图书馆出来,抱着《东方美学史》等几本书走过廊道。

"嗨,利娜,等一下。"

利娜回头一看,是学生会的会长贝汉姆,他长得高高帅帅的,眼睛琥珀色,金色的头发在阳光映照下更是闪闪发亮。

"帅哥,什么事?"

贝汉姆以深情的眼神看着这位具有东方韵味的女孩,他对她心动,只是她一直没有回应。

第七章　雏鹰展翅，球技惊英伦

"你真美。"

"谢谢。"

"啦啦队很出色，学生会很满意。"

"谢谢鼓励。"利娜的微笑夺人魂魄。

"很遗憾，英国队没能进入半决赛。但比赛还没有结束，余下的比赛希望你们啦啦队继续，下一场支持美国队！"

"为什么？"利娜问。

"英国是美国的盟友，当然要支持美国队。"贝汉姆说得很坚决。

利娜摇摇头。"不，我与父母一起支持中国队。"

"这个不行，学生会已经决定了，你不可违反民主的决定。"

利娜退后一步，她说："非常遗憾，我已经决定了，我也有自己选择的权利。"

说完，她头也不回地转身离开，任由贝汉姆在身后不停地嗨嗨叫她。

半决赛前，美国队很自负，他们认为排球是他们发明的，他们是排球的祖师爷，矮小的东方人不足以挑战他们。

一句话，就是没有把中国队放在眼里。

常言道，骄兵必败。在这场关系生死存亡的半决赛里，把这话套在美国队身上再恰当不过。

爆发力好，进攻强悍，拦网有高度，朱教练一下子就点出了美国队的优势。缺点是情绪波动大，不稳定造成失误多，那么我队就要快速移动，接好一传，利用小球轻吊、轻抹、打手出界等，把对手打懵，打个没脾气，那么他们就会自乱阵脚，失误送分。

赛程也果然按照朱教练预测的那样演进，被中国队轻吊几球后，美国队的队型一下子就散了，尤其是打手出界，更是被戏弄得没脾气。

本来身高臂长是他们的优势，拦网绝对有统治力，但中国队的球员就是不强攻，看着对方把球从自己的手里往外拨，这样连连失分，他们不停地骂骂咧咧，说那是脏球，不会打。

利娜与父母坐在一块，以她特有的奔放热情在华人群里独具一格地为中国队鼓劲加油，11号每一次攻击，她都欢呼雀跃，电视转播镜头几次把她当成场上的焦点。

中美两国的教练都没有想到，一个小时左右，美国队就俯首称臣，0∶3丢下盔甲铩羽而归。

第二天伦敦的主流媒体大字标题写着：中国队横扫美国队挺进总决赛。

总决赛安排在晚上进行。早上，经过特许，在大使馆和当地爱国侨社的安排下，中国队全体球员和教练员到市区去游览放松一下。

一群东方的面孔出现在伦敦街头，很绅士的英国人友好地远远打着招呼。

离开鸽子广场和白金汉宫，一众人来到西区的唐人街。他们的出现，在这里引发了围观，当地的华侨见到祖国来的人，特别是战胜美国队引发的轰动，大家纷纷上前祝贺，并鼓励当天晚上加把劲，将冠军杯带回中国。

"这里有间中餐馆。"梅锐森发现不远的街角拐弯处有间广东餐馆。

吃了多天的西餐，很多人都没有什么胃口，听说有中餐，大伙赶紧走过去。

当天是周末，利娜在家，她见到走进一大班中国球员，还有那个令她心跳的身影。

利娜父母高兴万分，张罗着招呼到来的客人。

利娜刚准备用蹩脚的普通话进行交流，就听到熟悉的乡音。原来是伍国新与梅锐森在用台山话交谈。

第七章　雏鹰展翅，球技惊英伦

她听得明白，是在说昨天与美国队交手的事。

"利娜，过来帮一下手。"母亲用台山话在呼唤她。

异乡听到台山话分外亲切，几位台山仔立刻与利娜的父母拉起家常，队里的其他几位外省的球员，好奇地看着他们。

"怎么你们说的话他们也会说。"来自辽宁的赵山问。

"你不知道吗，台山话有小世界语的说法，走到哪里都可以交流的。"新国在调侃。

"吹吧你，别忽悠我。"赵山啐他。

"新国的话虽然有点夸，但台山人出国早，遍布世界各地，所以有唐人街的地方就有台山人，说台山话有人懂。"锐森在补充解释。

"这话在理。"赵山表示认可。

球队在餐厅里分别点了西红柿炒蛋、扬州炒饭、叉烧炒饭、姜葱炒牛肉、蒜蓉西兰花以及烧鹅饭，大家高高兴兴吃上来到伦敦最为满意的一顿饭。

临别的时候，利娜要了全体人员的签名，还特意叫伍新国留下联系地址。

5天的赛事来到最后的一刻，由中国队对阵南斯拉夫队，争夺锦标赛最高荣誉。

伦敦的主场变成了中国的主场，来自英伦三岛的华侨坐满了球场的一半有多，另外一半是南斯拉夫的球迷以及欧洲各国的排球爱好者。

南斯拉夫的排球一直在欧洲内地名列前茅，是传统的强队。斯拉夫人高大健硕，比例协调，性格彪悍，在体育竞技方面具有先天的优势。

教练组在赛前已经做了不同的应对方案，足足有十多页纸。梅锐森见到朱教练的两眼满是红根，估计是睡眠不足所致。

两支队伍隔网待战。我方平均身高只是1.84米，最矮的是阿

洪,才1.78米。而对方最矮的是1.85米,主攻手2.04米。

主裁判一声鸣哨,场上立刻蛟龙腾滚,翻江倒海。

第一局,首先上场的是平时少用的阵容。考虑到对方有明显的身高优势,前排拦网用了来自辽宁、北京和上海的队员,希望以他们的高度来做好拦网,减少球直接落地。后排是防守较好的台山队员,只要拦到球速变慢,就可以组织防反。

一上来,身材占优的南斯拉夫队在2号和4号位架起两门重炮,轮番强攻,球像炸弹一般向我方阵地投掷,炸得我方人仰马翻,只有招架而毫无还手之力。

第二局,场上的球员还是沿用第一局的阵容。经过教练的提醒和自我调整,拦防的队员开始找到起跳的节奏,连天的炮火有所减缓。后排的队员马上组织防守反击,但基本上还是勉强出手,反击效率不高。

朱教练将原北京队的副攻换下,换上另一个副攻伍新国,希望通过人员的调配扭转场上的被动局面。

伍新国上场后,与梅锐森的配合打乱了对方的节奏。2号位一步半起跳扣杀2.5球,连破对方的拦网。

球场上的中国队球迷一改首局的沉闷,在利娜的带领下齐声大喊加油,排山倒海的声浪将温文尔雅的英国绅士吓了一跳。

来回的球多了,观众的情绪更加的高涨。在第二局的后段,中国队把握住几个关键球,没有让机会溜走,终于扳回一局。

第三局开始,趁着对手情绪的波动,中国队延续上一局的技战术,打出一个漂亮的小高潮。对方教练连叫暂停,但似乎不见效果,暂停回来依然卡轮,中国队又连得几分,比分大幅抛离。对方似乎无心恋战,在换发球抢分的来来回回里,他们失去了耐心,随着失误的增多,再输一局。

2:1暂时领先,中国队信心大增,球员间不断地互相打气鼓励着。

第七章 雏鹰展翅,球技惊英伦

第四局首先由中国队开球,黄翘的大力发球在前两局有直接得分,他信心满满地站在底线等待裁判的哨声。

哔的哨声响起,他把全身的力气击在球体上,排球呼啸而去。南斯拉夫的队员经过前三局的接球,已经开始适应了,后排稳妥接起,二传托了一个最高点,只见2号位的主攻手起球落,直线扣过来。

早已有所防备的阿洪,一个下蹲双臂向前一迎,球体准确地砸在他的手里,弹了起来。

"救得漂亮。"替补席上赞声一片。

坏了,救起这个球,阿洪感觉到双臂麻木,竟出现颤抖的现象。

太沉了,真是力压千斤呀。

朱教练也发觉不妥,连忙叫暂停。

"阿洪,还行吗?"看见他双手被砸得通红,朱教练非常担心。

"一会就没事了。"

"下去缓一缓。文健,你上。"朱教练回头对来自江苏队的谭文健喊道。

阿洪,一直是台山队里最好的防守队员,打男子9人排的"三排王",身材虽然矮小,胜在有凌波微步,移位快,救球如千手观音一般,很少在他的范围内漏球。

谭文健在江苏队也是担当防守角色,但与阿洪相比就相差一截。缺乏了最好的防守球员,中国队的起球率马上降了下来。

南斯拉夫队马上抓住这一时机,依靠超手强攻,高举高打,夺回一局。

决胜局,朱教练重新将阿洪派上场,希望起到稳定军心的作用。鉴于拦网始终无法遏制对手的尴尬情况,他决定放手一搏,启用台山体校球员为班底,每轮网前只留下一名高个子进行拦网干扰,重点做好防守反击,发挥自己快攻的长处。

这一思路看来效果不错,场面上两队的分数始终没有拉开。南斯拉夫队仍然依靠简单粗暴的强攻,但由于前四局消耗不少的精力,攻过来的球没有前两局那么的迅猛,力度也减低了,这样大大减轻中国队起球的压力。

反观中国队,灵活多样的技战术,东一枪西一枪的,一如战场上游击队一样,看似火力不猛,却也收到成效。

相持阶段,靠的是意志和毅力,从场面看,似乎中国队员移动的节奏比对方好,证明体能方面还行。

到了12-11中国队领先1分时,阿洪感到有心无力,起球慢,被判持球两次,连丢了两分,加上拦网队员不小心触网,分数一下子被对方反超,首先拿到赛点。

朱教练请求了暂停,他布置一传必须到位,组织好快攻,按照目前的站位,梅锐森在2号位,黄翘在4号位,伍新国在3号位,一传将球送到2号位,按以往是锐森与新国的2.5技战术,但对方已经摸透了我们的球路,那么就要边一二战术,通过平拉快球输送到4号位,由黄翘完成最后一攻。至于强攻还是打手出界,灵活处理。

大家围在一起手摁着手,"嗨"的大喊一声,相互鼓劲。

球过来后,一传稳定接起,球路正是按照战术布置那样流转着,最后来到黄翘的头上。

黄翘高高跃起,对方最高的那位主攻队员也在跟随跳起,手伸得比球还高,强攻是不可能了,黄翘即刻手腕一转,将球向外斜拨。

在身体下落的时候,他看见对方瞬间把手掌收齐握成拳头状,但在收拳头的时候,手指尾还是轻微碰到了球体。

"耶!"他落地后手臂高举,成功了,终于夺回发球权了。

头顶上,裁判的银笛也吹响。黄翘见对方场地的球员在欢呼胜利,他有点愕然,望向主裁判。

第七章 雏鹰展翅，球技惊英伦

主裁判给出对方得分的手势。

黄翘提出了申诉，示意打手出界。但主裁判回应的手势是界外球，并非触手出界，然后吹响完场的哨音。

南斯拉夫的球员已经排好队，一个个来到网前等着与中国队的队员拉手。队长梅瑞森，立即带着队员们排好队与对方握手。

球员致谢的时候，全场的观众都起立，为双方精湛的球艺鼓掌喝彩。

"朱教练，就差3分，我们就可以成为世界冠军了。"赵丁费捧着世界中学生锦标赛亚军的奖座，还是有点不甘心。

"最后那个球，明明是触手了，但裁判误判了，不然夺回发球权，谁胜谁负还说不定呢？"黄翘对最后一球判给对方一直耿耿于怀。

朱教练看着这班充满斗志的年轻人，他感慨地说："胜败乃兵家常事，我们要学会在逆境中进取，在磨炼中成长。大家回去好好总结，再苦练本领，将来的世界，是你们年轻人的。"

第八章 桑梓情深,创办"振兴杯"

一

1981年11月6—16日,第三届世界杯女子排球在日本东京举行。中国女子排球队和来自巴西、苏联、保加利亚、古巴、南朝鲜、美国、日本等7国世界女子排球劲旅进行了11天的角逐。在先后战胜巴西、苏联、南朝鲜、保加利亚、古巴和美国后,中国女排经过激烈争夺,最后以3∶2战胜了上届冠军日本队,以七战七捷的成绩首次获得世界冠军。这是中国在世界篮球、排球、足球等三大球的比赛中取得的历史性的突破,第一次荣获世界冠军的称号,为祖国赢得了荣誉。

消息传来,举国欢腾,"学习女排,振兴中华"的口号响彻神州大地。在排球之乡台山,这股热潮更是通过"振兴杯"排球赛推波助澜。重振台山排球雄风,已经成为海内外台山人的愿望。

20世纪80年代,随着改革开放大门的打开,社会稳定发展,中国内地到处呈现一派天清气朗的景象。经过拨乱反正,侨务政策的落实,人心思归,乡情的召唤,乡土的眷恋,一批海外游子带着不同的心境,跨过深圳的罗湖桥,回乡探亲观光,捐赠物资发展公益事业,一时成为佳话。

黄秀仪在暨南大学毕业后,被分配回台山县侨办,负责联络接

第八章 桑梓情深,创办"振兴杯"

待工作。联络科的老科长吴新民年届退休,组织上考虑到工作的延续性,安排她过来就是希望老吴以老带新,能够顺利过渡交棒给年轻人。

台山是侨务大县,闻名遐迩的侨乡,被誉为"中国第一侨乡",当时有80多万的华侨华人分布世界各地,有人是这么形容:有海水有阳光的地方,就有台山人。

台山是黄秀仪的家乡,她熟悉这里的一山一水,在老吴的指点带引下,业务工作很快就上了手,能够独当一面。

今天一早上班,陆文主任把她叫到办公室,交给她一个重要的任务,就是要跟踪好园林酒店建设项目。

县政府对这个项目非常重视,将之定位为"改善台山投资环境,适应旅游事业发展"的高度。园林酒店是首个大型合资企业,占地面积100多亩,建筑面积3万多平方米,建成后将成为台山最具规模和上档次,集旅业、餐饮、娱乐、旅游于一身的功能齐全的园林式酒店。

陆主任告诉黄秀仪,这个项目县主要领导很关注亲自抓,旅港乡亲朱正贤先生与领导会面时提出,随着对外开放交往的增多,海外华侨华人和外国友人到台山探亲访问的人数逐年增加,目前城区的宾馆接待能力不足,设施落后。他几次回来住的宾馆,连空调、自动热水都没有,非常不方便,希望与政府合作建一个酒店,改变目前的状况。听说只用两个小时就拍板确定了,效率挺高的。

项目落户在南门南湖旁的牛山脚下。酒店的建设速度很快,不到一年的时间已经初具规模。

黄秀仪的母亲谭淑芬对于学弟朱正贤投资家乡建设酒店一事非常高兴,她第一时间就与朱瑞生分享了这份喜悦。朱瑞生在电话里回应说,当初就对正贤抱有很高的期望,现在他事业有成,懂得回报乡里回报社会,果然是热血衷肠的好男儿。

除了县领导、谭淑芬、黄秀仪关注园林酒店的建设进度,廖伊

莲也同样关心着这件事。

廖伊莲与黄秀仪同住人工湖边的环城南路,从小一起跳橡皮绳长大,小学一起在东风小学读书,初中、高中又进入红卫中学同班读书,两人出双入对,被同学称为"姐妹花"。

恢复高考那年,黄秀仪考进了暨南大学,廖伊莲读书时偏课,与大学无缘,但胜在身材高挑、五官精致,又年轻漂亮,被招进华侨大厦当服务员。

当时的华侨大厦,算是县城最好的接待宾馆,靠近人工湖边,空气好,视野开阔,同时又位于市中心,华侨和港澳同胞回乡,都喜欢住在这里。

黄秀仪毕业那年,廖伊莲升为旅业部的部长。当时,她还请了秀仪在咖啡厅喝了一杯进口的咖啡。

中午换班的时候,猛烈的太阳晒得水泥路都冒烟。廖伊莲打了一把太阳伞踏上回家的路。这时,安装在环城南路口的电影排期橱窗张贴了最新电影《孔雀公主》的预告,剧照上的男主角正是她非常喜爱的演员唐国强。伊莲连忙转身,赶往光声电影院售票窗排队买了两张票。

回家前,她先来到黄秀仪的家里。黄秀仪的妈妈谭淑芬正在给丈夫晾衣服,见到伊莲,对着她说:"伊莲来啦?进屋坐,秀仪正在煮饭呢。你越大越漂亮了,几时派嫁女饼我们吃呀。"

"谢谢阿姨,到时一定在我们酒店订份最靓的花饼给你家。可惜骑白马的还没有出现呢。"

"就想看哪个白马王子能够娶走你这个白雪公主。"

走进屋里,见黄秀仪的父亲黄伯健正在看报纸,伊莲上前问好。他只是抬起头来点了点,跟着眼睛又移到报纸上。

"妈,伊莲,你俩聊什么这么开心?"黄秀仪端着菜从厨房走出来。"伊莲,开饭啦,一起吧。"

"够吃吗?"

第八章　桑梓情深，创办"振兴杯"

"你能吃多少？看你苗条的样子，没几粒饭进肚吧。"黄秀仪打趣道。

秀仪有时真嫉妒伊莲，自己平日都很注意控制着食欲和食量，但还是丰满得有点过分，而伊莲却像进口垃圾机，什么零食都往嘴里放，那条腰依旧像读初中没发育一样。该发育的，却又是那么的饱满。

伊莲说起园林酒店的事，想知道大约什么时候开业，招多少人，她有意跳槽到新的酒店，叫秀仪帮了解一下。秀仪伸手摸摸伊莲的脸，笑着说，像你这样的条件，园林酒店恨不得要挖多几个呢。伊莲拍了秀仪一下，"讨厌！"

走的时候，伊莲说，记得了，晚上一起去看电影。

二

早上回到文化站打开门，首当其冲的便有一股呛鼻子的烟味灌过来，这让不抽烟的马腾云很不爽，但无可奈何。

镇里面的文化站，是乡镇里老人活动最多的地方。两层高的水泥房，楼上是文化站的办公室，楼下是镇里老头子阅读报纸杂志抽水烟筒聊天吹水打发时间的地方。当然，这里也是台山有名的文化之乡、书法之乡，家家户户在新年前都张贴对联。每逢春节前后，都由文化站组织当地的书法爱好者在这里举办书法比赛。

马腾云在当地颇有点名气，身处在有"文化之乡"的海宴都，他少年得志，中学时，已经创作了几篇散文在本地编印的刊物发表。中学毕业后，可惜考不上大学，文化站正好需要他这样的年轻人，便将他招进来。而他也很争气，几年来，先后在《广东农民报》《南方日报》以及本地的《台山报》刊发了不少诗歌、散文、通讯等体裁的文章，镇里的人都戏称他为"秀才"。

不要看他外表黑黑实实有点粗鲁，其实心细如发，性格随和，

做事有条有理从不马虎,深得众人喜爱。

他上班的第一件事便是打开电风扇,把呛鼻的烟味吹走,再清扫地上的烟头,那些黏在地下像巨型蝌蚪的"喇叭"烟(当地人用烟丝和烟纸自制的卷烟)尾巴最令他讨厌,需要用竹扫把刷几下才行。

"秀才,搞卫生啊?"只顾扫地的马腾云,不知身后来了人。他连忙转过身来,见镇里的李主任带着两个人走进门来。这位李主任是公社主管党群工作,抓文化的。

"李主任,早晨。"马腾云连忙请大家坐落。

李主任首先开腔:"秀才,介绍两位客人给你认识。这位是报社的编辑许崇,这位是报社的记者贺新红。"

这两个人的名字,马腾云是知道的,但从来没有打过交道,也就不见到真人。此刻,他在认真地将名字对应在这两人的脸上,从中找出代入的记认,免得日后碰到不记得,那就失礼了。

许崇向马腾云伸出手说:"留意了你不少的稿件,文字功底不错,我以为是40多岁的老师,想不到是这的年轻,有前途。此次我们报社领了任务,下乡调查落实华侨政策以及各乡镇侨刊乡讯的情况。这样吧,你是本地人,又是文化站的站长,侨刊侨情这篇文章由你来写。怎么样?好好努力,我们期待着你。"

他的话语似有所指。马腾云没有想那么多,对于突如其来的邀约,心中竟诚惶诚恐。自己一直以来是凭爱好写一些文学作品,以诗歌和散文为主,毕竟是自己的情感抒发而已,怎么写都没有关系。但是,调研和通讯报道的材料就不同了,必须符合领导的口味,他不喜欢,直接就可以毙掉,那么又要重起炉灶,这份苦差事只有当事人自己知道,还不能跟别人说呢。说多了,那就不是领导要求高的问题,而是你自己水平低的问题了。

李主任见他们聊得欢,便操起放在墙边的水烟筒,倒进一点水,用手掌心搓了竹筒口几下算是清洁过了,放些烟丝在细小的铜

第八章 桑梓情深,创办"振兴杯"

烟嘴里,然后将插在烟嘴中别人剩下的那半截香划火柴点燃,烫着烟丝自顾自地在腾云驾雾。

半个月后,许崇的案头摆放着马腾云送上来的调查资料。他详细地看过两遍后,推开了社长办公室的大门。

"社长,看来你真是慧眼识英才。"他扬了扬手里的那叠材料。

老社长笑着示意许崇坐下,问道:"见到马腾云本人啦?感觉人怎么样?"

"从外表看不出是秀才一个,人挺健谈的,印象不错。"许崇谈他的感觉。

"做我们这一行,最重要的是勤快和能力,要跑得写得,人品也很重要,在外工作代表单位的形象。这样吧,你把好关,如果要来做你的兵,就好好带好。"

老社长的话语已经非常明了,许崇意会到了。调动手续两个工作周就办妥。

马腾云文化站长的职务本来就是带双引号的,现在有了正式的事业编制进了城,还搬进了报社的宿舍。虽然这个只有几平方的地方,刚好放置一单人床,一张书桌,还有一个衣柜,基本已难以转动,但他已经非常满足。

报社的宿舍,其实就是县政府机关的宿舍,靠近政府大院,是由一排青砖平房组成的回字形建筑群。中华人民共和国成立前,这些又黑又潮的房子是执政当局专门囚禁不同政见者的牢房。

报社的同事没有住在这里,他们都是城里人,在家吃住。见马腾云新入住,有位高高瘦瘦的后生过来串门。

"欢迎欢迎,终于盼到有个伴一起'坐牢'了。"他爽朗地哈哈大笑,阳光男孩的性格表露无遗。

他自我介绍名叫麦海光,刚从斗山调来县教委当团支部副书记。因大家年纪相仿,很快就混熟在一起。

马腾云主要的工作是跑外勤,负责乡镇报道那一块,另外兼顾文体副刊。

报纸一周三期,工作量不算大,很多稿件,是下面的通讯员提供上来的,修改一下就行。文艺副刊的来稿更多,但是质量参差不齐,儿歌政治腔的不少,但也不乏令人眼前一亮的作品。

对于体育这板块,马腾云没太在意。讲到本地体育,来来去去都是排球,无可否认,在更早的一段时期,台山排球的确风头无量,屡创佳绩,把台山排球推向巅峰。

往后的阶段,因各种原因体育运动被各种各样的劳动所代替,排球运动备受挫折。加上后来乒乓球成为国球、羽毛球异军突起等的影响,包括排球在内等大球类在体坛开始失宠。直到20世纪70年代中期,元气才有所恢复。由于本地人因身高的先天缺陷,在更高更快更强的体育对抗中已渐渐失去优势,台山排球再难复制当年的巅峰时刻。

吃过午饭,马腾云没有睡意,他穿过环城南路,散步来到人工湖边。

人工湖,一直是本地人引为自豪的地方。经过多年的打造修饰,此时已建成了东湖、西湖和南湖。东湖和西湖以双亭桥为分隔,两座水亭结构一致,斗拱飞檐,椭圆形的门洞远观像一对灯笼,特别是夜晚开着灯,伫立在碧波荡漾的湖面,魅影双辉令人流连。

东湖呈回字形,虽小巧玲珑,但亭台楼阁的点缀,曲径回廊的设计,使人感到湖中有湖。走了一圈,马腾云细致地观察到,小小的东湖,五座桥各有特色。

进门的桥,卧波双拱设计,桥的两端和中间相连处有泄流小洞,类似赵州桥。转过正面的龙凤壁,走过一段路,有两座小巧玲珑的鸳鸯桥非常有中国传统特色,绣水雕栏,可以用精致两字来形容。通往湖中心小岛秀丽塔的桥,有点像北京颐和园著名的十七孔

第八章 桑梓情深，创办"振兴杯"

桥，只不过在这里是七孔，孔洞的四周塑有栩栩如生的和平鸽。而通往园林酒店一侧的水面上，静卧一座古老的、采用花岗岩石板材砌筑的单孔石桥，不做任何的装饰，给人以庄重、朴实无华的感觉，与采用水泥钢筋建成的秀丽桥形成鲜明的对比。

南湖靠近马路的那边，已经建起不少的房屋，楼高三到五层，成为了台城新发展的地区。马腾云想，什么时候，自己也能在台城这里买套房子安个家呢？

他继续向西湖那边溜达过去。西湖为大湖，湖中有两个人工小岛，远远眺望过去，爱国亭掩映在墨绿色的榕树当中，一艘仿北京颐和园石舫的两层湖心画舫在午后的阳光照耀下，散发着迷人的晕影。

眼前的一切，已物是人非。他记得读小学的时候，有一年的国庆节，父亲带他坐自行车工友的车上台城，早上天刚发亮就出门，晚上黑咕隆咚的才回到家，除了逛通济路的交流会买东西外，还带他来宁城公园看动物。这是他小时候最开心的事，也是永志难忘的事。

宁城动物园不大，头尾只不过两三百米的路段，紧靠环城南后街。动物园圈养有孔雀、棕熊、猴子、鳄鱼、刺猬、蟒蛇、黄琼、丹顶鹤等，还有十来缸各式各样的金鱼，红的、黑的、金的、白的、斑点的，如水中花。由于是国庆假期，来人工湖和动物园成了四乡人的首选，到处都是人头涌涌，水泄不通。父亲生怕挤散，他的小手被紧紧地握成朱红色。

"同志，照相吗？"

冷不防，马腾云被路旁的人叫喊一声，把他的思绪拉回眼前。

他循声望去，见树荫底下有个年龄比他大几岁的男人守着一个大相框，相框里面贴满了照片，仔细看都是以人工湖各建筑景点为背景的全身照。

原来是照相佬拉客。那个年代，照一张相片还是比较奢侈的事

情,上了年纪的乡下老人,有的一生还没有拍过照片。改革开放初期,在人工湖边有十个八个替人拍照的流动摊档,成为了一种特殊的职业。

马腾云原本无意拍什么照,但他一想,自己调入报社正式上班了,算是城里人啦,影张相给自己留念也不错,寄回家给父母算是报平安。

见他在犹豫,影相佬知道有希望了,马上凑过来,把手里的相册摊开给马腾云看,游说他这个好那个好。

马腾云翻了一会,说:"背景都是千篇一律的,没有什么新意。"

照相佬知道遇上了挑剔的客人,他很奇怪,别人来这里,都是选知名的标志性的景物为背景,人往前一站,咔嚓一声,大半个月后,洗出来的照片拿到手,就像宝贝似的存放着,不时拿出来回忆,甚至在人前炫耀。

相册里大多数都是四方的黑白相片,没有什么好看的。翻到后面,一张大四寸的彩色相片引起马腾云的兴趣。那是一位白衣少女很随意地坐在一张石凳上面看书,侧光投射在她青春的脸蛋上勾勒出美丽的轮廓,头上绿色的树叶在逆光里脉络清晰,加上背景里一座红色的楼房作衬托,颜色非常和谐,像一幅宁静的油画。

"这个在哪里拍的?"马腾云问道。

照相佬瞅一眼,说,"那是在红楼前。"

红楼?马腾云眼神带着困惑:"你这张照片的标题不是《红楼读西厢》吧?"

说过这话,两人相视一笑,拉近了两人的关系。照相佬自我介绍说名叫林晖,自己有个固定的冲印店在环城南,平常多在人工湖周边给人照相。这张照片是在人民广场旁边红楼前拍的,与其他人的景点留影不同,这照片是以人文的视觉去处理的。

马腾云不懂摄影,但他看出这张照片是很用心去拍出来的。

第八章　桑梓情深，创办"振兴杯"

林晖给马腾云也在红楼前照了一张：马腾云双手翘叉于胸前，斜靠湖边的紫荆花树，眼望前方。

眼前这座红墙绿瓦的建筑物伫立在广场东侧，靠近人工湖边，非常的醒目。它与旁边的工人文化宫等建筑物在风格上完全不同。工人文化宫带有当时流行的苏联式的建筑特色，而红楼则是我国传统楼阁式的建筑风格。

在马腾云以欣赏的目光观察着它时，他觉察到很多的后生仔在红楼出出入入。

林晖对这一带非常的熟悉，他告诉马腾云，说这是县业余体校的宿舍，这些后生仔很多是打排球的。前边灯光球场旁边的风雨球场就是他们的训练场所。

顺着林晖的手指的方向，马腾云见到一座用竹竿和沥青纸搭建的简陋场馆。出于职业的需要，他这个负责文体报道的记者必须前往探个究竟。

刚走到场馆门口，有位高高瘦瘦的年近半百的男人主动跟林晖打招呼。"阿晖，今天怎么有空过来看球？赚够啦？"

听这话语，马腾云知道此人和林晖是熟人了，性格应该热情、豪爽、诙谐。

林晖递给对方一根香烟："高佬张，整支烟啦，口水多过茶，你以为生意真的这么好做吗？"

高佬张接过林晖递过来的烟，拿起瞧了一瞧："呵呵，大前门，不错。这位是？"他盯着马腾云问道。

"我——的朋友，报社的记者马腾云。"林晖把口唇边"新认识"的三个字吞回肚子里，这样的表述，显得他与马记者的关系不一般。

高佬张伸出他那葵扇般的大手，对马腾云说："马记者你好，欢迎过来指导。以后过来看球，不论是风雨球场还是旁边的灯光球场，只要是我把守门口，你叫一声高佬张就行。"

好！马腾云握着对方粗糙的大掌。

"别看现在高佬张这副懒蛇的样子，当年他是网上飞猫，弹跳力惊人，3号位快攻犹如闪电，对方还未反应过来，球已经落地了。"林晖介绍说。

"好汉不提当年勇，过去的就过去了。现在遇着刮风下雨天，这条老腰骨疼得要命。"高佬张一脸落寞。

场馆内，两个排球场上已经有不少的人。一部分是年轻的业余体校的学生，他们大部分光着膀子，在场地的一端，两个人一组的面对面在练球，有的在用双手传球，有的在用单手扣球，十来个排球在半空起起落落。

而在另外一个球场，梅锐森、李彪、赵丁费与其他的球员在进行格仔赛。

所谓的格仔赛，就是各球员在自己固定的格仔（范围）内进行打球，无须换位，可以同等人数也可以人少打人多，是将9人排和6人排的一些规则演化过来的。

好处是没有那么多规矩，自由组合，灵活多样，适合各种场合，很受群众的欢迎。

马腾云感到非常的奇怪，这边是5个人，那边是3个人，双方打得难分难解，旁边围观的观众看得入迷，不时还发出兴奋的叫好声。

"李彪，给我来一个。"

"好，看着。"

场上赵丁费接好一传送到网口，李彪跳起传球，梅锐森马上扣了一个短平快。

马腾云对于排球运动项目认识不深，也不会玩，虽然是土生土长的台山人，但他玩排球的机会不多。读书的时候，小学上体育课只是摸过排球，读初中时只是上过几节，知道搓球和扣球的分别，后期劳动课取代了体育课，再也没有摸过排球。

第八章　桑梓情深，创办"振兴杯"

在乡下海宴都，当地玩排球的人不多，乒乓球因场地和人数不受限制而具有广泛的群众性，打球的人较多。

马腾云饶有兴趣地看着场上的比赛。不要小看只有3个人的这边，一点也不落下风，双方的比分咬得很紧。特别是那个被人叫丁费的，发出的球非常奇怪，排球在空中似乎飘着过去，对方好几次都碰不到球，即使是碰到也飞了出去。

马腾云向高佬张请教，这是什么技术？

高佬张介绍说，这叫上手飘球。不要看开球的人似乎不用力，力度是击打在球的一边，用手砍过去，球在空中形成旋转遇到风速就会改变方向，飘忽不定，接球的人很难作出判断。发球另外还有勾手飘球、下手发球、扣杀发球等等，你慢慢看就会看出门道。

"为什么这边是3人与对方5人对抗？这样公平吗？"马腾云不明就里，继续问道。

高佬张嘿嘿一笑，说："这就是台山排球的魅力了。我们民间的球员，讲究的是技术全面，灵活多变，无论放在哪个位置，都可以独当一面。公平不公平，不是旁人说了算，对阵双方认可就行。你知道吗，早两年在英国举办的世界中学生排球锦标赛，台山业余体校有6名队员入选中国队，由朱绍灿教练带队前往比赛，获得了第二名的好成绩。这3人里面有两个是当时的主力队员，厉害吧。对方的5人也不一定打得赢他们呢。"

马腾云点头称是。

"他们已经毕业了，去年考上了广州体育学院。假期返来约了回母校玩，忍不住就来打几场。"高佬张补充说。

马腾云再看了一会，当双方的大分打成2：2时，看看手表，时间差不多了，就告别了林晖和高佬张回单位去了。

三

自从乡务委员陈兴德在会议上透露了旅港乡亲朱正贤先生和朱炳宗先生捐资赞助首届"振兴杯"男子排球邀请赛,将在1982年春节期间举行的消息后,整个三合又躁动起来了,茶余饭后街谈巷议都是打排球的事。

毕竟在大半年前,由旅港乡亲在三合公社举办的"丰收杯"男子9人排球赛的余热还未完全消褪,大家还记得黎洞队与洋澜队争冠的激烈场面,那颁奖现场的丰富奖品至今还令人津津乐道:冠军队奖彩色电视机,亚军队奖黑白电视机,第三名奖的是四个喇叭的收录机。对于当时人们对家用电器的认识还只停留在风扇、半导体收音机等而言,这些高档电器确实吊足胃口。

洋澜生产队队长李祥全早就按捺不住。"丰收杯"比赛,他们的队只拿第三名,大家梦寐以求的电视机,就差这么几分而从眼皮底下溜走。赛后大伙大呼不甘,望卷土重来再战。听闻明年春节又有球赛,他马上召集了平日里玩排球的一班后生,在他家里开会商量。

大家基本准时到达,点一下人头,就差阿良。李祥全问有没有通知到他本人,阿康附应回复说自己亲自去到阿良家里告诉他了,当时他答应过来开会的。

再等了10分钟,还是不见阿良的踪影,李祥全说不等他了,我们自己研究一下如何组队参加这次9人排赛事。

大家七嘴八舌说了一大通,最后确定了队长和副队长的人选。新选出的队长何畅民说,全叔要做领队,同时兼顾做好后勤保障工作。

李祥全听后哈哈一笑:"就知道你鬼仔多心眼。这个你放心,有我在肯定会做好后勤服务的。怎么样,来笼大包好吗?"

第八章 桑梓情深,创办"振兴杯"

三合圩茶楼的大包远近闻名,由白面粉制作,个大馅料足,里面是有新鲜的五花肉、咸蛋黄、葱花为馅料,蒸出来面香扑鼻,咬一口齿颊留香。

听闻有大包吃,个个口水欲流,齐声叫好。李祥全从厨房端出两笼热气腾腾的包子。

"这是我老婆做的包子,不比茶楼的差,大家尝尝。"

在大伙津津有味吃着包子的时候,才见阿良推着新买的那辆28英寸红棉牌自行车停放在门外走进来。

"阿良,年卅晚早洗脚莫,这么好脚头神的?有包吃。"

"气饱啦。"阿良扬起手掌,看上去满手油污。

"怎么啦阿良?"李祥全关心问道。

阿良满肚子火,但有些事难以说出口。今天他答应了阿康过来商量组队打排球的事,刚准备出门时,阿珍来约他,想叫阿良载她到城里去。

这么晚去城干嘛?阿良问她。

她说,听人家说城里的文化宫新开了雪屐场(滚轴溜冰场),也想去玩玩。还有,想去天桥那条街翻录邓丽君、徐小凤的卡带。

自从阿良的父亲用外汇券从台城友谊商店给他买了一辆自行车后,阿珍就不时主动过来找阿良,要他带上她到处去转。但在之前,阿良去找她,她就扭扭捏捏,没有什么好面色给阿杰看,一副小姐脾气。

阿良跟她说今天已经约了人,改天才去。阿珍一听就不爽,拉长马脸,大声跟阿良说你今天不载我去台城,以后不要来找我了!

血气男儿的阿良,当然不吃她之一套。两人相处,最紧要是两情相悦,如果被女人这么强势压着,以后还怎么见人!他推转车头就走,起得阿珍在后面直跺脚。

心情不好,加上天黑路窄,阿良骑自行车在沙路面打滑跌倒,链子也掉了,只好在路边折树枝把车链重新复原,弄到满手油污。

在大伙面前,他没有说与阿珍的事,只是自嘲说:"今天黑仔,骑车趟了沙包,搞到周身污糟邋遢。"

何畅民把刚才商量的事情跟阿良再说一遍。阿良说,场地的问题没有说呢?

什么场地?大家现时不是都在禾堂里打球吗?李祥全反问。

阿良说:"在禾堂打球,水泥地面非常硬,时常损手损脚,有些球打过来不敢扑救。还有两造收割后,各家各户都在禾堂里晒谷,我们晚上想打场球也不行。我建议找个地方,重新造一个球场,泥土地面最好。"

阿良的提议大家都觉得非常好,纷纷附和。

当地的山岗地很多,多是红色或黄色的泥土,这是因为山上的泥土由于雨水的冲刷有机物都流失了,里面的铁被氧化所致。贫瘠的土地种植不了什么好的东西,当地人多种花生和木薯。

说干就干。经过一番的考察,李祥全选了村后山的一块较为平整的山地,带着一班后生砍树刨根,清理杂草和筛掉大小石头,按照标准场地整了一个空地,将两根大碌竹竖起,叫人到天桥百货商店二楼的文体柜台买回一张排球网拉起,按照标准场地用石灰画了界线。

一个像模像样的简陋排球场呈现在大家的眼前,前后只不过5天的时间。

为了大家能够在晚上打球,李祥全还叫人专门拉了电线过来。球场正式使用那天,举行了一个简单的开波仪式,由李祥全在底线向前场发出一个勾手球。

每晚,洋澜排球队都在自己的排球场上备战,扣杀的声音响彻夜空,吸引了不少的人前来围观。

自从认识了高佬张,马腾云经常过来看球,晚上没有什么需要赶的稿件,他就到人工湖散步,顺道找他聊一聊排球的事,强补关

第八章 桑梓情深,创办"振兴杯"

于排球的知识和术语。

这几年,台山的排球,特别是青少年的排球队多次在国内的重大赛事取得优异成绩,他这个负责报道本地文化体育消息的记者,如果不会看球、评球,怕会被人看低和讥笑。

县体委办公室秘书谭淑芬也帮了他不少的忙。这位老大姐,是台山排坛元老谭嘉仁的女儿,一直在体育部门里工作,她非常有心思,收集和整理了大量有关台山排球的资料。马腾云有时需要找一些资料,就会到她的办公室去一趟,总会有所收获。

这晚马腾云约了高佬张去湖心船仔饮茶。闲聊起来,高佬张说起三合乡下排球赛的趣事,说起明年初的"振兴杯"排球赛又是他乡下的旅港乡亲捐助的,现在各地都在加紧训练,争取出好成绩。

马腾云点点头,说这事我知道,报社已经给我布置任务了,将全程跟进这项赛事。"三合是你乡下?"

"怎么啦?要查户口吗?"高佬张答他。

马腾云接过话题:"那好,你带一带我到你乡下去,熟人熟路,我要了解一下当地的情况,提前量做做准备功课。你们打球的需要热身,我们写文章的也需要热身。"

第二天刚好是周末,马腾云骑着报社那部旧自行车经过人工湖往广场那边去,林晖老远就见到他。

"这么早去哪?"

"约了高佬张,到他乡下三合去看看。有兴趣吗?"虽然口头是这么说,但马腾云估计,今天休息日,游人来人工湖玩的比较多,照相的生意应该比平日好,林晖应该不会跟着他们去的。

不料林晖马上收起纸皮相架。"你载我回档口把东西放好,我们一起去,很久没有到外面采风了。"

"不做生意了?看来高佬张说得不错,你捞够了。"

林晖嘿嘿一笑,答道:"小本生意,老鼠尾生疮。照相赚不到几个钱,冲印和卖菲林才是大头。"

回到双亭街的档口,门店还没有开门。林晖叹了一口气,取出钥匙打开门,把东西放好,然后推了部自行车出来。

林晖的老婆喜欢打麻将,经常在下半夜才回来,早上懒起床,睡到中午才过来。虽然如此,但幸好林晖门路广,拿到批发的菲林,价格比东方和红光两家国营照相馆便宜,很多玩摄影的都在他这里买。

林晖当时在本地区玩摄影比较早,是县摄影家协会的理事、省摄影家协会会员,不仅在摄影方面有自己的风格,暗房处理也不错,有多幅作品获过省级的奖项,技术好加上人缘好,协会里的人都喜欢把创作照片拿来他档口冲晒。

也因为这样,令他老婆有种感觉钱自动送上门来,不用怎么捱辛苦,日子也会过得滋润。

台城到三合不算远,不用一小时他们三人就到了洋澜大队部。

马腾云不知道,其实高佬张此次回乡,是李祥全叫他回来指导球队的。他们俩是同学,同在三合读小学,李祥全性格稍为内向,爱读书,而高佬张性格外向,屁股坐不热凳子,他父亲曾骂他拿排球比拿书本还多。当年高佬张是学校排球队的主攻手,一度被温泉体育会招募,曾经与仁社排球队交过手,成为对手重点研究和防范的球员。

至于毁了他排球之路的腰伤,是在乡下建房子的时候,他恃自己年轻够气够力,所有的重活他不经人手,由于劳累过度,加上本来两个人抬的木梁他自己一个人顶硬上,结果扭伤了腰,最后经过确诊是骨节移位,从此再不能在网上飞。

还未进生产队部的门,就闻到很香的炆肉味道。高佬张很兴奋,像吟诗一样的大声说道:"年尾天时,天寒地冻,一杯烧酒,两斤狗肉,三位好友,四方台头。"

李祥全哈哈大笑着从里屋走出来。"高佬张几时变成了出口成

第八章 桑梓情深,创办"振兴杯"

章酸溜溜的秀才?"

高佬张跟着大笑,说:"我怎么变也变不成秀才,今天是带了两位秀才来见你。这位是报社记者马腾云,这位是摄影家林晖。"

一一握手后,李祥全把马腾云他们请进屋里。马腾云说明了来意,是想在排球赛之前,到处看看和听听,了解当地的民风民情,回去弄一个系列报道。

李祥全说:"你来得正是时候,下午陈德兴委员过来这里召开一个现场会,其他大队的队长都来,有什么需要了解的就问问他们。"

那也真的太巧了,马腾云相当兴奋。有时候就是这样,千方百计去寻求的东西不一定能如愿,而有些事却在你无意中带给你惊喜。

寒暄一番后,他们来到新建的球场上,只见两队已经蓄势待发,就等着李祥全的银鸡吹响。随着他"哔"一声,排球场上球来球往,战火纷飞。

高佬张认真地看着每位球员的技术动作,不时地用笔在小本上记录着,他要发现每个人优点和缺点,通过互相弥补不足,形成整体合力,那样才算是一支合格的球队。

至于要成为优秀的球队,还要整体攻防出色,不能偏重某个方面,还要战术配合,临场应变能力强。

林晖拿着他的相机,不停地走位抓拍,他要留下一些影像资料,若干年后就成为历史见证。这也是马腾云给他的任务。

球场上,一众年龄相差几十年的球员在玩得不亦乐乎。最小的是高中刚毕业的小明,最大的是负责二传的老江,他接近50岁了,依旧步伐灵活,手法娴熟,组织起全队流畅的进攻,真可谓宝刀未老。

当一传把球喂向网口,老江看球比较高,他提前跳起,并不是跳传,而是一个转身,把球轻抹到对方的球场上,轻松地取得

一分。

"好！姜还是老的辣。"一把洪亮的声音从身后传来。

听到这把熟悉的声音，李祥全才知道陈兴德委员已经来了。

陈委员个子不高，看上去40岁出头，理了个短发，穿了件洗得干净已经褪色的衬衫，两道剑眉下目光炯炯，鼻梁很直，给人一种干练的感觉。

来三合之前，社长交代任务给马腾云，要他了解一下三合旅港乡亲朱正贤先生的基本情况。据侨办和体委的消息透露，朱先生不仅有赞助第一届"振兴杯"排球赛的活动，还投资在南门牛山脚下新建一座大型酒店。

县委宣传部指示报社要及时配合有关部门做好改革开放新时期的侨务工作，大力宣传侨务政策，进一步凝聚侨心，焕发"三胞"恋祖念根、爱祖国、爱家乡的民族感情，抓好典型人物和事例，写好侨文章。

大家回到队部坐落，一边吃着狗肉喝点小酒，一边聊了开来。

"陈委员，朱先生的情况你熟悉吗？"马腾云问道。

只见陈委员与李祥全相视一笑。

"人家是穿开裆裤时就认识了，一起长大的。"李祥全说。

马腾云大喜，他连忙掏出笔来，打开笔记本，记录有关朱先生的故事。

1940年，朱正贤出生于台山三合东联村委会西江冲村，家境一般，以种田为生，上有两个姐姐，他排行最后。由于是家里的独仔，父母希望他能够读书成材，即使家里几困难，也想方设法供他读书。

正贤也不负父母的期望，他拿得起本书，读得也入脑，虽然没有一目十行过目不忘的本领，但天资聪颖，品学兼优，常常受到教书先生的表扬。

正贤的舅父是个小商贩，在圩里开了一间杂货铺，香烟水果油

第八章 桑梓情深,创办"振兴杯"

盐酱醋茶样样都有。由于正贤就读洋澜小学,离三合圩很近,每天放学,他就跑过来舅舅的店铺,一来帮手看看店面,二来蹭些零食吃解解馋。

舅舅知道他的心思,也非常疼爱这个精灵的外甥,除了保障他的安全,其他的放任不去约束他。

正贤8岁时已经显出非同凡响的生意头脑。他观察到村里抽烟的大人,有些烟瘾大的,抽光了没有烟续四处找烟,整个人显得烦躁。他知道,这是商机,便从舅舅的商铺里记数拿了几包烟拆散放在书包里,当见到有人想找烟抽的时候,他就拿出来卖。由于是散卖,价钱比整包出售贵不少,但对于烟屎佬来说,买一根两根暂时解决一下烟瘾比买整包用钱少。

从两边看,都是占了便宜,皆大欢喜。而最大的得益,肯定是正贤,口袋里有零钱了。

除了卖散烟,正贤还把整根的黑皮甘蔗截短为一节节,放学的时候就拿出来卖,颇受同学的欢迎。

"想不到小小的年纪,脑袋竟这么的聪明。"林晖由衷地佩服。他自己也是生意人,面对这神一般的传说,只能甘拜下风。

"他不仅天生有生意头脑,读书也是顶呱呱的。"陈委员接着说。

小学毕业后,正贤考进了台山师范,在校读了一年,再考上广州华南师范学院附中。两年后,跟随家人移居香港。

1958年已经18岁的朱正贤,进入香港的银行当打工仔。除了这份正式工,他在家里购置了几台设备,接塑胶花进行加工。

他接的这些货单,正是香港塑胶花大王李超人属下企业派出的货单。正所谓大树底下好乘凉,他的货销路一直很稳定。就这样,白天在银行帮别人打工,晚上接货单自己做,逐渐积累了第一桶金。

后来,他又转营加工毛衫,同样做得有声有色。

台山排球故事

在熟悉了金融业务后,朱先生加盟到香港泰盛公司做房地产并投资股票。他以自己的聪明才智和独到的观察力及果敢判断力,令业绩大幅攀升。他的才华得到董事会的肯定,很快就被提升为公司董事,成为金融界的知名人士。

1972年年初,朱正贤亲手创办了香港时富(集团)有限公司,总部位于香港环球大厦。公司在他的精心经营下,不断滚动发展,逐步壮大,经营领域不断拓宽,业务拓展到海内外,在加拿大、澳洲、新加坡及国内各大城市设立时富地产、时富财务、时富金融投资等32家子公司,经营范围涉及地产、建筑、制造、金融、投资、酒店、旅游等多个领域,成为一家实力雄厚、多元经营、信誉超卓的企业。

朱正贤自幼就喜欢体育运动,因而与体育结下不解之缘。在排球队里,他是核心的二传手,灵魂人物。为了保持精力旺盛,他除了每天忙碌商务外,余下就是关心体育和参与活动。曾先后组织有台山乡亲参与的宝兴隆及生和队参加全香港排球公开赛,并多次名列前茅。他在事业上取得巨大的成功的同时,心中总有一个心愿,就是想为家乡做些好事和实事。

正是有了三合"丰收杯"排球赛的成功先例,他向当时的县领导倾吐心声,为了振兴台山的排球,他愿意出钱出力,举办"振兴杯"排球赛。

主人翁的故事很生动,不仅励志,还充满爱国情怀。马腾云构思着如何写好这篇乡贤爱国爱乡的通讯报道。

四

踏进20世纪80年代第二个春节前,台城的街头到处张灯结彩,喜气洋洋。而在大多数人准备年货过节的日子里,谭淑芬母女两人为了"振兴杯"排球赛事,一个在体委,一个在侨办,都忙

第八章 桑梓情深,创办"振兴杯"

到不可开交。

1982年首届"振兴杯"排球赛,是从去年的三合"丰收杯"更名而来的。按照赞助商朱先生的话说,给农民兄弟举办"丰收杯"排球赛是庆祝丰收;举办"振兴杯",目的是通过振兴台山排球,达成经济振兴、国家振兴的愿望。

此次赛事,除了惯例的台山男子9人排球赛,还邀请了来自广东、福建、江苏、浙江、上海、北京等6支男子排球队进行6人排球赛。

根据安排,赛事分散到台城、三合、水步、端芬、广海和冲蒌等公社的灯光球场进行。

在前期的筹备工作会议上,谭淑芬提出自己的意见,认为从人力、场地、交通、食宿、安全、保卫等各方面详细考虑,她对于分散到各公社比赛的方案有所保留,认为最好集中在两个地方就行,方便管理。

这是从她的工作范围进行考虑的。作为秘书长,需要多方面的协调,无论哪方面出错,最后担责还是她,责无旁贷嘛。

体委领导听了她的发言,先是肯定了她思路清晰,能考虑到方方面面,但也指出她思想保守,从本位出发,只考虑方便管理而忽视要全面振兴台山排球这个大前提。将赛事放到上述地方,是有原因的,它涵盖了台山排球群众基础最好的地方,在那里设赛场,球市人气高涨,影响大。西南片排球基础相对较弱,则以广海为点进行影响辐射。

最后,由谭淑芬牵头的办公室拟定了方案:

一是向国家体委呈送报告,请求委派高级裁判员支援。

二是成立临时领导小组,县主管领导挂帅,全面指挥。

三是成立组委会,下设多个小组:场馆组负责各地的比赛场地,与供电部门联系确保比赛场地用电的问题;交通组与车站联系好班车,保障运动员准时到位;后勤组负责安排各球队的食宿,确

保饮食卫生;保卫组与当地派出所联系,用警力维持秩序;宣传组负责整个赛事的报道以及总结。

虽然工作任务重,但条理清楚,谭淑芬一抓到底,各项工作进展还算顺利。很快,国家体委回复了,同意派出4名排球国际级裁判员和2名国家级裁判员到台山来。在国际级裁判员名单里,其中的马达才为台山四九公社人。

黄秀仪也被抽调到组委会,主要是负责被邀请的嘉宾和回来观礼的侨胞的后勤工作。

这几天,她基本上天天跑华侨大厦,作为当时台城最好的涉外宾馆,全部留给大会的嘉宾。

廖伊莲泡了杯乌龙茶给黄秀仪,叫她歇一歇。

"客人入住多少啦?"秀仪问道。

"住了一半多了。"

"有入住的名单吗?我需要核对一下。"

"有,你等一下。"

伊莲把入住登记册递给秀仪,然后开始削苹果。她很手巧,也很专注,用拇指压着小刀,一寸一寸地慢慢转着圈削,她要削好苹果而整条果皮不断裂。

她听别人说,如果削苹果皮不断开,会好运连连。她还听说,如果在子夜时分,把整条削好的苹果皮圈住整个小镜子,会看到自己未来的伴侣。

对后者,她不会相信,那是哄无知少女的游戏。

秀仪仔细地在校对,她要知道哪些人已经入住,哪些人还需要跟踪,如果他们没有按时到场,会不会路上出现什么意外的状况呢?

外事工作无小事,领导是这样反复提醒,她也谨记在心头。

"哎,怎么有这个名字入住?"秀仪发现了问题。

什么情况?伊莲一惊,快削到底的苹果皮断了。她见秀仪一脸

第八章 桑梓情深,创办"振兴杯"

的认真,悄悄做了个鬼脸,放下果刀,凑过头来。

这里!秀仪指着一个名字说。

伊莲带秀仪来到前台,问怎么有安排这个客人入住。前台的想了一下,说是附城侨联的钟副主席带过来入住的,是一对老华侨,记得当时那个老婆婆还需要搀扶。

乱套了!黄秀仪第一反应就是这三个字。华侨大厦的房间已经全部安排有嘉宾入住了,如果中途有人占了一间房,那么,另外的客人怎么安排?

接待工作最怕就是中途改变了计划,原来的那一套方案就会白费。但事情总会在不断变化,靠的是临场应变能力了。这也是领导教诲的经验之谈。

镇静、镇静,秀仪心底下默念着,她立刻拿出另外一份名单来,那是安排在石花招待所的嘉宾名单,果然在上面有这个人的名字。

她立刻回单位向领导汇报此事。分管的主任马上摇电话给附城侨联找老钟了解情况。

原来,被安排入住石花招待所的老华侨夫妇,因靠近水库边湿气重,加上天气寒冷,只住了一晚,老婆婆的风湿病发作,见此,老钟自作主张安排他们过来入住华侨大厦。

幸好发现及时,不然等到客人来到前台登记入住才发觉没有安排,那影响就非常不好,侨办于是马上进行了调整。为此,黄秀仪受到领导的表扬。

听说朱先生已经回台山入住了酒店,马腾云想第一时间采访他。他将有关的采访提纲报给社长,社长再报给县委宣传部。

宣传部同意采访的内容,但具体的采访时间,还需要与县侨办协商好。

马腾云拿着批复文件来到县侨办找到了陆文主任。陆主任说,

那就抓紧时间吧，后天"振兴杯"球赛就要开锣了，我先跟朱先生打个招呼确认一下，看他是否有时间。

他拿起电话摇了几下，接通后，请对方转接，等了三四分钟，那边回复了。双方通话不够一分钟，他就放下电话。

陆主任示意马腾云先坐下，他走出去，然后就带了一个女孩子过来。"认识一下。这位是报社记者马腾云，这是我们联络部主管黄秀仪。"

一句话，把两人都介绍给了对方。

事不宜迟，黄秀仪带着马腾云直接往华侨大厦走去。当他们到达华侨大厦大堂的时候，就见朱先生刚从楼梯走下来，黄秀仪正准备上前做介绍的时候，朱先生却先伸出手来发问，小黄，这个是马记者吗？真不巧，县领导派了车过来接我过去有要事商量，看来今天的采访要取消。真不好意思！

马腾云握着朱先生的手，感觉他很儒雅、很随和。"没关系，您先忙，下次再约机会。"马腾云目送他的背影走出大堂，上了门口的一部小车离开。

"你的脚头有点不好。"黄秀仪说得有点调皮。

马腾云转头望向黄秀仪，现在才近距离详细看她。短发，圆圆的脸，笑起来有个不轻易发觉的小酒窝，丰满、健美。他忽然有种感觉，好像在哪里见过她。

"不知是你还是我呢？"记者的嘴下不服气。

"那肯定是你，朱先生回来几次都是我接的，你才是第一次见人家。"

能够这样比较随意地跟初见面的男孩子说话，黄秀仪自己也觉得莫名其妙。虽然干这一行接触的人多了，自己感觉成熟不少，可以落落大方不再像刚工作时那般的紧张，但对眼前的这位不甚英俊的男孩似乎无须什么好掩饰和做作的。

她知道马腾云这个人，报社文体记者，负责的文艺副刊一直是

第八章　桑梓情深，创办"振兴杯"

当地文艺青年寻梦的地方，她也有投稿，曾刊登了两篇散文和一首诗歌，但她用笔名，没人知道是她。

其实她见过马腾云一面，那次和杂志社的小蕾到邮局寄侨刊的时候，柜台的几个小妹妹指着在兑银处的马腾云在细细低语，说作家又来取稿费了，当时她就好奇地望了他一眼，只是他没有察觉。

可能大家是同龄人吧，说话无须那么的拘谨。心底下她自我解释。

廖伊莲不知从哪里冒出来，她来到秀仪面前问："找我吗？"

"不是，你自作多情了。"黄秀仪损她一句。

廖伊莲看了马腾云一眼，然后以神秘的眼神望向秀仪："好——朋友？"她故意拉长了语气。

"才认识的。"秀仪一把挽起伊莲的手，"走，陪我逛街，买新衣服过年。"

两人在马腾云面前摇曳而过，廖伊莲曼妙的身姿显得更动人。马腾云心里荡开异样的感觉。

年廿八的晚上，第一届"振兴杯"排球赛正式开幕。开幕式上，朱正贤先生西装革履，与县委县政府的领导端坐在主席台中间，朱正贤的身旁坐着他漂亮的爱妻朱梁小玲女士。县领导宣布第一届"振兴杯"排球赛正式开始后，朱正贤发表了热情洋溢的讲话。当他发言完毕，主持人邀请朱正贤到球场中间，主持发球仪式。

只听见主持人通过广播向全场的观众宣布："请朱正贤先生开球。"

看台上的观众乐了，他们平日里看穿西装的人已经少，哪里看过穿西装的人来开球。

西北角位置有两位老伯为此事在争论。一位说朱先生肯定会脱了西装才开球，不然箍住胳膊无法开球过网。另一位说，他曾经打过排球，开球易过口水点芝麻啦。

两人你一言我一语,谁也不服谁。最后还对赌,谁输了谁请吃花生糖糊。

在两人还在争论不休的时候,只见场边的工作人员,把一个崭新的排球送到朱先生手里。

朱先生接过,只见他精神抖擞,左手持球,抡开右手臂,打出一个漂亮的下手球,只见白色的球影在空中划出一个弧形,然后曲坠在场地的另一端。

哗哗哗的掌声在灯光球场的上空传出围墙外面,外头没票进场的几百号人,同样感受到球场内的热烈,虽然他们站在寒风里,但只要听到球场广播播报的比分,他们就心满意足,似乎到了现场一样。

球赛从年廿八开始一直打到年初二,经过5天的鏖战,6人排球赛由北京队获得冠军,福建队和上海队分获第二、第三名,四至六的名次分别是广东队、江苏队、浙江队。

本地9人排球赛,梅锐森、李彪他们一班业余体校的同学,被聘请加盟到各乡镇的排球队伍,赛场上成为了对手。最后由梅锐森加盟的斗山中礼队因为拥有百晓、左手伦等多名毕业于体校的球员,力压群雄,勇夺冠军,第二至四名的依次是都斛南村、白沙墨林、水步茅莲。

全场最高潮是颁奖环节,县领导与朱正贤先生一道为获奖的队伍分别颁发锦旗、奖杯,然后是大彩电。当年轻漂亮的礼仪小姐列队抬出大彩电时,暴风雨般的掌声和喝彩声在人工湖畔久久回荡,把夜宿在湖边大榕树上的小鸟都惊得乱飞。

当天,台山县排球运动协会成立。担任协会名誉主席的朱正贤先生及其夫人朱梁小玲女士、朱炳宗先生等三人,捐赠港币3万元成立台山县排球运动协会基金,希望协会会员为振兴台山排球运动、培养优秀人才而共同努力。

30年过去,久别重逢的学友,感情依旧。虽然正贤与淑芬是

第八章 桑梓情深,创办"振兴杯"

差了两届,但一同回忆起在台山师范学习的岁月,往日的情景历历在目。

庆功宴上,众人脸上笑意盈盈,为赛事取得圆满成功而举杯庆贺,唯独朱先生满腹心事。

有领导察觉到朱先生的神色,他特意拿起酒杯来到朱先生的身边,问道有什么做得不够好需要改善的地方吗?

朱先生说,本次排球赛组织得非常好,领导重视,各部门大力配合,每支球队都打出水准,我本人非常满意。明年,我还继续赞助第二届"振兴杯"排球赛。

领导听后连声说好。朱先生接着说,现在的风雨球场太过简陋了,说是风雨球场,狂风暴雨它肯定抵御不了,漏水是常事吧。另外棚顶也太矮,不符合标准,光线又不足,影响正常的训练,如此怎么会练出好水平、培养好球员呢?我是这样想,再捐50万港元,重新建一个体育训练馆。

县领导紧紧握着朱先生的手,此刻,无声胜有声。

风雨球场开始拆除,高佬张悲喜交加。

悲的是,自己曾在风雨球场摸爬滚打,泥地上不知洒下多少的汗水,即使无法打球的日子,自己也在这里看守,每个角落每根竹子,自己都了如指掌,场地就如自己的家。现在拆了,就没有家了。

喜的是,在这里将建一个训练馆,新的场地新的设施,将会有更多的人来打球、看球,台山排球将会以此为基地,再次振兴,再次腾飞。

在拆除棚架的日子里,他每天都在场,亲眼看着风雨球场一点一点地消失。直到最后一天,他用剪刀裁了一块沥青布回去留作纪念。

林晖闻风而来,在拆前和拆后分别给高佬张拍了照片,高佬张

就一直守着这两张照片,等着新馆的落成。

人工湖西湖这边拆除旧迹,南湖那边的园林酒店即将竣工。

马腾云专程跑一趟北陡,将园林酒店已经建成的消息告诉甄伯。

甄伯今年72岁,患有先天性心脏衰弱。早年两个儿子先后出国,女儿嫁到台城,剩两个老人在乡下。孝顺的子女为了两个老人家能安享晚年,便在台城南门丰和里买了一间旧屋改装好接他们上台城住,以便留在台城的小女儿进行照应。

自从园林酒店开始建设,那个打桩机"嘭嘭"的响声,每一下都震在甄伯的心脏,他感觉吃不消,亲自跑到报社来反映情况,希望报社帮他出头解决问题。当时马腾云见过他,还沏了一杯四九红茶给他。

那个年代的土建,都是这样的打桩机,井架竖得高高,通过马达传动,把锤头拉到最高位,然后通过自由落体往下砸桩头,一寸一寸将柱体打进泥土的深处,那震天动地的响声几公里外依然可闻。

机械设备条件所限,工程进度不能拖慢,唯有在时间上作出调整,最后县有关部门明确规定,休息时间不许扰民,晚上10点至隔天早上8点停止开工,但大白天还是继续。

甄伯也是明晓道理的人,不打桩,哪能建高楼大厦,社会总要发展,房屋总要建起来。他唯有与老伴搬回北陡乡下,过他们的清净日子。

此次马腾云受报社委托,带上一点礼物前往北陡探访老人,如果他们愿意,就顺便接回台城。

北陡,位于台山的西南端,东临镇海湾,与汶村隔海相望。在还没有桥梁相通的年代,靠的是渡轮把车和人运到对岸。

一早从台城赶过来,到达码头已经是中午了。马腾云肚子的肠在咕咕噜噜,他走过去小卖部打算买点零食充饥。忽然,他见到一

第八章 桑梓情深,创办"振兴杯"

个熟悉的身影。

"陈乡长,这么巧,在这里遇上了。"

三合公社原乡务委员陈兴德,已经调任北陡公社任副乡长,此事马腾云知道,只是没有时间前来叙旧,想不到在码头不期而遇。

"过来北陡有采访任务还是专程来探访我?"陈兴德想问清楚,如果是公事,就先提前叫人做准备;如果是纯属私人感情,那么就轻松许多,想怎样就怎样。

马腾云摇摇头说:"你猜错了,两样都不是。"

"哦?"这个答案令陈兴德非常意外。"山长水远跑过来,难道是去看风景。不过,沙滩奇石非常多,也够你看的。"

陈兴德说得不错,他调过来后,专门下乡进行了全面的调查,发觉北陡的旅游资源非常丰富,优良的沙滩有好几个,大小不一的海湾十多个,海湾奇石林立,千奇百怪,各具神态。不仅山上、海上有奇石,泥土下面也埋有奇石,有些人挖出带有蜡状的石头,细腻润泽,极富灵气,有寿山玉和田黄玉的品相,惹人喜爱。

只可惜,这所有的宝物,还未开发,这有地理位置局限的因素,一江阻隔成天涯,山尾水尾难有大的发展。当地人最为期盼的是,能够造一座大桥把两岸连通。

在渡船上,马腾云把这次到北陡来的目的跟陈兴德详细说了。陈兴德听了,他说:"甄伯的事情我们知道,村里有安排干部不时过去探访,邻居们也互相守望,这个你放心。至于他们回不回台城,按照老人家的意愿吧。"

渡船过了镇海湾,上岸后,陈兴德拉马腾云到路边的小餐馆,点了一碟虾、两只蟹、一盘青菜,再炒个面,每人一支啤酒又聊开。

"工作这么忙,还有时间打球吗?"马腾云问。

"有,身体是革命的本钱,打球当锻炼身体。"

谈起打球,陈兴德说,刚来北陡的时候,这里的群众打乒乓球

和篮球的多,打排球的少,可能与场地设施有关吧。这里不像台北(台山北部)那边村村有球场,群众基础好。我来到后,先将原有破破烂烂的球场修整好,拉上电灯,再组织起有兴趣打排球的人在一起玩。看球的人多了,看出了门道后回去也玩了起来。在中小学,我们提出让孩子多熟悉排球,培养他们的兴趣,体育课主要是练排球的基本功,多举办一些校际比赛。通过推广,现在打排球的人大大增加。我们已经挑选好一批优秀队员,加强训练,准备参加下一届"振兴杯"排球赛。

这餐饭吃得津津有味,陈兴德也讲得津津有味。在马腾云看来,如何抓好基层推广排球运动这个体育素材,有得发挥,值得宣传。

吃过饭后,在马腾云的提议下,陈兴德带他先去学校看孩子们如何上体育课,然后一起去甄伯的家。

甄伯的家位于尾角渔村,在路途的中段,他们经过琴溪河边,有一座古色古香的断桥,以残缺的身姿屹立在湍急的水流中。

陈兴德介绍说,此为琴溪古桥,建于明末清初,整座桥均由本地优质的花岗岩石开凿加工成长方体型材建筑而成。另在中间桥墩的设计上,加宽了桥墩的肩部,而且两端各伸出1米多,两端部位筑成正方状,削减流水的阻力,防止山洪对桥梁造成的威胁。琴溪河是一道有着13千米、流域面积达100平方千米的长河,一旦遇上山洪暴发,其冲击力是非常大的。

显然,设计者在造桥时对此处的气候、地理环境进行了全面了解和考量,设计的上拱高能预防百年一遇的山洪通过,还考虑到受南海涨潮时的影响,水位差不多淹没了桥孔,所以,在当时的建筑设计上已考虑得十分周全。由于涨潮时部分河水带有腐蚀性的海水,于是选材全部采用当地的优质花岗岩石料,在砌筑石料时并严格按照品字形结构技术进行砌建,在中国桥梁建设史中实属精品。至于琴溪桥在何年何月倒塌并没有详细记载,但余下的部分历经几

第八章 桑梓情深,创办"振兴杯"

百年的风雨冲刷,依然屹立不倒,令人赞叹。
马腾云点了点头回应道,的确是。

回到报社后,马腾云立即写了一篇调查报告,社长看了感觉不错,要他再补充一些详细的资料后,自己再稍加修改,附上编辑按后报送县委宣传部,再转给分管体育的领导。

县体委正准备开展纪念毛泽东主席题词"发展体育运动,增强人民体质"30周年的活动,接到县政府秘书科转来报社的调研材料和领导批示后,召开了班子会议,决定由在体委工作多年的谭淑仪与报社马腾云做好对接,研究写好振兴台山排球这篇文章。

一大早,马腾云沿石花山水库慢跑一圈,在九孔桥附近,他见到林晖。他上前打招呼,问他是否也来早练,林晖说是来拍水库的晨曦,今天早上的雾不错,霞雾缭绕,像是仙境一般。他还开玩笑说,怎样,给你拍晨练好吗?

马腾云回应道,你玩你的,我回去冲凉上班了。回宿舍换了衣服,他要赶过去体委找谭淑仪商量调研材料的事。在路过"牛屎巷"时,马腾云看时间还早,就准备吃了早餐才过去。

益食家,是本地一家著名的餐饮店,与燕喜、天桥、红旗、北京等几家饭店齐名,当时都是国营企业。它出品的排骨粉、云吞面尤为出名,甚受大众欢迎。当他迈进门店里,一条长长人龙排在他面前,望向就餐的位置,已经人满为患。

马腾云只好退而求其次,来到东华餐厅,买了两个大水包,边走边吃。

水包,是本地人的称谓,其实是肉包。面粉里面用新鲜的猪肉为馅料,用蒸笼隔水蒸熟,吃两个,可以顶一餐饭。

来到体委门前,马腾云给门卫出示了工作证,然后上楼来到谭淑仪办公室门口。

"早上好,谭主任。"。

谭淑仪正在整理桌面的文件,抬头见是马腾云,说:"马记者,这么早就来啦?水还没有烧开呢,没茶水招呼你。"

"不要见外,叫我小马就行。开水间在哪?我过去打水。"

谭淑仪告诉他,出门转左过就是开水间。

谭淑仪给马腾云泡了北峰山白云茶,这算是当地名贵的茶叶。

茶汤色泽明亮,闻之清味袅袅,入口略带苦味,饮后又觉鲜爽,且回味悠长。马腾云一口气喝了一大杯,然后又倒满一杯。

谭淑仪见状,对他说:"不要贪杯,白云茶常受云雾润泽,性寒凉,不可过饮。"

马腾云说:"最近加夜班,正好祛肝火。"

说完茶事,他们就聊起调研报告的问题。谭淑仪说,县体委根据"调整、改革、整顿、提高"的方针,扩大了排球的培训点,到目前为止,除省指定的5所排球传统项目学校外,台山县已逐步形成18个点。这些点做到"四定一落实",即定队员、定教练、定任务、定措施,落实责任制,主要任务为县业余体校培养人才。县给予网点必要的训练器材,并定期派出教练员前去辅导。办点以来,效果显著,取得良好的成绩:1982年2月,广东省第六届少年排球运动会在化州县举行,台山县男队获得第二名,女队获第一名。4月,全国青年排球联赛(第一阶段)在贵州省贵阳市举行,广东台山青年男排获第二名。9月,在湖南省娄底举行的全国业余体校排球分区赛中,台山男队获第一名,女队获第二名。

他们合写的调研报告很快摆到县委常委会议上,在县委的重视下,1982年全县22个区、2个镇全部成立体委会,每个区、镇配备体委专职干部1人。与此同时,各乡也相应成立体育领导小组或者体育协会,增设体育场地设施,掀起了一场群众性的体育运动高潮。

第八章 桑梓情深,创办"振兴杯"

自此,县级、公社级(镇)竞赛形成制度,做到农闲有活动,节日有比赛。20世纪80年代中期开始,县台北片(台山北部)9个镇的书记、镇长自发组织起来,每年春节轮流在各镇举行机关干部运动会,从一把手到普通干部,每人至少参加一项体育比赛,项目有排球、篮球、乒乓球、象棋等项目。

东南片、西南片等镇受其影响,也相继举办机关干部运动会,每年举行一次,各片每个镇轮流主办。

第九章　国手莅临，侨乡掀高潮

一

　　1983年的春节，甄伯和老伴又回到离开一年多的台城新家，女儿女婿还特意给他们送来一盆四季橘，寓四季平安，大吉大利。站在自家的阳台上，甄伯见到依山而建有多个建筑群，特别是夜里，霓虹闪烁，"园林酒店"几个字分外醒目。

　　那年的春天，紫荆花盛放特别鲜艳，将人工湖围成一个美丽芬芳的花环。

　　不仅仅是在人工湖，其实，整个台城到处张灯结彩，彩旗飘飘。几处入城的路口，用竹枝架起高高大大的牌楼，营造出热烈隆重的气氛。

　　全城进行了一次大扫除，城内所有的大街小巷，以及车站、旅馆、商店的门面墙壁都洗刷一新，主街道骑楼的柱子装上铁架，放上盆栽的鲜花，一时间台城无处不飞花。

　　春节热闹的气氛还没有完全散去，三台大地又迎来连连盛事，由朱正贤先生赞助的第二届"振兴杯"排球赛邀请了中国女排前来献技，还有县科学技术馆、园林酒店、正贤体育训练馆、正贤楼、游泳池、老干部之家、三合医院大楼和洪羡中学等8项工程剪彩相继进行。

　　为了举办好第二届"振兴杯"排球赛等系列活动，县委主要

第九章　国手莅临，侨乡掀高潮

领导多次召开专门的会议，进行部署，号召全县通过这次活动来推动各项工作的开展，布置各单位干部、工矿企业职工、学校师生，调动一切的人力、物力来做好这次宣传与接待工作。

县教委接到任务，要求挑选20个高中学生参加形体礼仪训练，在庆典期间担当大会的礼仪小姐。

任务分解到团委副书记麦海光的头上，他感觉头大了，压力很大，他找马腾云想想办法。毕竟他是记者，识人多，门路广。

马腾云第一个反应，脑海里出现的是廖伊莲。

廖伊莲半年前已经被招聘入园林酒店，担任培训部部长，协助从香港聘请过来的老师工作。虽然酒店还没有正式开业，但对于新招收的员工，必须要进行上岗前的培训。

廖伊莲以前在华侨大厦做过导游、前台、礼仪，然后是旅业，有这样的履历和经验，很快便被园林酒店挖走，并安排了一个重要的岗位。

这段时间，她正忙于培训工作，当听到马腾云要她培训20个礼仪小姐的时候，她一口回绝。

她说，现在我忙到连喘口气的时间都没有，哪里还有时间再去培训别的人。

马腾云将原话转告麦海光。麦海光说，不行，你带我去见她，怎么磨也要磨成功。

朋友，就是患难中见行动。没征求廖伊莲的意见，马腾云直接把麦海光带到她的面前。

一见面，廖伊莲真想骂马腾云一顿，已经跟他说清楚了，这不是小事，两方都是大事。酒店的培训工作耽误不得，马上就要开业了，服务素质的高低会直接影响到酒店的声誉。而礼仪小姐的培训，是配合县的庆典活动，同样马虎不得。

麦海光见对方面露难色，马上道歉："廖小姐，真不好意思，打搅你了。"

伸手不打笑脸人。见对方如此态度,廖伊莲的怒气怨气发泄不出来。

麦海方跟着说:"时间紧任务重,我手头上没有更多的资源要找。即使找,我相信也没有比你更好的。你给她们培训一小时,可能比别人培训一个月还好呢。"

马腾云站在旁边,他差点笑出声来。这个马屁精,真是厉害!他憋得好辛苦。

倒是廖伊莲听了,她莞尔一笑,如花入水,明媚生辉。

麦海光的第三招紧接着出来。他递给一个小礼包给廖伊莲:"一点小心意,交个朋友。请赏个面子。"他说得非常诚恳,令人无法拒绝。

廖伊莲接过,轻盈盈的。马腾云在旁扇风说:"拆开,看看什么玩意。"

解开包装纸,原来是每个少女都钟爱的八音盒。掀起面盖,一个跳芭蕾舞的小女孩随着叮叮当当的音乐转动着,悠扬的乐韵似乎将当时的场景凝固了。

见廖伊莲没有说话,麦海光抛出最后一招,行不行就看天意了。他说:"为节省你宝贵的时间,我每天晚饭后开摩托车接你到学校辅导一小时,就一个星期。"

回去的路上,马腾云擂了一拳麦海光:"你这小子,手段也够老辣的。"他感觉有点后悔把麦海方介绍给伊莲认识。

3月28日,这天高佬张起个大早,他换了一套新衣服,因为今天新的体育训练场剪彩,体委通知他早点回去,当好保安工作。

一年多来他日盼夜盼终于盼来这个时刻,高佬张的笑意从心底下冒出,他的老婆说他整个人像块长型的红糖,甜腻腻的。

高佬张说人逢喜事精神爽嘛,拿酒来喝喝。他老婆说,站岗放哨不许喝酒,醉醺醺的不成体统。

第九章 国手莅临,侨乡掀高潮

"给半杯就好,总要贺一贺。"他很固执。他老婆于是给他满了一杯,不过杯子换成小的。

早上回体育训练馆的路上,高佬张见到通济路上空悬挂许多标语和彩旗,"向中国女排学习、致敬""热烈欢迎中国女排"的巨幅标语在风中猎猎作响。

下午时分,街道两旁夹道欢迎的队伍,分为官方组织的和群众自发的。里层是穿整齐校服的中学生和少年儿童,手拿花束、花环和小红旗,排成两行,高声在喊:欢迎欢迎,热烈欢迎!

而外围的,是看热闹的群众,也是看人脑的群众,围得水泄不通,后面的人只能看前面的人的后脑勺。大家都很兴奋,能够亲身经历和感受这个激动人心的时刻。

走在队伍前面的是小学鼓号仪仗队,穿上统一整齐帅气的仪仗服,最前面的是一位漂亮的小妹妹指挥官,戴着白手套,舞着指挥礼棒,后面紧跟着旗手和护旗手,中间是一众鼓手们,有的小鼓挂在胸前,有的大鼓需要前后两人抬住,最后面的是鼓号手,小号、圆号、长号、单簧管、双簧管、大管及长笛、短笛等,五花八门,虽然吹得不整齐,但够响亮。

鼓号仪仗队这些价值不菲的配置,基本上是海外侨胞捐赠的,一个学校比一个学校强,后期的比前期的更齐备。

根据原先方案的安排,中国女排的队员是在通济桥前下车,县委、县政府的领导和前女排国手、时任江苏省体委副主任孙晋芳在通济路口迎接。接着由少年儿童向国家女排队员献花,然后在县的领导陪同下,列队进入通济路,回到紧靠着人工湖的湖滨酒店。

但主办方低估了群众的热情,当郎平、张蓉芳等队员下车与老战友孙晋芳热烈拥抱的时候,夹道两旁群众的热情也被点燃起来,大家怀着先睹为快的心情,一拥而上,争看女排健儿的英姿。

由于现场情况突变,人群拥挤难以控制,献花的环节只好临时取消,走路回去更加不现实了,主办方当即请女排姑娘上车,开车

慢慢通过挤满人群的街道。

适逢下班时分,街道两旁聚集的群众更多。里三圈外三圈,外围看不到的,索性坐在自行车上观望,有的甚至站在自行车的后尾架上。最舒适的是楼上的住户,他们纷纷从阳台上趴着观望。

林晖与摄影家协会的一班人马,早已像狙击手一样,分头占据着有利的位置,拿着长枪短炮,记录着这一激动人心的场景。

正贤体育训练馆前,彩旗迎风招展,鼓乐声和锣鼓声激昂嘹亮,几头醒狮跟着边上敲打锣鼓的节奏,迈着矫健的步伐,在互相戏弄、玩耍,忽而长啸跳跃腾空而起,忽而眨眼抖毛扭腰翻滚,一前一后的两位舞狮师傅,把醒狮的形态舞得生龙活虎,尽显南派狮子的阳刚之气。

中国女子排球队和各参赛邀请队,以及一万多名群众在人民广场见证了正贤体育训练馆的剪彩仪式。

在风雨球场旧址新建的正贤体育训练馆,由国家体委和省体委拨款,并由朱正贤先生资助兴建。它位于人民广场北面,与人民球场相连,占地面积1008平方米,使用面积1368平方米,可供排球、篮球、乒乓球、羽毛球、武术、棋类项目等比赛和训练。

场馆内明亮通爽,灯光柔和,设施精良,朱先生看了很满意,他与场馆的工作人员握手表示感谢,差不多来到高佬张面前时,高佬张马上把手心里的汗在裤子上擦几下,然后才握向伸过来的手。

剪彩当晚举行第二届"振兴杯"排球赛。前来参赛的队伍有刚荣获世界女子排球锦标赛冠军的中国女排,还有福建、八一、北京、四川、上海、江苏和广东等7支女排劲旅,中国女排的队员分别返回代表原省、市的队伍进行比赛。

由于有中国女排主力队员的献技,不仅吸引了本地的球迷,邻近开平、新会、恩平和江门等外地民众,甚至有广州、佛山、珠海等地的球迷也专程过来"扑飞"(抢票)看球。

阿良很早就托台城的朋友帮他买球票,但最后还是没有着落,

第九章 国手莅临，侨乡掀高潮

他不甘心，准备骑自行车上台城再想办法。

他的女朋友阿珍如影随形，适时出现在他的面前。"怎么上台城，也不约我一起？"

"我上台城看球，不是去玩的，可能很晚才回来。迟回家，你妈又要责怪了。"好几次，阿珍的妈妈借题发挥，其实她不想女儿与阿良来往。

"你看你的球，我看郎平。"

"你不怕？"阿良瞧住问她。

"怕你吃了我啊？"阿珍杏目相对，阿良倒是有点心虚。他把稳车头，对阿珍说，上来吧。

阿珍一屁股坐上去，手就自然挽在阿良的腰间。

还没有出村口，远远就见到阿珍的母亲挑着一担猪菜回家，路就是这么一条路，躲也没有地方可以躲，阿良只好叫阿珍低着头，装作看不见，准备加速冲过去。

但乡间小路太窄，相遇的时候，车不得不慢下来。阿珍尽量垂着头闭着眼，只感觉车辆一闪而过，她心里暗暗在窃喜。

"阿珍，你去哪里？"犹如一声暴雷，吓得阿良骑的自行车扭几扭。

珍妈放下担子，把扁担拿在手里，怒目相向。

这样的神态令人不寒而栗。阿珍有点怯，回答说："我想去台城看郎平。"

"看郎平？中国女排的郎平？"珍妈摆出一副不相信的模样。

嗯。阿珍点点头。

"那我也去。"她刚说出这句话，阿珍、阿良两人都惊愕着，不敢相信。

"你怎么去？"阿珍怯怯地问。

"坐你们的车。"珍妈反应很快。

阿珍见妈的语气不像气话，马上撒娇着说："妈，这么短的车

尾怎么坐得下我们两人,况且猪还等着喂,你还要做饭给阿爸吃。"

珍妈想想也是,算了,她最后说:"那你见到郎平,叫她签个名回来给我看看。"

这过程犹如从一部恐怖片转到一部喜剧片,真是幽默。

载住阿珍,阿良满心欢喜,他一心想早些赶到台城,骑得飞快,好几次颠得阿珍差点掉下车来。阿珍在后面捶他的背脊,要他慢点,注意安全,不要滑沙包。但阿良心急如焚,车速丝毫没有放慢,阿珍不得不用手扶着他的腰,让阿良感到甜蜜蜜的。

日落时分,阿良来到通济桥头,桥上人来人往,熙熙攘攘,警察叔叔在忙着指挥交通秩序。他们连忙下了车,推着自行车来到三台路的自行车停车场,停车场也是爆满,平日整整齐齐摆放的车辆,今天全部横七竖八地放着。见阿良他们推着车过来,保管场的老妇指着路边叫他们停放。

阿良问她这样放行不行?老妇不耐烦地说,随便你,你不保管就推走。

走就走。阿良年轻人火气盛,他把车推到人工湖旁边的一棵树下,用软弯车锁穿过后轮与树干一起锁好。

紫荆树下,"蛇仔福"的档口有几位小朋友在围着看,他是民间面塑艺人,用染了不同颜色的面粉,像魔术师般几下手势就捏成孙悟空、穆桂英、关公等人物以及各种花鸟动物公仔,深受孩子们的欢迎。

而他所谓的档口,也就是一辆自行车载着一个木箱,打开来就可以做生意。除了面塑公仔,他还自制了黄色和白色姜糖,许多小孩子就拉着家长买完面塑公仔再买姜糖吃。

见阿珍把玩着手里的穆桂英公仔,阿良知道她喜爱,就买了送给她,另外还买了姜糖,一共花费两角五分。

见阿珍笑颜如花,阿良心甜如灌蜜。

第九章　国手莅临，侨乡掀高潮

来到比赛场馆前，卖票的窗口早早就关了，几个炒票贩子见了他们，走过来低声问，要球票吗？

阿良问，多少钱一张？票贩说，7元。阿良说，你不如去抢，最好位置的原价票才2元。他又问了几个，都是一样的价格。

这班"黄牛党"早已串通一气，都是一伙的。

阿良口袋里原有10元钱，他买了公仔和姜糖后还剩下9.75元。他问阿珍有钱吗，阿珍说带了4元出门。如果刚才不买东西刚好够，现在两人合起来还是不够买2张球票。

阿良求票贩低价让2张票，但他们一副皇帝女不愁嫁的神态，不理睬。阿良只好买了1张球票给阿珍。阿珍问你怎么办？阿良从口袋里掏出1张旧球票，说，没办法，看看混不混得进去。行就最好，不行你就去看，我再想办法，散场了回到放自行车的地方。

进场的人很多，前呼后拥，摩肩接踵，高佬张如门神一样把守着大门，虽然腊月寒冬，但挤迫的人流也让他的身上冒出汗。

他见到三合老乡阿良与他的女朋友排着队过来，他点点头算是打了招呼。阿良在他的印象里很深刻，上次回乡给他们的球队作指导，阿良的快攻技术和敏捷的反应，高佬张非常欣赏，认为是可造之才。

很快他们就到验票门口，阿珍在前，阿良在后，他递上的票，上面的是今天的票，底下那张，是上次排球赛没有看的旧票。

那时的门票是印刷的，款式一样，只不过有时换一下纸张的颜色，然后盖比赛当天的日期。然而印的次数多了，难免纸张重复使用，颜色也就一样。

高佬张看看底下的那张票，一眼就知道是假的。他刚准备开口，阿良小声说："买了一张黄牛票，没钱了。如果不行，只能阿珍自己一个进入去，我又不放心。"

高佬张正在犹豫的时候，后面排队的人在催促快点，就要开场啦，挤着向前。高佬张心一软，把手里的票撕了一角，把他俩放了

进去。

当时的座位,是一层层的阶梯,大家都挤在一起排排坐,在编座号时已经适当留宽些,两个座号间坐三个人勉强可以。

当找到有座位坐下,阿良悬着的心才放了下来。他环视整个球场,已经座无虚席,人人脸上洋溢着欢乐的神色。

大会开始时由领队举着牌,各参赛队伍排着整齐的队伍,在雄壮的《运动员进行曲》中鱼贯进场,热情的台山人民报以热烈的掌声,欢迎远方的客人到访。

当播音员以嘹亮带着激动的声音宣布"让我们以最热烈的掌声,欢迎中国女排进场"时,全场的观众沸腾起来,山呼海啸,掌声雷动。只见中国女排主教练袁伟民、助理教练邓若曾以及郎平、张蓉芳、梁艳、杨锡兰、郑美珠、侯玉珠、朱玲、杨小娟、张洁云、李延军、周鹿敏等11名中国女排的队员,以及教练组的其他人员举着鲜花缓步进场,向在场的观众挥手致意。

袁伟民主教练在开幕式上进行了热情洋溢的讲话。他首先代表中国排球协会和中国女子排球队,向台山县第二届"振兴杯"排球比赛开幕表示热烈的祝贺,祝大会圆满成功。

他说,台山县是排球之乡,在我们国家排球发展史上有一定的地位。我们这次来是带着学习的目的来的,台山很多排球界的老前辈,为排球发展做出了很好的贡献;另一方面,我也带着中国女排的心愿来表示感谢,感谢台山县男子排球队培训了我们的排球队员一个多月。中国女子排球队之所以在1981年世界杯排球赛、1982年世界排球锦标赛中能够获得冠军,是与各方面的支持,与排球界的大力支持,与全国人民也包括排球之乡台山县的人民、台山县的排球运动员的大力支持分不开的。

他说,台山县委、县人民政府对这次"振兴杯"排球赛很重视,我们中国女排队员分别回到各个队参加比赛,受到各方面的热情照顾和关怀,我代表中国女排向大家表示衷心的感谢!同时,借

第九章　国手莅临，侨乡掀高潮

今天这个机会，感谢一向支持中国女排、支持台山排球事业发展的朱正贤伉俪！祝"振兴杯"越办越好！祝台山的排球运动取得更好的成绩！

最后他说，中国女排明年要参加奥运会，前途如何，大家都很关心。特别最近又进行了调整，有的老队员退役了，给队里带来了一定的损失，实力有所下降。但是，我们有新的调整，这也是自然发展的必然规律。我们在全国人民的支持鼓舞下，决心把明年奥运会的任务完成好，争取打出好的成绩，来报答大家对中国女排的关心和爱护。

全场再一次报以热烈的掌声，这掌声里面，包含着侨乡人民对中国女排的热爱，对中国女排的鼓励。

阿珍双手拍得通红，拍着拍着，忽然眼眶一热，涌处两行热泪。

阿良一时吓坏了，不知发生了什么事，连忙追问道："你怎么啦？"

阿珍用手擦了擦脸颊，说："没什么，眼浅，激动就流泪出来。"

阿良趁机伸手抱向阿珍的肩膀，将她搂住。开始阿珍还没有什么感觉，当阿良越搂越紧时，她伸手打了阿良，娇羞地说："别得寸进尺，别让熟人看见。"

开幕式上，朱正贤先生继续主持开波仪式。那潇洒的发球姿势，为开幕式掀起了一个小高潮。

二

被邀请回来参加活动的海内外嘉宾住在园林酒店，黄秀仪几天来守在这里基本没有离开过。

中午，黄秀仪在咖啡廊点了个一份三明治和一杯咖啡算是午

餐,因为工作紧张没有什么胃口,随便填一下肚子不饿就行,咖啡还不加奶,需要提神。

马腾云也刚好采访完毕,他见秀仪独自在吃东西,就走了过来。"怎么,吃这么少东西?"

黄秀仪抬头见是马腾云。"又有什么任务吗?"

黄秀仪与廖伊莲是闺蜜,无所不谈。最近,马腾云邀了几次廖伊莲去看电影,廖伊莲都找借口婉拒了,她把这事也透露给秀仪。

廖伊莲明白马腾云的意思,但她不想与他有任何瓜葛,她有自己的目标,那就是出国。

可能有人说,她是拜金女,讲金不讲心。但她自己明白,她是妈妈的希望。读五年级的那年,父亲因为车祸离开了他们,家里还有一个弟弟和妹妹在上学,妈妈一把泪一把饭把姐弟三个拉扯大,到目前为止,借亲戚的债还没有还清。

别看廖伊莲穿得体面,那是工作所需,青春靓丽是女孩子的资本,资本每一年都在损耗,错过了风华十年,上天赐给的资本也基本荡然无存。

所以,她必须及时用好资本,转化为最大值。以她妈妈的原话说,就是嫁个好门口,帮家里斩断穷根。

自从伊莲说了婉拒马腾云的事,黄秀仪也明白怎么回事,所以当她在酒店见到马腾云时,以为他又来找伊莲。

马腾云见黄秀仪问得如此唐突,有点奇怪。"我刚采访女排的几个姑娘,路过,见你就过来打个招呼。"

他也感到有点饿,就坐在秀仪的对面。秀仪没有理睬他,咬着三明治。

服务员过来问有什么需要,马腾云点了一份大牛扒,一份青菜,外加两个煎蛋。

吃的真不少。黄秀仪在想。

"你爸爸身体还好吧。"因为写调研材料,马腾云与黄秀仪的

第九章　国手莅临，侨乡掀高潮

母亲谭淑芬接触比较多，知道她爸爸黄伯健车祸伤残的情况。

"还好。谢谢你，有心。"黄秀仪的语气缓和许多。

马腾云跟黄秀仪谈到她的妈妈，说她真是体委里的万事通，业务精通，善于积累资料，有她的帮忙事半功倍。

听到外人赞自己的妈妈，秀仪面带笑意。

服务员把菜送了上来，牛扒在铁板上还冒着烟滋滋地响，黑椒味和肉香味飘进秀仪的鼻孔。

马腾云把牛扒切成几小块，他夹了一块放进秀仪的盘里，说："吃点肉吧，面包和咖啡没营养。"

黄秀仪马上说："我不要。"

马腾云以为她不好意思，坚持给她。

"不要给我，我真的不要，我怕血。"原来，牛扒只做七分熟，切开后有血丝冒出。

自父亲出的那次车祸，每次见血，黄秀仪都不舒服。

见她这么的抗拒，马腾云把牛扒收了回来。"这个蛋可以了吧。我只吃一个，多个我也不吃的，是专门为你点的。"

见人家这么诚恳，黄秀仪不好意思再推搪，拒人千里总不太好，没礼貌。职业病又犯了。

"这次朱先生回来剪彩，你帮我约个时间，上次没有采访到他，挺遗憾的。你帮帮我。"

在侨办的安排下，马腾云终于在园林酒店的别墅采访了朱正贤先生。马腾云知道，这要记功于黄秀仪。

采访原来预定是半个小时，但朱先生兴致很高，从家庭谈到国家，从生意谈到兴趣，娓娓道来，不觉超了半个钟。

朱先生说，小的时候，我家里很穷，从小我就吃惯了苦，工作是一件令人兴奋的事，它对于一个人来说是生活，对于整个社会来说是做贡献。和以前相比，现在是一个到处充满机遇的时代，只要努力就一定会有收获，年轻人要珍惜时代给予的机遇，紧紧把握住。

聊到排球，他说自幼十分热爱体育运动，因为是台山人的缘故，尤其热爱打排球。他说，体育发展与国家的兴旺相辅相成，体育兴，则国家强、民族兴。

到最后，马腾云问朱先生为什么要办"振兴杯"排球赛？朱先生回答说："五六十年代有无台（山）不成排之说，台山排球之乡名不虚传。70年代，周总理说'全国排球半台山'，再次掀起了台山排球运动发展的高潮。近年来排球在全国蓬勃发展，但台山排球显得落后了。我们要珍惜排球之乡的荣誉，把台山排球重新振兴起来。"

后来马腾云把这篇采访稿写成通讯《台山"振兴杯"排球赛背后的故事》，发表在《中华体育》杂志。

三

夜幕降临，台城牛山下的园林酒店灯火通明，倒影在南湖上波光璀璨，如万点星辉散落。由朱正贤伉俪赞助的并为纪念"振兴杯"排球赛而在牛山的山顶修建的观城楼也在星光下显得格外有气势。

果园餐厅，与园林酒店一湖之隔，位于人工湖双亭街，原是一间清末民初时期建造的民居，带有非常鲜明的岭南特色。祖屋传到肥仔雄这一代，早些年三代同堂，家里热闹非常，但早几年父母和小妹移民出国后，大屋就显得空荡荡的。肥仔雄因为超龄，不能一家人一起移民，他就将楼下一层开餐厅。

父亲出国前，先是给人做烧腊，做出的烧猪、烧鹅、烧排骨非常受欢迎，后来自己弄了个小餐馆，夫妻档经营，因出品地道、价格适宜，在乡下一带颇有名气。夫妻俩不仅勤恳，还善于博采众长，利用本地食材研制了多款菜色。

在众多的菜色中，以秘制"五味鹅"尤为出色。

第九章　国手莅临，侨乡掀高潮

　　他们制作的"五味鹅"，用白醋、八角、白糖、酱油、酒等五种为基本调料按比例熬成五味汁料备用，先将鹅洗干净，然后起锅，把锅烧热，倒下食用油烧到很热，然后把鹅放下去两边煎，煎到两边有点黄，把鹅下面那些油勺出来，然后放进水，浸大半只鹅的分量，用文火焖上一个小时，然后把五种调味汁料放进去，等到里面的水又开始沸腾，就隔个十来分钟，把整只鹅翻转过来，不断的勺那锅里的汁，往鹅上面淋，淋十次，又翻过来，不断往复，直到鹅身呈淡酱色，一道美味的五味鹅就是诞生了。

　　肥仔雄从小就做下手，一招一式都在旁学着，得到父亲的真传。

　　肥仔雄的餐厅刚开业的时候，并不引人注目，当时本地人还是聚集在城区的繁华中心活动，果园村靠近山边湖边，除了文人墨客和谈恋爱的爱往那里钻，其他的人只是行过路过，甚少光顾。

　　林晖的冲印店与肥仔雄的餐厅相隔几十米，时间稍长，大家相互见面的机会多了，打几个招呼也就熟悉了。一天，肥仔雄弄好了夜宵，叫上林晖过来喝杯啤酒，林晖也欣然应允，过来聊天吃菜，当几个菜入口，林晖的食欲再难以控制，风卷残云地把所有的菜全部吃干净。

　　在林晖的介绍下，一众摄影爱好者以此作为聚会的地点，慢慢传开了口碑，许多人慕名而来，很多吃宵夜的都喜欢在这里消磨上床前的最后时光。

　　这晚，几拨客人刚散去，肥仔雄刚刚有空坐下歇歇喝口水缓一缓，黑白电视机里正重播着《排球女将》，那个英气逼人可爱迷人的小鹿顺子又在不停地奔跑，后脑勺扎着的马尾巴，一晃一晃的，青春飞扬。

　　主题曲熟悉的旋律又再响起，他也跟着哼起来：

　　　　痛苦和悲伤，

　　　　就像球一样，

> 向我袭来,向我袭来。
> 但是现在,
> 青春投进了激烈的球场。
> 嗨,接球、扣杀,
> 来吧,看见了吧,
> 球场上,胜利旗帜迎风飘扬,
> 球场上,青春之火在燃烧!

几位食客在那边大叫,肥仔,歌声真不错,可以当歌星啦。

肥仔雄打趣说,我这豆沙喉当歌星只会吓跑人,但我来招"流星赶月"的发球也是行的,那是神化的上手飘球。"晴空霹雳"那就免了,这身材跳不起来。

大家又是一阵欢乐的笑声。

这时从门外走进了几个牛高马大的姑娘。肥仔雄定神一看,是女排的姑娘,他连忙上前招呼。

旁边几桌的食客也非常高兴,想不到如此近距离地看到女排的队员。但大家只是好奇地看着,议论着,没有上前骚扰她们。

台山人热情好客,在公开的场合展现热情奔放,但在私人的场合,则含蓄有礼貌。

"老板,请问有什么好吃的东西,请介绍一下。"

肥仔雄认得,说话的人是阿芳,她的球风非常泼辣,快而多变,个子虽然不高,但跳起扣球的时候,什么乱七八糟的球,她都能处理好,有点像台山人打球的风格。

肥仔雄对于中日在第三届世界杯女子排球决赛的情景记忆犹新。在中国与日本的比赛中,中国队前两局士气旺,放得开,打得凶狠,拦得成功,吊得轻巧,每个运动员的水平都得到较好的发挥,很快地以15∶8、15∶7拿下两局。第三局中国队先后以5∶0、10∶4领先,眼看就要以3∶0的战局获胜。然而,作风顽强的日本

第九章　国手莅临，侨乡掀高潮

女排在极其不利的形势下背水一战，连连得分，追到 11 平，最后反以 15－12 赢了这一局。第 4 局日本队打得顺手，以 15－7 再扳回一局。第 5 局比赛双方争夺达到了白热化的程度。中国女排在 0－4 的不利形势下，团结一致，艰苦奋战，把比分逐渐追了上去，在 14－15 落后的危险时刻，她们沉着战斗，终于以 17－15 取得了最后的胜利。

回忆的画面一闪而过，肥仔雄猛地缓过神来，他拿出一张菜单递给女排的姑娘们。

接过菜单，阿芳看了，递给身边的人，那人看了一会，也没有主意，又推给另外一个，转了一圈，她们还是要阿芳拿主意。

阿芳对肥仔雄说，要一些脂肪不高的，吃得饱又有地方特色的小吃。

肥仔雄想了想，然后指着菜单介绍说，不如这个吧。

阿芳一看，吓了一跳。"什么？吃虫子？"

其他的队员听了，也大吃一惊。

肥仔雄给她们解释道，这个叫作"泥虫汤圆"，是本地非常有名的小吃。泥虫是生长在海边滩涂的一种生物，呈圆筒状，像钉子，前端较细，表皮灰黑，长着能翻出的长吻，翻出的长吻如盛开的花朵呈星状，一遇惊动就会马上缩回泥穴中。当地人凭着滩面留下的小虫孔，用特制的三角形虫锄，翻开表层的泥土寻找带粉青色泥土的虫道，轻轻浅挖，就可采挖到泥虫。

挖回来的泥虫，洗干净表面的泥土后，再整条翻肚子，里里外外全部清洗干净，用盐水过一下，就成一道美味的食材。我们这里将它与紫菜、猪肝、瘦肉、鲜虾与萝卜丝一起煮汤圆，口感清甜，脂肪低，吃得饱。

女排姑娘们被他这么一说，大部分人都跃跃欲试，只有两个还是面露难色。

见此，肥仔雄说，我就搞两份给你们，一份有泥虫的，一份不

放泥虫的,随你们喜欢。

这么一说,大家满心欢喜。当煮好的泥虫汤圆端上台面时,胆子大的,先试,那口感真的用语言无法描述,只是不停地点头。很快,大家的碗子都盛满了,连原先害怕的那两个,也把没有泥虫的那份倒进来,混在一起吃光。

肥仔雄又端了一大盘东西上来,一块块薄薄的,像是肉片。阿芳问他,我们只点了一个汤圆,怎么多了一份这样的?

肥仔雄说,这个是我送给你们品尝的,本地名吃,叫"白云猪手"。

众人听了,又是感到好奇新鲜,纷纷问这个是怎么弄的?

肥仔雄介绍说,白云猪手制作比较精细,分为烧刮、水煮、泡浸、腌渍、切片等五道工序。泡浸的清水,我们选用北峰山的泉水,无污染,清冽甘甜。你们吃的时候,蘸着本店秘制的葱油酱,味道会更鲜。猪手含有丰富的胶原蛋白质,脂肪含量低,并且不含胆固醇,符合刚才你们点菜的要求。

最后他说:"本地人讲究意头,这盘猪手,就是祝愿你们在打球的时候得心应手,拿到更多的冠军,为国争光。"

女排姑娘听了,相当感动。一个小餐馆的老板,说出的话语虽然直接浅白,但里面充满着对女排的期待,情真意切。

临走的时候,女排的姑娘们纷纷与肥仔雄握个手表示感谢,感谢他把当地这么有特色的美食介绍给她们。肥仔雄心花怒放,忽然,他灵机一动,问女排的姑娘们可不可以与他拍照留念?

热情大方的女排姑娘表示不介意,肥仔雄马上飞奔过去叫林晖过来帮他与女排姑娘拍照,当时的食客们也把握着机会,纷纷前来合照。

到后来,林晖大叫他亏了。那晚给肥仔雄和食客拍了与女排姑娘的合照,而他的照片,原来叫肥仔雄拿相机拍,到洗出照片时,他合影的那张,却是模糊不清的,可能肥仔雄手拿相机不稳定造成虚焦。气得他嚷着要在肥仔雄的店吃上一个月作为补偿。

四

第二届"振兴杯"排球赛，除了邀请女子排球队前来献技争冠外，本地传统的男子9人排球赛也在同时进行。

与上一届不同的是，本届的9人男排，除了公社，还有学校、机关和企业的队伍参赛，代表性更加广泛，分别有台山一中、县商业局、县电热器具厂、端芬农建、水步茅莲和三合公社。

端芬农建和水步茅莲两支队伍，是传统的强队，他们转战南北，一路过关斩将，最终成为代表基层生产队的队伍，实力不容小觑。三合公社，通过举办"丰收杯"排球赛，在当时的乡务委员陈兴德的大力推动下，组织各村书记到洋澜大队开现场会，每个大队都建起了排球场，不少的村子里也建有简陋的排球场，全公社上下掀起排球热潮。他们一方面邀请排坛名将进行指导，组织战术，另一方面引进人才，扩充队伍，优胜劣汰，两年内整支队伍脱胎换骨，经过几轮角逐，一举超越了以往的强队斗山公社、四九公社、附城公社等，成为公社里唯一的代表队。

县商业局，是参与机关干部运动会排球比赛脱颖而出的。机关干部，顾名思义就是端坐在机关里干事而少参与运动的部门，许多单位的人员编制不多，加上年轻人少，能够凑合成一支队伍已算不错。不像商业局，属下有百货公司、糖烟酒公司、食品公司、饮食服务公司等，他们要钱有钱，要人有人，排球场、篮球场设施齐全，进入排球队的队员个个都是百里挑一的好手。

他们最大的对手，就是县财政局和县税务局。这两个单位，与县商业局的情况相类似，都是不缺钱不缺人的单位。机关干部运动会排球项目打到最后，就剩这三支队伍三足鼎立。打循环赛，都是互有胜负，最后通过计算胜负的小分，才确认县商业局队胜出。

而作为学校代表队的台山一中，他们是鹤立鸡群、一枝独秀，在四乡的学校体育人才欠缺、基础设施未够完善的情况下，无从谈对抗。只有县红卫中学和县二中还有实力相抗衡，但这种实力在一中的面前依然是小巫见大巫。

只有工矿企业战线的排球选拔赛，才真正是刀光剑影的高手过招，堪称龙争虎斗。

20世纪80年代，台山工矿企业抓住改革开放的先机，通过引进技术和资金，技改挖潜，工业呈现蓬勃发展的良好势头，形成了机械、电子、化肥、煤炭、制糖、制药、造纸、水泥、酿酒、电线、日用陶瓷、自行车零件等生产门类的工厂。

当时台山工业形势大好，许多产品在市场占有率名列前茅，南海、番禺、顺德的企业都纷纷前来台山学习取经。日用电器厂生产的钻石牌吊风扇系列产品，荣获国家机械工业部优质产品称号；电热器具厂生产的北极星牌落地扇，走进人民大会堂；电子器具厂生产的富华牌收录机，风靡一时；县水泥厂的正力牌水泥供不应求；磷肥厂的化肥成为市场的抢手货……

为丰富职工的业余生活，厂矿企业都建起了运动场地，排球场、篮球场、乒乓球室成为了配置，工会充分发挥它的作用，组织企业员工开展体育运动。

公益磷肥厂，这间建于1965年的国营企业，初期为台山华侨化肥厂，后来以生产磷肥、工业硫酸、复合肥为主产品，因而改名磷肥厂。厂区临潭江而建，靠近广湛公路，水陆两便，加上质量优良，产品远销国内外，是广东省化工产品出口基地之一。

在公益大桥没有建造之前，潭江是台山的无情水，它把台山与内地阻隔，需要靠渡船才通行。也因此，使得大量的人流物流在此流转停滞，华侨多在这里漂洋过海、归去来兮。

得天独厚的地理位置，造就公益埠的诞生。她于清光绪三十四年（1908）建成，是一个仅用了三年时间就建起来的商业大埠。

第九章 国手莅临，侨乡掀高潮

公益埠虽小，占地仅有 0.33 平方千米，但却拥有 9 条骑楼街，呈"井"字形方正笔直地陈列，据说是按照美国纽约的城市建筑布局而成，建筑涵盖骑楼商铺、教堂、学校等类别，曾被戏称为"纽约街"。

而在当年新宁铁路向北延伸到江门北街的光辉岁月，巴金先生曾到台山访友，回程时目睹渡船把火车运到对岸，以此写就一篇散文《机器的诗》，讴歌这伟大的壮举。

如今，令公益人自豪的，是因为有磷肥厂这么一间大型的国营企业，在近 400 的工人里面，大部分都是本地人，许多家庭的命运与企业的命运交织在一起，他们以厂为家，以厂为荣。

磷肥厂工会主席朱国栋是一名转业军人，他虽是湛江人，但在台山烽火角部队服役多年，娶了个本地人当老婆，已经成了半个台山人。

他察觉到，近年企业稳步发展，效益好，吸引不少的外地人加入来，有好几个技术员，是毕业后主动联系进厂的。但他们在工余时间没有什么文体活动，而大部分的职工下班后也是回家陪家人，厂区在晚上显得冷清。

作为外地人，他有过感同身受，没有亲人，没有消遣，那过日子的滋味缺了乐趣。

朱国栋将这一情况反映给厂党委，并提出办好工会之家的建议，得到厂领导的大力支持，专门拨了 5000 元作为工会经费。

他在厂区修建了一个灯光球场，通知以生产车间为单位，组成排球队，要求球队里面，必须有 2 个非台山籍的外地人，通过这样捆绑式的传帮带，让大家共同参与，营造大家庭的温暖氛围。

开初的时候，大家都不习惯，很难相互配合。强扭的瓜不甜，朱国栋岂不明白这个道理，但他就是要培养大家的集体主义精神。为尽快提高这些"新手"的基本功，他把越华中学的体育老师请过来，给他们传授技能。

　　经过几个月的训练,新手们已经掌握了排球的基本功,很快就融合到队伍里面去了。令人意想不到的是,这些外地人普遍比本地人高,弹跳好,因此在拦网和大力发球上有威胁。

　　到最后,朱国栋将几个车间的队伍重新合并成磷肥队和硫酸队两支球队,每个队里依然保留3名外地人,进行对抗赛。

　　就这样,每到周末或者节假日里,两支队伍在场内激烈厮杀,吸引到许多人前来观战。到磷肥厂去看排球,逐渐成为了当地人娱乐的一部分。

　　他们还拉队伍到越华中学去,与教师们进行交流;到各乡村去,与当地的球队进行切磋;到对岸的开平水口去,与那边的企业进行对垒。

　　直到他们的球队杀进工矿企业战线的排球总决赛,他们自己都不相信。而对手县电热器具厂,更是不相信。

　　在县电热器具厂排球队领队刘富的对策名单里,一直是把县水泥厂当成唯一对手。水泥厂位于白沙公社,自排球传入台山后,一直是排球重镇,先后为国家输送过不少优秀的排球人才。而公益的排球活动一直以来不算很活跃,球市的火热程度比不上白沙,想不到竟变成一匹黑马,突然杀到面前。

　　能够打退水泥厂、日用电器厂、二轻联社等强队,过五关斩六将,肯定有它的独到之处和成功之处。刘富此刻已经开始感到压力了。

　　在与队长等几位核心成员交换意见时,大家认为,通过几场的观察,以及前一轮的交手,磷肥厂最大的威胁来自他们网上的高度,前排拦网的两人如果同时封网,那简直是万里长城,很难强攻下去。但他们也有弱点,就是基本功薄弱,步伐移动慢,下三路防守有漏洞。通过集思广益,刘富在脑海里形成了一套战术。

　　决赛当天,磷肥厂组织了近30人的啦啦队,用大客车把他们送赛场。而电热器具厂也不遑多让,组织了50人的队伍,穿着统

第九章 国手莅临，侨乡掀高潮

一的服装在场边呐喊助威。

第一局，电热器具厂队采取灵、快的战术，趁磷肥厂队阵脚未稳，打了他一个措手不及，开局一下子比分就到5：0，迫使对手喊了暂停。

暂停过后，对手盯死了电热器具厂队的二传手，尽量在起跳上踏准节奏，这样就拦死了两个球。电热器具厂马上调整进攻思路，改打轻吊，不断撕破对方的防线，比分很快就拉开了距离，很快就拿下了第一局。

第二局，磷肥厂队加强了进攻，2号位和4号位的两门大炮轮番轰球，电热器具厂一时颇为被动。刘富立即进行调整，把拦网好的伟伦、强少安排上场。这一招颇为见效，直接落地的球少了，他们立刻组织反攻。双方比分交替上升，互有领先。

前两局，电热器具厂队2：0领先，磷肥厂队已经没有退路了。

第三局，磷肥厂队首先开球，只见外江佬许强拿起排球，狠狠地往地上拍打嘭嘭地响，待裁判鸣了哨，然后把球高高抛起，一个半助跑猛地一跳，抡手把球狠狠砸过球场。

排球如流星般往阿华的面上砸来，他一惊，一个闪躲，球应声落地，直接得分。第二个球，也是如此炮制，只不过球是砸在底线上。

磷肥厂那边的啦啦队兴奋地大喊"加油、加油"，许强信心满满的，又跳发第三球。可惜，球在网带上轻碰一下，变成了擦网球。

跳发大力扣球，是越华中学体育教师高云针对许强身高臂长爆发力好的特点训练的，正是他这个秘密武器，把以往的强队打懵打乱，达到乱中取胜。

重发，这一次没有调整好，球发下了网。考虑到许强在后排一传不稳，朱国栋将他换下。

转换球权后，电热器具厂组织的强攻与快攻，没有前两局那样

流畅,很多次均被网前拦死,似乎让对手找到了节奏。

而磷肥厂的队员也似乎找到默契,脚步移动加快,积极跑位,好几个惊险的吊球均被鱼跃救起,特别是有一个来回球,双方来来往往,电热器具厂队的主攻一锤击向边线,在落地的那一刻,只见阿敏飞身而出,硬是从边线垫起,然后一个往返,强攻拿下这一分,不仅鼓舞了全队的士气,全场的观众也大呼精彩。

靠着一股劲,磷肥厂队拼下第三局。

短暂的休息时间,电热器具厂的后勤人员给每位球员递上毛巾和糖厂鲜榨的甘蔗汁,刘富走过来,嘱咐大家不要乱,要相信自己的实力,要坚持做好一传接应,发挥自己灵活快攻的优点。

他特意跟二传手说,我们的进攻套路对手已经摸透,你要灵活点,趁对方拦网的注意力盯着我们主攻手的时候,拿准机会吊他几个,那么对方就会乱。

他还说,发球时尽量用飘球找准对方那个基本功较差的开过去,破坏他们的一传,同时准备做好小球的串联,争取打好防反。

进入第四局,两边的啦啦队更加卖力,每当己方取得一分,加油助威声不绝于耳。

开局初期,磷肥厂队还是延续前局的气势,通过许强的大力抛发球,先声夺人,领先电热器具厂队2分。当第三个高压球砸过来时,电热器具厂的队长稳稳接住,把球喂给二传,只见二传手用眼角余光瞟了对方网前的站位,跳起手腕一转,把空中的排球拨向对方前场的右下角。

"好球!"球场又响起了整齐的声浪。

电热器具厂队连追几分,反超领先。磷肥厂队立刻叫停,重新布置战术。他们加强了小球保护,然后进行反攻,用超手的强攻又夺回几分。

关键时刻,刘富把左撇子阿荣派上场,换下已经累得不成人样的主攻手。不是刘富胆大,而是他看到主攻手已经跳不起来,好几

第九章 国手莅临，侨乡掀高潮

个进攻球都被对方拦在界内。

这一招出其不意，对方的拦网球员一时竟找不着左手荣的进攻套路，原来防的是右手进攻球员，现在拦防左手进攻球员，空间感完全颠倒。

当开始适应球路的时候，电热器具厂队已经到了赛点。最后一球，左手荣见对方高高跳起，手都伸过网来下压，如果用力强攻，就会被拦死，他立即改用打手出界的战术，硬生生把球从对方的手尖拨出去。

电热器具厂队终于拿下最后的一分，以3∶1总分赢得全场的胜利，成为代表工矿企业战线出战的队伍。最后，他们杀进了总决赛，并一举战胜强大的对手商业局队，捧起了冠军奖杯。商业局队屈居亚军，第三至第六名的球队依次是：端芬农建、三合公社、台山一中、水步茅莲。

而在女子6人排球赛那边，也打得难分难解，由于各队都拥有国手坐镇，实力旗鼓相当，争夺十分激烈，没有一支队能够保持不败。

4月5日中午，正贤体育训练馆上演了一场龙争虎斗，由福建队力拼北京队。场内早已坐满了观众，大家心目中的冠军队伍，都认为是由这两队当中的一支队伍产生。

以"铁榔头"郎平为核心的北京队，技术全面，攻防平衡，加上有郎平这门"超级大炮"，夺标呼声很高。

从场上的比分结果，也在现场球迷的预想之中，前两局，北京队以秋风扫落叶之势，先拔头筹，以2∶0领先。

拥有郑美珠、侯玉珠两位国手的福建队，她们在第三和第四局发挥了灵活多变、以快制刚的战术，顽强地拼回了两局。

场上的观众最乐意看到这样的场面，每看到一次精彩的往返球，都报以热烈的掌声。

马腾云今天出现在场上，脖子上挂着一部相机。这是他第一次

用相机,相机是华侨捐赠给报社的,当时他申请了一部,因为跑外勤采访需要留下第一手影像资料。

相机到手后,他就找林晖拜师,有空就在他的冲印店里呆着,从光圈、白平衡、快门等基本入门学起,然后是光影、构图、主题等感性的东西。今天,他终于带着相机上场了,能否毕业就看成像后的效果。

他看见了黄秀仪也在现场看球。他悄悄地靠近了秀仪的身边。

先前,黄秀仪早看到马腾云在场边上照相,当她跟侨社的一位老华侨低语几次后,就看不见他的影子,现在突然出现在自己的身旁。

马腾云问她,是专程来看球吗?

黄秀仪说不是,是带着几位老华侨过来的。

马腾云说,我今天第一次现场拍照,给个机会我,留个纪念怎么样?

不等黄秀仪回应,他举起相机就对焦。大庭广众的,黄秀仪只好微笑着面对镜头。

镜头里,马腾云看见不一样的黄秀仪,温婉秀丽,仪态大方,正如她的名字一样。

球场上,如梦初醒的北京队,在第五局加强了拼发球,依旧利用郎平的特点,高举高打,一路领先,丝毫没有给福建队反扑的机会,比分很快以14∶8大幅领先,率先拿到赛点。

现场的观众都认为大局已定,有部分不想挤迫的群众起身准备提前离场。

几位老华侨也准备离开,黄秀仪劝说先不急,人多拥挤不安全,我们先坐坐,让人群散去我们才走,这样安全些。

在说话的当间,风云突变,福建队夺回了发球权,通过阿珠发的曲坠球,连得两分。

现场的球迷又退回自己的座位上,齐声为福建队呐喊加油。

第九章 国手莅临，侨乡掀高潮

这一喊，福建队加足了劲，通过拦网和加强防守，连连救起郎平的重扣，并组织快速反攻，一分一分地追了上来。

北京队请求暂停，布置了战术，但依然阻止不了福建队夺分的势头，比分追成14平。

这时，场馆内的加油声不再单为福建队助威了，也为北京队呐喊助威，每一个好球，赢来一阵阵掌声。

15平、16平，现场的空气似乎凝结了，大家都屏着呼吸，瞪大了眼睛。

福建队依然采取短平快的战术，再拿两分，以18∶16夺得最后的胜利。

这场扣人心弦的比赛，用了两个半小时。

因为福建队和八一队两队的战绩都是五胜一负，最后通过计算总得失分比率，福建队为第一名，八一队获第二名，北京队获第三名，第四至第六名分别是四川队、江苏队和上海队。

赛事尘埃落定，马腾云回去准备冲洗照片看效果怎么样，他接到社长的通知，说县委宣传部已经与袁伟民主教练、郎平、孙晋芳等联系好，同意接受采访。他知道机会难得，立即准备了一下，赶到他们下榻的酒店。

站在两位排坛名将面前与她们握手，马腾云的压力不少，名气自然不说，身高的差异也令他仰视。

说到台山排球，两人的话匣子一下子就打开。

她俩都是第二次来台山了。孙晋芳第一次来台山是在1973年，郎平是1978年参加全国排球联赛时到过台山。一个阔别十载，一个时隔五年，今日旧地重游，自然又有感触。

1973年孙晋芳来台山时，只在江苏队打了一年多排球。她说那时还不大会打排球，但她勤学苦练，经过数载的磨炼，成了二传手，是队里的核心。1976年被招进国家排球队，在女排里发挥出

色,屡立战功,引起排坛的关注。

"短短几年,进步真快啊!"马腾云脱口而出。

孙晋芳说,台山也有进步。台山人热情好客。我于3月27日下午来到台山,进入酒店餐厅时,正在那里用膳的顾客,认出我是孙晋芳时,纷纷起立,有的招手,有的微笑,有的点头致意。孙晋芳还说,我这次来台山感到很高兴,因为台山是排球之乡,我是来学习的。以前,台山是全国开展排球运动比较好的县,是出排球人才的地方,为国家输送了不少优秀运动员和教练员。我上次来台山,看到台山的小孩用绳子一拉就打球,虽然个子小,但动作相当漂亮,技术也不错,给我留下了深刻印象。

"这么说,台山留给您的印象非常深刻啦?"马腾云问道。

"当然。"孙晋芳微笑着回答。

而旁边的郎平,也在同声附和:"我也感觉到台山人民的热情。"

面前的"铁榔头"十分温柔,没有架子,谦谦有礼。这次球赛,北京队与江苏、八一、福建队对垒时,郎平认真应战,扣杀凶猛,屡救险球,技惊四座,赢得侨乡人民的喜爱。

她说在台山数天,没有放弃学习,每天早上坚持晨跑、练球,还按时在电视机旁学习英语。

郎平说,五年后的台山,又有新变化。人工湖更美了,社会秩序比过去更好了,台山人民讲文明、守纪律、有礼貌。她还说,台山的观众看球不是看热闹,而是看门道,观众的掌声,多鼓在点子上。

郎平还讲了这样一件趣事。有一天晚上,她与几位队员到台城"牛屎巷"的个体户摊档里买衣服,她要买一件浅黄色和一件白色的长袖毛巾恤衫,初时讲价是每件8元,但当这位个体商贩看清她是郎平时,立即降价,由每件8元降至6元。

是啊,台山人民爱女排,这是个体商贩发自内心对曾为两次获

第九章 国手莅临，侨乡掀高潮

得世界冠军立下汗马功劳的功臣的敬意。

在采访过程中，马腾云偷偷按下相机的快门，记录了两人畅谈旧地重游时的情景。

采访中国女排主教练袁伟民时，他说话风趣，直爽。

袁伟民说，他是苏州人，他打排球、当教练，已近30年了。他曾两次想来台山，都没有如愿，这次终于来了，很高兴。他说："台山是个排球之乡，在我国排球发展史上有一定的地位，所以，我很想到台山来看看。这次来到台山，所见所闻，深感排球之乡果然名不虚传。台山的观众很有水平，男女老少都会评论，一个县的排球活动搞得这么好，可真不简单。"

袁伟民是球坛上的名宿，观察力很强，他观看了台山男子9人排球赛后说："有的动作打得很漂亮，基层的排球队能打出这样的水平，我很满意。"

袁教练谈到6人排球时，他说："6人排球变化多，个人的技术容易发挥，而9人排球战略简单，多数打的是高球，快攻打得很少，比较片面，战术无法发挥。现在排球技术发展很快，快速的打法变化很多。国家女排两次得世界冠军，是在技术方面走在前面的。现在排球发展的方向是向高度发展。我原来在国家队中是高个子运动员，但现在我在国家女排中已不算高了。向高度发展，是个趋势。人高了，就可以发挥网上优势。一般地说，台山人身材矮了一点，这是个客观，但在技术上，完全可以发挥。最早的快板球是台山创造的嘛，如平拉开、短平快、时间差，都是台山创造的。"

后来马腾云回去查资料了解，快板球是曾两次出席远东运动会的台山人黎连榲创造的。黎连榲于1926—1927年间在广州读书时，就开始练快板球。他是用左手扣快板球的，苦练了两年才练成功。以后，台山逐步总结创造出一套技术独特的打法，进攻时善于采用快球掩护、两边平拉开、快速多变的战术。1964年全国排球联赛成都赛区比赛中，台山男队以八战七捷的成绩获得赛区冠军，就是

发挥了"以快制高"的传统特点,常常以大力发球和交叉掩护的战术,组织快速多变的进攻,因而连连得分。

袁教练继续说:"现在,台山在这方面的技术,还是很好的。"

"国家女排两次夺得世界冠军,您立下了汗马功劳。"马腾云衷心地说道。

他谦虚地说:"不!是台山的功劳,台山男排的运动员帮助国家女排训练了一个半月啦!"

马腾云将这次的采访写成几篇通讯,刊登在《台山通讯》。

中国女排队员到台山比赛献技所带来振奋人心的效应,以及对台山排球运动的推动有多大,是无法作出具体的估算。但它像核聚变一样,冲击着城乡大地,台山排球振兴已经水到渠成。

县体委和县教委联合制订了振兴青少年排球五年行动计划,以文件的形式下发。

全县500多所中小学,全部建起了排球场,所有中学均成立排球队,经常举行校际间的排球比赛,排球的因子开始根植在年青一代的身上。

为贯彻落实好五年振兴工作计划,县体委和县教委策划一场大型的大学生排球赛事—台山籍在外地读书回乡度假的大学生排球赛。

赛事成立组委会,李彪成为组委会成员之一。

在广州体育学院毕业后,李彪回到县业余体校执教,梅锐森和赵丁费分别被调入大专院校担任排球教练。趁着这次的大学生排球赛在台山举行,兄弟们又有机会见面。

一番寒暄过后,李彪问起了伍新国的情况。

"很久没有新国的消息了,你们知道吗?"

"锐森以前和新国同宿舍最要好,你们应该还有联系吧?"赵丁费问道。

第九章 国手莅临，侨乡掀高潮

"是的，有联系。他早两年出国了。"锐森回答说。

"出国啦？"

"去英国了，结婚去的。"

原来，当年他们在英国参加中学生锦标赛回到国内后，利娜就开始与伍新国有了书信来往。新国后来考上暨南大学体育系，利娜以交流生的身份来到暨大。俗话说女追男，隔层纱，两人很快就热恋起来。毕业不久，伍新国就跟着利娜移民英国。

"这小子，以前见到女仔都会脸红，想不到最快结婚的是他。"丁费有点愤愤不平。

住在红楼宿舍的时候，是他们最为开心的日子。那个时候，除了每天对着喜爱的排球，还对着一群已经发育得亭亭玉立的女队员，想六根清净都不行。

年轻的荷尔蒙，不断在体内冲动。许多时候，男女队都在同一个场地进行训练，大家只隔一个场地，相对久了，也就有对上眼的。

学校管理很严，大家始终不敢越雷池半步。有一次，黄翘返乡回来，穿了一条亲戚在香港捎回来的喇叭裤回校，当场被校长拿住，逼他回宿舍脱了。校长问他，是我把裤腿剪掉，还是你保证以后不把它穿回来？如果下次还见到，不是没收裤子这么简单，你自动消失吧。吓得黄翘面都黄了。

红楼宿舍，男生住在二楼，女生住三楼。有时候女生嘴馋，不想爬楼梯，就在楼上叫："二楼哪个男生帮忙买东西？"

如果是人少的时候，就会有男生自告奋勇，但人一多，谁也不好意思当出头鸟。后来有女生想出一个妙招，就是从三楼吊下一个篮子，叫楼下的小贩把东西放好，然后拉上去。

梅锐森那时候比较调皮，他见到篮子从二楼阳台往上拉，他就把篮子拖住，看看里面有什么好吃的。很多时候是故意拿走一些，待上面提出抗议了，他就把扣下的东西往上扔。打球的扔这么点东

西简直是小儿科,从未有失手落下,上面也总会接着。

回忆起过去的点点滴滴,各人还记忆犹新。

"我们体校出来的同学,很多在大专院校当体育教师,这次难得带队回来参赛,届时我组织一下,大家聚聚旧,喝个酒。"

李彪的提议,大家都认为很好。

在省体委的大力支持以及社会各界的全力配合下,台山籍在外地读书回乡度假的大学生排球赛取得圆满成功。参赛学生来自26所高等院校共144人,组成12支排球队。最终的比赛结果:华南工学院队、华南师范大学队和华南农学院队获前三名。

20世纪80年代,社会发展一日千里,台山处在变革的历史进程中,行政管辖的范围几度变换。先是1983年下半年开始,广东省实行市管县的行政机构改革,台山与开平、新会、恩平、鹤山、阳江、阳春等7个县由原来的佛山地区管辖改为江门市管辖。

几年后,先前的人民公社改制为区,3年后又改为镇。然而无论改叫什么,由哪个地方管辖,马腾云依旧在做他的记者,做他的本分工作。

当了几年的文体记者,他的收获虽然不能以满满的进行形容,但也收获了优秀记者的荣誉,收获了珍贵的友谊,更加重要的是收获了甜蜜的爱情。

"哔哔、哔哔",系在腰间的传呼机响了,马腾云低头看了留言数字,知道是妻子黄秀仪呼他,来到街边小卖部的公共电话旁,打电话回去。

"秀仪,什么事?"

"家里煲了乌豆陈皮鳅鱼汤,回来吃饭吗?"

"晚上回来喝吧。今天上午先去体育馆的现场看看,跟着要下到公益,公益大桥也很快完工了。"

"那你先忙着,下工地要小心地上的铁钉,有安全帽就戴上。还有,照相时要留意前前后后,站好位置,不可为了角度就冒险。

第九章 国手莅临，侨乡掀高潮

晚上热了汤等你回来喝。"

放下电话，马腾云心里甜滋滋的，似乎已经喝了那碗美味的靓汤。

台山体育馆，将建在"人民灯光球场"原址上。

灯光球场，它建于1953年，自落成后，从这里培养了许许多多优秀的排球运动员，走出了不少在排坛名气响当当的人物，承载了许多人的梦想和欢乐。最为令人津津乐道的是，1958年7月5日，敬爱的周恩来总理前来灯光球场看排球赛，受到台城各界群众的热烈欢迎。周总理还亲切地接见了场上的运动员，与运动员一一握手。

那一刻，成就灯光球场最为荣光的时刻。后期，改名为"台山县人民球场"。30年风雨如晦，它也经历着起起落落，有万人空巷争睹球赛的风光，也有灯熄人寂的落寞岁月；有批斗大会山呼海啸的场景，亦有革命歌曲嘹亮贯天的豪情。

30多年后，它将告别岁月的烟尘，凤凰涅槃，再造一个新辉煌。

1986年7月，台山体育馆正式落成，交付广东省第六届运动会成年组排球赛（台山赛区）使用。体育馆占地面积2400平方米，馆长60米、宽40米、高15米，馆内四周设11梯级观台，可以容纳3100多名观众，馆内铺砌符合国际比赛标准的木地板，照明采用较为先进的混合光源，南北两面各设有多功能的大型电子显示屏。

值得一提的是，台山体育馆的题字，是时任国家体委副主任荣高棠所书。

第十章　因缘际会，中古对抗赛

一

　　台山排球氛围的浓烈，以及场馆配套设施的逐渐完善，成功地吸引了外地的球队前来学习交流。泰国男女排球队慕名来台山进行为期一个月的集训，我方体委派出两位人员担任集训的教练，双方结下了深厚的友谊。

　　双方约定，不定期进行互访，密切交流合作。1985年夏天，泰国女子排球队前来友好访问；冬天的时候，台山女子排球队进行回访，取得5连胜。

　　香港男子排球队更是常客，多次来台山进行交流。我县的男女排球队也进行回访，与香港队、香港警察队进行友谊赛，比赛均全胜。

　　第五届"振兴杯"排球赛刚落幕，台山体育馆的工作人员又投入紧张的场地维护工作，广东省第七届运动会排球决赛定在此场地进行。

　　一大早，体委办公室小邝过来察看进展情况。

　　球场中央的地板已经按照时间节点完成铺设，全部更换为更加环保的木板材，几个工作人员正在拿着尺子丈量，准备画界线。

　　高佬张踱着步子围着场转了一圈，然后蹲下来，掏出几根火柴，在场地上分别定点，信心满满地对埋头看尺的工作人员说：

第十章　因缘际会，中古对抗赛

"就这几个点，用直线连起来就行了。"

工作人员听了，都笑起来。其中一人说："高佬张，你以为在乡下操场吗，走几步就可以定好点啦？这是国际级数的标准场地，搞错了谁负责。"

高佬张胸有成竹地答道："后生仔，高佬叔对排球场地就如自己睡的床一样的熟悉，错不了，不信你试试。"

大家依然把他的话当笑话，仍旧在仔细地丈量着。当把尺子从中场边线开始拉到 3 米线时，见到有一根火柴，再放尺到底线 9 米时，那里又摆放着一根火柴。

量尺的用佩服的目光望向高佬张，高佬张正在悠悠地抽着烟，烟圈一环环的冒出。

到了场子的另一边，再放尺，在需要定点的位置，还是有一根火柴在那儿等着，到最后，直线连起来了，与高佬张定的点基本一致，相差不到 5 厘米。

小邝在旁边看着这神奇的一幕，感到不可思议。真是高手在民间，不可小觑身边的每一个人，或者，他身怀绝技，只是没到时候亮出而已。

为争取在省七运会取得好的成绩，县业余体校十里挑一组成男女两支排球队投入高强度的集训，一个月后，在其他的学校放暑假的时候，这两支队伍已经杀到最后的决赛。巧的是，男子和女子排球队最后的对手均是广州男、女排球队，同样，赛果也是以 3∶0 全胜对手，双双获得冠军。

紧接着的少年男子和女子排球比赛，台山县的男、女队同样获得第七届省运会少年组排球赛第一名。

这一次，无论是成年还是少年的男、女排球队，均在第七届广东省运动会上取得第一，是史无前例的。

为了表彰台山县这些年来体育活动所取得的重大成绩，1986

年9月,广东省体育委员会授予台山县"广东省体育先进县"的荣誉。

"这是贯彻县委关于推动在校青少年推广排球运动的丰硕成果。"在县体育局召开的领导班子会议上,黄主任给出这样的定性。

对于从提交调查报告引起县领导重视,再到相关措施出台,组织贯彻落实,短短的几年,能够相继取得优异的成绩,班子领导非常满意。

县体育局和县教育局决定,趁着这股东风,把成绩转化为动力,通过"传喜讯、造声势、夯基础、创辉煌"的形式,在全县的学校里组织一场声势浩大"排球进校园"活动,目的是从校园抓起,普及推广排球运动,再造台山排球新辉煌。

至于采用什么的形式进行,两个局的主要负责领导决定召开一个集思广益的会议,听取大家的意见。

会上,有人提议召开一个表彰大会,组织所有学校分管体育的领导、体育教师和县业余体校的全体师生参加,对有功的人员进行精神和物质奖励;有人提议参照英模宣讲团的形式,由优秀的教师和队员现身说法,到各校去巡回演讲;有人提议将台山排球发展史以图文展示的形式,到校园去宣传,唤起学生的自豪感。

众口众辞,议论纷纷。刘局听了几个方案,都不满意。特别是什么宣讲团的形式,他觉得没什么新意,就弄几个人在台上照本宣读加上一些豪言壮语,形式空泛,学生不感兴趣。开一个表彰会,也是走走过场,会议散了,工作也就完了,没有学生的广泛参与,也没有延续性。

他对于第三个意见比较偏爱,但是资料都是以往的,跟现在、跟学生没有半毛钱的关系。最好是能找出一个契合点,既能回顾历史,又能把握现在,展望未来。

他环顾了众人,然后把目光停留在李彪身上。

第十章　因缘际会，中古对抗赛

这个年轻人，有活力，有冲劲，也有计谋。在组织台山籍在外地读书回乡度假的大学生排球赛事时，表现非常出色，省体委排球处黄卫国处长曾打电话对他进行了表扬。

再给他压压担子，再考察一下，将来是个可造之才。想到这里，刘局点名李彪发言。

突然被刘局点名发言，李彪事前一点准备也没有，现在大庭广众众目睽睽下，已经没有退路，只好硬着头皮上了。

他理了理头绪，清楚地说了自己的意见。

第一，表彰会议必须要开，这是荣誉，不光是球员、教练员的荣誉，还是体育局和教育局的荣誉，也是台山排球之乡的荣誉。通过表彰大会，让更多的群众知道这件事，让社会各界更加关心台山排球，这是好事。

第二，制作图片展示，让排球历史进校园，让学生通过图文近距离感受台山排球之乡的历史，很有必要。但是，毕竟历史资料有限，过往的图片不多，我建议搞一个关于排球的摄影比赛，把城市、乡村、学校、工矿企业开展排球运动的人和事记录下来，全民参与，引起全社会的关注。将获奖的照片与历史的照片组成前后对应两个部分，这样更加丰满。

第三，除了摄影比赛，我还建议搞一个学生征文比赛，主题围绕我与排球的故事，分别从中学生组、小学生组评选出优秀的作品，择优在《学生园地》和《台山报》进行刊登，让学生自己参与到活动中去。

以上三项活动有机结合，分期进行，作为一个工程项目在全年内铺开，既有重头戏的表彰大会，又有社会各界参与的摄影赛，更加有校园学生自己的征文活动。

最后他说："这是我不成熟的意见，仅供大家参考，有不妥的地方，请批评指正。"

他的话音刚落，刘局长就带头鼓掌。很明显，刘局长对李彪的

发言表示认可。

第二天,李彪拨通马腾云的电话。"马主编,很久不见,近期很忙吧。我们排球学校最近有一系列的新举措,想听听你的高见。"

"你言重了,工作都是大家配合的。有什么需要帮忙的吗?"

李彪于是把开展"排球进校园"活动的设想跟马腾云说了一遍。

"你们的构想很好。这样吧,明天我带一个专门搞策划的高人与你见个面,大家交流一下,怎么样?"

"正是求之不得。"李彪满心欢喜。

这天晚上,马腾云约上林晖和李彪,在石花华侨新村波士顿海鲜餐厅吃饭谈事。

石花华侨新村是台城最早一批侨资开发的小洋房,位于环北大道,背靠石花山和石花水库,与县政府只是一路之隔。建的时候那里还是一大片种植柑橘的果园,后来城区慢慢向东发展,相继建起了影剧院、图书馆和博物馆等建筑群。

波士顿海鲜餐厅的老板姓叶,父母均在加拿大温哥华唐人街做餐馆,想申请他出国帮手打理生意,但叶老板迟迟不愿出去,他不喜欢加拿大那么严寒的天气,他习惯了这里的气候和饮食习惯,他通过父亲的指导和自己的摸索,利用本地的食材,加上西餐的做法,做出来的海鲜餐非常受欢迎,生意火爆。

另外,叶老板也是摄影家协会的理事,在他餐厅里,挂满了他与其他会员的摄影作品,题材都是本地的。

这些作品,每个月定期进行更换一批,保持对食客的新鲜感。

本地人,在这里吃到了外国的风味;归来的华侨,在这里找到了家乡的情怀,相得益彰。

在这样的环境下,吃一顿饭,聊摄影比赛的话题,那还有比这更好的吗?

第十章 因缘际会，中古对抗赛

林晖把马腾云和李彪介绍给叶老板认识，当他听到李彪说准备搞一个关于排球的摄影比赛时，连声说好。

"那除了本地人参与外，外地人，包括海外的可不可以投稿参加比赛呢？"

冷不防，叶老板抛出这样一个问题。

李彪一愣，当初真的没有想到这点。

林晖想了一下，他说："在摄影大赛征稿启事里，我们以'排球之乡，你我传承'为主题，主要是把镜头对准台山排球故事，无论是本地人，还是外地人，甚至海外的华人都可以，这样本来是县级的摄影赛，变成了'国际'级的摄影赛，不是更好吗？"

大家都明白林晖所指的国际级，相视会意大笑。

"这样吧，这次摄影比赛，我赞助2000元，其他的，还需会长你们去努力啦。"叶老板给林晖他们的杯子斟满了山茶。

这山茶，是他托人在大隆洞的山上采摘的，与市面的普通茶叶甚至高级茶叶不同，一股乡土久违但又熟稔的味道，令人想起童年，想起家。

李彪握住叶老板的手连声称谢，叶老板谦虚地说小事一件，能为振兴台山排球做点事，我非常乐意。

而征文这方面，李彪就通过教育局布置各学校按照通知精神贯彻执行。因为对学生不搞奖金奖励，届时按评奖等次发个证书以及钢笔、软皮抄等学习用具就行，不用头痛拉赞助的问题。文章能在《台山报》和《学生园地》这两份报刊发表，对于学校、家长和学生而言，这是莫大的荣誉，是用金钱也衡量不到的。

征文活动在暑假结束后截稿，一共收到全县各中、小学的征文3827篇，李彪委托县文化馆组织评委对文章进行评选，最后在台山一中的礼堂举行了颁奖典礼。

摄影比赛按原定计划在国庆节前完成。从征集到的相片看，水平不算高，很多是初学者的水平，但贵在能够真实地反映社会各阶

层对台山排球的关注。

国庆节期间,获奖的照片展示在台山体育馆的宣传栏上,作为迎接中华人民共和国第六届运动会男子排球赛(台山赛区)的礼物,供各地运动员和市民观赏。

11月的台城,天气乍寒还暖,体育馆旁边的紫荆花有些已经悄然开放,似乎欢迎来自广东、湖北、解放军、四川、福建、河南、北京、辽宁、天津、浙江、江苏、上海等参加中华人民共和国第六届运动会男排比赛的队伍。

经过多天的角逐,最后解放军队获得第一。

1987年,对于台山体育界来说,是喜事连连:4月,国家体委命名台山县为"全国体育先进县"称号;7月,经广东省人民政府批准,台山县排球运动学校正式成立。

在排球竞赛场上,台山排球的"青春风暴"依然在上演中,县少年男、女排球队参加省少年排球锦标赛双获冠军;台山一中男子排球队参加全国中学生"振兴中华杯"排球赛获第一名。

二

从1987年开始,朱正贤先生赞助的"振兴杯"排球赛移师到新落成的台山体育馆进行。观众在这个更加漂亮的场馆观赛,更加开心和兴奋。而前来参赛的球队,也对这新颖的场馆赞不绝口。

前八届(1982—1989年)"振兴杯"排球赛,分别有来自北京、上海、天津、江苏、浙江、福建、广东、四川、湖北、湖南、辽宁、河北、河南、陕西、云南等省和直辖市以及八一、南京部队、广州部队等几千名运动员前来台山参加比赛,他们在这里认识台山,带走了台山人民的热情,台山排球之乡的美誉度传播得更广。

第十章 因缘际会，中古对抗赛

时间来到 1990 年的初夏，台城人工湖畔的紫荆花还未完全凋谢在春风春雨中，似天边红霞般灿烂的凤凰花，已经携着南风将湖水染红。

倒影下，散落的花瓣被水面的鱼儿追着，像只小船一样荡来荡去，犹如一幅悠闲的立体画。

人工湖畔的台山体育馆，工作人员正忙着作最后一次的场地检查。第九届"振兴杯"排球赛之中古女排"超霸杯"将在 5 月 17 - 19 日举行。

古巴女排是 20 世纪最优秀的女子排球队之一，这支球队在 1978 年女排世锦赛击败素有"东洋魔女"称号的日本女排首次夺得冠军，然后球队就陷入了新的一轮沉睡，直到传奇球星米雷亚·路易斯的出现，古巴女排才重新进入第一集团。

1989 年世界杯，古巴队的老队员相继退役，新秀副攻卡尔瓦加莉、主攻贝尔等人开始辅佐路易斯，加上老二传奥尔蒂斯搭档新秀伊基戈尔多，古巴女排横扫各个对手，夺得冠军，被人们誉为"加勒比旋风"。

而当时的中国女排，正处于世界排坛的巅峰。先后荣获 1981 年女排世界杯、1982 年女排世锦赛、1984 年洛杉矶奥运会女子排球项目、1985 年女排世界杯和 1986 年女排世锦赛冠军，创造了五连冠的伟业，战绩彪炳。

有"黑色橡胶"之称的古巴女排，正是挟着 1989 年世界杯冠军的余威，裹着"加勒比旋风"在中国南方登陆，将与中国女排在台山进行华山论剑，争夺超级女排对抗赛的桂冠。

如此高规格引人注目的赛事，为何能够安排在广东台山进行？

这要从朱正贤先生与中国女排的感情谈起，他们之间的关系，可以用"深情厚谊"这四字来形容。早在 1983 年，朱先生就与中国女排结下了不解之缘。

1981 年 11 月 16 日，第三届世界杯女子排球赛决赛在日本东

京举行,是由已经取得六连胜的中国队与称霸排坛多年、有"东洋魔女"著称的日本队进行争夺桂冠。朱正贤早早守在电视机前,观看赛事的直播。

饭菜已经端上了桌面。朱太太温柔地问:"过来吃饭好吗?免得饭菜凉了。"

"先搁着,这场球赛是焦点大战。"正贤头也不回,眼睛就盯着电视荧屏。

"这么多年来,还是这么的痴迷,一点也没有改变。"

"排球就是我最大的爱好,没得改的。"

朱太太知道先生的为人,他认定的事,是锲而不舍的,包括事业,也包括爱情,当初自己就是被他的这种韧劲所感动,从而跟着他一起,携手到今天。

她默默地将饭菜用碗盖好,然后静静地回到先生的身边坐下,陪着他一起看球。

一上场,中国队士气长虹,志在必得,继续发挥"黑马"本色,向着最高目标冲刺。女排姑娘们放得开,打得凶狠,拦得漂亮,防得成功,吊得轻巧,每个人都发挥出自己最好的水平,很快就以15-8、15-7拿下两局。第三局中国队继续领先,先后以5-0、10-4大幅抛离对手,眼看就要以3-0横扫对手获胜,姑娘们心理开始波动了,似乎看到冠军奖杯在招手,在处理球上变得患得患失。

作风顽强的日本女排趁着中国女排有点松懈的时候,她们在主场球迷的呐喊声中背水一战,加强了防守反击,逐渐将比分追到11平,最后反以15-12赢回一局。

军心已乱,组织的技战术贯彻不力,在第4局,中国队依然没有调整过来,而日本队打得顺手,很快以15-7再扳回一局。

来到决胜局,双方回到同一起跑线,比赛争夺达到了白热化的程度。中国女排在开局0-4的不利形势下,袁伟民教练及时做出

第十章　因缘际会，中古对抗赛

调整，要求大家摒弃思想杂念，团结一致，打出自己应有的水平。暂停过后，女排姑娘们集中精神，艰苦奋战，虽然比分一直落后，但通过每球必争的拼搏精神，把比分逐渐往上追。在 14－15 落后的危险时刻，她们没有慌乱，沉着应战，通过 4 号位的强攻成功夺回发球权。发球后，双方来回争夺好几个会合，中国队还是通过扣球将比分打成 15－15。中国队继续发球后加强组织拦网，在 3 号位拦死对方的快攻，取得 1 分的领先。最后一球，通过双人拦网把日本队的强攻拦在界内，终于以 17－15 取得了最后的胜利。

"17－15！中国队胜利啦！队员们都抱在一起！中国队以 3∶2 胜了日本队，以 7 战 7 胜的优异成绩夺得了本届世界杯的冠军！"

宋世雄沙哑又略带哽咽的声音通过电视机让成千上万守在电视机和收音机前的中国人热血沸腾，热泪盈眶。朱正贤心情非常激动，他对身边的妻子说："去开瓶香槟酒庆祝一下。"

两杯香槟倒满，饭菜也重新热好，正贤端起高脚酒杯，对着太太说："辛苦你啦。来，庆祝一下。"

他话语不多，但一腔柔情已经写在脸上。

正在此时，电话机"铃铃铃"响起来，朱先生走过去拿起电话机，未等他开口，话机里就传来堂叔朱炳宗的声音："阿贤，刚才看电视没有啊，中国女排打败日本女排拿到世界冠军啦！"

声音洪亮，声调高亢，一听就知道他人还沉浸在兴奋的喜悦里。

"看啦，这么重要的球赛怎么会错过呢。"

"也是也是，你这个超级发烧友怎么会错过呢。"对方在电话里朗朗大笑，跟着他问道："明早有空吗？我们叔侄饮早茶怎么样？有些事想跟你商量一下。"

"好，那就明天茶楼再详谈。"

第二天早上，香港茶楼免费供应的报纸早就被索取一空，头条的大字标题都是中国女排首夺世界冠军的内容，大家都在兴致勃勃

地谈论着此事。

朱正贤与朱炳宗在茶楼的包厢里聊起昨晚女排的赛事,两人都眉飞色舞,说个滔滔不绝。两人都同样爱好排球,对家乡怀有深厚的感情,当聊到如何振兴台山排球的话题时,朱炳宗说:"今年春节我在乡下办了一届'丰收杯'9人排球赛,给乡亲们有个娱乐节目,球赛打了几天几夜,轰动整个三合,大家过了一个热热闹闹的新年。现在已经是年尾了,还有几个月又到春节了,我想再办球赛,正贤你有兴趣一起参与吗?"

朱正贤听宗叔这么说,与他心中的设想不谋而合,真是心有灵犀。他说:"宗叔,你一定要预我的一份。回台山办球赛的事我想过,但我想,办就办得好看一点,规模大一点,让更多的人参与。我这样想,不如把'丰收杯'改名为'振兴杯',比赛不再局限在三合,而是扩大到全县的范围,让更多的球队参加,共同为振兴台山的排球做件好事。"

"好,正贤,你这个提议好,那就这么定了。"朱炳宗拿起茶杯举起,"来,以茶代酒预祝成功!"

举办"振兴杯"排球赛的事情就这么一拍即合水到渠成。

自中国女排夺首冠后,朱先生成为了中国女排的忠实球迷,他时刻关注着女排的动态。1982年中国女排获得世界锦标赛的冠军,他欢欣雀跃与人痛饮一番。1984年,中国女排出征洛杉矶奥运会,朱正贤先生与夫人一起飞到洛杉矶发动华侨为女排加油打气,并向中国女排基金会捐助50万元,以支持中国女排的发展。

奥运会首日,许海峰手起枪响,射落中国奥运史上首枚金牌,他的枪声向全世界宣告在奥林匹克的舞台上,从此出现了一个新的体育大国!从许海峰实现金牌"零的突破",到中国女排战胜美国队夺冠,最终中国体育代表团共夺得金牌15枚、银牌8枚、铜牌9枚,全世界为之侧目。

第十章　因缘际会，中古对抗赛

1984年洛杉矶奥运会在中国体育史上意义之重大，影响之深远，难以估计。可以这样说，体育健儿的每一次胜利，都会化作整个民族前进的精神动力，凝聚为推动改革开放的巨大精神力量，凝聚成海内外华人华侨和港澳台同胞的爱国心。

在香港，以"霍英东体育基金"为代表的社会各界人士和社会团体，邀请奥运健儿访问香港，颁发大奖，以感谢他们为国家以及包括香港市民在内的全体中国人民所争得的光荣。

奥运健儿所到之处均受到香港市民的热烈追捧，特别是中国女排姑娘的亮相，更是达到高潮，她们所到之处，无不伴随着掌声和欢呼声。香港人有"女排情结"，认为中国女排拼搏不服输的精神和香港的狮子山精神非常相似，都代表着一种顽强的韧性。

朝九晚五，香港写字楼的打工时间。临近下班前，公司的林小姐走了进来。

"各位同事，有一个好消息和一个坏消息，想先听哪一个？"

"当然是坏消息啦。"关仔嬉皮笑脸，"先苦后甜嘛。"

林小姐最讨厌他的油嘴滑舌。"听好了，坏消息是今天晚上加班，不准拍拖。"

关仔嘬嘬嘴，追着问："那好消息是什么？"

"先卖个关子。"林小姐一脸得意，她转身问谭叔："谭叔，你想有什么好消息？"

谭叔慢吞吞地说："好消息就系希望老板请我们吃饭兼加薪啦。"

"哇，谭叔真聪明，估对了一半。"她笑眯眯地说。

众同事纷纷放下手下的工作，满脸的期待。"快说，再不说就憋坏人啦。"

"老板今晚请吃饭，饭后组队前往红磡体育馆为中国女排助威加油。"

万岁！写字楼一片欢腾，众人连呼叫好。

台山排球故事

红磡体育馆是在当年年初才刚刚落成,许多人还没有进去过。

谭叔看着关仔那癫狂的样子,说:"关仔,你不是已经去过红磡体育馆看陈百强的演唱会了吗,还这么兴奋啊?我老人家还没有入去过呢,还没有你这么狂热。"

"捧丹尼(陈百强的英文名)的场,因为他是我的偶像,又是台山乡亲,当然要去看他的演唱会啦。但今天是老板请吃饭,还可以去看中国女排,能不高兴吗?"

关仔是陈百强的超级粉丝,每次陈百强开演唱会,他都看,甚至1988年陈百强回台山开演唱会,关仔一样追随过来。后来,他还成为陈百强歌迷会的副会长。

当晚,红磡体育馆里面12000多个座位全部爆满。朱先生他们进场的时候,一男一女两位主持人已经在与现场观众互动暖场,两人调动着观众的情绪,在玩着"人浪"的游戏。

朱先生与公司的一众同仁,此刻也变成热情的球迷,跟着主持人的节奏在律动,沉浸在欢乐的人海里。

这场国际女排"超霸杯",是由港商赞助举办的,集中了当时世界排坛最顶尖的中国、美国、日本三支球队,采用循环赛。三天的比赛,香港球迷也疯狂了三天,大街的电器店和商场的电视屏幕转播球赛过程中,前面站满了人,甚至连的士司机也停工,专门来看球。

球赛期间,可以用万人空巷来形容,以往熙熙攘攘的市面一下子静了下来。到球赛结束,人流又川流不息起来。

经过周密的安排,"超霸杯"比赛结束后,朱正贤调用车辆接了中国女排一行前往天星码头,准备带女排姑娘们坐游艇畅游香江,观赏维多利亚港的夜景,感受"东方之珠"的魅力。

女排姑娘非常雀跃,一个跟着一个上了游艇。开始的时候,游艇还停靠在码头,大家上了船,摇摇晃晃的,还蛮觉新鲜和好奇,纷纷以维多利亚港的霓虹灯光为背景拍照留念。

第十章　因缘际会，中古对抗赛

游船慢慢驶出港湾，迎着清凉的海风在波浪里前进，朱先生与袁教练等几位坐在船舱里聊天，听见外面有歌声传来：那南风吹来清凉，那夜莺啼声齐唱……

歌声应该是女排里面最喜欢唱歌的兰子的声音。球场上，她骁勇善战，有一身过硬的拦网功夫，被誉为"天安门城墙"，与郎平的"铁榔头"交相辉映，一个盾一个矛，令对手头疼不已。

歌曲还没有唱完，就听到船舱外面传来呕吐的声音。朱先生连忙出去一看，这些牛高马大在球场上飒爽英姿的姑娘，一个个艰难地扶着栏杆，正朝着大海向鱼类"发放"食品。

晕船了，不行，马上回岸。朱先生即刻通知舵手，把游船开回码头，然后用车接朱先生等人回别墅。

在别墅花园，大家一起烧烤、聊天、唱歌，杨锡兰代表女排的节目是弹钢琴，周晓兰就拉着朱先生一起唱歌，大家像一家人非常融洽。

此后，中国女排每次访港，朱正贤先生都一尽地主之谊。朱先生适时向袁伟民教练发出邀请，希望中国女排到排球之乡台山去，参加"振兴杯"排球赛。袁教练点头应允。

朱先生回到内地公务的时候，他也尽量抽时间去探望女排的成员。双方的情谊不断地加深，每年的重大节日，他会收到来自新老女排姑娘给他寄的贺卡、问候信。

正是朱正贤先生与中国女排有着如此深厚的友谊，加上台山当地有热烈的排球氛围以及在国内排坛的地位，当提出把中古女排对抗赛安排在台山举办时，获得了各方面的大力支持。

三

林晖留言给马腾云，问他有没有时间，想约出来喝杯啤酒。

晚上 8 点，龙舟地沿河路，大大小小的大排档已经摆开阵势，

台山排球故事

几张折叠台,十来张塑料凳,档主靠镲气把路过的行人吸引到餐桌前。

这里的宵夜,多是炒粉捞面、炒时菜,还有田螺、毛碌、长尾螺。丰富一点的,有狗肉,甚至炖汤,一盅盅的,什么鸡仔蛋、天麻炖猪脑、猪尾龙骨汤等,五花八门。

夜晚的通济河波澜不惊,几艘泊在岸边的木船似乎已经入睡,没有一丝亮光。反而两岸的灯光,倒影在深深浅浅的河水中,幻化出迷离的光影。

才十来年的光景,通济河以及河的两岸发生翻天覆地的变化。林晖记得,读书的时候他与街坊阿民、阿中他们经常来河里游泳,当时水清沙净,黄沙里还可以掏沙蚬。最深的地方是"龙潭化雨"那段的弯位,差不多每年有人溺水。他们从来不敢往那个方向去。

后期河的上游建起的水库把从四九大山流下来的水截了,除了搞水力发电,还引去灌溉农田,通济河的流量慢慢少了,淤泥开始堆积,加上城里人口多了,沿河两岸居民排放的污水直接排进河里,原来清澈的河水逐渐变黑,人们再也不敢下河游泳。

南风吹来,带着河水的腥味。林晖此刻的心情,也如河水一样,五味杂陈。

他位于双亭街的冲印店,以往一直批发和零售进口胶卷,由于价格比市面的低,生意还算不错。但自从开展打击走私活动后,他原先进货的货源被取缔了,找其他进货,价格上已经没有优势,因此生意大不如前。烦恼的事接踵而来,他的家庭也出现了矛盾,妻子申请出国,要带上孩子,而林东明不想出国,林晖也不愿意出去,两人发生了争拗。

将近9点,马腾云才找了过来。

"不好意思,让你久等啦。"马腾云拉过凳子坐落。

"迟到好过不到。"林晖倒满一杯啤酒,递给了过去,"来,先喝杯漱漱口。"

第十章　因缘际会，中古对抗赛

两人碰了碰杯，马腾云喝了半杯，林晖一口气把酒倒进肚里。

"这么晚还加班啊？"林晖问。

"是啊，中古女排对抗赛，不准备点材料怎么行？到时需要采访，必须提前做好功课。"

"有票吗？"林晖自己看球不愁票，但是他的客户群，他想笼络一下。

"票源很紧，一两张可以，但对你而言这需要吗？"

林晖不出声了，远望着对岸正贤训练体育馆的灯光。

感觉林晖的情绪有点不对，马腾云问他："你不单单就是约我来喝个啤酒吃个宵夜这么简单吧。"

约马腾云出来，就是把他当成倾诉的对象。林晖把最近生意上生活上的苦恼一脑子倒出，这才感觉到舒服些。

马腾云给林晖满上一杯啤酒，"来，喝一杯。"

他们点的炒牛（肉）河（粉）、紫苏炒田螺和豉汁炒苦瓜陆续上桌，两人一边吃一边聊。

林晖继续说："我那个冲印店无法做下去了，利润薄，也没有人手，准备关掉。目前设计公司刚起步，规模小，名气不大，好的资源都被喧天广告公司拿去了。"

马腾云知道林晖说的喧天广告公司，城里规模最大的个体广告公司，已经开了很多年，传闻是某某的亲属开的，但从来没有被证实。

"我已经联系了广州一家实力雄厚的广告公司，准备以合伙人的身份开拓江门地区的广告市场，首站是台山。现在就等待一个适合的时机闪亮登场，力求一炮打响。现时摆在面前的，就是中古女排对抗赛这个千载难逢的机会，公司拟在江门和台山的报纸上刊登整版祝贺广告，亮个相，自我宣传一下。今天先跟你通个气，想预留个版面。"林晖把整个计划告诉了腾云。

马腾云跟林晖说："广告的事不归我管，但我可以帮助联系交

给广告部的同事。另外,我建议你,在比赛场地的广告牌上做做文章。"

马腾云的建议一言惊醒,林晖回去后搜肠刮肚想了几天,然后做出一份方案出来。

以往,喧天广告公司一家独大,比赛场地拉的赞助广告都是由他们代理的,从不旁落。

可是这一次,喧天广告公司万万没想到,凭空冒出的艺林文化创意公司,竟把他们逼退到墙角。

按往常一样,喧天广告公司提出承接场内所有的广告,就等着合同签字确认。以往1天就办妥的事,此次竟然4天没有答复。据透露的消息,原来有一个叫艺林的文化创意公司也参与了竞争,价格比他们高出20%。

喧天广告公司的老板唯有咬咬牙,将承包费提高到相同水平,虽然到口的已经不是肥肉,但毕竟还是一块肉。最后,他们如愿地拿了赛场内的广告代理权。

艺林文化创意公司对此结果早就有预料,他们马上启动第二方案:申请在人民球场举办"沪江浙名品精品展示会"。

展示会以上海、江苏、浙江一带的服装、鞋帽、床上用品、小百货商品为主,同时在场地布展中联系那些因名额限制挤不进赛场的广告客户,以某某单位祝贺中古女排对抗赛成功举行的形式发布企业形象广告,广告费用只是场内的五分之一。

为期20天的沪江浙名品精品展示会如期在中古女排对抗赛前5天圆满收场,会展吸引数十万的群众进场,效果之好出乎意料,其间卖方不断地追加进货。

经此一仗,喧天广告公司知道了对手的厉害。而艺林文化创意公司,在侨乡扎下了根。

第十章　因缘际会，中古对抗赛

四

每天清晨，唤起朝阳的第一个音符是从牛山上的广播电视发射塔发出的。歇脚的小鸟，有的站在铁塔上，有的站在正贤楼的飞檐上，也有的站在振兴杯的雕塑上。

见晨运的人越来越多，廖伊莲除下了耳机，关掉了随身听，卡带"滴答"一声停止了运转。

这个随身听，是最新流行的音响器材。当初扛着四个喇叭到处游走的年轻人，现时都以拥有一台随身听才算时髦。走在路上，戴着耳机，摇头晃脑跟着节拍手舞足蹈，幅度大的甚至跳起霹雳舞。

一些老人家看了，都说现在的年轻人不正不经，穿着喇叭裤，带着蛤蟆镜，在路上张牙舞爪，不成体统。

廖伊莲的磁带里播放的，可不是什么港台流行歌曲，是《英语900句》。随身听是乔顿托回国的华侨带回来给她的，要她学好英语，方便联系沟通。

说起与乔顿相识，她还要感谢黄婉仪他们办的"华裔寻根之旅夏令营"。

夏令营十多个人回来住在园林酒店，年龄段各有不同，最大的是乔顿，23 岁；最小的是麦可，才 13 岁。相同的是，他们都是"竹升仔"。

这班"竹升仔"，在国外出生、长大，对中国文化可谓一窍不通，他们自幼接触的是英文，方块字在他们的眼里，简单的是图案，复杂的是天书，充满着神秘色彩。

虽然他们不会看中文，但他们都可以说台山话，沟通交流没有障碍。因为家里人一直说的是家乡话，保住了语系的传承，乡音就成为了他们寻根问祖的基因。

才 10 天的相处，乔顿对中国文化和中国女孩产生了浓厚的兴趣和好感。他心目中的中国女孩，特指的是接待酒店的廖伊莲，他

被她所迷倒。

　　回到美国后，乔顿在华文补习社学了好一段时间中文，拿着报纸可以读懂里面的内容，说、读基本没有问题，但写还是不过关，尤其是面对电脑键盘，什么拼音输入、五笔输入、王码输入，他唯有大骂自己是笨蛋。与廖伊莲发电子邮件，他依旧是打英文，所以廖伊莲不得不要学英语。也幸好，廖伊莲在旅业部上班经常与国外的旅客打交道，英语的口语学得比较快。有了口语做基础，再学书写就相对容易多了。

　　从正贤楼下来，她见时间还早，特意绕道到果园村餐厅，吃了碟拉布肠粉和一碗鱼片粥，才回园林酒店上班。她的工作岗位在旅业部，不像餐厅的工作人员那样方便在酒店里吃早餐。

　　回到单位，廖伊莲马上通知工程维修部派工到客房来，对一批床进行加长加固。

　　昨天，酒店召开中层管理人员会议，通知各部门全力做好迎接中国女排和古巴女排入住的准备。经理特别提醒廖伊莲管的客房部，床的尺寸需要调整。

　　工程维修部的师傅也不简单，只用了两天时间，就全部完成了球员房间大床的加固和加长。

　　他们弄床的时候，廖伊莲已经在考虑，床加长了，床褥怎么办？她打了好几个电话给生产床褥的商家，人家说这样的床褥需要定做，小批量，时间紧，没法做。说到底，没有利润人家不肯接单，即使是平常关系再好的客户。

　　在她愁眉不展之际，麦海光给她来了传呼，她到前台给他回电话：“麦老师你好，有什么事情？”

　　“伊莲，近来事忙吗？”他在电话那头亲切地叫她的名字，一如往常的关心询问。

　　"何止忙，还愁死了！"廖伊莲说得很直接。

　　"我能帮得了忙吗？"麦海光非常的热心。

第十章　因缘际会，中古对抗赛

也好，看看这个号称"小诸葛"的麦海光有什么好主意，廖伊莲于是将事情说了给他听。

麦海光在电话里笑着说，这个好办，台城钢冶家具厂现在生产沙发，你向厂订一批加厚的海绵回来，放在加长的位置，那里应该是脚部的位置吧？承托压力不大。再订一批加长的床单铺上去，不也就浑然一体了吗？

真是好主意！果真是"小诸葛"。廖伊莲满心欢喜，心头大石终于搬走。她说要请他喝咖啡谢谢他。

麦海光说："说谢谢就见外啦，你不也在我困难的时候伸手相帮吗？你请就暂免了吧，不如我请你去广州听新时代演唱会，大明星有毛宁、杨钰莹、陈明、李春波、甘苹、林萍、高林生，等等。我在广州的朋友留了内部的票，我叫上马腾云两公婆，让黄秀仪给你作伴好吗？"

真是用心良苦，如果不是重任在身，廖伊莲也不想扫他的兴，今天，她有很堂皇的理由推辞了。

比赛前一天的中午，中国女排和古巴女排先后抵达台城。

中国女排对台山已经不陌生了，第二届"振兴杯"排球赛她们首次踏上侨乡的土地，8年后，她们再次光临，只不过，铁打的营盘流水的兵，从教练到队员，已经是的新一批人马。

领队：陈招娣

主教练：胡进

教练员：江申生

助理教练：陈忠和、董瑞军

医师：杨国贤

队员：苏惠娟（队长）、赖亚文、巫丹、周红、李国君、李月明、许新、毛武扬、何云舒、李云武、戚丽丽

古巴女排是第一次到传闻中的"中国排球之乡"，台山对于她

们是好奇的,而台山人民对于古巴女排,也是充满好奇。好奇她们的肤色,好奇她们的发式,好奇她们怎么看上去如此的平凡却叱咤球场。

在通往园林酒店路的两旁,挤满了热情的群众,千多名中小学生载歌载舞,夹道欢迎远道而来的宾客。

在古巴女排的队伍里,有一位名叫路妮莎的随行人员,她是队医,此刻她的心情比较特别,因为她早就从 AMOON 口中听说过台山这个地方。

AMOON 住在哈瓦那唐人街,路妮莎的家离唐人街只隔一条街,她小时候很喜欢到唐人街去玩,特别是中国人的春节,有舞龙舞狮表演,热热闹闹的。有次她就坐在一间药店的门口看舞狮,店里的妇人给了她一个椭圆形白色油炸的酥角,她从来没有试过这样的味道。

日后,她就经常到药材铺来玩,她听到人家称呼这个妇人"阿文",就以为她的名字就叫 AMOON。

到路妮莎长大了,她才知道,阿文来自东方的中国,故乡是台山。

台山人移民古巴的历史,发生在 19 世纪末到 20 世纪初那一段时期。古巴是处于热带的岛国,盛产甘蔗、烟草、咖啡,种植这些东西,需要大量的劳动力。当时的庄园主购买了很多的非洲黑奴,替他们开辟疆土种植作物。但是从 19 世纪开始,欧洲兴起禁止贩运黑奴的运动,古巴廉价劳动力的来源渐渐枯竭,庄园主于是转移眼光,向人口过剩的中国打主意,"华工"就在这样的背景下被贩运到古巴。当时有 14 万青壮年被卖身到古巴,多以来自广东四邑为主,当中第一批契约华工登陆哈瓦那,其中就有台山人。

华工在古巴的命运很悲惨,生活得牛马不如,半数人在抵埗后的 5 年内死去。清政府在同治末年派官员前往调查,感觉到有辱国体,才废止了这种可怕的人口贩运。当时还存活的古巴华工,剩下

第十章 因缘际会，中古对抗赛

约6万。

台山三合松咀村，早在清朝末期就有村民远走古巴谋生。一开始村里有两个年轻人冒死到海外寻求出路，到了古巴后发现当地经济比较繁荣，然后叫上叔伯兄弟一起出去。慢慢地，去古巴的村民越来越多，到后期每家每户都有古巴华侨，成为台山最大的"古巴村"。

路妮莎从阿文的口中听闻不少关于台山的故事，阿文也教会了她一种古老的东方按摩方法，最神奇的是"拔火罐"，用火棍在一个小玻璃罐里面燃烧一下，然后迅速按在人的身上，不一会就见到红色淤血印在皮肤上，一个个印在身上像金钱豹似的。

阿文告诉她，通过这样可以促使血液循环，再加上独特的推拿手法，帮人驱除疲劳，恢复体力。

后来路妮莎搬离了原来住的地方，但时常回去看望阿文。古巴革命后，中古两国成为密切的战友，交往频繁，由于路妮莎掌握中医推拿技术，她进了国营的医疗机构，后来更被征调当球队的队医。

在离开古巴前夕，路妮莎去探望已经年迈的阿文，告诉她自己将前往中国台山，阿文听了老泪纵横，用布满黑茧的老手颤抖地拉着她，托她如果有机会就去"SAM-COM"看看，拍几张照片回来，以慰解她的思乡之苦。

路妮莎不停地安慰阿文，说会找机会去"SAM-COM"。但究竟在哪里，有没有这个地方，她心里也没底，只是记下了这个名字（发音）。

宴会上，服务员端了一盘台山地方小吃"咸鸡笼"上来。路妮莎睁大了眼睛，没错，她又见到了那个白色的椭圆形的酥角，她迫不及待地拿起就吃，一股记忆里的味道直通心头。

吃着吃着，她竟"呜呜"地哭了起来。

在场的人员大吃一惊，围过来纷纷问她究竟发生了什么事。她

好一会才平静下来,然后慢慢地把与阿文的故事说给大家听。

黄秀仪当听了翻译的讲述后,她心里估计是那个地方了。为了核实一下,她叫翻译问路妮莎,阿文的乡下是否有温泉。

翻译把这话跟路妮莎说了,她迟疑了一下,说好像有提过,阿文说当地人杀鸡的时候都不用烧开水,直接拿地上冒出的热水用。

那就猜对了。SAM-COM,音译过来就是三合,阿文的乡土方言,就是维系东西半球的纬线,就是寻找家乡的密码。

原本以为一场龙争虎斗的巅峰对决,中国女排竟以3∶0全胜古巴女排。

赛前,胡进教练有针对性地布置了战术。古巴女排以身体素质出众而著称,队员普遍弹跳好,滞空时间长,有很强的爆发力。他们的打法较为简单,3号位的半高球是"拿手绝活",主要以两边2和4号位的拉开强攻为主。

古巴女排一直以来奉行的都是四二配备,初期的四二配备是各队均采用的方式,也就是两个二传,谁在前排谁传球,但是前排只有主攻和副攻可以下球,后期演变成后排二传插上传球,前排可以三点进行进攻,即:主攻、副攻、前排二传均可参与进攻,各队根据自身情况逐渐演变打法,欧美球队将进攻实力强的队员安排在二传对角位置,形成五一配备,加入后排进攻,然而古巴根据自身特色一直坚持四二配备,进攻实力强劲的古巴女排每轮保持三点狂轰滥炸。

胡教练也指出了古巴女排的弱点:一是心理素质不稳定,在比赛中容易出现较大波动;二是一传不稳,传球不到位,打开网球速度比较慢;三是本次参赛队伍的核心人物路易斯没有随队,实力大打折扣。只要抓住他们这三个弱点,破坏他们的一传,加强拦网,把他们打个没脾气。

上场后,女排姑娘以灵活多变的战术,以快为主,打吊轻抹相

第十章　因缘际会，中古对抗赛

结合，加强前场拦网，虽然遇到古巴女排的高打强攻，但最终以15-11、15-12、15-11连赢三局，取得胜利。

赛后，马腾云采访了两队的教练。

胡进盛赞台山人既懂看球，也非常热情和有礼貌，无论是哪一方，只要球打得好，就报以热烈的掌声鼓励，这种文明礼貌之风实在难得。

古巴的教练也对台山赞不绝口，认为这次比赛组织周密，观众既热情又守纪律，不愧是中国的排球之乡。

他还向记者透露了一个细节：今天早上球队早练回来，大家回房间发现桌上有一个碟子，上面放了两朵白玉兰，芬芳满室，阵阵清香沁人心脾，令人不禁想起了中国一首美丽的歌曲《茉莉花》。

好一朵美丽的茉莉花……他轻轻摇着头哼起来，惹得满堂大笑。

在离开台山前，路妮莎在黄秀仪和公社侨办的人员的陪同下，前往三合松咀村进行了探访。

在村前的大榕树下，马腾云给大家拍了一张大合照，而在路妮莎的相机里，也留了不少珍贵的照片。她在虔诚地履行她的承诺，她要用薄薄的相纸，承载起阿文一个世纪的思念和情感。

第十一章　万众瞩目，女排"打男排"

一

排球运动项目与其他体育项目一样，不断在改变规则。例如取消交换发球权、取消前排队员直接拦网得分、从 15 分改为 21 分直接得分制、可以用身体的任何部位触球过网等，而对台山排球影响最大的莫过于对拦网尺度的放开，允许对方把手伸过球网下压，如此一来，台山排球以往"矮仔打高佬"的技术特别是打手出界的战术优势荡然无存。

从 20 世纪 80 年代中期开始，中国的排球运动有了飞跃的发展，掌握了融合南北方技术的、身材更加高大的北方运动队伍已经成为了排球项目的领军，广东在排球比赛方面的成绩开始下滑，下降到中游的水平。

作为广东排球队后备军的广东青年队，一直来是以台山青年队为班底，然而，受先天条件所限，在排球规则改变的阵痛中，开始前往外地招募高个子的球员。

柳静是武汉人，因受到中国女排的影响，特别喜爱郎平，将她奉为自己的偶像。她以前是田径运动员，13 岁才开始转学打排球。

这年暑假的一天下午，柳静与几位同学在学校参加完体育训练，正说笑着走在回家的途中，两位身材高大的男子汉截住她们。

身材本来已经高人一截的柳静吃惊之余，仔细辨认之后，才发

第十一章　万众瞩目，女排"打男排"

现眼前比自己还要高出一个头的其中一位是当地体校的李教练，另一位却是个生面孔。

"小柳，你知道广东青年排球队到这里来招运动员的消息吗？"

"李教练，我不知道啊。"

"你有兴趣到广东去打排球吗？"

当时，广东实施了经济改革，经济发展飞跃，引来东南西北的大批民工如潮水般地远赴广东寻找出路。柳静年纪虽然小，但从新闻里知道广东是个开放发达的地方，内心早已十分向往。现在听到李教练说广东青年队到武汉招排球运动员，心动了。

"有啊，不知我有没有这个机会？"

"这样吧，我们现在还有事情要办，你明天到体校来找我，我让你参加面试。"

说完，李教练便与身旁的陌生男子匆匆离去。柳静还发现那位陌生男子一边走，一边还频频回头看自己。这位陌生男子，便是从设在台山的广东青年队到武汉来招人的赵丁费。此时的赵丁费早已离开华农，当上了广东青年队的教练。为了寻找高身材、有潜质的排球运动员，他联系上毕业于台山体校的、早几年在武汉体校任教练的李活斌，来到武汉招聘排球运动员。

第二天刚好不用回学校训练。一大早，柳静便兴致勃勃地乘车来到离家好几公里的市体校，找到正在训练场的李教练。李教练的身旁，还是昨天那位陌生的高个男子。

那男子这次不再像昨天那样不说话了。主动用带有浓重粤味的普通话问："姑娘，今年几岁啊？有几高？"

"16岁，1.78米。"柳静忍住笑，干脆答道。

"学过排球吗？"

"学了一年，以前在田径队。"

赵丁费拿起排球走进场地内，向她扣几个，反应还不错，基本上都可以应付。在网前托了几个球，起跳的姿势有板有眼，扣得也

不错，当场就确定了下来，要求她在9月底前到广东报到。

那时，列车从武汉到广州，直快也要好几个小时的车程。柳静好歹说动了父母，踏上了通往广州的列车。下了火车走出广州站，已经是中午时分了。在流花路汽车总站附近的电话亭里，她按照赵教练留下的电话打了过去。

电话"嘟嘟嘟"地响了好一阵，才有人接电话。"喂，这里是体校，你找哪个？"电话里传来的是柳静完全听不明的地方语言。

"赵教练，我是柳静，现在已经下了火车在流花路汽车总站，我应该坐哪里的班车才到你那里。"打电话的时候，雨水被风吹着，不断地往她身上泼。

"你找哪个赵教练啊？"对方可能听出了柳静说普通话，改用同样粤味浓重的普通话。但柳静已经听明白了。

"是赵丁费教练。"

"是丁费啊，老赵，找你的。"

赵丁费在电话里得知是柳静后，告诉她："你去省汽车站买开往台山的班车。"

"台-山啊？哪个台？哪个山？台山在哪里？还需要坐多久的车？"柳静完全没听说过这样的地方，而且一个女孩在外，她有点彷徨。虽然在外人的眼里，她的身材已经是大人中的大人了。

"台，是舞台的台；山，是山峰的山。记住，你到售票窗口，说买到台山的车票。台山也不远，如果不塞车的话大概4个小时的时间，你去买点面包和水带上。到了台山车站，我来接你。"

哟，还要再坐4个多小时的汽车？还说不远？柳静一直以为，广东青年队的训练基地是在广州，原来是离广州这么远的地方。柳静有点犹豫了。但细想之下，自己在广州举目无亲，而且自己被选入广东青年队，还不知有多少同学羡慕。如今再走回头路，怎么说得过去？柳青硬着头皮，买了到台山的车票。

颠簸了几个小时之后，终于来到台山，柳静才知道这里离家有

第十一章　万众瞩目，女排"打男排"

多远。幸好赵丁费等教练平时待人和蔼，这里的生活条件和训练条件还不错，宿舍外还有人工湖这么一个漂亮的地方。她开始调整心态和身体来适应这里的一切。

赵丁费看柳静的条件不错，身材还在发育阶段，田径运动员出身，短跑起动快，爆发力强，排球的基本功虽然一般，通过系统的训练是可以达到他心目中的要求的。

教练组于是给柳静"开小灶"，加大运动量，加大难度，一度令柳静难以应付，加上饮食和语言沟通方面的不适应，身边也没有朋友，小姑娘开始想念家乡、想念家人了，脑海里萌生离开的念头。

吃过晚饭，柳静洗过澡回到宿舍，窗外的鸟声仿佛是一曲曲乡音，楼下的宿舍里还有人在播放《故乡的雨》，那缭绕缠绵的乐曲，令她泪水潸然。终于，她下定决心，写了一封信，准备第二天就交给教练，打退堂鼓。也可能是训练得太累了，也可能是神经绷得太紧了，她趴倒在床上在迷迷糊糊之中，突然听到集训的哨子响了，柳静连忙跑到训练馆，其他的球员已经集合在一起。柳静听到赵教练说，大家做好准备，有支神秘的队伍现在赶过来进行友谊赛。

正说着，柳静见到她的偶像郎平带领着中国女排的姑娘走进球场。

这是真的吗？广东青年队的其他队员也惊呼起来。

郎平与女排姑娘们笑眯眯地走过来，与她们一一握手，然后各自退到场地上，进行一场友谊比赛。

赵教练坐在裁判的座位上，示意开球。

首局，中国女排行云流水的配合四面开花，郎平大鹏展翅般的起跳，总是那么的令人目眩神迷，柳静一时忘记了是在比赛的场地。第二局，郎平没有出征，坐在替补席上看，梁艳等其他队员左奔右突，刁钻的进攻总能杀开一条路，广东青年队被打得溃不成

军。第三局,赵教练竟不坐在裁判位置上,走下来给青年队布置战术,通过他不断的临场指挥,及时调整,广东青年队找回了进攻的节奏,最后的一球,柳静与二传手配合打了一个时间差,从中国女排手里夺取了一局。第四局开始了,郎平回到了场上,柳静就隔着球网对着她,近得差点靠在一起。起球了,郎平猛地起跳,扬手就扣。柳静同时起跳,高举双手,竟把郎平扣的球拦了下来。

好球!柳静自己大喊一声,猛地从床上坐起来。

原来是一场梦。但此时,柳静的后背渗满了汗,见窗外已经泛起鱼肚白,她下了床,借着熹微的光线见到放在桌子上面的那封信,她轻轻把它拿起撕掉,扔进了垃圾桶里。

洗漱完毕,柳静换了一身运动服,镜子前,她看到了自己秀长健美的腿,暗下决心,就算再苦再累,也绝不辜负赵教练的期望。下了楼,柳静甩开步子,随着球队沿着人工湖边,迎着初升的太阳,向牛山的正贤楼跑去。

第十届"振兴杯"排球赛,邀请前来参赛的女子排球队有辽宁、八一、北京、上海、福建、江苏、四川和广东队。柳静和青年队的队员一起,敢打敢拼,发挥广东队灵活多变的战术,战胜多支队伍,夺得赛事的季军。

跟着,她们马不停蹄,分别前往济南、洛阳赛区参加全国青年排球联赛,台山女排获第六名。

1992年4月17日,国家民政部民行批〔1992〕41号发文《关于广东省成立台山市的批复》文称:"经国务院批准,同意撤销台山县,设立台山市(县级),由省直辖。以原台山县的行政区域,为台山市的行政区域。"

消息传来,侨乡台山万众欢腾。这是继顺德后广东省第二个撤县设市的行政区域。

为向台山建市献礼,排球运动学校积极备战在8月份举行的广

第十一章　万众瞩目，女排"打男排"

东省少年排球赛。调任到台山市排球运动学校当教练的李彪，找来往日的搭档赵丁费，针对球队的短板苦练加巧练。汗水终于浇灌出鲜花，台山排球运动学校少年男排参加8月份广东省少年排球赛，一路所向披靡，最终获得桂冠，自1984年至1992年以来，荣获九连冠，被一些媒体盛赞，称为"台山奇迹"。

然而，台山少年排球队的奇迹没有在青年队里能够延续，受"奥运战略"和全运会金牌战略的影响，1994年，广东男女排双双被砍掉。直到四年后的1998年，广东排球重新恢复了男、女排，并新组建了沙滩排球队。

儿子林东明进了排球运动学校后，林晖把全部的身心放到他的艺林文化创意公司里。

公司的业务，已经涵盖了广告设计、文化、旅游、体育、摄影等领域，成为了本地广告公司的翘楚。

在与体育赛事合作多次后，浓重的排球情结令林晖深深感到有责任再进一步推广台山排球运动，但希望在形式上有所创新。

当他知道新疆沙滩女子排球队在端芬镇那仁村朝阳里搞了一个沙滩排球训练基地时，决定动身前往探个究竟。

林晖开着那辆125CC的男装摩托车，用了大半个小时从台城来到汀江河大同桥。

大同桥的右边，河水从大隆洞高山上经过塘底河源源汇入，正因为塘底村处于山水流转、咸淡水交汇之处，水质清澈甘甜，这端山芬水哺育了美丽多情的端芬女，民间便流传着"端芬女，塘底水"的称谓，横跨两岸的桥叫西廓桥。而大同桥的左边，汀江圩临河而建，因梅氏为多，有"梅家大院"的别称，汀江桥凌波飞架。河水在这里拐了个弯，下游直通斗山，再往南便流入广海南湾，当时许多的乡民便从这条水路远走他乡。

一里三桥，汩汩河水，蕉林摇翠，林晖忽然想起了一首脍炙人

口的歌：

> 河水弯又弯，
> 冷然说忧患，
> 别我乡里时，
> 眼泪一串湿衣衫。

香港电视剧《大地恩情》的主题曲，歌词描写的似乎就是眼前的地方。

见时间尚早，林晖也被眼前的清清溪流和摇曳的翠竹吸引住。他掏出相机，将美景一一收纳在底片里，才继续驱车往广海的方向约 1.5 公里，找到了那仁朝阳里。

村前的水塘边长着一棵枝叶繁茂的大榕树，树下见几个老人在聊天，抽水烟筒。

他们见到陌生人进村，好奇地打量着林晖。

林晖停好摩托车，上前跟几位老人家打招呼，递上香烟。有道是，烟搭桥，酒铺路。

他向老人家问起了村的历史以及有女人在村里打球的事情。谈到了这个话题，几位老人的兴致来了，大家你一句我一句地说开。

有位阿伯说，别看这条小村不起眼，实际上，我村出的排球运动人才是不少的。张荣煦是中国男排的主力队员，后来在山东省排球队当教练，直至退休。村里还有好多人在台山体校毕业，当上排球运动员，其中一位考入华南师范大学攻读排球专业。小小村子，打排球的人可不少呢。

有位阿伯在旁边补充说，1970—1978 年这段时间，当时是集体大排工，大家容易集中在一起。由于大家喜欢打排球，生产队组织了一支十几人的排球队，常与端芬公社内的生产大队进行排球比赛，小村打大村，从来没怕过。

第十一章　万众瞩目，女排"打男排"

他风趣的话语令几个在旁边听的阿婆露出没牙的笑腔，画面充满喜感，给林晖偷拍了下来。

有位继续说，那些打球的高佬女，听说是来自新疆的，她们可能骑着毛驴来的吧，阿凡提还骑着毛驴上北京见伟大领袖毛主席呢。

林晖差点被这个老头逗死。

经老人的指点，林晖终于在村坪上看见了正在秋阳下练球的新疆女子沙滩排球队员，一个个黝黑的身影，在教练的指导下，腾空飞扑，摸爬滚打，全身的汗珠沾满了沙子，在太阳下闪闪发亮。

待她们暂时休息的时候，林晖主动来到张教练的面前，用蹩脚的普通话介绍自己。

张教练打量了林晖几下，他开口说，大家都是台山人，你说的"煲冬瓜"（普通话）也太难听啦。

两人对视不禁哈哈大笑。

张教练出生于一个排球世家，其叔父张荣煦在20世纪五六十年代曾是中国男排主力队员。受叔父和村里排球队的影响，他们兄弟四人从小就酷爱排球，而且长大后都是排球好手，但由于种种原因，兄弟四人只有他一人与排球有缘，从事排球的事业。他1974毕业于台山体校，1978年就到新疆喀什地区当排球教练。

"你为何千里迢迢把新疆女子沙滩排球队训练基地设在台山呢？这里有什么吸引力吗？"林晖问道。

张教练对他说："是由于乌鲁木齐的冬季漫长，给系统训练带来很多困难。而我国沙滩排球比赛大多数是在南方，所以来这里设个训练基地，让运动员适应南方的气候。"

"那为什么不选择海南，不选择城内，而偏偏选取中这小村呢？"

张教练说："这里是我的老家，需要什么跟老乡打个招呼就行。家乡的气候较好，家乡人都热爱排球，而且隐蔽在乡村训练可

以减少外界的干扰,有利于训练,有时与地方业余球队进行教学比赛,更容易提高训练质量和水平。"

"那么吃住方便吗?"

"简简单单就行啦。"张教练指着一栋两层的小楼说,"那是我的祖屋改建的房子,球员都住在一起。至于吃的方面,大哥和嫂子是后勤部长,负责伙食,现在大伙都习惯了这里。"

这时几位女排球员也好奇地围了上来,身高不足1.7米林晖只能仰视着与她们攀谈起来。

"这里的气候这么酷热,适应得了吗?"他问。

"不适应也要适应,因为沙滩排球就是在这么炎热的条件下进行的,如果不提前适应,那么到了真正比赛的时候是难以调整过来的。"一位全身古铜色皮肤,但脸部还是比较白皙的姑娘接过话。

林晖有点奇怪,就问道:"你们的脸还是挺白的,是天生丽质,晒不黑?"

"涂防晒露呗。"这班还不到20岁的姑娘们被夸奖,都笑了起来,嘻嘻哈哈,天真烂漫。

爱美是人的天性,虽然干这一行总要在太阳底下暴晒,但贪靓的姑娘还是戴着墨镜涂着防晒露做好保护措施。

"下雨天你们还继续训练吗?"

"是照样训练的。我们每天上下午两节训练,有时晚上还要训练呢。"

"没有看见有体能健身的设施呢?"林晖问。

"在那里!"队里最小只有15岁的维吾尔族姑娘苏比指着远处的旧粮仓说,"那是我们的体能训练馆。"

"想家了没有?"林晖口快快地问道。

姑娘们一下子都缄默了,眼睛开始慢慢地红起来。

林晖知道自己问错了问题,马上拿出相机,对几个姑娘说:"来,给你们照几张相片,寄回家给爸爸妈妈看看。"

第十一章 万众瞩目,女排"打男排"

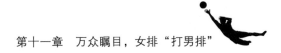

她们几个簇拥在张教练的身旁,微笑着露出白色的牙齿,分外漂亮。

二

经过几个月的策划,由《中国排球》杂志社、国家体育运动委员会信息研究所主办,台山市人民政府承办,台山市体育局协办的"上川岛杯"国际沙滩排球邀请赛将在秋高气爽的10月份举办。作为策划者之一,林晖依旧没有松口气的感觉。

上川岛,位于南海之中,素有"南海碧波出芙蓉"的美誉,岛屿面积为157平方千米,拥有12处总长达30多千米的优质海滨沙滩,其中以东海岸的金沙滩、飞沙滩、银沙滩为度假旅游的上乘之处,其绵延十里,气势雄伟。虽然各沙滩风姿各异,但均呈现出沙质洁白细腻、海水清澈见底、沙滩平缓宽阔、海浪多而不大、腹地林木郁郁葱葱的特点。

上川岛不仅风光旖旎,人文历史也非常深厚。有飞沙滩宝鸭岛的动人传说,有张保仔藏宝的神秘洞穴,有天主教传教士方济各的衣冠冢,有"葡王柱"的历史见证。

优质的沙滩、清澈的海水、明媚的阳光,还有厚重的人文历史,这四张王牌拿在手里,如何发挥它最大的效力,陈兴德琢磨了一段时间。

一年前,陈兴德从北陡镇调任上川镇委第一副书记。上任伊始,他就轻车简从跑遍了全岛,深入到渔村、码头、田边与岛民胡聊,反正他刚来没人认识他,好话坏话什么都听,民意才是实情。

经过深入调研以及与班子成员交换意见,最后他的脑海里浮现出"国际旅游岛"的概念,以旅游+体育+文化三足鼎立支撑起国际旅游岛的品牌,让世界认识川岛,了解川岛。

国庆节前夕,陈兴德邀请他的同窗好友甄建龙以及马腾云、林

晖前来上川岛聚一聚。

甄建龙是陈兴德的同学,在学校时两人都是排球队的主力,陈兴德是三排王,以防守稳定而著称。甄建龙则是二传手,球队的灵魂人物。当年中国女排教练袁伟民带领女排来台山集训时,他所在的台山队还与女排进行了对抗训练。

大学毕业后,甄建龙在佛山南海发展,创建了包括房地产和工程建设等项目的建龙集团。

年初同学聚会时,陈兴德向老师和同学发出邀请,希望大家有时间到上川岛一行,一来观光旅游,吃海鲜玩海边;二来探访他这个"流放"孤岛上的老同学,做个慰问。当时大家都被他风趣的话语逗乐了。

席间,甄建龙向陈兴德了解岛上酒店的情况。陈兴德说,岛上很多的宾馆酒店,是早期由各地的单位一窝蜂而上投资兴建的,由于当时缺乏经验,没有合理的规划。再后来,出台了新的政策,所有政府单位不得经商。这些建成的酒店宾馆便交由私人承包管理,这些年来没有什么投入,档次低,管理不到位,造成了很大的浪费。他希望甄建龙到岛上实地考察,投资或引资建设高档次的酒店,引发鲶鱼效应,改变现状。

这次,甄建龙专程来岛上探访陈兴德,顺便考察投资环境。

刚好,林晖和马腾云也在这个时候到来,与甄建龙前后脚走进了陈兴德的办公室。

当天是小周末,又过了下班的时间,除了办公室的小黄,其他人都走了。

见有客人到,小黄主动去倒茶。陈兴德对他说:"小黄,你下班吧,这几个是我的朋友,我自己招呼他们就好。"

小黄其实也想走了,但碍于领导没有走,自己不敢离开,现在领导发话了,他就把门掩上,以示不打扰。

"这是我的同学,现在是建龙集团的董事长,甄建龙。"陈兴

第十一章　万众瞩目，女排"打男排"

德首先介绍了甄建龙，然后，他又介绍其他两位。"这位是马腾云，报社副总编辑，听说很快调到新宁杂志社当社长，是吗腾云？还有这个，艺林文化创意公司台山分公司总经理，林晖。"

马腾云嘿嘿一笑："想不到你的消息还真灵通。"

林晖不以为然地说："人家是坐在哪个位置啊，这点消息还不晓得？"

甄建龙从随身带着的袋子里拿出两支茅台，说："那就贺一贺他吧。"

那一晚，坐在海波楼上，对着月光下的银沙碧波，陈兴德侃侃而谈，他说起上川岛的故事，说起流传于当地的民谣，也相当的有趣。

这些趣怪故事，林晖也是第一次听到，好几次他饶有兴趣地追问。大家推盏夜话，聊了个海阔天空。

甄建龙趁着几分醉意，他说，兴德，你为官一任，要造福一方。上川岛是宝地，必须要谋划好开发好，不要只看着眼前多一万几千游客，多建几间宾馆就满足。设施不完善，配套不齐全，品位不高，消费低，这些致命伤迟早会暴露出来的。我知道有些地方搞什么风帆表演赛、海矶钓比赛，这些都是小众的项目，他们自娱自乐，参与的人不多，受众面不广，没什么鸟影响力。要搞，就搞大，朝国际化的方向考虑，当高端的客人进来了，资本就会跟随而来，相应的设施配套，包括服务水平也会跟着市场走。

甄建龙的一番话，也是陈兴德埋藏在心里的话，想不到老同学心有灵犀想到一处。那晚，月朗星稀，海风习习，他们就这样坐着、聊着，看明月西沉，看晨曦初露，看红日渐渐从海里冒出，陈兴德心中一直酝酿的国际沙滩排球邀请赛也瓜熟蒂落。

来自美国、澳大利亚、俄罗斯、中国、中国台北以及台山等国家和地区的16支男女沙滩排球队共121名运动员参加"上川岛杯"国际沙滩排球赛。

台山排球故事

岛上的居民和游客，从来没有见到这么多肤色各异的外国人来上川岛，有黑的、白的、棕的、黄的，甚至有的红须碧眼，毛发金黄，男的个个身材高大，女的穿着比基尼满沙滩走，不得不令人注目相看。

最兴奋的莫过于来自俄罗斯的球员，他们的国家，除了远东有一部分地区处于海岸，大海对于他们来说是遥远的，阳光沙滩更是他们梦寐以求的，面对南太平洋一望无际的海天一色，他们感觉到了天堂般的美好。

这次沙滩排球比赛，武汉姑娘柳静又回来了，代表台山队参与角逐。

1994年广东青年队解散后，柳静一度彷徨无计，想进大学学习，又考不上。无奈之下，她只好回到了武汉，回到家人的身边。由于没有学历，她只找到一份做销售的工作。开始的时候，就是跟着人家的后面跑腿，由于是运动员的关系，爬爬楼梯什么的，对于她来讲不是难事。

难的是，做销售很多时候需要应酬，要喝酒，特别是那些男客户，你想要他们签个合同，他们就拿着一杯酒过来，看你喝多少就签多少，有些不好怀意地还毛手毛脚，柳静干不了，索性辞职。

后来，武汉的城市进入发展阶段，她做了楼盘的销售，这个还比较斯文，尽管每天迎来送往跑来跑去感到非常的无聊，但几年下来，她还是薄有积蓄。然而，好景不长，房地产行业全线转入低潮，有些地方甚至出现业主买了房子后楼盘降价引发维权的事，她又面临着失业。

1998年广东青年队重新组队，赵教练又联系了柳静，问她有兴趣回来吗？在这个人生的十字路口，柳静接到这个电话，眼泪不由自主地哗哗流了下来，除了对赵教练的感激，还有身上的排球情结，也引领着她像赴向光明一样重新回到台山。

回来的另外一个重要因素是，赵教练告诉她，省队与中山大学

第十一章　万众瞩目，女排"打男排"

对接，球员退役后可以输送到学校读书或打球，这个后顾之忧解决了，相当于给了球员一个定心丸。

经过轮番的角逐，最后由实力超凡的美国男、女队双双获得冠军。

颁奖礼是在飞沙滩临时搭建的舞台进行，陈兴德把冠军奖杯递给美国男子沙排的队长哈里森，他拥吻着奖杯，他高兴地说，这是来自"东方夏威夷"的礼物。

他的一句戏言，就随着记者的报道，以及群众的口口相传而不胫而走。"东方夏威夷"，上川岛又多了一个美称。

上川岛国际沙滩排球赛的成功举办，媒体争相报道，一时间声名大噪，游客纷至沓来，成就了"旅游黄金10年"。1992年，广东省人民政府批准成立川岛旅游试验区；1994年，川岛被评为广东省首批省级旅游度假区。

与上川岛比较，面积只有98平方千米的下川岛显得娇小玲珑，绿，是下川岛的颜色。

大片大片的绿，把海岛裹实如棕。山里绿了相思，屋后绿了芭蕉，田畴绿了秧苗，沙滩绿了椰林。一条半月形海湾，静谧地依在王府洲旅游区椰林的臂弯里。

这里三面环翠，一泓碧海。1600米长柔软的沙滩，向海走去逾百米，浪不过顶，是闻名遐迩的度假胜地。

当体育遇上休闲，就如帅哥遇上美女，澎湃的活力就会热力四射。由建龙集团赞助的"建龙杯"国际女子沙滩排球赛在下川岛王府洲旅游区举行，它在复制着上川岛的传奇。

下川岛的椰林海韵、南宋遗风通过沙滩排球比赛声名远播，吸引了湖南卫视"快乐大本营"过来制作节目，激活了内陆旅游市场。后来上、下川两镇合并为川岛镇，举旅游为龙头，大力推动建设国际旅游岛，成为国家AAAA级旅游区。

台山排球故事

三

说到男女"大打出手"的国家女排与台山男排的"性别大战",要追溯到1978年的春天。

对中国来说,这一年既是改革开放的元年,也是中国科技开始的春天。在北京举行的全国科学大会开幕式上,改革开放的总设计师邓小平提纲挈领地指出:"四个现代化,关键是科学技术的现代化。"

而这一年,台山排坛也同样迎来了一场"春天的故事"。

在台山,人们以过了正月十五才算是正式过完新年,而正月十五的重头戏,家家户户煮油饭。

油饭分两种,一种是用糯米炒,一种是用粘米煮,手法不一样,但配料大同小异,基本都是腊肉或腊肠、瘦肉、虾米、菜果粒、花生等。炒的需要用油,加上糯米吃起来比较油腻,容易饱;而煮油饭就如平常煮饭一样,当快熟的时候就加入准备好的配料,饭熟再焖一下就可以上桌。

谭淑芬知道老伴黄伯健的口味,他的口味偏重一点,喜欢炒糯米饭,女儿黄秀仪就喜欢清淡点,她想吃菜果饭。她一时有点困惑,但一年一度,炒个油饭一来应节,二来满足老伴的需求。至于煮菜果饭,哪一天都可以。

她拿定主意后,就把糯米泡着,在张罗着配料。忽然,她听到有人在叫门。"芬姐,在家吗?"

谭淑芬应声而出,见是单位的小吕,问他有事吗?

小吕说,是领导通知下午开会,有紧急任务。

紧急任务?中午这顿饭,谭淑芬吃得不安乐,黄伯健也在旁边唠唠叨叨,说什么炒的时间不够,火候不好,又嫌过咸了,总之是在挑毛病。

第十一章　万众瞩目，女排"打男排"

谭淑芬早已习惯他这样，没搭理他，反而秀仪在旁边说好吃，夸妈妈的手势。

"秀仪，吃了饭，你收拾碗筷吧，妈妈有事回单位。"

"回单位？"黄伯健用狐疑的目光看着谭淑芬。"不是明天才正式上班吗？"

由于春节期间，县体委举办了系列的体育活动，他们的假期相应往后推。

"紧急任务，刚刚接到通知。"作为办公室人员，随叫随到是家常便饭。

回到单位才知道，台山体委接到国家体委排球处的通知，台山男排要赴福建漳州参加国家女排集训培训工作。

几个后生仔听说到外地去打球，兴奋莫名，他们很多是从四乡挑选到业余体校的，难得有机会到外面见识见识。

他们不知道漳州，但他们知道福建。福建的对面，就是台湾岛。

"会不会碰巧打仗？"在温晓斌的思维里，福建就是前线阵地，两军对垒的地方。

有人说温晓斌笨，现在是攻心战，说不定有饼干糖果从对方的天上飘过来，然后打中你的头撞坏你的脑。

大伙一阵哄堂大笑。

"哪又会不会有特务？"温晓斌不服气，他的警惕性时刻紧绷着。

他的家乡在北陡沙咀村，当年曾有美蒋特务在那里登陆，很快被边防民兵发现。经过3日3夜的搜捕，全歼17名美蒋武装特务，其中当场击毙6名，活捉11名，我方零伤亡，缴获弹药等一批，大获全胜。黄花湾全歼美蒋特务的故事后来被拍成纪录片在全国公演，引起轰动。

温晓斌的特务假想说又成为取笑的话题。正在此时，马教练走

进来吩咐各人尽快收拾行李,带多点衣服,准备在漳州住上一段时间,具体是一周,还是一个月,去到特训后视情况而定。

漳州之行,台山男排成为国家女排的陪练。她们主要是看中台山男排快速、灵活、多变的进攻战术,通过观摩学习,希望能够在技战术层面有所收获。通过与男队对阵,有利于考验和磨炼中国女队的网口能力和基本功。同时,男子选手弹跳更高,速度更快,扣球力量更足,对她们拦防技术和突破技术也是一种锻炼。

24年后,原来同在一起的队员已经各奔东西,温晓斌想不到的是,只有他还能再次成为国家女排与台山男排性别大战的见证者。现时的他,身份是台山男排的领队。

2002年,新组建的中国女排完成新老交替,为备战当年的亚运会和世界女排锦标赛做准备,主教练陈忠和带领女排的姑娘前来"会一会"台山男排的小伙子,将以往男子陪练变成以赛代练的对抗赛,一来加大对抗强度,二来让年轻的球员更多地适应球场上的气氛。

台山男排这边,队员平均年龄在30岁以上,大多数人已经成家立业,分别在各个单位上班。不要小看这部分人,他们召之即来,来之能战,虽然是临时组队,但每个人都有自己的特点。为了配合好这次对抗赛,台山男排的队员提前集训,进行了认真的备战。

4月6~7日,中国排坛史上首次公开对抗的"性别大战"在台山体育馆上演,由中国女排对阵台山男排。

因为是中国女排挑战台山男排,球市的火爆程度可想而知,两场6000多张球票早早被抢了一空,连体育馆内的通道也挤满了球迷。如此氛围,令见多识广的女排教练也为之瞠目。

首场,由杨昊、赵蕊蕊、周苏红、冯坤、刘亚男、张静等实力球员组成的中国队,打出了自己的竞技战术,配合流畅。而台山男排,由于是业余球队临时凑合,默契程度不高,被技高一筹的中国

第十一章 万众瞩目，女排"打男排"

女排打得没有还手之力，以1∶3告负。

首场虽然失利，但台山男排的球员们依然热情高涨，大家都不顾满身大汗淋漓，在更衣室里开会，分析输球的原因。曾是广东男排主力、现任台山体校副校长的黄政教练鼓励大家说，我们是临时组建的队伍，能够赢中国女排一局，已经不容易，说明女排也是有弱点的。通过交手，双方的底子基本摸清楚了，明天我们重点抓好以下几方面。

他详细地向球员布置下一场的战术。重点说明一定要拼尽全力，要令女排全力以赴来应对，从而全面激发中国女排的潜能，并从中发现有哪些不足之处，加予纠正。

第二场对抗赛在7号进行。一开局，台山男排便以打吊相结合，发挥灵活多变的战术，以25-23拿下第一局。

现场的球迷太开心了，昨天输了个1∶3，今天一上来就先赢一局，大家对主队充满了期望。

第二局，中国女排还以颜色，以25-22回敬一局。

第三局，台山男排也以同样的比分再胜第三局。

第四局，女排姑娘越战越勇，用拦网战术多次抵挡了台山男排的强攻，并通过平拉开和3号位的快攻，打乱对手的节奏，从而以25-18胜出。

最后的决胜局，台山男排一路领先，来到末段暂时以13-11领先2分，眼看胜利在望，但中国女排在暂停布置战术后，由于在临场经验、心理、技术上均胜出一筹，最终以18-16险胜。

中国女排与台山男排的这场对抗赛，引起媒体的高度关注。《南方日报》在报道时，特意起了一条引人注目的标题：排球之乡台山有趣事，好男偏要与女斗。

从2002年开始至2008年奥运周期，中国女排每年都与台山男排举行对抗赛，在交手的7次14场的较量中，中国女排与台山男

排的战绩不分伯仲,各赢7场,各负7场,平分秋色。男女对抗赛不仅取得预期的效果,也带动了本地热烈的排球氛围,让中国女排得到锻炼和考验。

2008年以后,温晓斌在台山男排的身份,由领队变为顾问,他十年如一日,依然关注着中国女排与台山男排的点点滴滴。

在历届的"性别大战"系列赛中,留给温晓斌印象最深的是2012年的对抗赛,其中有一局比分打到32-30。

3月的北京,依旧是银装素裹,滴水成冰;而在南国广东,已经春暖花开,红棉争艳。中国女排在北京封闭集训将近半个月,开赴广东,将在广东花都和台山两地举办三场"性别大战"系列赛,以此为第二阶段在漳州的集训热身。

在花都首站,中国女排以4:0全胜广州男排后,挟着余勇前来挑战台山男排。

台山的球迷早已闻风而动,偌大的体育馆内座无虚席,大家翘首以待,等待裁判那响亮的一声银哨。

在首发阵容上,中国女排主教练俞觉敏分别派出主攻为王一梅和惠若琪、副攻杨珺菁和马蕴雯、二传魏秋月、接应楚金玲和自由人张娴。

这个阵容,俞觉敏主教练考虑更多的是考察队员状态和磨合阵容。

多次与女排作战的台山男排,教练们基本已经吃透了女排的打法,要求队员们一上场便要全力以赴,发起多路抢攻。面对凶狠的台山男排,这班新组建的女排姑娘顿时感觉吃不消。小伙子以逸待劳,手下没有一丝的留情,他们认为,自己打得越狠,打得越好,就是对中国女排好,对女排的姑娘好。也正如一句老话说的那样:打是爱,骂是恨。

台山男排的认真和较劲,让中国女排姑娘们在比赛中打得非常吃力,比赛过程很多时候是一锤定音,来回相持球不多,激烈有余

第十一章 万众瞩目,女排"打男排"

而精彩不足,连现场千余名观众都不好意思为自己家乡的球队鼓掌喝彩,直到徐云丽接连拦网并最终拦死对手,现场的球迷才第一次齐齐鼓掌,为女排加油。

中国女排最大的亮点,就是王一梅的大力跳发,好几次排球朝着对方球员的面部砸过去,吓得小伙子都不寒而栗地躲开。

由于张磊膝盖受伤,楚金玲首发出现在接应位置,但面对台山男排凶狠的发球,她的一传很快就自顾不暇,第一局尚未结束,她就被俞教练换下,换上单丹娜加强一传。但依然没有防住台山男排的大力跳发,即使随后曾春蕾上场,也并没有根本地改变一传被动的局面。

台山男排以速度、力量、高度的全方面优势力压中国女排,赢取首场的胜利。

翌日再战,中国女排在第一局首发上继续沿用了昨天的首发阵容,尽管中国女排通过昨天的较量对于台山男排的大力跳发和强攻力量有一定的适应,但台山男排还是占据优势,以 25-22 先声夺人,大比分 1:0 领先中国女排。

第二局,俞教练对阵容进行了调整,以全主力出战。比赛中女排姑娘逐渐适应了场上节奏,也打出了自己的技战术特点,比分交替着上升,双方紧咬没有拉开差距。

双方争夺白热化,对于场上的球员来说,是压到喘不过气,但对于场外的观众来说,简直是超级享受,无论那支队夺得一分,球迷都拍烂手掌。有位阿伯还站了起来,不停地举着手,当球员扣球的时候,他的嘴里喊着"扣",手也跟随着扣下去,惹得旁边的观众笑个不停。

双方打到 24 平后,场上的气氛达到了最高点。"女排加油!""男排加油!"的呐喊声不断,掌声更是不吝惜。每当主队领先一分,大家就为客队鼓劲;当客队领先了,又担忧主队落败,再为主队加油。那种患得患失的心态,那种兴奋狂热的情绪,在那刻表露

无遗。

从 26 平到 28 平，再战至 30 平，不少人的喉咙喊沙哑了。有些心脏不好的，在努力克制着自己的情绪，当关键球打下去时，都不敢看了。关键时刻，台山男排把握住战机连得 2 分，以 32－30 再胜一局，大比分 2∶0 领先中国女排。

俞教练边看比赛，边观察球员的状态。他并没有为场上的分数所左右，他关心的是球员的技术发挥和球队之间的整体配合，从中发现有哪些不足的地方。

第三局，中国女排继续换上替补阵容锻炼，主攻范琳琳和杨婕、副攻徐云丽和刘聪聪、二传米扬、接应曾春蕾和自由人单丹娜出战。虽然是以新阵容出战，但中国女排依然打出了自己的技战术特点，尽管也有波动，总体上还是能与台山男排形成相持，打得难分难解，到了末断，最终依旧是经验不足，在关键分上欠缺火候，再度以 23－25 失利，从而以 0∶3 再度完败于台山男排，没能在台山拿走一分。

这场球，全城瞩目，观众大呼大饱眼福，是一场非常经典的比赛，虽然中国女排输了，但三局的总分只是输了 7 分，差距不是很明显。

与台山男排对抗赛后，中国女排回到了漳州再进行集训和调整，备战北京奥运会。

2008 年 8 月 8 日晚上，第 29 届奥林匹克运动会在北京正式开幕。

这天上午，雷霆钧刚踏进学校门口，一班学生迎面而来。"雷校长，早上好。"

雷霆钧向学生们回应点头。时间过得真快啊，再过两天，离自己正式上任台山市排球运动学校副校长、主持全面工作刚好两年了。

雷霆钧回望着眼前的漂亮整齐的校舍和排球训练场，想到了自

第十一章 万众瞩目,女排"打男排"

己与排球结缘的每一个日子,仿佛就在昨天。

两年前的 2006 年,台山被广东省正式命名为"排球之乡"。同一年,雷霆钧被任命为台山市排球运动学校副校长,主持排校全面工作。这位与排球打了半辈子交道的老教练,经历了台山排球运动发展的风风雨雨,深知体育运动员最为看重的一点就是荣誉。上任伊始,他便将学校历年来所取得的获得的锦旗、奖杯等收集起来,整齐地陈列在学校的会议室,作为荣誉室,以此来鼓舞和激励全体教职员工和学生,为重新擦亮台山"排球之乡"这块牌子,重振台山排球雄风而努力奋斗。

两年过去了,学校在各项比赛中,发扬了台山排球敢闯敢拼的精神,取得了相当好的成绩。但距离重振台山排球雄风还任重道远,如何走好下一步,还要靠广大师生共同努力,凝聚起集体的力量,激发起大家的斗志才能达到。

想到这里,雷霆钧已经踏上了四层高的教学大楼。回到办公室,他对樊主任说:"通知一下领导班子,准备开个会。"

樊主任用本子记下。

"另外,叫电工检查一下礼堂的线路和电视,晚上组织全校师生收看奥运会开幕式。"雷霆钧补充说。

"好,我就去办。"樊主任答道。

奥运竞赛项目正式开始后,大家最关心的,是中国女排的战况。

中国女排在奥运会的小组赛中,发挥不太理想,以三胜两负名列小组第三名。在此后的 1/4 决赛与俄罗斯女排的生死战中,中国队保持着较好的心态,充分打出了自身的特点。面对俄罗斯队的强力发球和高点攻拦,中国队沉着应战,力拼每一球、每一分,迫使对手不断出现失误,最后以 3∶0 击败对手,成功晋级四强。在与巴西女排进行的半决赛中,巴西女排攻防兼备、技术全面的风格表现得淋漓尽致。面对如日中天的巴西队,中国队拼尽全力也难以取

得一分，关键时刻暴露出全面不足，最终完败对手无缘决赛未能卫冕成功。

在季军争夺战中，中国女排及时调整心态，全队士气高昂，利用古巴队求胜心切、失误频繁的机会，终于摘得了一枚奥运会铜牌。

观看完奥运的排球比赛，雷霆钧语重心长地对师生们说了这样一番话：学无止境，学海无涯，唯勤是岸。任何高超的技术，都是从刻苦训练中得来的。两强相遇勇者胜。遇到困难挫折，一定要敢于亮剑。唯有全力一搏，才有胜利的可能，希望师生们谨记。

第十二章　薪火相传，扬帆再起航

一

早春寒夜，冷风飕飕，这是台山每年最寒冷的季节，人民广场的尘土不时被风裹着扑向行人。

在这台山人俗话说"赶狗都不出门"的时刻，却有一大班人聚集在体育馆的门口不愿离开。

球场的保安太熟悉他们了，不会去驱赶他们离开，因为这百来人，是忠实的球迷，正在用耳朵享受体育馆里面球赛的精彩过程。

在中国象棋高手与普通棋手过招时，有一项是蒙眼斗棋，高手远离棋盘，仅凭自己的记忆与对手下棋。俗语称为下盲棋。而在台山，你也会经常看到一大班因为买不到球票无法进场观赛的球迷围聚在排球场馆之外，凭听觉臆想着场上的激烈搏杀，在场外默默为自己喜爱的球队打气。也有的人说，这班人就喜欢聚焦在场外，这样可以更加自由、更加激烈地争辩场内的比赛情况，而又不影响旁边的观众观赛。

原来，里面进行的是"振兴杯"男子 9 人排球决赛，由深井队决战四九队。门票早在春节前已经售罄，但到昨天早上，还是有许多球迷在场外排起长龙要买票，很多还是从深井坐了近两个小时的车才到台城的，组织者不得不加印 300 张以满足需要，并规定每人只能购买两张。

台山排球故事

两个保安故意把球场的大门开得大一点,为的是能够让外面的人更加清楚听到里面传出的声音。

"你看今天来的人这么多,比台山建龙队打广东恒大队那场还要火爆得多!"其中一人说。

"是呀,相比起6人排,台山人更喜欢看9人排呢。"另外一个答道。

"当然啦,9人排是本地的球队,支持自己的兄弟支持自己的队伍,这个没得说。"其他人也在附和着。

几个人正聊得火热,忽然见王局长在前面引路,辛市长从球场里面走出来,后面跟着两个随从人员。

原本辛市长还要参与颁奖环节的,因临时有紧急任务,他只好离开体育馆回市政府去。

见到市长出来,有球迷高声喊:"市长好!新年好!"

当天,还是元宵节的前夕,依照本地的风俗,年还未过完,于是有球迷说出祝福的话语。

辛市长微笑着向人群招招手,又拱着手对大家说,大家新年好!祝大家身体健康!

这时一位老球迷挤到市长面前,他说:"市长,这个体育馆不够大,台山这么多球迷,想看场球都难,希望能够建一个更大的体育馆,让我们饱饱眼福。"

他的提议到得后面的众多附和声。

辛市长拉着这位球迷冰凉的手,回头对王局长和随行人员说,多听取群众的意见,针对体育场馆的问题尽快出个调研情况。

来自世界各地的宁阳会馆的800多名华侨将陆陆续续回家乡台山参加第五届世界台山宁阳会馆联谊大会,因为时间不一,回来的口岸也不相同,市侨务局的接待工作非常繁重。

还有两年就退休的黄秀仪,她时刻提醒自己,不要忙中出错,

第十二章 薪火相传,扬帆再起航

她作为分管领导,责任重大。

刚回到办公室,办公室主任李丽就敲门进来。"黄副局长,宁阳总会馆李主席一行5人将要来局拜访,吴局长叫我通知你准备一下。"

黄秀仪回应了一句,知道了。跟着问会场准备好了没有?

李丽答道已经搞好清洁卫生,准备好茶水了。

黄秀仪点点头表示对她工作的认可。

台山宁阳会馆此次回来举办联谊会,活动主题是"四海同心,和谐发展"。其中,一项重要的议程是倡议筹建更大更高标准的新宁体育馆。

此时,台山市政府正谋划大力发展台城南区的建设,设想是将台城南区作为新城区来进行高标准的开发利用,并将其打造成一个新的行政服务区域,缓解旧城区交通拥堵、群众办事不方便的问题,进而全面推进旧城区的改造。而要建设一个新城区,必须配套相应的文化体育教育设施。而位于老城区的台山体育馆场地受面积所限,设施设备已经不能满足举办大型文艺体育活动的需要,也无法在旧址上进行更高标准的改造。辛市长在市长会议上反映了群众提出旧体育场馆已经不能满足群众需求的问题,并提出了筹建新型的体育场馆的构想。辛市长的建议,得到了与会领导的一致赞成,并形成了初步的方案。台山市政府在征集多方意见后,决定在南区新建一座体现台山侨乡特色、现代化多功能的大型体育场馆。

2011年11月8日,世界宁阳会馆800多人在台山碧桂园国际会议厅举行大会,省、江门和台山市的领导与本次大会主办单位加拿大域多利宁阳总会馆首长为大会启动亮灯。市新体育馆筹委办在会议现场播放新体育馆的视频介绍,并宣读筹款倡议书,正式启动海外筹款工作。

当天晚上,台山男排与远道而来的美国三藩市男排,在市体育馆进行了一场友谊赛。

台山排球故事

三藩市男排的球员,他们一上场,本地的老球迷基本认识,他们这些人都是从台山移民出去的,以前在本地经常打球,出国后一大班志同道合的球友又组织在一起,打打球搞联谊活动。有时是组织埠际赛,有时是组织回国探亲与家乡的球队打几场友谊赛。

听闻说,美国麻省理工学院一位教授曾经做过研究,目前在北美有100多支排球队,但打9人排球的都是来自中国台山。教授认为,排球在1895年发明于美国,经在美国的华侨带到东方中国,然后在台山这个地方流传开去,并进一步发扬光大。1928年,台山人改变游戏规则,将排球比赛上场人数改为9人(此前曾有16人和12人的赛制)。不料,9人排球赛制又从中国台山回流美国,如此巧妙的安排,恐怕连上帝也不会想到。

排球成了一条纽带,连结着东西方两个大国。圆圆的排球,它的活动轨迹,从起点开始,又回到了原点。而在这个过程当中,它承负了许许多多的故事,经历了无数的风风雨雨,甚至恩恩怨怨。

11月22日下午,台山新宁体育馆奠基典礼在台城南区体育馆工地隆重举行,由市长主持典礼仪式,出席奠基典礼的领导有亚洲排联副主席、中国排协副秘书长、国家体育总局排管中心竞赛部部长蔡毅,省体育局副局长陈润森同志,以及台山市委书记和市四套班子领导成员和有关单位负责人,"两会"的人大代表、政协委员,社会各界人士。

当天晚上,在台山体育馆举办筹款晚会,市委、市政府对捐款10万元(含)以上的嘉宾进行现场举牌表彰。海内外台山乡亲得知筹建新宁体育馆后,纷纷踊跃捐款。据统计,新宁体育馆筹款认捐达8000万元。表彰结束后,举行广东台山男排与海南文昌男排的9人排球对抗赛。

在中国有三个地方被称为排球之乡:广东省台山、海南省文昌、福建省漳州。台山在20世纪50年代因《人民日报》记者撰

第十二章　薪火相传,扬帆再起航

文冠以"中国排球之乡"以及周恩来总理在1972年4月在广州二沙头视察广东省体工队时说"全国排球半台山"而名誉华夏。海南文昌和福建漳州的群众性排球运动也是历史悠久,曾在各项赛事中取得多项骄人的战绩。当中,海南文昌以全市拥有排球场6000多个而号称世界排球场最多的地区之一。以前海南属广东管辖的时候,曾有过"广东排球半海南,海南排球半文昌"的说法。

这两支球队强强对话,究竟是"不是猛龙不过江"还是"猛虎不及地头虫"?悬念高涨,场上的几千宾客热切盼望这场龙虎斗的开演。

文昌队里面,拥有多名原海南省省队队员,他们怀着一股无比的激情跨过琼州海峡远征前来,背负着"排球之乡"的荣耀,带着互相学习切磋的谦虚,向另外一个"排球之乡"发出挑战,来个一决高下。

而台山队这边,则是以台山排球运动学校的高年级学生为主。不要小看这些小字辈,他们个个可是身怀绝技的。许多人在小学的时候已经被选拔进来,一直在排校里接受系统的训练。

首局,双方是试探对方球路的阶段,用轻火力侦察,打得比较谨慎,前半局你来我往,不分上下。11分以后,台山队开始发力,利用主场的优势,在观众的助威声中连连夺分。

文昌队的队员似乎还没有从舟车劳顿的疲惫中解脱出来,神志有点恍惚,精神不够集中,糊里糊涂地就被攻下一城。

"虚有其名吧,看不出他们有什么厉害。"看台上有位斯文眼睛叔这样说。

旁边的一位白头佬有他不同的见解。"先不要过早下结论,看戏看全套,食嘢(东西)食味道。人家的基本功还是有的,只不过好像没有放开手脚。"

白头佬身边有位妇女也过来凑热闹,她说,听说文昌也是"排球之乡",怎么跟台山来争这个名堂呢?

台山排球故事

　　那位斯文眼睛叔接过她的话题，他说，早在1920年，文昌中学排球队曾到上海参加全国比赛，获得冠军。1958年，"全国二十一单位青少年排球锦标赛"在秦皇岛举行，文昌队在决赛中与我们台山队相遇，最后他们以3：2战胜了当时强大的台山队获得冠军而名噪一时。因为他们打球习惯光着脚，成为球队的一大特色，也因此被人们戏称为"光脚不怕穿鞋的"。1964年，文昌中学参加在沈阳举办的全国少年9人排球赛，又一次夺冠。一个小县能够取得如此的成绩，因此，"排球之乡"也不是浪得虚名。

　　旁边聆听的人听了他的介绍，均点头附和说不简单。

　　球场上，第二局已经开始了。台山队延续第一局的优势，一上来就先声夺人，靠2、3号位的快攻连连得手，分数拉开5分，势头死死压着文昌队。

　　文昌队的教练果断叫了暂停。他要求球员集中精神，在拦防上把握好时机，踏准节拍起跳，重点防3号位的快攻。

　　暂停过后，球员依照教练的指示加强双人拦网，在起跳时间上提前半拍，这一招果然奏效，通过重点拦防，压住台山队进攻的势头，甚至通过拦网取得了好几分。

　　看到对方已经摸清进攻的套路，台山队立刻变阵，利用4号位的强攻以及后排进攻，想打乱对方的拦网节奏。

　　但文昌队似乎不怕台山队的强攻，他们的防守能力非常出色，鱼跃救球的方式已经运用娴熟，而且比台山队的队员还拼命，台山队的大力扣杀球多数被救起来，然后再组织进攻。他们打吊结合，令台山队的防守一时风声鹤唳。

　　见到对方已经起势，台山队的李教练马上扭头朝替补席的小杰说："小杰，上！"

　　早已跃跃欲试的小杰，听到指令，兴奋地站到场边，与换出的球员击掌后马上跑进场内蹲下马步。

　　不要看他年纪轻轻刚满15岁，在李教练的心目中，他已经属

第十二章　薪火相传，扬帆再起航

于技术精湛的球员，只是参赛机会不多，还需要磨炼，通过比赛更好地积累经验。

小伙子上场后，台山队的防守有了很大的转变。他技术全面，尤其是下三路的防守，多次将眼看落地的球化险为夷。

看台上的白头佬非常高兴，他点评说，这个后生仔基本功扎实，步伐灵活，身手敏捷，假以时日前途无可限量。

斯文眼睛叔说可惜的是身材矮小，目测1.70米左右，身高上吃亏了。

白头佬不同意斯文眼睛叔的说法。他说事业有专攻，只要一项做精致了，照样有他的位置。这后生仔机灵，动作协调，是块"三排王"的好料。

"哇，好嘢!"球场上传来热烈的掌声，原来是文昌队在防守反击中，后排强攻一球，在球将要落地的那一刻，只见一个身影飞跃出去，用手背将离地仅有一拳高的球垫了起来，后排马上传到网前，主攻手一个重扣，赢取第二局的最后一分。

那个鱼跃救球的人，正是小杰。在换场休憩期间，李教练问小杰这么摔，有否损伤。小杰摇摇头说，没什么，摔惯了。

话虽然是这么说，但腰还是有点痛感觉的。但是他想留在场上，不想这么快就换下。

李教练在第三局没有派小杰上场，他暂时把他收起来。

第三局开始后，文昌队已经适应台山队的打法，他们自己进行了调整，发挥自身爆发力和灵活性的优势，通过发球，破坏台山队的一传，比分一直处于领先。

小杰好几次望向李教练，想请缨上场，但李教练依旧气定神闲，没有一丝换人的想法。

球场上的观众，出乎意料地开始倒戈转向支持客队，齐声为文昌队加油助威。

客队席上，文昌队的教练和队员对体育馆里的这一幕，流露动

容的神色,想不到台山的群众这般的热情好客、宽容大度。

憋着一股劲,文昌队一鼓作气终于扳回一局。

第四局的开端,文昌队稳打稳扎,与台山队沉着周旋,双方比分咬得很紧,你一分我一分交替上升,现场4500多名观众纷纷为双方球员拍掌鼓励,为双方队伍加油呐喊。

小杰又重新上场了。场上,有他熟悉的好搭档、同是排球学校的同学林海熙、黄沙扬、梁辰晖等几个,再加上几名经验丰富的老队员,这个新老结合的阵容,一直是李教练特意磨炼的。

小杰上场后,一传相对稳定了,台山队的快攻战术发挥得淋漓尽致,特别是快球交叉、背飞等打得眼花缭乱,分数抛离对方不少。

虽然文昌队请求几次暂停布置战术,并通过拼发大力球来力求破坏台山队的一传,但面对配合默契、流畅的台山队,他们由于体力下降,影响技术水平的发挥,最终以3∶1落败。

自此一役,两地经常开展男子9人排球对抗赛,台山队到海南文昌进行回访,文昌拉队再来台山切磋交流。体育部门希望通过举办省际的对抗赛,把男子9人排球赛的影响力扩大到广东、海南以外的福建、广西等地进行推广和普及,最终的目标是成为全国综合性运动会的比赛项目。甚至还有人提议,将男子9人排球申报国家非物质文化遗产。

二

马腾云最近计划整理有关台山排球的史料,作为他从事体育记者30年的回顾。

他现在是新宁杂志社的社长,离开记者队伍已经多年,但每当回忆起当年风雨兼程的日子,依然激情澎湃。

在整理资料的过程中,岳母谭淑芬给他送来了不少宝贵的资

第十二章　薪火相传，扬帆再起航

料。在这些资料当中，刊登于2006年6月27日《中国体育报》署名为黄心豪、汪从飞的一篇文章，对台山开展的排球运动给了很中肯的评价。

文章的题目是《台山欲擦亮"排球之乡"金匾》：

> 也许大家都有印象，每年中国女排练兵都会有几场"性别大战"，而对手正是台山男排。
>
> 近年来，高水平的赛事、高水平的球队经常"光顾"台山。台山市也先后主办和承办了多次全国男、女子排球锦标赛，全国甲、乙、丙级排球联赛。而台山男排与中国女排每年定期举行的"性别大战"也已固定成为电视转播计划的"上宾"，吸引球迷眼球的精彩赛事。中国女排主教练陈忠和曾对台山市体育局局长表示过，只要在他的任期内，中国女排每年都会与台山男排进行热身赛。台山每年都将举办一两场全国性赛事。台山市凭借其火爆的球市，热情的球迷，良好的观众素质多次成为全国排球甲A联赛八一男排、广东男排、四川女排等球队的主场。
>
> 高水平的顶级赛事刺激了大众排球的竞技热情。在台山，年年月月都有球赛，为了调动群众打排球的热情，台山市相关部门积极组织开展各类传统性的群众排球赛事，如从2005年开始，该市每年都会举办全市男子9人排球联赛，中小学生每年一届的排球联赛，利用各节假日，市里还举行了"腾飞杯""振兴杯""粤侨杯"和"商会杯"等多种排球邀请赛。
>
> 在台山，竞技排球的热潮一浪高过一浪，举办高水平赛事更是意义重大，它既丰富了群众的文体生活，也调动了群众参与排球运动的积极性，促进台山排球运动的发展；既为台山体育产业增加效益，促进市场经济的良性循环，也极大地提高台山的知名度。总之，竞技排球已经在直接或间接地为台山市经

济的发展提供服务。

如果说乒乓球是中国的"国球",那么排球则是台山的"市球"。在台山市的城乡各地,几乎"村村有排球场,寨寨有排球队"。每天茶余饭后,大伙都会邀约着扯起网子玩起排球。竞技排球的快速发展极大地推动了台山群众性排球运动的普及和推广。

台山人对排球有着特殊的感情,排球在台山也有着深厚的群众基础。为了使百姓们都能方便打球,近年来,台山在全市范围内掀起了一股建设排球场馆的热潮。各乡镇、企事业单位都建起了自己的排球场馆,如今台山市的大小排球场馆加起来有2500多个。

自从一些乡村有了自己的灯光球场,天一摸黑,场地内便灯火通明,异常热闹。一些排球爱好者纷纷组队进行训练或比赛,球队分6人、9人的;赛制有模仿全国联赛的,也有以"友谊第一,比赛第二"的娱乐模式。排球,已经深深扎根在台山人心中,成为台山人生命中一个重要组成部分。

目前,台山市有排球传统项目的学校已达11所。而每年一届的中学生排球联赛,更是吸引了各学校的踊跃报名,今年的中学生排球联赛就创纪录地吸引了近80支队伍参赛。全市各级学校中,大部分都有自己的校排球队,70%左右的学生都会打排球。

整篇文章不算长,1000字多,但信息量大,基本把台山排球之乡的形象很丰满地通过文字展现在读者的面前,只是成文时间较早或疏忽,还有"建龙杯""翘楚杯""体彩杯""友联杯""中银杯""珠江啤酒杯"等各大大小小的排球邀请赛,其中"建龙杯"男子9人排球赛一连举办了7届,排球运动在台山一直是薪火相传,方兴未艾。

第十二章　薪火相传，扬帆再起航

书房的门轻轻地被推开，妻子黄秀仪端来了鸡蛋葛粉莲子糖水。

"歇一歇吧，腾云，不要熬夜了。人家老了是长白头发，你看你，头上都没几根啦。"

"你嫌我光头佬吗？"马腾云不失时机地回击她。

"看你这小样。"秀仪回敬他一句。

"什么？你说什么？什么小样？"马腾云不明就里，连声发问。

黄秀仪其实也不太清楚"小样"的意思，只知道是网络用语，好像是爱人间有趣的昵称。

"小样，就是小朋友的样子。你这样整天地耍耍小脾气，不像是小朋友吗？"

马腾云被她噎得一时没答上。

女儿都嫁人了，但他们夫妻间，好像是长不大的孩子，平日里喜欢拌拌嘴，生活更添些情趣。

"周末有什么活动？"

马腾云查看书桌上面的台历，没有特别的提示，就回答说没有安排。

"廖伊莲给我微信，说与乔顿带了两个孩子回国，周末约我们出来吃饭。"

"现在回来，参加冬令营吗？"马腾云记得，乔顿两个小孩，他们都有送回来参加海外华裔青少年"中国寻根之旅"夏令营，但现在回来，已经是11月份了，难道有冬令营？

"不是，他们这次回来，是被邀请参加新宁体育馆的剪彩仪式的，北美那边组了两个团回来。"

"那你又要辛苦啦！"马腾云关心妻子的身体健康。秀仪年届退休了，真怕累坏了她。

秀仪目光如水，他的关心令她暖在心头，即使是在初冬的寒夜。

"有年轻人接棒了,我只是提点一下,不会累的。"

秀仪所说的新宁体育馆,就是当年辛市长为了满足球迷的要求并得到了众多热心乡亲的支持而兴建的。它位于台城南区,是台山市的重点民生工程。项目于2011年年底开始筹建,2012年正式动工。项目建筑面积38000多平方米,其中,体育馆面积达18000多平方米,人防工程20000多平方米。

"哦,那就好。"马腾云喝了半碗糖水,冰糖的清甜滋润到心田里。谈起新宁体育馆,他说:"新宁体育馆从筹建到落成,你们侨务也做了不少的工作。这个海内外台山人都关注的项目,在建设过程中采用了许多新技术、新方法、新工艺,保证了建筑的高标准、高质量,项目荣获国家优质工程金质奖,它为台山增添了一张新的名片了。"

"是的,最重要的还是它带动了周边的发展,南区现在发展势头很猛,听说旁边也准备建设华侨广场。"

"你的消息也挺灵通的。"马腾云看着妻子说。"华侨文化广场项目已经着手进入方案设计的阶段,它定位为依托台山侨乡特色和名人资源,以彰显华侨历史文化内涵为主题,结合我市全域旅游发展理念,打造一个集体现侨乡历史文化、市民公共绿色休闲活动与'爱国爱乡'教育基地、全域旅游重要节点等功能于一体的公共空间,与南区其他重点项目共同打造南区文化高地和城市客厅,引领南区的开发建设。不单如此,市政府还计划在新宁体育馆附近建设市行政服务中心,将行政部门单位中对外服务的业务集中在一起,为社会群众提供一站式的服务,为群众办事提供便利。"

"这个我知道,如此一来,群众办事就更方便了。老公,我还看过市政府公布的南区规划图,还准备建设一个数千亩的金星公园呢。南区发展的势头那么好,环境又那么靓,我们也考虑到那边换套新房住吧。"现时他们住在桥湖路的老房子四楼,没有电梯,爬楼梯已经感到吃力。

第十二章　薪火相传，扬帆再起航

"好啊，这样我们就靠近女儿他们家了。"

"如果再把爸爸妈妈接到一起，就更完美了。"

"是啊，爸妈的年纪大了，行动越来越不方便了，我们要多点时间去照顾他们。"

三

台山少寒冬，深秋来更迟。已经是11月底，秋色与春色无多异，只是树叶的颜色有嫩绿色与赭黄色之分。

树常绿，花长开，阳光依旧熹微，风吹拂在身上，只有一丝凉爽的感觉。参加剪彩活动的嘉宾，许多人还是穿着短袖前来。

新宁体育馆正门前，18支金色的托杆上面用红色的天鹅绒盛着18个崭新的排球，一字排开。18支礼炮绑着大红花，在阶梯扶手分两边候命待发。广场周边的上空飘着大大的气球，拖着长长的标语，迎风舞动，像是欢迎来自各方的朋友。

2014年11月28日上午10点左右，来自世界各地的台山籍乡亲与各级领导和群众一起见证台山新宁体育馆落成启用。随着主礼嘉宾们按下18个排球，现场礼炮齐鸣，标志着这座凝聚了海内外台山人力量的新宁体育馆正式落成启用。

新宁体育馆分为主馆和副馆两个部分，同时拥有全民健身广场等设施和场地。主馆设固定座位4000个、活动座位2000个，可容纳6000名观众。体育馆具有一流的灯光、音响，先进的智能化管理系统等，同时设有贵宾厅、会议厅、休息室等等，可以承办排球、篮球等大型比赛，还兼具大型演出、集会、展览等功能。

乔顿一家在新宁体育馆门前站着，马腾云用手机帮他们取角度。"看着这里，哎，对啦，预备——茄子。"

咔嚓了几张，廖伊莲就叫黄秀仪说："秀仪，快点过来，我们姐妹来一张。"

黄秀仪走到她的身旁，笑着说："现在还真的更像姐妹花。"

现在两人站在一起，身材都是一样的发福了，廖伊莲曾经拥有的窈窕，已是明日黄花。岁月真是一把杀猪刀啊。在给她俩拍照时，早已习惯了妻子身形的马腾云看到廖伊莲如今的身材，再摸摸自己没有多少根头发的脑袋，一声感叹。

照了几张相，廖伊莲也看见了谭淑芬陪着拄拐杖的黄伯健慢慢地走过来。她连忙奔过来，扶着谭淑芬的手臂，轻声地喊："黄叔叔，谭阿姨，你们也过来了。"

"这位是伊莲吧？要不是秀仪经常给你的相片我看，我都不认得你了。"黄伯健笑着打招呼。

"是啊，我都快变成大肥猪了。"

"你呀，五官还是那么精致，肤色还是那么靓呢。"淑芬笑着说。

"乔顿，阿豪，阿文，过来给叔叔阿姨问好。芬姨，这是我的两个儿子，阿豪，阿文。"

"叔叔、阿姨好。"

"好好，乖。"黄伯健开心地说。

淑芬看着这两个长得很洋气的小孩，高兴地回答："你们好。"

不远处，林晖和梅锐森正用轮椅推着高佬张过来。

已是年近百岁的高佬张，前年中风瘫痪后，就一直住在疗养院里。虽然半边身动不了，但他精神还是不错，只要有来探望，不管熟人还是陌生人，他总是长时间地回忆曾经的辉煌。他最喜欢的就是跟人说当年台山队对澳大利亚比赛的那场赛事。那才真正是"矮仔打高佬"呢，人家队里头，最高的有2米多，台山队最高只有1.9米，其他只有1.7米多，但台山队照样把他们打得落花流水。

没人来的时候，他就把床头的收音机打开，听台山电台的广播，了解时事和本地的新闻。当他听到台山新宁体育馆落成的消息

第十二章 薪火相传,扬帆再起航

后,就要求前来探访他的梅瑞森,剪彩那天一定要带他出来,他要亲眼看看新的体育馆。

高佬张是看着梅锐森成长的,当年在风雨球场守门时,锐森就不时偷偷叫高佬张给他一支烟抽,因为宿舍里管得严,他不敢在教练和同学面前抽烟,就找上了高佬张。

广州体院毕业后,梅锐森刚开始留校担任了广体的球队教练,后来在朋友的介绍下他前往深圳下海做生意寻找商机,也终于事业有成,成为某公司的股东之一。

梅锐森当然不会令百岁老人失望,为圆高佬张的梦,他特意买了一辆轮椅,在剪彩之日专程回台山,到疗养院接了他推过来现场观礼。

高佬张那张布满老人斑的脸上出现了兴奋的红潮,浑浊的老眼流下两行激动的泪水,他口中念念有词,连说:"好!好!"

见到新宁体育馆那奇特的造型,他童心勃发,问这是一艘大船吗?

林晖俯身在他的耳边介绍说,新宁体育馆总体造型采用"海浪"为设计载体,主馆由两个波浪组成,与副馆的一个波浪构成后浪推前浪的意境,象征一代又一代的台山人民,不畏艰险,勇驾潮头;从另一个角度看,它又像是一艘大帆船,寓意台山体育乘风破浪,扬帆远航。

高佬张频频点头称是。当他见到马腾云他们时,再一次激动得红光满面,大家相互握着手,问长问短。

秋光正好,林晖建议大家来幅大合照。马腾云和乔顿两家排在高佬张和梅锐森的后面,林晖在调着焦距。

"找个路人帮忙,不能少了你。"乔顿在大声喊。

林晖朝广场望望,见到不少影协的会员在附近,他招呼了浩仔过来。一众人以高佬张为中心,拍了好几张。

下午,应乔顿儿子的要求,马腾云用车载他们到大江镇去看看

古典家具。

原来,乔顿的二子阿豪读完国际贸易后,准备出来与人合伙开公司。当他知道父母要回中国参加活动时,他自己也要求跟随回来,他想寻找商机。

他在网络上查到,台山古典家具名气大,他要见识一下。

车子路过水步镇已是中午时分,廖伊莲有点饿,突然想起了黄鳝饭,她立刻叫道:"腾云,停车、停车。"

被她在后面这么急叫,马腾云立刻靠在路边停下。"发生了什么事?"他满头雾水。

"想吃黄鳝饭。"廖伊莲笑盈盈地说。

路边的小餐馆依旧没有什么大的变化,只是餐馆的广告牌由凉茶改为啤酒,啤酒又改为了白酒。

黄鳝饭的味道依旧是那样的香。撕开来的丝丝黄鳝,加上一点香菜和葱花,在绵软可口的台山米饭的混裹下,油而不腻,香气四溢,令人垂涎三尺。

乔顿的两个小孩,先前吃了汉堡不觉得饿,对于饭桌上的黄鳝肉有抗拒感,不愿意尝。秀仪特意把黄鳝饭弄在一边,然后撬了瓦煲底下的饭焦出来,说:"这个没有肉的,很香的,比薯片更好吃。"

两个小孩听说比薯片好吃,心就开始动了。最小的阿文先试了一块,然后耸耸肩,很快就拿了第二块大的。阿豪见此也拿了一块吃,很快,饭焦全部被他俩承包了。

大江镇,台山北部的门户,近70平方千米的土地上有大大小小的木厂接近1000间,被中国家具协会授予"中国传统家具专业镇"的称号,古典红木家私厂店一条街从公益开始沿273省道直到大江,虽以仿明清家私为主,但品种繁多,令人目不暇接,流连忘返。

一路地看过来,阿豪非常入迷,非常兴奋,特别是在伍氏兴隆

第十二章　薪火相传，扬帆再起航

古典家具展示馆，面对布置犹如厅堂、书房、卧室等的家私环境营造，令人有穿越几百年回到大明朝的感觉。

阿豪一边看，一边与马腾云交流。马腾云告诉他，这些木匠，均是当地成长起来的农民。他们在青年时代开始接触传统的家私，通过修理、观摩、仿制、创新四个阶段，工艺日渐成熟，他们制造的古典家具采用的木材普遍是名贵的如黄花梨、紫檀、鸡翅木、酸枝等，好工艺加上好木材，令东方古老的家具变成了艺术品，不少人已经成为了工匠大师。就如这间伍氏兴隆的老板伍先生，是中国家具协会传统家具专业委员会常务主席，荣膺"第一届中国工美行业艺术大师"称号。

想不到一个小地方，竟出现这么多的能工巧匠，竟出现古典家私行业的领军人物，阿豪真为曾祖母感到骄傲，因为曾祖母的老家就是大江的。

四

持续了大半个月的雨水终于停歇了，云层里的春阳终于探出头来，给小院的草坪和树枝披上一层和煦的暖光。

春光正好！马腾云深深地吸了一口蕴含花香的空气，在阳台伸着懒腰。

收集整理了近一年的材料接近尾声，时间跨度从1914年排球传入台山开始到目前为止。这些资料，得到市体育局和市档案局的大力协助，虽然年代久远，难免有遗漏，或因口述回忆者的遗忘，或因某种原因被当时的执笔者进行了取舍，造成以偏概全，但整体上还是还原了台山排球的发展情况。

他将之汇编成《台山排球发展简述》，内容分为"排坛光荣榜""历年大事记""对外交往录"等三大部分。

在"排坛光荣榜"里面，他整理出有六个部分。从这些名单

里，可以看出作为排球之乡的台山，历年来为国家输送了许许多多的优秀排球人才，也正是他们，把台山排球的精髓通过自身的发挥，融入所在的球队里面，在全国各地、在世界各地发光发热。

一、代表国家派往外国的台山籍教练（专家）
容植聪　曾先后出任越南国家队、尼泊尔国家队教练
李策大　出任阿根廷国家队教练
朱绍伦　出任布隆迪国家队教练
伍理民　出任叙利亚国家队教练
容惠汉　出任智利国家队教练
伍振辉　出任北也门国家队教练
蔡振鹏　出任秘鲁国家队教练
黄鼎民　出任柬埔寨国家队教练

二、台山籍国际级、国家级、一级教练员名单
国际排球高级教练：李策大
国家排球高级教练：容植聪、李策大、黄　亨、伍毅仁、朱绍伦、容惠汉
一级排球教练：陈兆灿、马焕南、黄汝光、梅仕明、廖家瑞、黄健洪、余树洪、陈伟英、伍贵华、黄英杰、陈任波、刘伯全、余介明、马奕平、李树文、余树伦、麦卓新、刘灿耀、雷瑞胜、陈启科、陈超发、文洪伟、李惠豹

三、台山籍国际级、国家级裁判员名单
国际级排球裁判员：马达才
国家级排球裁判员：黎福俊、伍卓凡、陈伟夫、容志光、钟　昌、麦锡良、陈冠华、梅　毅、李仕杰、陈洪耀、黄汝光、马达才、陈兆灿、伍齐乐、蔡灶钦、陈子锐、陈卓源、朱

第十二章 薪火相传，扬帆再起航

征宇、李仲坤

四、中华人民共和国成立前台山籍优秀排球运动员

黄鼎芬、谭永湛、李福申、陈英宽、伍廉瑞、林权胜、曹廷赞、黎连盈、李仲生、丘广燮、黎连泽、黄英杰、马元钜、黄惠康、梅迪贤、陈耀炽、刘炳胜、梅华宝、梅松福、江国钿、陈树之、陈树湛、李金维、陈祥华、黄育民、谭松欢、谭俊惠、谭持厚、邝均乐、黄永栋、马登堂、赵振美、赵燮堂、刘华明、刘 九、倪沛林、刘炳胜、朱 康

（以上是据《广东体育史料》有关资料记载和一些老前辈口述整理）

五、中华人民共和国成立后台山籍优秀排球运动员（选入国家排球队）

黄 亨、马俊耀、黄广德、梅庭昌、梅景康、梅寿南、蔡 翘、蔡振鹏、江振洪、梅子文、伍理民、李策大、叶 灼、陈立贤、容植聪、伍振辉、陈凤素（女）、黄福彦、伍毅仁、李遇祺、黄炎威、黄荣杰、容惠汉、陈嘉杰

六、经国家体委批准授予的台山籍排球运动健将

江振洪、李策大、伍理民、陈立贤、叶 灼、梅子文、蔡 翘、梅寿南、曾荣乐、倪庆祥、伍贵华、伍毅仁、陈伟英、朱锡暧、邝福槐、陈秀贤、伍国振、黄金炎、黄作常、刘荣祥、曾振基、余焕常、刘玉成、李兆平、伍振辉、容植聪、陈凤素（女）、钟 昌、刘伯全、陈壬波、余介明、倪广泮、伍思颖、梅光宇、陈焕恩、余德任、余树洪、黄凯旋、伍欣惠、黄旭辉、黄汝光、马焕南、黄健洪、陈锡超、陈兆灿、朱国铮、朱绍伦、梅仕明、容惠汉、刘美珍（女）、黄荣杰、伍丽

台山排球故事

尧（女）、黄炎威、蔡振鹏、曾七、李维硕、梅心怡、黄长毛、李元畅、王均亮、袁锡飚

当然，马腾云知道上述人员只是台山排球运动发展史上的一部分著名球员，还有许许多多甘当梯子或者石子的配角，就他所知，还有台山体坛前辈、首任体委副主任、主持体委全面工作的朱国贤，还有李士君、伍国荣、李新民、左手伦、陈健儒、陈卓生、金牙腾、番鬼仔、彭朝峰、高景富等一大批体育工作者或者排球名将，数不胜数。他们默默无闻地为台山的排球运动发展添砖加瓦，贡献出自己的毕生心血。更有一些曾经驰骋排坛的精英们，有的不幸英年早逝，有的因伤退出排坛，与荣誉失之交臂，但历史已经将他们的飒爽英姿定格在赛场的某一位置。他们同样值得尊敬。

这些尘封久远行将散失的史料，是几代人的心血结晶，是他们凭一份高度的责任感进行抢救和挖掘，将烟尘往事转化为文字，成为留给世人弥珍的物质财富和精神财富。台山人民将永远铭感这些默默无闻的英雄！

通过整理台山排球资料，马腾云深深感到，台山排球之所以能长盛不衰，继往开来，不外乎三个方面。

第一是有广泛的群众基础。台山人似乎天生骨子里就有排球的因子在里面，热衷打球、观球、评球，到了无球不欢的地步。这好比排球里面的一传，没有牢固的基础，就无法组织更深更高层次的推进。

第二是政府重视、体育主管部门积极实施。无论是从纲领性的政策制定，还是从学龄青少年的排球传承，以及人才的培养和输送，均有一套完善的机制。这就好比排球里面的二传，是组织串联的重要环节，起到主导性的作用。譬如，台山排球运动学校成立后，从1987年到1997年十年间，每年有30个毕业生名额包分配。1997年国家取消大中院校毕业生包分配的政策后，台山市教育局

第十二章　薪火相传，扬帆再起航

在 2004 年至 2006 年，每年还通过预留 10 个名额指标，招揽排球学校优秀人才充实到基层的学校里当体育教师。

第三是海内外乡亲对家乡排球的关注和支持。有众多的热心人士出谋献策、出钱出力，助推了排球运动在台山城乡大地的生生不息，持续辉煌。这就好比最后的主攻手，在一传和二传的紧密配合下，通过发挥自己的优势，达成最后的一攻，争取最佳的成绩。

五

"陈嘉杰入选国家队啦！"喜讯从台山排球运动学校传出，然后在三台大地引起强烈的反响。

经历过 20 世纪五六十年代的辉煌，70 年代的下滑，八九十年代的振兴，到新世纪的创新求变，台山排球一直是海内外乡亲关注的话题，绕不过的情结。

虽然台山人在身高上不具有优势，很长一段时间在主流的赛事和赛场上找不到台山人的踪影，但在其他方面，例如在青少年的赛事中，台山队依旧笑傲江湖，屡获佳绩。在国内许多的院校和球队里面，台山人担任着教练等重要角色，他们依旧是台山的荣光。

即使是身体条件有不足之处，通过扬长避短，通过勤奋努力，发挥自身最大的优势，缺陷也可以弥补，从陈嘉杰入选国家队的例子就充分证明了台山排球仍然充满着活力和生机，理想和前途仍然等待着年轻人去创造。

如此边走边想，马腾云已经来到了台山市排球运动学校。

在校长办公室里，从前年已经担任排球运动学校校长的李彪，给马腾云斟满一杯川岛红茶，并把李教练和嘉杰介绍给他认识。

李校长首先介绍了学校的情况。他说，台山体校包括台山业余体校、台山体育学校、台山排球运动学校、江门专区体校和肇庆专区体校等。其中，台山排球运动学校被中国排球协会、国家体育总

台山排球故事

局排球管理中心认定为"全国排球高水平后备人才培训基地",下属台山建龙青少年体育俱乐部是国家级青少年体育俱乐部。作为排球"苗子"的摇篮,台山排球运动学校自创办以来,本着将台山排球运动发扬光大的使命,为共和国培养了一批又一批优秀排球运动员。

学校自成立以来,人才辈出,成绩喜人。排球项目始终在全省保持领先地位,参加全国少年比赛16次,获得冠军13次;参加省少年比赛45次,获得冠军30次;参加省运动会比赛8次,获得冠军5次,亚军3次;参加全国排球高水平后备人才培训基地比赛8次,获得冠军3次,亚军3次。女排先后参加全国少年比赛15次,获得冠军4次;参加省少年比赛42次,获得冠军18次;参加省运动会比赛9次,获得冠军2次,亚军4次。1980年4月代表中国参加在英国举行的第九届世界中学生排球锦标赛,取得第二名的好成绩,为国争光。

"硕果累累啊,李校长。"马腾云交口称赞,他见嘉杰比较拘谨地坐在那里,就把话题转向他。"嘉杰,我见过你打球,反应真敏捷,如何练出来的?"

嘉杰腼腆地笑了笑,说:"先天和后天的结合吧。"

大家都被他的这句话逗乐了。旁边的李教练盯着他的爱徒,说小杰天生机灵、聪颖,性格开朗、善良,这些优点对于他的排球之路起了很大的作用。小杰自幼就受到爱好排球的父亲的影响,常常跟着父亲到球场去当"捡波仔",耳濡目染,在三合读小学时期就对排球充满热爱,小时候就说过"除了台山排球运动学校,其他都不去!"的话,经常主动参加小学生排球比赛。在父母的大力支持与小学校长的推荐下,并经过严格选拔,2008年进入台山排球运动学校,开始了正规化的排球学习和训练。

李教练喝了一口茶继续说:"小杰在训练中从不怕苦怕累,每一个动作都严格要求自己,一丝不苟,学校多次推荐他代表台山市、

第十二章 薪火相传，扬帆再起航

江门市、广东省参加国家级的比赛，赛后都会收获到来自团队的良好反馈，说嘉杰是团队里的得力助手，也是团队的开心果。2012年2月因出色的表现被挑选进入广东青年队开始了省级的训练，2013年更是被选入广东省男子排球队，成为主力队员。2015年首次入选国家二队，代表中国国奥队参加U23亚洲男子排球锦标赛获得第4名，个人防守排名第3名。2016年再次入选国家二队，并出征亚洲杯排球赛，获第2名。2017年4月，入围中国男排集训大名单，成为当年唯一一名入选国家男子排球队的广东队队员。"

"小杰并没有排球运动员的身高优势，但通过与符教练的研究，发现他有扎实的基本功，协调的动作，灵活的处变能力，便根据他自身优点调整战略，安排他成为自由人的角色，经过专业的训练和赛事的磨炼，小杰已经成为了出色自由人了。"

对恩师，小杰充满感激之情，他说："我刚来体校是当二传的，我也喜欢当二传。可惜后来因为个子长不高，在教练的指点下，我转换成自由人，这样更能发挥我的优势，因此，特别感谢符教练和李教练，是他们的精心指导才令我进步，取得今天的成绩。"

"今后有什么打算吗？"马腾云问嘉杰。

嘉杰想了一下，回答道："我目前首先就是要好好学习，通过自己的努力训练，希望能在国家队站稳脚跟吧。我喜欢排球，既然选择了打排球，就要干点成绩出来，排球是我的工作，我的事业！我希望别人一说起陈嘉杰，就知道是打排球的。"

对眼前这位谦虚有礼、不骄不躁的年轻人，马腾云感到台山排球的未来充满希望，薪火相传，后继有人。

2016年8月21日，巴西里约热内卢奥运会女排决赛，由中国队对阵塞尔维亚队。面对塞尔维亚的强有力挑战，中国女排在先输一局的情况下加强发球和拦网，连扳三局3∶1逆转获胜，四局比分为19-25、25-17、25-22和25-23，时隔12年再度荣膺奥运会

冠军。

中国女排夺得奥运冠军之后没几分钟，中国排协的官网上就贴出了两封来自台山人民的贺电。在第一封贺电中台山市体育局表示："中国女排是一支用意志品质和历史传承书写传奇的队伍，在奥运赛场上点滴勾勒新时期女排精神的精髓。女排队员不负祖国和人民的期望，继承和发扬老女排精神，坚定信念，团结奋战，顽强拼搏，勇夺冠军，用回天之力为祖国争得了光荣，为人民赢得了荣誉，谨向你们表示热烈的祝贺，并向中国女排致以崇高的敬意。"

而第二封贺电是以个人的名义发来的，内容如下：

贺　电

尊敬的中国女排郎平主教练：

举世瞩目的2016年第31届里约奥运会女排决赛在马拉卡纳体育馆举行，中国女排时隔12年再次挺进奥运会决赛，在先输一局的情况下，连扳三局最终以大比分3：1战胜塞尔维亚，夺得里约奥运会女排冠军，历史上第三次站在奥运会之巅。

我一直都在关注女排赛事，中国女排队员不负祖国和人民的期望，继承和发扬老女排精神，坚定信念，团结奋战，顽强拼搏，勇夺冠军，为祖国争得了光荣，为人民赢得了荣誉，我谨向您表示热烈的祝贺，并向中国女排致以崇高的敬意。

我期盼着女排精神发扬光大，代代承传，在2020年东京奥运会上再创佳绩，为实现"中国梦"作出新的贡献！

欢迎您再次带领女排来台山！

广东省政协原常委
香港正恒集团有限公司总裁

第十二章　薪火相传，扬帆再起航

香港时富有限公司总裁
广东省台山市排球协会名誉主席
广东台山园林酒店董事长
朱正贤
2016 年 8 月 21 日

即使生意多忙，朱先生对于中国女排的关注始终没有改变。这场球赛，他早早已经圈在日历备忘录上。当最后一球落地，中国女排赢取最后一分，他立刻吩咐助手开香槟庆祝，同时叫秘书草拟了贺电，他亲自进行修改审核。

中国女排，同样惦记着台山这片曾经伴随女排成长的排球热土。2019 年世界排球联赛在江门市新落成的体育馆举行，中国女排收获了江门站冠军，郎平主教练亲自挥笔在红色纪念册上写下"中国排球之乡——江门·台山"，并签下自己的名字"郎平"，落款为 2019 年 6 月 14 日。

从 1982 年举办第一届"振兴杯"排球赛起，朱正贤先生一共赞助了 20 届"振兴杯"排球比赛，为推动台山排球事业的发展做出不可磨灭的贡献，成为了台山排球史上一项标志性的赛事。

为擦亮台山排球之乡的品牌，促进全域旅游的开展，振兴乡村发展，由新组建的台山市文化广电旅游体育局承办的第 21 届"振兴杯"国际男子 9 人排球邀请赛，将于 2019 年 11 月 7 日开始，它是首届台山排球节的重头戏。来自温哥华、西雅图、纽约、三藩市、香港和台山等地的球队将角逐冠军奖杯，三台大地即将再次掀起一场声势浩大的排球热潮。

年届 80 岁的朱正贤先生为把这一具有重大意义的盛事传承下去，豪爽地拿出 300 万元，继续支持再办 10 届"振兴杯"。他还嘱咐儿子朱颖恒，一定要把"振兴杯"排球赛发扬光大，办到 40

届、50 届……

　　南海潮涨潮落,三台秋月春花。无论排坛风云如何变幻,一代又一代海内外台山排球人凭着对排球运动的痴情,仍在坚韧不拔地延续着书写台山排球敢为人先的传奇故事。

后 记

从筹划到正式出版,《台山排球故事》(第二册)只用了半年的时间。

自长篇历史小说《台山排球故事》(第一册)出版后,因作品里面所描述的人和事,以及乡情习俗、风光景物均为本地群众耳熟能详,因而赢得了广大读者的喜爱。但由于故事只描写了排球传入台山到1949年11月份便戛然而止,令人有种意犹未尽的感觉,希望能够把中华人民共和国成立以后台山排球发展的历史,尤其是"全国排球半台山"的辉煌成就,通过文字记载进行场景再现,再一次唤起海内外几百万台山人对排球的痴念,对乡情的记挂!

作为作者,也是一直带着这个愿望,只是构思还搁置在心底某个角落,等待一个动笔的机缘。

而当这个机缘突然推门而入时,沉浸在那份兴奋感当中不仅有欣喜,还有深深的顾虑。

首届世界台山排球节暨朱正贤先生赞助第二十一届"振兴杯"国际男子9人排球邀请赛定于2019年11月上旬举行。朱正贤先生通过有关主办方传来信息,希望在排球节期间能出版《台山排球故事》续集,他将全力支持。

当接到这个信息时,已经是2019年春季4月。意味着,如果承接了此项任务,必须在三个月内完成25万字左右的文字创作,然后再联系出版社进行设计、排版、三审三校、印制、装订、出版

发行等，工作量非常浩大。

　　机遇和挑战是孪生的。既然有圆梦的时刻，不妨迎难而上，做一个追梦人。考虑到时间紧任务重，新的一部作品邀请了新的作者加入，通过两人携手双剑合璧，斩棘前行。

　　作为合作伙伴，我俩相识多年，毛头小子时已经共同创建和参与兰韵文学社的活动，特别是近年来在编辑报纸和杂志时多次合作，并以"云海向东"为笔名，联合另外两位台山著名作家出版了台山第一部描写渔民生活的长篇个人自传《船行南海》，大家志同道合，有很好的合作经验。

　　因创作需要，本书采用了在真实历史事件上虚构部分历史人物的写作方式进行再创作。在写作分工方面，岑向权写中华人民共和国成立后到改革开放的前六章，延续他第一部的思路和人物，承上启下。陈东辉写改革开放后至今的后六章，以新的人物新的角度讲述40年来台山的排球故事。经过两位作者夜以继日、废寝忘食的采访、查阅和整理资料、撰写，在立秋的日子里终于完稿。

　　感谢广东省篮球排球运动管理中心、中共台山市委宣传部、市文广旅体局、市档案局、市排球运动学校等有关部门单位在本书撰写的过程中给予的大力支持，感谢朱正贤先生全程的指导和出版经费的支持，感谢朱国贤、李士君、伍国荣等台山排坛前辈撰写的台山排球历史资料，感谢接受采访的各位领导、体育工作者和热心支持的亲朋好友，感谢中山大学出版社的领导、编辑，没有你们的鼎力相助，就不会有本书的快速面世。

　　基于时间仓促，难免资料有遗漏，文章有瑕疵，还望广大排球爱好者以及读者诸君见谅及指正。

岑向权、陈东辉于2019年秋